2년
8개월
28일
밤

TWO YEARS EIGHT MONTHS AND TWENTY-EIGHT NIGHTS
by Salman Rushdie

이 도서의 국립중앙도서관 출판예정도서목록(CIP)은
서지정보유통지원시스템 홈페이지(http://seoji.nl.go.kr)와
국가자료공동목록시스템(http://www.nl.go.kr/kolisnet)에서 이용하실 수 있습니다.
(CIP제어번호: CIP2020054923)

2년 8개월 28일 밤

TWO YEARS
EIGHT MONTHS &
TWENTY-EIGHT
NIGHTS

SALMAN RUSHDIE

살만 루슈디
장편소설

김진준 옮김

문학동네

일러두기

1. 주석은 모두 옮긴이주다.
2. 본문 중 고딕체는 원서에서 대문자나 이탤릭체로 강조한 부분이다.
3. 인명, 지명 등 외래어는 국립국어원의 외래어표기법을 따랐으나 일부는 관습 표기를 존중했다.
4. 장편소설을 비롯한 기타 단행본은 『 』, 단편소설과 시, 노래는 「 」, 영화, 그림, 정기간행물 등은 〈 〉로 구분했다.

캐럴라인에게

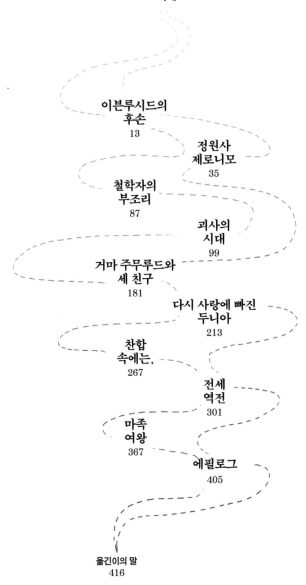

이성의 잠은 괴물을 낳는다

(프란시스코 고야 판화집 『로스 카프리초스』 중 43번. 프라도미술관이 소장한 이 동판화에는 다음과 같은 설명이 붙어 있다. "이성과 결별한 상상은 터무니없는 괴물을 낳을 뿐이로되, 이성과 맺어진 상상은 예술의 어머니가 되어 온갖 경이를 창조하나니.")

우리는 동화의 '신자'가 아니다. 동화 속에는 신학도, 교리체계도, 예배도, 교회도, 행동양식에 대한 요구도 없다. 동화는 이 세계의 의외성과 변천성에 대한 이야기다.

—조지 시어테시[*]

내가 마땅히 써야 하는 책, 남들이 나에게 기대하는 소설을 쓰는 대신에 나 자신이 읽고 싶은 책, 이를테면 다른 시대, 다른 나라의 무명작가가 집필한 책, 나중에 어느 다락방에서 발견된 책을 상상했다.

—이탈로 칼비노[**]

여인은 새벽이 멀지 않음을 깨닫고 다소곳이 입을 다물었다.

—『천일야화』

---

[*] 헝가리 태생의 영국 시인, 번역가.
[**] 이탈리아 소설가.

이븐루시드의
후손

THE
CHILDREN
OF
IBN
RUSHD

진jinn, 즉 마족魔族의 본성에 대한 기록은 허다하지만 정작 알려진 사실은 매우 적다. 연기 없는 불로 이루어진 이들 존재가 선한지 악한지, 사나운지 너그러운지, 그런 문제에 대해서도 논란이 뜨겁다. 다만 널리 받아들여지는 특징은 괴팍하고 변덕스럽고 음탕하다는 점, 움직임이 매우 빠르다는 점, 몸집과 모습을 자유자재로 바꾼다는 점, 마음만 먹으면 사람들의 온갖 소원을 이루어주기도 하고 때로는 강압에 못 이겨 어쩔 수 없이 들어주기도 한다는 점, 그리고 시간관념이 인간과는 전혀 다르다는 점이다. 마족을 천사와 혼동하면 곤란한데, 옛날이야기에서는 악마를, 타락천사 루시퍼를, 즉 아침의 아들을 마족의 우두머리로 오인하는 경우도 더러 있었다. 마족이 사는 곳에 대해서도 오랫동안 논쟁이 벌어졌다. 어떤 옛이야기는 마족이 우리가 사는 이 세상, 이른바 '하계'에서 무너진 건물이나 온갖 비위생적 환경—가령 쓰레기장, 공동묘지, 야외변소, 하수도, 그리고 가능하다면 똥 무더기 따위―에 머문다고 터무니없는 소리를 한다. 그렇게 모욕적인 거짓말에 따르면 마족과 접촉한 뒤에는 구석구석 깨끗이 씻어야 한다. 마족은 악취를 풍기고 질병을 옮기기 때문이다. 그러나 지금 우리는 더없이 유명한 주석자들이 오래전에 단언했던 내용이 진실임을 안다. 마족은 우리 세계와 베일 한 장으로 분리된 자기들 세계에 사는데 페리스탄* 즉 마계라고 부르기도 하는 이 상계는 어마어마하게 넓지만 그곳의 참모습은 우리에게 보이지 않는다.

마족이 인간과 다르다고 하면 자명한 말로 들리겠지만 몇몇 속성은 인간과 비슷하다. 예컨대 믿음의 문제를 살펴보면 마족 중에는 지상의 온갖 신앙체계를 믿는 자들도 있고 믿지 않는 자들도 있는데, 후자에게 신이나 천사 같은 개념은―인간에게 마족이 낯설듯이―낯설기만 하다. 그리고 부도덕한 마족도 많지만 이 막강한 존재 가운데 적어도 일부는 선과 악, 바른 길과 그른 길의 차이를 분명히 안다.

어떤 마족은 날아다니지만 또 어떤 마족은 뱀의 모습으로 땅바닥을 기어다니고, 거대한 개의 형상을 하고 짖어대거나 이빨을 드러내며 뛰어다니는 마족도 있다. 바닷속이나 때로는 공중에서 용의 모습으로 둔갑하는 경우도 있다. 저급한 마족 가운데 일부는 지상에서 자신의 모습을 오래 유지하지 못한다. 그렇게 형태가 없는 자들은 가끔 인간의 귀나 코, 눈을 통해 몸속에 침투하여 한동안

---

* '요정의 나라'를 뜻하는 페르시아어.

머물다 싫증이 나면 나가버린다. 그렇게 몸을 빼앗겼던 사람은 안타깝게도 결코 살아남지 못한다.

여성 마족은 진니아jinnia 또는 지니리jiniri라고 부르는데 더욱더 신비롭고 더욱더 모호하여 제대로 알아보기 어렵다. 불 없는 연기로 이루어진, 그림자 같은 존재이기 때문이다. 사나운 지니리도 있고 사랑의 지니리도 있지만 이렇게 서로 다른 두 부류가 실은 동일한 진니아일 수도 있는데—사나운 정령을 사랑으로 보듬어 진정시킬 수도 있고 다정한 정령도 잘못 다루면 인간이 가늠할 수 없을 만큼 포악해지기 때문이다.

이 책은 마족의 위대한 공주였던 어느 여마신, 벼락을 마음대로 부려 번개공주라 불리며 오래전에, 우리가 12세기라고 부르는 시대에 한 인간 남자를 사랑했던 여인에 대한 이야기이며, 그녀의 수많은 후손에 대한 이야기이며, 기나긴 세월이 흐른 후 그녀가 이 세상에 돌아와 잠시나마 다시 사랑에 빠졌다 전쟁에 나서는 이야기다. 또한 여러 마족, 남성이든 여성이든, 날아다니든 기어다니든, 선하든 악하든 도덕 따위에는 무관심하든, 아무튼 온갖 마족에 대한 이야기이며, 2년 8개월 28일 밤, 다시 말해서 천 날 밤 하고도 하룻밤에 걸쳐 이어졌던 위기의 시대, 혼란의 시대, 우리가 괴사怪事의 시대라고 부르는 그 시대에 대한 이야기이기도 하다. 그렇다, 그 시대가 끝난 후 이미 천 년의 세월이 흘렀다. 그러나 그 시대가 우리 모두를 영원히 변화시켰다. 다만 그것이 좋은 일인지 나쁜 일인지는 우리의 미래가 말해주리라.

1195년, 위대한 철학자 이븐루시드가, 일찍이 세비야의 카디 즉 재판관이었고 최근까지 고향 코르도바에서 칼리프* 아부 유수프 야쿠브의 주치의였던 그가 개방적 사상 때문에 공개망신을 당하고 물러나야 했는데, 당시 아랍계 스페인 전역에 역병처럼 퍼지며 날이 갈수록 막강한 세력을 떨친 베르베르족 광신도에게는 도저히 용납하기 어려운 사상이었기 때문이다. 그리하여 그는 자기 고향에서 좀 떨어진 작은 마을 루세나로 쫓겨나 귀양살이를 하게 되었는데, 이 마을에는 예전에 알안달루스를 다스렸던 알모라비드왕조가 이슬람교로 개종하기를 강요하는 바람에 자기들이 유대인이라는 사실을 떳떳이 밝히지도 못하는 유대인이 많이 살았다. 이븐루시드는 이제 자신의 철학을 설파해서는 안 되는 철학자였고, 그의 저술은 모두 금지되고 책도 모두 소각되었다. 그래서 자기들이 유대인이라는 사실을 말할 수 없는 유대인 사이에서 즉시 마음이 편안해졌다. 그는 당시 지배자였던 알모하드왕조**의 칼리프에게 총애를 받았으나 총신의 운명이란 덧없기 마련이라, 아부 유수프 야쿠브는 광신도가 이 위대한 아리스토텔레스 주석자를 성내에서 몰아내는데도 수수방관했다.

자신의 철학을 설파할 수 없게 된 철학자는 비좁은 비포장 골목에 있는 허름한 집에 살았는데 창문이 작아 햇빛이 잘 들지 않

---

* 옛 이슬람국가의 통치자.

** 12~13세기 스페인과 북아프리카를 통치했던 이슬람왕조.

는 탓에 몹시 우울해했다. 그는 루세나에서 의술을 펼치기 시작했고 칼리프의 주치의였던 전력 덕분에 환자들이 모여들었다. 가진 재산을 털어 조촐하게나마 말장사도 하고, 더는 유대인이 아닌 유대인들이 올리브유나 포도주를 담아 판매하는 커다란 오지항아리 '티나하'를 만드는 사업에도 투자했다. 그렇게 귀양살이를 시작한 지 얼마 안 된 어느 날 열여섯 살쯤 먹은 소녀가 그의 집 앞에 나타났는데, 문을 두드리지도 않고, 어떤 식으로도 그의 상념을 방해하지 않고 그저 온화한 미소를 머금은 채 참을성 있게 기다렸다. 이윽고 그녀를 발견한 이븐루시드가 들어오라고 말했다. 소녀는 최근에 양친을 잃은데다 수입원도 전혀 없는 처지였지만 사창가에서 일하기는 싫다고 했다. 이름은 두니아인데 유대인 이름처럼 들리지는 않겠지만 어차피 유대인 이름은 입 밖에 낼 수도 없거니와 까막눈이라 적어줄 수도 없다고 했다. 어느 나그네가 그 이름을 지어주면서 그리스어로 '세계'를 뜻한다고 설명해줬는데 자기는 그 뜻이 마음에 들었단다. 일찍이 아리스토텔레스의 책을 번역한 바 있는 이븐루시드는 군이 토를 달지 않았다. 그 이름은 여러 언어에서 '세계'를 뜻하므로 군이 학식을 뽐낼 필요도 없었다. "그런데 왜 하필 세계를 뜻하는 이름을 골랐지?" 그가 묻자 소녀는 그의 눈을 똑바로 쳐다보며 대답했다. "내 몸에서 세계가 태어날 테니까, 그리고 내가 낳은 아이들이 세계로 퍼져나갈 테니까."

　이성을 중시하는 그는 이 소녀가 여마족의 무리 즉 지니리에 속하는 초자연적 존재 진니아라는 사실을 짐작하지 못했다. 그녀는 지니리 중에서도 존귀한 공주로 지금은 지상에서 모험을 즐기는 중이었는데, 인간 남자에게 점점 더 매력을 느꼈으며 특히 슬기로운 남자를 좋아했다. 이븐루시드는 그녀를 집안에 들여 가정부 겸 연인으로 삼았는데, 고요한 밤에 그녀는 자신의 '진짜'—물론 가짜—유대인 이름을 귓속말로 말해주었다. 두 사람만의 비밀이었다. 그녀의 예언대로 진니아 두니아는 어마어마한 다산성 체질이었다. 불과 2년 8개월 28일 사이에 세 번이나 수태했고 그때마다 여러 아이를 한꺼번에 낳았는데, 매번 적어도 일곱 명 이상, 그중 한 번은 열한 명, 어쩌면 열아홉 명까지 낳은 듯싶지만 이에 대한 기록은 좀 모호하고 부정확하다. 어쨌든 이 아이들은 어머니의 가장 뚜렷한 특징을 물려받았으니, 한결같이 귓불이 없었다.

이븐루시드가 초자연적 신비를 믿는 사람이었다면 자식들의 어미가 인간이 아니라는 사실을 알아차렸겠지만 그는 자기 세계에 몰두하느라 아무것도 몰랐다. (때때로 우리는 두니아가 이븐루시드의 탁월한 지성 때문에 그를 사랑했다는 사실이 그를 위해서도 인류 역사를 위해서도 다행스럽다고 생각한다. 그의 성격은 너무 이기적이라 사랑을 불러일으키기는 힘들었을 테니까.) 철학을 못하는 철학자는 그의 재산인 동시에 재앙인 이 슬픈 재능을 자식들이 물려받을까봐 걱정했다. "예민하고 통찰력이 있고 수다스러운 사람은 매사에 너무 민감하고 너무 분명하게 꿰뚫어보고 너무 거리낌없이 지껄이지. 스스로 천하무적이라고 믿는 세상에서 상처받고, 스스로 영구불변이라고 여기는 세상에서 가변성을 깨닫고, 남들이 미처 알아차리기도 전에 앞날을 예감하고, 남들이 타락하고 덧없는 과거에 집착하는 동안에도 곧 난폭한 미래가 들이닥쳐 현재의 대문을 때려부순다는 사실을 알거든. 아이들이 운이 좋다면 당신 귀만 물려받고 끝날 테지만, 내 자식이기도 하니 보나마나 너무 일찍 너무 많은 생각을 하고 너무 빨리 너무 많은 일을 주워든 겠지. 생각하지도 듣지도 말아야 할 일까지 말이야."

"이야기 하나만 해줘요." 동거 초기에 두니아는 잠자리에서 걸핏하면 그렇게 졸랐다. 그는 곧 앳된 모습의 그녀가 이불 속에서나 밖에서나 때때로 욕심 많고 고집스러운 상대라는 사실을 알게 되었다. 그는 몸집이 큰 남자인 반면에 두니아는 작은 새나 대벌레를 닮은 여자였지만 오히려 그녀 쪽이 더 힘이 세다고 느낄 때도 많았다. 이븐루시드에게는 늘그막에 기쁨을 안겨주는 존재였지만 그녀를 만족시키는 데 필요한 정력을 유지하기는 벅찼다. 그의 나이에는 그저 잠이나 잤으면 좋겠다고 생각하는 날이 많은 법이지만 두니아는 그가 꾸벅꾸벅 졸 때마다 이를 적대행위처럼 여겼다. "밤새도록 사랑을 나누고 나면 몇 시간이고 황소처럼 코를 골며 자는 것보다 오히려 더 잘 쉬었다는 느낌이 들죠. 누구나 아는 사실이에요." 나이 때문에 방사가 가능한 상태로 넘어가기도 쉽지 않았지만, 특히 며칠씩 연달아 하기는 더욱더 힘들었지만, 두니아는 고령 때문에 좀처럼 흥분하지 못하는 그를 애정부족으로 몰아붙였다. "여자가 매력적이라고 생각한다면 아무 문제도 없을 텐데요. 몇날 며칠이든 무슨 상관일까. 나는 밤낮없이 하고 싶은데, 얼마든지 할 수 있는데, 한계 따위는 전혀 없는데 말예요."

이야기로 그녀의 성욕을 가라앉힐 수 있다는 사실을 알게 되면서 조금은 편해졌다. "이야기 하나만 해줘요." 그녀가 그의 겨드랑이로 파고들어 자기 머리에 손을 얹게 하고 그렇게 말할 때마다 그는 다행이다, 오늘밤은 무사히 넘어가는구나, 그런 생각을 하면서 머릿속에 담긴 이야기를 조금씩 들려주었다. 그는 동시대 사람들이 충격적이라고 생각할 만한 말을 많이 썼는데, 예컨대 '이성', '논리', '과학'은 그의 사유를, 즉 그의 책이 불타는 계기가 되었던 사상을 떠받치는 세 개의 기둥이었다. 두니아는 그런 말을 두려워했지만 바로 그 두려움 때문에 흥분해 더 바싹 안기며 말했다. "거짓말을 할 때는 내 머리를 안아줘요."

그의 마음속에는 깊고 슬픈 상처가 있었는데, 이미 세상을 떠난 페르시아인과 일생일대의 싸움을 하다가 패배한 탓이었다. 투스* 의 가잘리**는 죽은 지 벌써 팔십오 년이나 지났지만 백 년 전 『철학자의 부조리』라는 책을 집필하여 아리스토텔레스 같은 그리스인, 신新플라톤주의자와 지지자, 그리고 이븐루시드의 위대한 선배 이븐시나***와 알파라비**** 등을 모조리 싸잡아 비난했다. 가잘리는 한때 신앙심의 위기를 겪었지만 머지않아 마음을 바로잡고 세계 역사상 으뜸가는 철학 비판자로 발돋움했다. 그는 철학으로는 하느님의 존재를 증명하기는커녕 신이 둘일 수 없다는 사실조차 증명할 수 없다고 비웃었다. 철학은 원인과 결과가 필연적이라고 믿지만 그런 생각은 하느님의 권능을 과소평가한 소치다. 하느

---

* 지금의 이란 동북부에 있는 옛 도시로 이슬람교 시아파의 성지.
** 정통파 이슬람 신학에 신비주의 사상을 접목시킨 사상가.
*** 이슬람의 철학자, 의사.
**** 이슬람의 철학자.

님은 마음만 먹으면 언제든지 결과를 바꿔놓거나 원인을 무력화할 수 있기 때문이다.

밤의 적막이 두 사람을 둘러싸 금단의 대화를 나눌 수 있게 되었을 때 이븐루시드가 두니아에게 말했다. "불타는 막대기를 솜뭉치에 대면 어떻게 될까?"

두니아가 대답했다. "그야 당연히 솜뭉치에 불이 붙죠."

"그런데 왜 불이 붙을까?"

"불은 원래 그런 거니까요. 솜뭉치에 불이 번지면 솜뭉치가 먹혀버리기 마련이죠. 그게 사물의 이치잖아요."

"자연법칙이지. 원인이 있으면 결과가 따른다." 이븐루시드가 두니아의 머리를 쓰다듬으며 말하자 그녀도 고개를 끄덕였다.

이븐루시드가 말했다. "그런데 그 사람은 생각이 좀 달랐어." 두니아는 그를 무너뜨린 적수 가잘리에 대한 언급이라는 것을 알아차렸다. "그 사람은 하느님이 솜뭉치를 불타게 한다고 말했지. 하느님의 우주에서 유일한 법칙은 바로 하느님의 뜻이니까."

"그러니까 하느님이 솜뭉치로 불을 끄고 싶다면, 오히려 불이 솜뭉치에 먹혀버리길 바란다면 그렇게 할 수도 있다는 뜻인가요?"

이븐루시드가 대답했다. "맞아. 그 사람 책에서는 가능하다고 했지."

그녀는 잠시 생각해보다가 마침내 말했다. "엉터리예요." 어둠속에서도 그녀는 수염이 텁수룩한 이븐루시드의 얼굴에 일그러진 미소가 번지는 것을 감지했다. 체념, 고뇌뿐만 아니라 냉소도 함께 머금은 미소였다. 그가 대답했다. "그 사람은 진정한 믿음이란 그런 거라고 하겠지. 그 말에 동의하지 않으면…… 부조리고.”

“그러니까 하느님만 허락하면 무슨 일이든 가능하다는 말이군요. 가령 사람이 땅을 안 밟고 허공을 걸어다닐 수도 있겠네요.”

그러자 이븐루시드가 말했다. “기적은 하느님이 규칙을 바꿔버릴 때 일어난다는 거야. 우리가 그걸 이해하지 못하는 이유는 하느님이 궁극적으로 불가해한 존재, 즉 우리가 이해할 수 없는 존재이기 때문이고.”

두니아는 다시 입을 다물었다. 이윽고 그녀가 말했다. “내가 하느님은 존재하지 않는다고 믿는다 쳐요. 당신 말대로 ‘이성’, ‘논리’, ‘과학’에 무슨 마력이 있으니 하느님은 필요 없다고 믿는다 쳐요. 그런데 이런 가정이 가능하다고 가정할 수도 있을까요?” 그녀는 그의 몸이 굳어지는 것을 느꼈다. 이제는 그가 오히려 그녀의 말을 두려워한다는 생각이 들자 두니아는 야릇하게 기분이 좋아졌다. 이븐루시드가 공연스레 거칠게 내뱉었다. “아니, 그거야말로 어리석은 가정이겠지.”

그는 『부조리의 부조리』를 집필해 백 년의 세월과 1천6백 킬로미터의 거리를 뛰어넘어 가잘리에게 답변했지만 책 제목이 아무리 근사해도 이미 절명한 페르시아인의 영향력은 조금도 줄어들지 않았고 결국 치욕을 당한 쪽은 오히려 이븐루시드였다. 그의 책은 불타버렸다. 그 순간 하느님이 허락하신 덕분에 불길이 책장을 삼켜버렸다. 그는 모든 글에서 ‘이성’, ‘논리’, ‘과학’ 같은 말과 ‘하느님’, ‘신앙’, ‘쿠란’ 같은 말을 서로 화해시키려 노력했지만 성공하지 못했다. 하느님의 호의에 근거한 주장을 절묘하게 펼쳤지만, 인류에게 내리신 이 즐거운 동산만 보더라도 하느님은 틀림없이 존재한다고 쿠란 구절을 인용해가며 설명했지만 모두 헛일이었다. 내가 구름을 보내 비를 내리고 물이 넉넉히 흐르게 하였으니 비로소 너희가 곡물과 푸성귀를 기르고 뜰에도 나무가 우거지지 않더냐?* 이븐루시드는 솜씨 좋은 아마추어 정원사로 자기 딴에는 호의에 근거한 주장을 통하여 하느님의 존재뿐만 아니라 하느님이 본래 너그럽고 자비로운 분이라는 사실까지 증명했다고 여겼지만 하느님은 엄격한 분이라고 믿는 자들에게 패배하고 말았다. 이제 그는 개종한 유대인 여자를 (어쨌든 그는 그렇게 믿었으니까) 사창가의 운명에서 구해주고 그의 꿈속까지 들여다보는 듯한 그녀와 동침하고 있었다. 꿈속에서는 가잘리를 만나 논쟁을 벌이며 서로가 용납할 수 없는 말, 진심이 담긴 말, 과감무쌍한 말을 주고받았는데, 만약 생시에도 그런 말을 함부로 내뱉었다면 사형집행인을 피할 수 없었으리라.

두니아가 자꾸 임신해 가뜩이나 좁은 집구석에 아이들을 마구 쏟아내는 바람에 이븐루시드는 금지된 '거짓말'을 늘어놓을 여유가 없었다. 애정을 나눌 시간도 줄고 돈 문제도 불거졌다. 그녀는 말했다. "진정한 남자라면 행동의 결과를 감수해야죠. 인과관계를 믿는 사람이라면 더욱더." 그러나 예나 지금이나 그는 돈벌이에 소질이 별로 없었다. 말장사가 워낙 불안정한 사업인데다 경쟁도 치열해서 이윤이 적었다. 항아리 시장에도 경쟁자가 즐비해 가격

* 쿠란 78:14~16.

이 너무 낮았다. 두니아가 짜증 섞인 목소리로 말했다. "환자한테 치료비를 더 받아요. 좀 퇴색하긴 했지만 예전의 명성을 잘 활용해야죠. 이름 말고 당신이 가진 게 뭐예요? 아이 만드는 재주꾼 노릇만 하면 곤란해요. 애가 생기면 먹여 살려야죠. 그게 바로 '논리'예요. 그게 '합리적'이라고요." 두니아는 그를 공격하는 데 효과적인 말이 무엇인지 잘 알았다. 그녀가 기세등등하게 부르짖었다. "그러지 못하면 '부조리'란 말예요!"

(마족은 황금이나 보석처럼 반짝거리는 물건을 좋아해서 흔히 지하동굴에 감춰놓기도 한다. 그런데 마족 공주인 그녀가 왜 보물 동굴의 문 앞에서 열려라! 하고 외치는 방법으로 금전 문제를 단번에 해결해버리지 않았을까? 스스로 인간으로서의 삶을 선택하고 한 인간의 '인간' 아내로서 인간관계를 맺었으니 자신의 선택을 고수하는 수밖에 없었기 때문이다. 뒤늦게 연인에게 본성을 드러낸다면 둘의 관계의 밑바탕이었던 속임수나 거짓말도 실토하게 될 터였다. 그래서 그가 그녀를 버릴까봐 두려워 두니아는 입을 다물었다. 그러나 그는 결국 인간적인 이유로 그녀를 떠나버렸다.)

페르시아어로 '하자르 아프산' 즉 『천 가지 이야기』라는 책이 아랍어로 번역되었다. 아랍어판에 실린 이야기는 천 가지에는 못 미쳤으나 줄거리를 분산해 천 일 밤, 아니, 똑떨어지는 숫자는 꼴사나우니 천 일 밤 하고도 하룻밤에 걸쳐 펼쳐놓았다. 이븐루시드는 그 책을 본 적이 없지만 궁정에 있을 때 몇몇 이야기는 들어보았다. 그중에서도 어부와 마족에 얽힌 이야기가 매력적이었는데, 환상적 요소(램프에서 나온 마족, 말하는 마법 물고기, 마법에 걸려

몸의 절반은 사람이고 절반은 대리석이 된 왕자 등등)보다 기교적 아름다움 때문이었다. 어떤 이야기 속에 다른 이야기를 끼워넣고 그 속에 다시 다른 이야기를 포함시키는 방식이었는데, 그래서 이야기가 현실을 비춰주는 참다운 거울이 되었다고 이븐루시드는 생각했다. 현실에서도 우리의 이야기 속에는 다른 사람들의 이야기가 함께 담겨 있기 마련이며 그 이야기 하나하나는 우리의 가족이나 조국이나 신념의 역사 같은 더 크고 장엄한 이야기의 일부분이기도 하다. 그러나 이야기 속의 이야기보다 더 아름다운 것은 이야기꾼에 대한 이야기, 바로 샤흐라자드 즉 셰에라자드라는 왕비에 대한 이야기였다. 그녀는 포악한 남편에게 살해당하지 않으려고 이런저런 이야기를 들려주었다. 그야말로 죽음과 싸우는 이야기, 야만인을 길들이는 이야기였다. 그리고 신방 침대 발치에는 샤흐라자드의 여동생이 앉아 완벽한 청중 노릇을 하며 이야기를 하나만 더, 하나만 더, 다시 하나만 더 해달라고 졸랐다. 이븐루시드는 바로 이 여동생의 이름을 따서 자신의 연인 두니아가 낳은 수많은 아이들을 두루 일컫는 명칭으로 삼았는데, 우연찮게도 그 여동생의 이름이 바로 두니아자드였기 때문이다. "그리고 햇빛도 안 드는 이 집을 그득그득 채우는 저놈들, 내 환자들한테, 루세나의 병약한 사람들한테 터무니없는 치료비를 강요하게 만드는 저놈들이야말로 두니아자트, 즉 두니아의 무리, 두니아 족속, 두니아족, 우리말로 풀이하자면 '세계인'이니까."

두니아는 몹시 불쾌했다. "우리가 결혼을 안 했으니 애들한테 아버지 성을 물려줄 수 없다는 뜻이군요." 그러자 그는 씁쓸하고 일그러진 미소를 지었다. "두니아자트가 더 좋아. 세상을 다 담은 성이고 아직 세상의 심판을 받지 않은 성이니까. 루시드라는 성을 쓰면 이마에 낙인을 찍은 채 역사 속으로 뛰어드는 셈이지." 두니아는 셰에라자드의 여동생을 자처하며 밤낮없이 이야기를 해달라고 졸랐다. 다만 그녀의 셰에라자드는 남자였고, 오라비가 아니라 연인이었고, 그의 이야기에는 자칫 침실의 어둠 밖으로 새어나가면 둘 다 목숨을 잃을 만한 내용도 더러 섞여 있었다. 그래서 두니아는 그가 반反셰에라자드, 즉 『천일야화』의 이야기꾼과 상반되는 존재라고 말했다. 셰에라자드의 이야기는 그녀의 목숨을 구했지만 이븐루시드의 이야기는 그의 목숨을 위험에 빠뜨릴 테니까. 그 무렵 칼리프 아부 유수프 야쿠브는 승승장구했고 과디아나 강변의 알라르코스에서 카스티야의 그리스도교인 국왕 알폰소 8세의 군대와 싸워 대승을 거두기도 했다. 알라르코스 전투 당시 그의 군대가 그리스도교 군대의 딱 절반에 달하는 십오만 명의 카스티야 병사를 참살한 후 칼리프는 승리자라는 뜻으로 알만수르라는 이름을 사용했고, 정복자다운 자신감으로 광신적인 베르베르족 세력을 꺾어버린 후 이븐루시드를 다시 궁정으로 불러들였다.

늙은 철학자의 이마에 찍혔던 치욕의 낙인이 지워지고, 귀양살이도 막을 내렸다. 사면 복권된 그는 코르도바 왕실의 주치의 자리를 당당히 되찾았으니, 귀양살이를 시작한 지 꼬박 2년 8개월 28일, 즉 천 일 하고도 하루 밤낮을 보낸 뒤였다. 물론 두니아는 또 잉태한 몸이었고, 물론 그는 그녀와 결혼하지 않았고, 물론 자식들에게 자신의 성을 물려주지도 않았고, 물론 그녀를 알모하드 궁정으로 데려가지도 않았다. 그리하여 그녀는 역사 밖으로 사라져버렸고, 그는 자신의 궁의 宮衣와 함께, 부글부글 끓어오르는 반론과 함께, 더러는 묶고 더러는 두루마리로 말아놓은 온갖 원고와 함께 역사까지 챙겨 떠나버렸는데, 그의 원고는 이미 타버렸으니 모두 남들이 집필한 원고였지만, 그는 다른 도시와 여러 친지들의 서재에 아직도 자신의 책이 많이 남았다고, 어려운 시절이 닥치기 전에 이리저리 감춰두었다고 털어놓았는데, 슬기로운 자는 늘 역경에 대비하기 마련이니까, 그러나 겸허한 자에게는 언젠가 이렇게 뜻밖의 행운이 찾아오기 마련이니까. 아무튼 그는 아침밥도 먹다 말고 작별인사도 없이 떠나버렸는데, 그녀는 그를 옥박지르지도, 내면에 감춰진 본성이나 능력을 드러내지도 않았고, 당신이 꿈속에서 상상조차 어리석은 것들을 상상할 때, 도저히 화해시킬 수 없는 것들을 화해시키려는 노력을 포기할 때 어떤 잠꼬대를 하는지, 얼마나 무시무시하고 섬뜩한 진실을 내뱉는지 다 안다고 말하지도 않았다. 그녀는 떠나가는 역사를 군이 붙잡으려 하지 않고 보내주었다. 마치 아이들이 화려한 행렬을 묵묵히 바라보며 기억 속에 간직하듯이, 그리하여 잊을 수 없는 것으로, 자신의 것으로 만들어가듯이. 그는 그녀를 그토록 쉽게 버렸건만 그녀는 그를 여전히 사랑했다. 그녀는 이렇게 말하고 싶었다. 당신은 나의 전부이거늘, 나의 해님이며 달님이거늘, 이제 누가 내 머리를 보듬어주랴, 누가 내 입술에 입을 맞추랴, 누가 우리 아이들의 아비가 되어주랴. 그러나 그는 불멸의 전당에 들어갈 위대한 인물이었고 빽빽거리는 애새끼들은 헌신짝처럼 버려졌다.

이미 떠나버린 철학자에게 그녀는 속삭였다. 당신은 나에게 아픔을 주었지만, 먼 훗날 당신이 세상을 떠나고 다시 먼 훗날 언젠가 당신이 가족을 되찾고 싶어질 때, 바로 그 순간 내가, 당신의 정령 아내가 그 소원을 들어주겠어요.

그녀는 한동안 인간세상에 머문 듯한데, 어쩌면 그가 돌아오기를 헛되이 기다렸는지도 모른다. 그리고 그는 계속 그녀에게 돈을 보내주었는데, 어쩌면 이따금씩 그녀를 찾아왔는지도 모른다. 그녀는 말장사는 포기하고 항아리장사는 계속했다. 그러나 이제 역사의 해님과 달님이 그녀의 집을 영영 떠나버렸으니 그녀에 대한 이야기는 어둠과 신비 속으로 빠져들었고, 따라서 사람들의 말처럼 이븐루시드가 죽은 후 그의 혼령이 돌아와 더욱더 많은 아이들을 잉태시켰다는 소문이 사실일지도 모른다. 사람들은 이븐루시드가 그녀에게 마족을 가둬놓은 램프를 주었는데 그가 떠난 후 태어난 아이들은 바로 그 마족의 자식이라고 말하기도 했으니—떠도는 소문이 얼마나 손쉽게 진실을 왜곡하는지 보라! 더욱더 가혹한 소문에 따르면 이 버림받은 여인은 누구든 집세만 내주면 닥치는 대로 끌어들였으며 그때마다 어김없이 아이들이 잔뜩 태어났다고, 그러므로 두니아자트, 즉 두니아의 자식들은 이제 이븐루시드의 사생아가 아니라고, 적어도 일부 또는 다수 또는 대부분은 씨가 다르다고 했는데, 대부분의 사람들이 보기에 그녀의 생애는 이미 더듬더듬 흐트러진 문장이 되어버리고 글자 하나하나가 아무 의미도 없는 형태로 문드러져 도대체 그녀가 얼마나 오래, 어디서, 어떻게, 누구와 함께 살았는지, 그리고 언제 어떻게 죽었는지—정말 죽었는지―전혀 확인할 길이 없었다.

　어느 날 홀연히 사라져버린 그녀는 이 세상의 틈새를 빠져나가 페리스탄으로, 또하나의 현실로, 즉 마족들이 때때로 인류에게 길흉화복을 주며 드나드는 꿈의 세계로 돌아갔지만 아무도 알아차리지 못하거나 관심을 갖지 않았다. 루세나 마을 사람들에게는 그녀가 불 없는 연기 속으로 사라져버린 듯했다. 두니아가 우리 세계를 떠난 후 마족의 세계에서 우리 세계로 넘어오는 나그네의 수가 점점 줄더니 오랫동안 발길이 아주 끊어졌다. 이 세상에 존재했던 틈새마다 삭막한 규율 같은 잡초와 따분한 사상 같은 가시덤불이 우거져 결국 완전히 막혀버렸고, 우리 선조들은 마법의 혜택이나 해악을 받는 일 없이 자기들끼리 재주껏 살아가야 했다.

　그러나 두니아의 아이들은 번창했다. 그것만은 분명하다. 그리하여 거의 삼백 년이 흐른 후 유대인이 스페인에서 추방당할 때, 자신이 유대인이라고 말할 수 없었던 유대인마저 모두 쫓겨날 때, 두니아의 아이들이 낳은 아이들도 카디스와 팔로스데모게르에서 배를 타거나 피레네산맥을 도보로 넘거나 마족의 혈통답게 마법 양탄자 혹은 거대한 항아리 따위를 타고 날아올라 대륙을 횡단하고 칠대양을 항해하고 높은 산을 오르고 큰 강을 헤엄쳐 건너고 깊은 골짜기로 숨어들어 어디서든 안전한 피난처를 찾아냈는데, 그렇게 뿔뿔이 흩어진 그들은 서로를 금방 잊어버리기도 하고 더러는 오래 기억하다가 잊기도 하고 또 더러는 끝내 잊지 않았지만, 이제는 엄밀히 가족이라고 말할 수 없는 가족, 엄밀히 종족이라고 말할 수 없는 종족이 되어버렸다. 그들은 온갖 종교를 받아들였지만 수세기에 걸쳐 개종을 거듭한 끝에 종교를 믿지 않는 사람도 많아졌고, 자신들의 초자연적 뿌리를 까맣게 모른 채 유대인의 강제 개종에 얽힌 이야기마저 잊어버렸고, 그래서 더러는 미친듯이 종교에 심취하고 또 더러는 종교를 경멸하는 무신론자가 되었다. 거처가 없는 가족이지만 어디에나 있는 가족, 위치가 없는 마을이지만 지구상 방방곡곡에 두루 뻗어나간 마을이었다. 마치 뿌리 없는 식물처럼, 혼자서는 설 수 없어 남에게 의지해야 하는 이끼나 물풀이나 착생난초처럼.

역사는 자기가 버린 이들에게도 가혹하기 마련이지만 역사를 만들어가는 이들에게도 똑같이 가혹할 수 있다. 이븐루시드는 복권된 후 불과 일 년 만에 마라케시*에서 여행중에(우리가 믿기로는 평범한 노환으로) 사망했고, 그래서 자신의 명성이 점점 커져 마침내 그가 속한 세계의 경계를 넘어 이교도의 세계로 퍼져가는 과정을 보지 못했다. 그곳에서 아리스토텔레스에 대한 그의 논평이 저 위대한 선배의 인기를 떠받치는 토대가 되었고 더 나아가 이교도의 불경한 철학 즉 세속주의saecularis —이 말은 이 세상의 한 시대saeculum에 한 번만 등장하는 사상, 혹은 여러 시대에 걸쳐 지속되는 사상을 뜻한다—의 초석이 되었는데, 바로 이 세속주의야말로 그가 꿈속에서만 말할 수 있었던 사상을 그대로 빼닮은 철학이었다. 생전에도 믿음이 깊었던 그는 역사가 마련해준 명망을 그리 달가워하지 않았을지도 모른다. 신앙인이었던 그가 장차 신앙을

---

* 모로코 중부의 도시.

불필요하게 여기는 사상을 꽃피울 계기를 주었으니 기이한 운명이 아닐 수 없고, 게다가 한 사람의 철학이 그가 살던 세계의 경계 너머에서는 승리를 거두었으나 정작 그의 세계에서는 패배하고 말았으니 더욱더 기이한 운명이었다. 그가 알던 세계에서는 앞서 세상을 떠난 숙적 가잘리의 후손이 번성하여 왕국을 물려받은 반면, 이븐루시드의 사생아들은 그가 금지한 성을 버리고 전 세계로 퍼져나갔기 때문이다. 무작위적 확산의 비논리적 수수께끼 가운데 하나인 '응집현상' 때문에 생존자의 상당수는 결국 광활한 북아메리카대륙에 당도했고, 또 상당수는 광활한 남아시아의 아대륙에 당도했고, 그후 그들 가운데 다수가 서쪽이나 남쪽으로 이동해 남북아메리카 전역에 퍼졌고, 아시아 하부의 거대한 다이아몬드 같은 아대륙에서는 북쪽과 서쪽으로 이동해 세계 각국으로 퍼져나갔다. 왜냐하면 두니아자트는 한결같이 귀가 특이하게 생겼을 뿐만 아니라 발바닥이 근질거려 좀처럼 한자리에 머물지 못했기 때문이다. 그리고 곧 알게 되겠지만 이븐루시드와 그의 숙적은 절명한 뒤에도 토론을 계속했다. 위대한 사상가들의 논쟁은 결코 끝나지 않는 법인데, 논쟁이라는 개념 자체가 지식에 대한 사랑 즉 철학에서 비롯되었으므로 끊임없이 정신을 가다듬는 도구일 뿐만 아니라 무엇보다 예리한 도구이기 때문이다.

정원사
제로니모

MR
GERONIMO

그로부터 팔백 년 이상이 흐른 후, 그곳으로부터 5천6백 킬로미터 이상 떨어진 곳에서, 지금으로부터 천 년도 넘은 옛날, 우리 선조들이 살던 한 도시에 폭풍우가 포탄처럼 들이닥쳤다. 그들의 어린 시절이 물속으로 사라져버렸다. 그들이 사탕이나 피자를 사먹던 추억의 부두도, 여름날 햇살을 피하려고 그 아래로 숨어들어 첫 입맞춤을 나누던 욕망의 산책로도 송두리째 무너져버렸다. 집집마다 지붕이 방향감각을 잃은 박쥐처럼 밤하늘로 갈팡질팡 날아오르고, 사람들이 지난날을 보관하던 다락방이 고스란히 드러나는 바람에 사나운 하늘이 그들의 과거를 모조리 삼켜버리는 듯했다. 지하실에서는 모든 비밀이 물에 잠겨 아무것도 기억할 수 없었다. 전기도 끊어졌다. 어둠이 엄습해왔다.

전기가 끊어지기 직전까지 텔레비전은 마치 외계인 침략자들의 우주선처럼 허공에 떠 있는 새하얗고 거대한 소용돌이를 하늘에서 촬영한 영상을 보여주었다. 다음 순간 강물이 발전소를 휩쓸고 곳곳에서 나무가 쓰러져 전선을 덮치거나 비상발전기 보관시설을 뭉개버리면서 거대한 재앙이 시작되었다. 우리 선조들을 현실에 묶어두었던 밧줄이 더러 끊어져버렸고, 폭풍우가 귓속까지 파고들어 목청껏 울부짖을 때 사람들은 이 세상의 틈새가 다시 벌어졌다고, 봉인이 깨져버렸다고, 하늘에는 마법사들이 깔깔거리며 날아다니고 사악한 기수들이 구름을 타고 질주한다고 믿을 수밖에 없었으리라.

사흘 밤낮이 지날 때까지 아무도 말을 하지 못했다. 세상에는 폭풍우의 언어만 존재했고 우리 조상들은 그 무시무시한 언어를 말할 줄 몰랐기 때문이다. 마침내 폭풍우가 그쳤을 때, 유년기가 이미 끝났음을 믿으려 하지 않는 아이들처럼 사람들은 모든 것이 예전 그대로이길 바랐다. 그러나 빛이 다시 나타났을 때 느낌이 전혀 달랐다. 일찍이 보지 못한 백색광, 취조실 전등처럼 가혹한 빛, 그림자도 없고 은신처 하나도 남기지 않는 무자비한 빛이었다. 그 빛은 이렇게 말하는 듯했다. 두려워하라, 내가 삼라만상을 불사르며 심판하리라.

그때부터 괴이한 일이 잇따랐다. 그런 상황은 2년 8개월 28일 동안이나 이어졌다.

그로부터 천 년 후 우리에게 전해진 역사는 이렇게 전설이 즐비하다 못해 아예 전설에 짓눌린 듯하다. 우리는 이 이야기를 그렇게 본다. 마치 오류가 있는 기억처럼, 혹은 까마득한 옛날에 꾸었던 꿈처럼 여긴다.

설령 그것이 모두 거짓이거나 더러 거짓이더라도, 기록된 사실 속에 날조된 이야기가 심심찮게 섞였더라도 지금으로서는 이미 어찌할 도리가 없다. 어쨌든 우리가 취사선택한 이야기는 선조들에 대한 이야기다. 그러므로 당연히 우리에 대한 이야기이기도 하다.

자신의 발이 땅에 닿지 않는다는 사실을 미스터 제로니모가 처음 알아차린 날은 대홍수가 지나간 후 처음 맞은 수요일이었다. 평소처럼 동트기 한 시간 전에 눈을 떴는데 신기한 꿈 하나가 어렴풋하게 생각났다. 어떤 여자가 그의 가슴에 입술을 대고 알아들을 수 없는 말을 중얼거리는 꿈이었다. 코가 꽉 막히고 입안이 바싹 마른 것은 잠결에 입으로 숨을 쉰 탓이고, 목이 뻣뻣해진 까닭은 베개를 여러 개 겹쳐 베는 습관 때문이다. 게다가 왼쪽 발목에 생긴 습진마저 긁어달라고 아우성이다. 아무튼 아침마다 온몸이 삐걱거리는 데는 이미 익숙해졌다. 다시 말해 굳이 구시렁거릴 일은 아니었다. 사실 발은 멀쩡한 듯싶었다. 제로니모는 살면서 꽤 오랫동안 발 때문에 고생했지만 오늘은 얌전했다. 평발이라 시시때때로 통증을 느끼는데, 밤마다 잠들기 직전에 그리고 아침마다 눈뜨자마자 꼼꼼하게 발가락을 구부리는 운동을 하고, 신발에는 깔창을 깔고, 계단을 오르내릴 때는 발끝으로 걷는데도 소용이 없다. 게다가 관절염과도 싸워야 하는데 약만 먹으면 설사가 난다. 그렇게 걸핏하면 통증이 찾아오지만 그는 묵묵히 감수하고, 젊은 시절에 깨달은 사실을 떠올리며 마음을 달래본다. 평발 덕분에 징병을 피할 수 있었다고. 제로니모는 이미 입대할 나이를 훌쩍 넘겼지만 그 사실은 여전히 위안을 준다. 게다가 관절염은 군왕의 병이라고 하지 않나.

요즘 발꿈치에 생긴 두툼한 굳은살이 쩍쩍 갈라져 치료해야 하는데 너무 바빠서 발병 전문의를 찾아갈 시간이 없다. 하루종일 돌아다녀야 하므로 발을 안 쓸 도리가 없다. 더구나 그런 폭풍우 속에서 정원 손질을 할 수도 없어 며칠 푹 쉬게 해주었더니 오늘 아침은 그 보답으로 두 발이 말썽을 안 부리기로 마음먹은 모양이다. 제로니모는 침대 밖으로 두 다리를 내리고 일어섰다. 어딘가 느낌이 좀 달랐다. 반질반질한 침실 마룻바닥의 감촉을 잘 알건만 그 수요일 아침에는 무엇 때문인지 그 감촉이 느껴지지 않았다. 웬일로 발밑이 폭신폭신하다는 느낌, 마치 아무것도 안 밟은 듯 편안한 느낌이었다. 굳은살이 두꺼워져 감각이 무뎌진 모양이군. 제로니모 같은 남자, 힘겨운 육체노동이 기다리는 하루를 앞둔 노인은 그렇게 하찮은 일로 근심하지 않는다. 그런 남자라면, 그렇게 덩치가 크고 건강하고 튼튼한 남자라면 사소한 문제쯤은 가볍게 넘겨버리고 씩씩하게 하루 일과를 시작한다.

내일은 둘 다 복구될 예정이지만 아직 전기도 안 들어오고 수돗물도 졸졸 나왔다. 제로니모는 매우 깔끔한 성격인데 양치를 깨끗이 할 수도 없고 샤워도 할 수 없으니 괴로운 노릇이었다. 변기를 비울 때도 욕조에 조금 남은 물을 써야 했다. (만일에 대비하여 폭풍우가 시작되기 전에 받아놓은 물이었다.) 그는 작업복을 입고 장화를 신었다. 멈춰버린 엘리베이터는 못 본 척하고 계단을 내려가 엉망진창이 되어버린 길거리로 나섰다. 그는 내심 중얼거렸다. 예순도 넘은 나이에, 남들은 드러누워 빈둥거릴 나이에 나는 아직도 예전과 다름없이 튼튼하고 팔팔하지. 오래전에 이런 인생을 선택한 덕분이었다. 그 선택 덕분에 아버지의 성당을, 기적의 치료법을 자랑하는 그곳을, 그리스도의 권능에 사로잡힌 여자들이 고래고래 소리치며 휠체어에서 벌떡 일어나는 그곳을 벗어날 수 있었고, 또한 삼촌의 건축사무소를, 그대로 머물렀다면 그 인정 많은 노신사가 생각해내는 아무도 알아주지 않는 건물의 설계도를 그리며, 실망과 좌절과 온갖 후회가 가득한 평면도를 그리며 한자리에 틀어박힌 채 아무도 보아주지 않는 기나긴 세월을 보냈을 그곳도 벗어날 수 있었다. 제로니모는 예수님과 제도판을 버리고 야외로 나왔다.

노란색 글자에 진홍색 음영을 넣어 정원사 미스터 제로니모라는 이름과 전화번호와 웹사이트 주소를 측면에 새긴 초록색 픽업트럭에 올랐을 때도 그는 깔고 앉은 좌석의 감촉을 전혀 느낄 수 없었다. 평소에는 여기저기 갈라진 녹색 가죽이 마치 격려하듯 오른쪽 엉덩짝을 콕콕 찔렀지만 오늘따라 웬일인지 아무 느낌도 없었다. 아무래도 내가 정상이 아니구나. 전반적으로 감각이 무뎌졌다. 걱정스러운 일이다. 이 나이에는, 더구나 내가 선택한 직업을 감안한다면 육체의 사소한 배신에도 일일이 신경을 쓰고 어떻게든 대처해 더욱더 중대한 배신을 당하지 않도록 예방해야 한다. 아무래도 검진을 받아봐야겠다. 그래도 지금은, 지금 당장은 곤란하다. 홍수 때문에 의사도 병원도 더 중요한 문제부터 해결해야 할 테니까. 장홧발로 가속페달과 브레이크페달을 밟는데 이상하게 좀 뻑뻑하다. 오늘 아침은 조금 더 힘을 줘야 눌리는 듯싶다. 이번 홍수가 사람뿐만 아니라 자동차의 정신까지 흔들어놓은 모양이다. 곳곳에 버려진 자동차는 창문이 깨지거나 비스듬히 기울어져 의기소침한 모습이고, 아예 옆으로 돌아누운 노란색 버스 한 대는 시무룩해 보인다. 그나마 간선도로는 청소가 끝났고 조지워싱턴교도 통행을 재개했다. 연료 품귀 사태가 벌어졌지만 그는 쓸 만큼 사재기를 해놨으니 당분간은 버틸 만하다. 제로니모는 연료, 방독면, 손전등, 담요, 의료품, 통조림, 생수 따위를 늘 쟁여두는 사람이다. 비상시에 대비하는 사람, 사회조직도 언젠가는 찢어지고 무너질 수 있다고 생각하는 사람, 베인 자리를 붙일 때 순간접착제를 써도 된다는 사실을 아는 사람, 인간의 본성은 아무것도 견고하게 만들지 못한다고 믿는 사람이다. 늘 최악의 상황을 예상하는 사람이다. 또한 미신적인 사람, 행운을 비는 사람, 예컨대 미국에서는 나무에 악령이 깃들이므로 목재를 두드려 그것을 쫓아내는 반면 영국에서는 나무의 정령이 선량하므로(제로니모는 영국 시골을 동경한다) 목재를 어루만지며 정령의 가호를 기원한다는 사실을 아는 사람이기도 하다. 이런 지식은 중요하니까 반드시 알아둬야 한다. 조심해서 나쁠일이 어디 있으랴. 하느님을 버린 사람이라면 더욱더 행운의 여신에게 잘 보이려고 노력해야 하지 않을까.

그는 트럭을 다독여가며 섬의 동쪽 강변을 따라 달리다 통행이 재개된 조지워싱턴교를 건넜다. 라디오는 당연히 옛 노래가 나오는 채널에 맞춰놓았다. 어제는 가버렸네, 어제는 가버렸네.* 옛날 가수들이 노래할 때 제로니모는 생각했다. 그래, 훌륭한 조언이야.

---

* 영국 포크록 듀오 '채드 앤드 제러미'의 1963년 데뷔곡.

어제는 가버렸어. 내일은 영원히 오지 않고. 그렇다면 오늘만 남은 셈이지. 강물은 원래의 물길로 돌아갔지만 제로니모는 강변 전체를 뒤덮은 파괴의 잔해와 검은 진흙을 보았고, 검은 진흙에 파묻힌 채 죽어갔던 도시의 과거를 보았고, 검은 진흙 밖으로 잠망경처럼 간신히 삐져나온 침몰선 굴뚝을 보았고, 강기슭에서 앞니가 다 빠지고 진흙투성이가 되어 망연자실한 올즈모빌 승용차를 보았고, 더욱더 어두운 비밀, 예컨대 강물 속에 산다는 전설의 괴물 킵시의 뼈대, 그리고 살해당한 아일랜드계 부두노동자들의 두개골이 검은 진흙 속에서 허우적거리는 장면을 보았고, 라디오에서도 기이한 뉴스가 흘러나왔는데, 아메리카 원주민 요새 니피닉센의 성벽이 검은 진흙에 실려 나타났고, 먼 옛날 네덜란드 상인이 쓰던 지저분한 털가죽 외투도, 그리고 마나하타* 북단의 인우드힐공원에서는 페터르 미나위트**라는 사람이 레나피족 원주민으로부터 이 언덕투성이 섬을 구입할 때 사용했다는 60길더***어치 잡동사니가 고스란히 담긴 진품 상자도 발견되었다니, 마치 이번 홍수가 우리 선조들에게 다들 꺼져버려라, 내가 이 섬을 되사겠다 하고 말하는 듯한 형국이 아닌가.

그는 홍수가 남긴 쓰레기로 엉망이 되어버린 도로를 지나 블리스 가문의 사유지 라 인코에렌차로 향했다. 시외 쪽은 폭풍우가 더욱더 기승을 부린 터였다. 거대하고 비뚤비뚤한 기둥 같은 벼락줄

---

* '맨해튼'의 어원으로 '언덕투성이 섬'이라는 뜻.
** 17세기 네덜란드의 아메리카 식민지 행정관.
*** 네덜란드 화폐단위.

기가 라 인코에렌차와 하늘 사이를 연거푸 가로질렀고, 질서는—
일찍이 헨리 제임스*가 경고했듯이 우주의 질서는 인간의 몽상에
불과하므로—자연을 다스리는 혼돈의 위력 앞에서 맥없이 무너지
고 말았다. 저택의 정문 위로 끊어진 전선 한 가닥이 꽁무니에 죽
음을 매달고 위험천만하게 흔들거렸다. 전선이 정문을 건드릴 때
마다 푸르스름한 전광이 따다닥거리며 철문살을 타고 흘렀다. 고
택은 꿋꿋이 버티고 있었지만 강물이 마치 진흙과 이빨로 뒤덮인
거대한 뱀장어처럼 둑을 넘어와 영내를 한입에 삼켜버렸다. 강물
은 물러갔으나 피해가 참담했다. 그 참상을 둘러보며 제로니모는
자신의 상상이 죽어가는 장면을 목격하는 기분이었다. 두툼하게
덮인 검은 진흙이, 그리고 과거의 막강한 배설물이 상상을 살해한
범죄현장을 보는 듯했다. 어쩌면 눈물을 흘렸는지도 모른다. 그리
고 지금은 범람한 허드슨강의 검은 진흙에 가려져 아예 보이지도
않지만 한때는 넘실거리는 잔디밭이었던 곳에서 눈물을 삼키며 찬
찬히 둘러보니 무려 십여 년 세월을 바쳐가며 일생일대 최고의 솜
씨로 가꿔놓은 그곳이 온통 엉망진창이 되었는데, 철기시대의 켈
트족을 연상시키는 나선무늬 석조물도, 플로리다에 있는 비슷한
정원이 무색할 만큼 아름다웠던 침상원沈床園**도, 그리니치 자오선
에 있는 유물을 그대로 복제한 아날렘마*** 해시계도, 진달래 군락
도, 중심부에 뚱뚱한 미노타우로스 석상까지 설치한 미노스의 미

---

* 미국 태생의 소설가이자 비평가. 영국으로 귀화 후 일 년 뒤 사망했다.

** 주위보다 한 층 낮게 만든 정원.

*** 연중 태양의 위치 변화를 표시한 8자 모양의 눈금자.

궁도, 곳곳에 산울타리로 감춰놓은 아늑한 은신처도, 그야말로 모든 것이 역사의 검은 진흙 속에 파묻히거나 망가져버렸고, 검은 진흙 속에 거꾸로 처박힌 나무들의 뿌리는 마치 물에 빠진 사람이 팔을 흔드는 듯했는데—바로 그곳에서 제로니모는 자신의 두 발에 정말 심각한 문제가 새로 생겼다는 사실을 알게 되었다. 진흙을 밟으며 걷는데도 장화가 질벅거리지도 않고 깊이 박혀버리지도 않았다. 어리둥절하여 다시 검은 진흙을 밟으며 두어 걸음 걷다 문득 뒤를 돌아보니 발자국이 하나도 없었다.

"염병할!" 그는 깜짝 놀라 욕지거리를 내뱉었다. 내가 폭풍에 휘말려 이상한 세계로 날아와버렸나? 제로니모는 자신이 쉽게 겁먹지 않는 사람이라고 믿었지만 발자국이 안 찍히는 현상에는 놀랄 수밖에 없었다. 장화 신은 발을 힘껏 굴러보았다. 왼발, 오른발, 왼발. 높이 뛰어올랐다가 최대한 무겁게 떨어져보았다. 진흙은 미동조차 하지 않았다. 내가 술을 마셨나? 아니, 이따금 도를 넘는 일도 있지만 그게 뭐 대수냐, 혼자 사는 늙은이라면 으레 그러는데. 하지만 이번에는 술 문제가 아니다. 그럼 잠이 덜 깨서 라 인코에렌차 영내가 진흙바다로 뒤덮인 꿈을 꾸는 중인가? 그럴지도 모르지만 왠지 꿈같지는 않다. 혹시 이 진흙이 불가사의한 강바닥 진흙일까, 진흙 과학자조차 본 적이 없는 괴이한 진흙, 깊은 물속의 어떤 신비로운 작용 때문에 사람이 껑충껑충 뛰며 짓밟아도 끄떡없는 진흙일까? 아니면—제일 그럴싸한 설명인 동시에 제일 걱정스러운 설명인데—내가 달라져버린 걸까? 나만의 불가사의한 중력 감소 현상? 하느님 맙소사! 그런 생각을 하는 순간, 불경스러운 말을 들을 때마다 눈살을 찌푸리던 아버지의 모습이 함께 떠올랐다. 매주 빠짐없이 설교단 위에서 불과 유황의 고통을 들먹이며 신도들을 협박하더니 어린 아들에게까지, 그것도 겨우 두 걸음 앞에서 똑같이 큰 소리로 호통을 치던 아버지. 하느님 맙소사! 이놈의 발, 정말 검진을 꼭 받아봐야겠구나.

미스터 제로니모는 현실적인 사람이었고, 따라서 새로운 시대가 시작되었다는 생각 따위는 하지 못했다. 그러나 그때는 이미 비이성이 난무하는 시대였고, 당시 그를 괴롭혔던 중력 변이 증상은 수많은 괴현상 가운데 하나에 불과했다. 그는 자신에게 닥쳐오는 온갖 괴이한 사건을 조금도 예상하지 못했다. 예컨대 머지않아 마계의 공주를 만나 사랑을 나누게 될 줄은 꿈에도 몰랐다. 급변하는 세계정세조차 그의 관심을 끌지 못했다. 그는 자신의 역경을 통해 더욱 폭넓은 결론을 도출할 수도 없었다. 배를 한입에 삼킬 만큼 거대한 바다괴물이 곧 오대양 곳곳에 다시 나타날 줄은 상상도 못했고, 다 자란 코끼리를 번쩍 들 만큼 힘센 남자들의 출현도, 마법으로 움직이는 비행 항아리를 타고 지구 상공을 초음속으로 누비는 마법사들의 등장도 미처 예상하지 못했다. 자신이 어느 막강하고 심술궂은 마족의 주술에 걸렸다는 추론도 할 수 없었다.

그러나 그는 매우 꼼꼼한 성격을 타고난 사람이었고, 따라서 자신의 새로운 상태에 대한 근심을 떨쳐버릴 수 없었고, 그래서 낡아빠진 작업용 재킷의 주머니에 손을 넣어 착착 접힌 종이 한 장을 꺼냈다. 전기공사에서 보낸 요금고지서였다. 전기는 끊어졌지만 신속한 납부를 당부하는 고지서는 꼬박꼬박 날아들었다. 세상의 자연스러운 질서였다. 그는 고지서를 펼쳐 진흙땅에 내려놓았다. 그러고는 그 위에 올라서서 발을 구르고, 몇 차례 뛰어오르고, 두 발로 문서를 쓱싹쓱싹 비벼보기도 했다. 종이에는 아무 흔적도 없었다. 손을 내려 종이를 당겨보았더니 발밑에서 스르르 빠져나왔다. 발자국 하나 없다. 다시 해보았지만 이번에도 요금고지서는 양발 밑을 깨끗이 통과했다. 자신과 땅바닥 사이에 아주 좁지만 부인할 수 없는 간격이 존재했다. 지금 그는 적어도 종이 한 장의 두께만큼 땅바닥 위에 지속적으로 떠 있는 상태였다. 제로니모는 종이를 손에 쥔 채 허리를 폈다. 여기저기 쓰러져 죽은 거목이 진흙 속으로 파고들었다. 여성 철학자, 제로니모의 고용주이며 사료 회사 상속녀인 미스 알렉산드라 블리스 파리냐가 1층 유리문 너머에서 그를 내다보는데, 젊고 아름다운 얼굴에서 눈물이 주룩주룩 흘러내렸다. 그녀의 눈에서 흘러나오는 것은 눈물만이 아니었지만 그것이 무엇인지는 알아보기 어려웠다. 두려움이나 놀라움이었는지도 모른다. 어쩌면 욕망이었는지도 모른다.

  그때까지도 미스터 제로니모의 인생은 당시 우리 선조들이 살았던 갈팡질팡하는 세계에서 이미 그리 드물지 않은 여정이었다. 그 세계에서 사람들은 장소, 신념, 사회, 국가, 언어는 물론이고 심지어 더욱더 중요한 명예, 도덕, 판단력, 진실 등으로부터도 쉽사리 분리되었다. 저마다 자기 삶의 참된 이야기에서 떨어져나가 엉뚱한 가짜 이야기를 발견하거나 날조하려 노력하며 여생을 보냈다고 해도 과언이 아니다. 제로니모는 봄베이의 반드라에서 어느 선동적인 가톨릭 성직자의 사생아로 태어나 라파엘 히에로니무스 마네제스라는 이름을 얻었는데, 지금 우리가 이야기하는 사건들이 일어나기 육십여 년 전 여름의 일이었다. 지금과는 다른 시대에 다른 대륙에서 제로니모에게 이름을 지어준(그리고 이미 오래전에 세상을 떠난) 사람은 이제 화성인이나 파충류만큼이나 생소한 존재가 되었지만 핏줄로 따지자면 누구보다 가까운 사이였다. 거룩하신 아버지, 제리 신부, 본명 제러마이아 드니자 신부님은 본인의 표현대로 '불곰 같은 덩치'와 '고래 같은 몸매'를 자랑했는데, 귓불이 없는 대신에 목소리만큼은 트로이전쟁 때 그리스군의 전령으로 쉰 명에 맞먹는 성량을 뽐냈다는 스텐토르 못지않게 쩌렁쩌렁했다. 그는 동네에서 으뜸가는 중매쟁이, 자비로운 폭군, 바람직한 보수주의자라는 데 모두가 동의했다. 체사레 보르자*처럼 제리 신부의 좌우명도 '아우트 카이사르 아우트 눌루스Aut Caesar aut nullus' 즉 '황제냐 무명인이냐'였는데, 그는 결코 무명인이 아니었으니 아마도 황제였을 테고, 실제로도 절대적인 권위를 지녔으므로 어느 침통한 표정의 속기사와 은밀히(모르는 사람이 없었다는 뜻이다) 인연을 맺었을 때도 감히 왈가왈부하는 사람이 없었다. 바니안나무처럼 거대한 제리 신부에 비하면 비쩍 마른 마그다 마네제스는 나뭇가지처럼 가냘팠다. 오래지 않아 제러마이아 드니자 신부님의 완벽한 금욕생활에 살짝 금이 갔고, 그리하여 잘생긴 사

---

* 르네상스시대 이탈리아의 전제군주이자 교황군 총사령관. 아버지이자 교황인 알렉산데르 6세의 지원으로 중부 이탈리아의 로마냐 지방을 정복해 지배했다. 마키아벨리의 『군주론』에서 전제군주의 이상형으로 꼽은 인물.

내 아이가 태어났는데 특이하게 생긴 귀 때문에 누구의 아들인지 한눈에 알아볼 수 있었다. 제리 신부는 종종 이렇게 말했다. "합스 부르크 가문도 드니자 가문도 모두 귓불이 없었어. 그런데 하필 그 놈들만 왕족이 됐으니 안타까운 노릇이지."(반드라 일대의 무식 한 아이들은 합스부르크왕가를 알지 못했다. 그들은 라파엘에게 귓불이 없는 것은 결코 믿을 수 없는 놈, 미친놈, 거창하고 짜릿한 표현을 빌리자면 정신병자라는 표시라고 말했다. 물론 무지몽매한 미신이었다. 그가 남들처럼 영화관에 갔을 때 확인했듯이 정신병 자도—미치광이 살인마, 미치광이 과학자, 미치광이 무굴 왕자 등 등—귀 모양은 모두 평범했으니까.)

제리 신부의 아들은 당연히 아버지의 성을 쓰지 못하고—체면 치레는 해야 하니까—어머니의 성을 물려받았다. 신부는 스페인 코르도바의 수호천사 이름을 따서 라파엘, 그리고 스트리돈시의 수호성자 에우세비우스 소프로니우스 히에로니무스, 일명 성 제롬 의 이름을 따서 히에로니무스라는 세례명을 아들에게 지어주었다. 반드라의 신성한 가톨릭 거리에서—성 레오 성 알렉시우 성 요셉 성 안드레 성 요한 성 로케스 성 세바스티안 성 마르틴 등등—약 식 크리켓을 하던 버릇없는 사내아이들은 그를 '라피 론니무스, 신 부 아들내미우스'라고 부르며 놀려댔고, 그런 놀림은 소년이 너무 크고 튼튼해져 상대하기 힘들 때까지 계속되었다. 그러나 아버지 는 늘 근엄하게 라파엘 히에로니무스 마네제스라고 꼬박꼬박 이 름 전체를 불렀다. 소년은 어머니 마그다와 함께 반드라 동부에 살 았지만 일요일에는 한결 고상한 서부로 건너가 아버지의 성가대에 끼어 노래하거나 제리 신부의 설교를 들을 수 있었다. 신부는 죄를 지으면 무서운 천벌을 피할 수 없다고 역설하면서도 자신이 얼마나 위선적인지는 전혀 깨닫지 못하는 듯했다.

사실 제로니모는 말년에 기억력이 떨어지면서 어린 시절의 많은 부분을 잊어버렸다. 그러나 아버지에 대한 기억은 더러 남아 있었다. 성당에서 노래하던 일도 생각났다. 제로니모는 어렸을 때 라틴어를 조금 알았는데, 고대 로마 언어로 크리스마스 때 신자들을 불러모으는 찬송가 노랫말이었다. 아버지가 시키는 대로 v는 모두 w로 발음했다. 웨니테, 웨니테 인 베들레헴. 나툼 위데테 레겜 안젤로룸.* 그러나 제로니모의 마음을 사로잡은 것은 그에게 이름을 물려준 성 제롬의 역작 불가타Vulgate 성서**의 창세기였다. 특히 창세기 1장 3절. 딕시트퀘 데우스: 피아트 룩스. 에트 팍타 에스트 룩스.*** 그는 이 대목을 제멋대로 번역하여 봄베이판 '울가타Wulgate 성서'를 탄생시켰다. 하느님 가라사대 싸구려 이탈리아 자동차와 영화배우의 화장비누가 있으라 하시매 럭스 비누가 나타났도다. 아빠, 하느님은 왜 하필 피아트 소형차랑 비누 따위를 원하셨죠? 그리고 왜 하필 비누만 나타났죠? 자동차는 왜 못 만드셨어요? 그리고 왜 더 좋

---

* Wenite, wenite in Bethlehem. Natum widete regem angelorum. 찬송가 「참 반가운 신도여(O Come, All Ye Faithful)」의 라틴어 가사를 고전 라틴어 발음에 따라 읽은 것. "오라, 오라, 베들레헴으로. 보아라, 천사들의 왕이 나셨도다"라는 뜻이다.

** 4세기 후반에 성 제롬(히에로니무스)이 번역한 라틴어 성서.

*** Dixitque Deus: fiat lux. Et facta est lux. "하느님 가라사대 빛이 있으라 하시매 빛이 있었다."

은 차를 원하지 않으셨을까요, 아빠? 지저스 크라이슬러*를 달라고 할 수도 있었잖아요? 결국 예상대로 제러마이아 드니자Jeremiah D'Niza에게 꾸지람jeremiad을 들었을 뿐만 아니라 자신이 사생아라는 사실을 다시 통감해야 했다. 아빠라고 하지 말고 남들처럼 신부님이라고 불러라. 제로니모는 낄낄거리며 신부의 무시무시한 손아귀를 뿌리치고 노래를 부르며 달아났다. 싸구려 이탈리아 자동차, 영화배우의 화장비누.

그의 어린 시절은 줄곧 그런 식이었다. 그는 처음부터 성당이 자신에게 안 맞는다는 사실을 알아차렸지만 찬송가만은 좋아했다. 그리고 일요일마다 이 성당으로 모여드는 온 동네 산드라**들의 단발머리와 도도한 몸가짐도 마음에 들었다. 크리스마스 때는 그들에게 노래를 가르쳐주기도 했다. 천사 찬송하기를, 비첨 정***이 최고다. 천국 가고 싶은 사람, 예닐곱 알 먹어라. 지옥 가고 싶은 사람, 한 상자 다 먹어라.**** 소녀들도 이 노래를 좋아했고 성가대석 뒤쪽에서 남몰래 입술을 허락했다. 아버지는 설교단에서 온갖 종말론을 쏟아냈지만 아들을 때리는 일은 좀처럼 없었고, 아들의 입에서 불경스러운 말이 마구 터져나와도 내버려두었다. 사생아는 으레 울분

---

* 원래는 감탄사 "지저스 크라이스트 Jesus Christ"(맙소사, 제기랄)의 완곡어법이지만 여기서는 크라이슬러 자동차회사의 상품명으로 여긴 말장난.
** 1960년대에 선풍적인 인기를 끌었던 미국 영화배우 샌드라 디에 대한 언급.
*** 영국 약제사 토머스 비첨이 1842년 출시한 설사약으로, 만병통치약처럼 홍보해 오랫동안 큰 인기를 끌었으나 1998년에 생산이 중단되었다.
**** 찬송가 「천사 찬송하기를(Hark! The Herald Angels Sing)」을 개사한 노랫말.

을 품기 마련이고 어떻게든 감정을 배출해야 한다는 것을 이해했기 때문이다. 그리고 마그다가 소아마비로 세상을 떠난 후―소크백신을 아무나 구할 수 없었던 옛날이니까―제리 신부는 히에로니무스를 세계의 수도*로 보내 건축가인 찰스 삼촌에게 일을 배우게 했지만 이번에도 그의 뜻대로 풀리지 않았다. 나중에 이 젊은이가 그리니치 애비뉴의 건축사무소를 닫아버리고 원예사업을 시작했을 때 아버지가 편지를 보냈다. 그렇게 한자리에 붙어 있지 못하면 결국 별 볼 일 없는 놈이 되고 말 게다. 라 인코에렌차 영내에서 지면 위로 떠오른 날 제로니모는 아버지의 훈계를 떠올렸다. 그 노친네가 뭘 미리 알고 그런 소리를 했나.

미국인의 입에서 '히에로니무스'는 금방 '제로니모'로 바뀌었고, 인디언 추장을 연상시키는 이 별명이 꽤나 마음에 든다는 사실을 본인도 인정할 수밖에 없었다. 그는 아버지처럼 몸집이 큰 남자였는데, 손도 큼직한데다 솜씨도 좋고, 목도 굵고, 옆모습은 매를 연상시키고, 게다가 인도-인디언의 피부색까지 두루 갖추었으니 미국인들은 그를 볼 때마다 서부개척시대를 떠올리기 일쑤였고 마치 백인의 손에 몰살당한 종족의 후손을 대하듯 공경하기 마련이었는데, 제로니모는, 저는 인도에서 온 인디언이고, 그래서 제국주의의 탄압에 시달렸던 전혀 다른 역사도 잘 알지만, 뭐 아무러면 어떻습니까, 이런 식으로 일일이 해명하지 않고 넘어갔다. 삼촌 찰스 두니자Duniza도(미국인의 이탈리아 취향을 감안해 일찌감치

---

* 여기서는 뉴욕시를 가리킨다.

성의 철자를 바꿔버렸다고 한다) 귓불이 없고 집안 내력대로 키가 컸다. 머리도 새하얗고, 더부룩한 눈썹도 새하얗고, 두툼한 입술은 상냥하면서도 왠지 실망한 듯한 미소를 습관적으로 머금었다. 자신의 조촐한 건축사무소 안에서는 정치에 대한 토론을 일절 허락하지 않았다. 어느 날은 스물두 살 먹은 제로니모를 데리고 제노바 출신 일가족이 운영하는 술집을 찾았는데, 여장남자와 남창과 성전환자가 우글거리는 그곳에서 삼촌은 섹스, 특히 남자끼리 나누는 사랑에 대한 이야기만 했다. 그때까지 그런 이야기를 들어본 적이 없어 아무것도 모르는 봄베이 출신 조카는 경악하면서도 즐거워했다. 이성애자이며 보수주의자인 제리 신부는 동성애를 패륜행위로 여겨 마치 세상에 없는 일처럼 취급했다. 그러나 젊은 제로니모는 이제 세인트마크스 플레이스에 있는 낡아빠진 브라운스톤 건물에서 동성애자인 삼촌과 함께 살았고, 찰스 삼촌이 돌보는 대여섯 명의 동성애자 소년까지 합세하여 그 집은 늘 북적거렸다. 쿠바 난민이었는데, 찰스 두니자는 귀찮다는 듯 명랑하게 손을 내저으며 그들 모두를 싸잡아 라울이라고 불렀다. 이 라울들은 아무 때나 화장실에서 눈썹을 뽑거나 나른하게 가슴털 또는 다리털을 밀다가 하나둘씩 사랑을 찾아 나섰다. 제로니모 마네제스는 그들에게 무슨 말을 해야 좋을지 전혀 몰랐지만 어차피 그들도 제로니모와 대화를 나누는 데는 관심이 없으니 상관없는 일이었다. 제로니모는 늘 이성애자의 페로몬을 짙게 풍겼고, 그래서 라울들도 살짝 찡그린 표정으로 무관심을 드러냈다. 네가 꼭 그래야겠다면 이 공간에서 우리와 공존해도 좋지만 본질적으로 따지자면 우리한테 너는 아예 존재하지도 않는 사람이라는 사실만 알아둬라.

춤추듯이 어둠 속으로 사라져가는 뒷모습들을 바라보며 제로니모 마네제스는 그들을 부러워하는 심정을 문득 깨달았다. 저토록 태평하다니, 저토록 자신만만하다니. 마치 쓸모없는 허물을 벗듯이 아바나를 훌훌 털어버리고, 아는 단어라고는 열 개뿐인 형편없는 영어 실력을 무기 삼아 새로운 도시를 탐험하고, 온갖 언어가 물결치는 저 바다 같은 도심 속으로 거침없이 뛰어들고, 곧바로 제 고향에 온 듯이 적응해버리고, 하다못해 사방에 넘쳐나는 온갖 모난 돌에게 느긋하게 성마르게 사납게 혹은 쓸쓸하게 부적응자의 일성이라도 질러보고, 난잡한 성교를 통해서나마 소속감도 느껴보고. 자신도 그렇게 살고 싶다는 깨달음이었다. 라울들의 심정을 헤아릴 수 있었다. 이렇게 이곳에 와버렸으니, 이 더럽고 구질구질하고 무궁무진하고 위험천만하고 매혹적인 대도시에 발을 들여놓았으니 두 번 다시 고향으로 돌아가지 않으리라.

불신자가 흔히 그러듯이 제로니모 마네제스도 낙원을 찾고 있었지만 맨해튼섬은 결코 에덴동산이 아니었다. 그해 여름 폭동이 일어난 후 찰스 삼촌은 마피아가 운영하는 술집에 발길을 끊었다. 일 년 뒤에는 게이 퍼레이드에 합류하기도 했지만 마음이 그리 편하지는 않았다. 그는 시위를 할 체질이 아니었다. 볼테르의 『캉디드』를 읽어보더니 몹시 혹사당한 주인공의 말에 동의한다고 단언했다. 우리는 우리의 정원을 가꿔야 한다. 찰스는 조카 제로니모에게 조언했다. "집 떠나지 말고, 일이나 다니고, 사업이나 보살펴야지. 단결이니 실천이니 하는 일은, 글쎄다." 찰스 두니자는 본래 신중한 성격이었고 동성애자 사업가 모임의 일원이기도 했는데, 에드 코치*가 시의회에 재직할 당시 그 협회에서 강연을 한 적이 있다고 오랫동안 자랑스럽게 이야기했다. 코치가 동성애자 단체에서 공공연하게 말을 하기는 그날이 처음이었는데, 다들 예의바른 사람들이라 미래의 시장에게 성적 성향에 대한 소문이 사실이냐고 묻는 사람은 아무도 없었다고 한다. 찰스는 정장차림으로 모이는 이 협회에 늘 참석했고, 고향에 남은 제리 신부 못지않게 나름대로 보수주의자였다. 그러나 행진에 꼭 참가해야 할 때는 제일 좋은 옷으로 차려입고 그 떠들썩한 퍼레이드에 동참했는데, 저마다 자신을 과시하는 이 대담한 축제에 양복차림으로 참가한 사람은 극소수였다. 제로니모는 이성애자이면서도 찰스를 따라갔다. 그때쯤에는 아주 가까운 사이가 되어버린 삼촌을 싸움터에 혼자 내보내기가 꺼림칙했기 때문이다.

몇 년이 지난 후 건축사무소가 비틀거리기 시작했다. 그리니치 애비뉴 사무실은 벽마다 꿈으로 뒤덮였다. 찰스 두니자가 지금껏 지은 적도 없고 영원히 지을 일도 없는 건물들이었다. 1980년대 말, 그의 친구이자 유명한 부동산 개발업자 벤토 V. 엘펜바인이 롱아일랜드의 사우스포크에서 100에이커에 달하는 일등급 토지를 매입했는데, 그는 '빅 그라운드너트'**—요즘은 대개 감자로 번역되는 피쿼트족 인디언의 낱말에서 유래한 이름이다—라는 이

---

* 미국 정치가. 뉴욕시의회 의원을 거쳐 1978년에 뉴욕시장에 취임했다.
** 주로 '땅콩'이라는 뜻이지만 여기서는 북미 원산의 콩과 식물 '아피오스', 일명 '인디언감자'를 가리킨다.

땅을 '스타 건축가' 백 명에게 1에이커씩 맡겨 각자의 특징을 살린 집을 짓게 할 계획이었다. 그중 1에이커를 찰스에게 주겠다고 약속했지만—벤토는 "찰스 자네야 당연히 끼워줘야지! 아니, 내가 친구를 따돌릴 사람인 줄 알았나?" 하고 질타했다—복잡한 자금 문제 때문에 이 프로젝트는 줄곧 지지부진했다. 찰스 삼촌의 미소가 조금 흐려지고 조금 쓸쓸해졌다. 갈색머리를 삐딱하게 늘어뜨리고 각양각색의 스카프로 다채롭게 치장한 멋쟁이 벤토는 터무니없이 화려하고 무시무시하게 매력적이었으며 어느 대단한 할리우드 왕조의 자손이었다. 놀랍도록 지적인 그는 소스타인 베블런의 『유한계급론』을 인용하는 버릇이 있었는데, 그때마다 신랄하게 빈정거리면서도 싱글거리는 할리우드식 미소를 빠뜨리지 않았다. 일찍이 채플린과 함께 은막을 장식했던 어머니에게 물려받은 크고 희고 눈부신 치아를 드러내며 조 E. 브라운*처럼 환하게 웃었다. 제로니모 마네제스에게 벤토는 말했다. "내 사업을 지탱해주는 유한계급 즉 부유한 지주계급은 채집민이 아니라 수렵민이지. 근면을 중시하는 윤리적 노선을 따르기보다 약탈이라는 부도덕한 길을 선택하거든. 내가 성공하려면 그런 부자들을 마치 선량한 사람처럼, 부를 창조하고 자유를 수호하는 영웅처럼 대할 수밖에 없지만 난 신경 안 쓴다네. 나도 어차피 약탈자니까, 그래도 윤리적인 사람이라고 믿고 싶으니까."

벤토는 철학자 스피노자의 여러 이름 가운데 하나를 물려받았

---

* 미국 배우, 코미디언.

다는 사실을 자랑스러워했다.* 종종 이렇게 말하기도 했다. "굳이 번역하자면 바뤼흐 아이보리라고 해야겠지.** 영화계에 눌러앉았다면 그 이름이 더 유리했을 텐데. 그건 그렇고. 이곳 새 암스테르담***에서 나는 옛 암스테르담 출신의 포르투갈계 유대인 베네디투 데 에스피노자의 이름을 물려받아 자랑스럽다네. 내 소문난 합리주의도 그분한테 배웠고, 정신과 육체가 하나라는 인식도 마찬가지야. 데카르트가 그 둘을 갈라놓은 건 잘못이었어. 영혼은 무시해버려. 그따위 기계 속의 유령은 없으니까. 정신에 어떤 일이 일어나면 육체도 똑같이 겪는 법이야. 육체의 상태가 곧 정신의 상태라고. 그걸 명심하게. 스피노자는 신에게도 육체가 있다고 했어. 우리처럼 신의 정신과 육체도 하나라는 거지. 그렇게 파격적인 사고방식 때문에 유대인 사회에서도 쫓겨났어. 암스테르담에서 '헤렘'****을 내려 파문해버렸거든. 덩달아 가톨릭교회마저 불후의 명저 『에티카』를 '금서목록'에 포함시켰어. 그렇다고 스피노자가 옳지 않았다는 뜻은 아니지. 스피노자는 안달루시아의 아랍인 아베로에스*****에게서 영감을 얻었는데, 그 사람도 고생깨나 했지만 역시 옳지 않아서 그랬던 건 아니야. 그건 그렇고, 내 생각에 스피노자의 심신일

---

* 네덜란드 철학자 바뤼흐 스피노자의 본명은 베네디투 데 에스피노자인데, 베네딕트, 베네딕투스, 벤토 등 언어권에 따라 이름의 철자와 발음이 다르다.

** 벤토의 성 '엘펜바인'은 독일어로 '아이보리(상아)'를 뜻한다.

*** 1625년 네덜란드인이 맨해튼섬에 건설한 식민도시.

**** 저주, 추방, 파문을 뜻하는 히브리어.

***** 이븐루시드의 라틴어 이름.

체설은 국가에도 똑같이 적용할 수 있다고 봐. 일반 국민과 통제실 패거리는 별개의 존재가 아니야. 우디 앨런 영화*에서 육체가 성행위를 할 때 두뇌 속에 근무하는 요원들이 두건 달린 흰옷을 입은 정자들을 파견하는 거 봤지? 똑같은 상황이라니까."

벤토는 파크 애비뉴 사우스에 빌딩 한 채를 갖고 있었으며 참나무 벽널로 치장한 1층 식당에서 거의 날마다 점심을 먹었다. 가끔은 제로니모 마네제스를 그곳으로 불러 인생의 실상에 대해 이야기했다. "자네 같은 사람, 고향을 떠나 아직 새 땅에 뿌리를 내리지 못한 사람을 내가 좋아하는 소스타인 베블런은 발이 분주한 이방인이라고 불렀지. '지성의 평화를 깨뜨리는 자, 그러나 그 대가로 방황하는 지식인이 되어야만 하는 자, 지성의 황무지에서 저멀리, 지평선 너머 어딘가에 있을 또다른 안식처를 찾아 헤매는 자.' 자네 이야기 같지 않나? 혹시 내 짐작대로 더 가까운 곳에서 안식처를 찾는 중인가? 무지개 너머가 아니라, 톡 까놓고 말하자면, 가령 우리 어여쁜 딸내미 곁에서? 자네가 방황을 끝내려고 찾는 게 우리 엘라 아닌가? 그 아이가 닻이 되어주길, 그래서 자네 발을 편히 쉬게 해주길 바라지 않나? 지난 3월에 스물한 살이 됐으니 아직 어린애야. 자네가 열네 살 가까이 연상이지. 그렇다고 나쁘다는 뜻은 아닐세. 나도 산전수전 다 겪은 사람이야. 그리고 어차피 우리 공주님은 뭐든 자기가 원하는 것은 결국 차지하고 마니까 결정은 그 아이한테 맡겨두는 게 어떨까?" 제로니모 마네제스는 달리 어찌해야 좋을지

* 〈당신이 섹스에 대해 알고 싶었던 모든 것〉(1972).

몰라 고개만 끄덕였다. 엘펜바인은 베벌리힐스를 연상시키는 미소를 지으며 말했다. "그건 그렇고, 가자미 좀 먹어보게나."

그해 겨울, 찰스 삼촌이 느닷없이 인도에 다녀오고 싶다며 제로니모도 함께 데려갔다. 오랜 세월이 흐른 후 다시 찾은 고향의 모습은 충격적이었다. 마치 우주에서 '뭄바이'라는 외계도시가 내려와 그들이 기억하는 봄베이를 송두리째 덮어버린 듯했다.* 그러나 반드라 일대는 더러 살아남았는데, 건물만이 아니라 분위기도 그대로였고, 제리 신부도 여든 살의 나이에 여전히 정정했고, 여전히 그를 숭배하다시피 하는 여신도에게 둘러싸인 상태였고, 다만 그들을 어찌해볼 만한 기력은 아마도 없을 터였다. 늙은 성직자의 성품은 세월과 더불어 침울해졌다. 체중도 줄고 목소리도 힘이 빠졌다. 여러모로 옛날보다 보잘것없는 사람이 되어버렸다. 중국 음식을 먹으며 신부가 말했다. "나는 말이다, 라파엘, 이 시대가 아니라 내 시대에 살아서 다행이라고 생각한단다. 내 시대에는 감히 나한테 참다운 봄베이 사람이 아니라거나 진짜배기 인도인이 아니라고 말하는 놈은 아무도 없었지. 그런데 요즘은 그런 소리를 함부로 지껄이거든." 오랜만에 자신의 본명을 들었을 때 제로니모 마네제스는 어떤 아픔을 느꼈는데, 그것은 바로 소외감, 즉 자신의 일부인 고향에서 타인이 되어버린 기분이었고, 또한 닭고기 볶음면을 최후의 만찬인 양 허겁지겁 퍼먹는 제리 신부의 심정도 비슷한 소외감, 역시 이름 없는 사람이 되어버린 기분이라는 것을 깨달았다.

---

* 마하라슈트라의 주도 봄베이의 공식 명칭이 1995년 뭄바이로 변경되었다.

한평생 이곳에서 신부 노릇을 했건만 새로운 도시 뭄바이에서 요즘은 가짜 취급을 받기 일쑤였고, 과격파 힌두민족주의 사상이 득세하는 바람에 자신의 나라에서, 자신의 도시에서 정회원 자격을 빼앗기고 정체성마저 잃어버렸다. 제리 신부가 말했다. "지금까지 밝히지 않았던 우리 집안 이야기를 해주마. 너한테 진작 말하지 않은 이유는 네가 진정한 가족이 아니라고 잘못 생각했기 때문인데, 너 그렇게 용서해줬으면 좋겠구나." 제리 신부가 용서를 구하다니 천만뜻밖이었다. 제로니모 마네제스가 돌아온 이곳은 오래전에 어린 라파엘 마네제스가 떠났던 그곳이 아니라는 또하나의 증거였다. 한편 지금껏 듣지 못했던 집안 이야기도 미국식 사고방식에 익숙해진 제로니모 마네제스의 귀에는 도무지 알쏭달쏭하고 생뚱맞기만 했는데, 12세기 스페인이 가문의 발원지라는 오래된 풍문, 개종, 추방, 이민족과의 결혼, 방랑, 사생아, 마족, 그리고 여자 시조는 두니아라는 전설적 여인인데 셰에라자드의 여동생인지 '병 속에서 나오지도 않고 램프 속에서 나타나지도 않은 정령'인지 아무튼 아기를 낳는 공장 같았다는 둥, 그리고 남자 시조는 철학자 아베로에스(제리 신부는 이븐루시드의 서양식 이름을 말했고, 그래서 뜻하지 않게 제로니모의 마음속에 스피노자를 인용하던 벤토 엘펜바인의 얼굴이 떠올랐다)라는 둥.

"나야 딱 질색이지만 아베로에스설*이라고, 코르도바에 살았던

---

* 아베로에스의 아리스토텔레스 해석에 바탕을 둔 철학적 신학적 학설로, 신앙에 대한 이성의 우위를 주장한 합리주의적 사상.

그 색골 의원한테서 유래한 괴상망측한 학설이 있었지." 제리 신부
가 식탁을 두드리며 으르렁거릴 때 예전의 불같은 성미가 조금 드
러났다. "오죽하면 중세 때도 무신론의 동의어로 간주했을까. 그
런데 애 잘 낳고 어쩌면 다갈색머리 여마신인지도 모른다는 두니
아에 대한 이야기가 사실이라면, 정말 그 코르도바인이 그 밭에 씨
를 뿌렸다면 우리는 그 인간이 낳은 사생아들의 후손 '두니아자트'
일 테고, 몇백 년이 지나는 동안 그 말이 왜곡돼 '드니자'가 되었
고, 그 인간이 우리한테 내린 저주는 우리 모두의 운명이고 최후일
지도 몰라. 하느님과 불화하고, 시대를 앞서가거나 뒤처지거나, 누
가 알겠냐. 바람이 어디로 부는지 보여주는 풍향계 신세, 탄광에서
공기가 치명적이라고 알려주며 죽어가는 카나리아 신세, 폭풍우가
휘몰아칠 때 제일 먼저 얻어맞는 피뢰침 신세. 하느님이 말씀을 강
조하고 싶을 때마다 본보기 삼아 맨주먹으로 때려잡는 선민이지."

제로니모 마네제스는 생각했다. 그러니까 내 인생에서 이제야
내가 아버지의 사생아라도 상관없다는 말을 들은 셈이군. 어차피
우리는 모두 서출 가문의 후손이니까. 노인네가 뭐 이따위 이야기
를 사과랍시고 늘어놓나 싶기도 했다. 이 이야기는 곧이곧대로 믿
기도 어렵지만 그리 흥미롭지도 않았다. 제로니모는 예의상, 그리
고 케케묵은 옛이야기에 대한 무관심을 감추려고 대화를 이어갔
다. "그 이야기가 사실이라면 우리는 이것저것 다 섞인 잡동사니
아닌가요? 유대회교* 그리스도교인. 한마디로 잡종이네요." 제리

---

* Jewslim. 유대인과 무슬림을 합친 말.

정원사 제로니모 61

신부의 그늘진 미간에 깊은 주름이 새겨졌다. 신부가 툴툴거렸다. "이것저것 다 섞인 잡동사니가 바로 봄베이 방식이었지. 그런데 지금은 한물갔어. 넓은 치마처럼 넉넉했던 사고방식이 너무 편협해졌어. 다수가 지배하니 소수는 조심해라. 그래서 우리는 우리 땅에서 이방인이 돼버렸는데, 일단 말썽이 생기면, 보나마나 생기겠지만, 이방인이 누구보다 먼저 호되게 당하기 마련이거든."

그때 찰스 삼촌이 말했다. "그런데 네가 우리 집안에 대한 옛날 이야기를 한 번도 못 들은 진짜 이유는 네 아버지가 유대인 핏줄이라는 사실을 인정하기 싫어했기 때문이지. 아니면 마족의 핏줄이라는 걸, 왜냐하면 마족은 존재하지도 않으니까, 안 그러냐, 혹시 존재하더라도 악마가 보냈을 테니까, 그렇지? 그리고 나한테서도 못 들은 이유는 내가 벌써 오래전에 그 이야기를 잊어버렸기 때문이야. 나야 성적 취향만으로도 이방인 취급을 받기에 충분했거든." 그러자 제리 신부가 동생을 노려보며 매섭게 쏘아붙였다. "옛날부터 나는 네 녀석이 어렸을 때 좀더 호되게 얻어맞았다면 남색질처럼 못된 버르장머리가 진작 없어졌을 거라고 생각했어." 찰스 두니자는 면발을 둘둘 감은 포크로 신부를 가리키며 제로니모에게 말했다. "네 아버지가 저런 소리를 할 때마다 다 농담이라고 애써 믿으려 했지. 그런데 더는 나 자신을 속이지 못하겠구나." 팽팽하고 불편한 침묵 속에서 점심식사가 끝났다.

제로니모는 생각했다. 선민이라. 어디선가 들어본 말이군.

예전에 그토록 사랑했던 거리를 거닐며 제로니모 마네제스는 뭔가 망가져버렸다는 사실을 깨달았다. 며칠 후 '뭄바이'를 떠날 무렵에는 두 번 다시 돌아오지 않으리라는 것을 알았다. 그는 찰스 삼촌과 함께 인도 방방곡곡을 여행하며 건축물을 구경했다. 르코르뷔지에가 섬유제국의 여주인을 위해 구자라트주에 지은 저택도 찾아갔다. 그 집은 브리즈솔레유* 구조물로 필요 이상의 햇볕을 차단하여 시원하고 통풍이 좋았다. 그러나 제로니모에게 말을 걸어온 것은 정원이었다. 이 정원은 실내공간과 실외공간을 갈라놓은 장벽을 부수고 꿈틀꿈틀 집안으로 들어가려고 건물을 마구 움켜쥐는 듯했다. 건물 상부는 이미 꽃과 풀이 벽을 타고 올라갔고 바닥은 잔디밭이 되어버렸다. 그곳을 떠날 때 그는 건축가가 되려는 꿈을 포기한 뒤였다. 찰스 삼촌은 고아주가 있는 남쪽으로 내려갔지만 제로니모 마네제스는 일본 교토로 건너갔고, 위대한 원예가 시무라 료노스케의 발치에 앉아, 정원이란 우리 내면의 진실이 밖으로 드러나는 곳이며 어린 시절의 꿈과 우리 문화의 원형이 충돌해 아름다움을 창조하는 현장이라고 배웠다. 토지는 지주의 소유물이지만 정원은 정원사의 몫이다. 그것이 원예학의 힘이다. 시무라의 사상에 비춰보면 우리는 우리의 정원을 가꿔야 한다는 말도 수용주의처럼 들리지 않았다. 그러나 일찍이 히에로니무스라는 이름을 얻은 제로니모는 같은 이름을 가졌던 위대한 화가를 통해 정원은 곧 지옥의 은유일 수도 있음을 알았다.** 보스의 무시무시한 '세속

---

* 햇볕을 막기 위해 건물 전면에 수직수평으로 교차시킨 철근콘크리트판.

** 네덜란드 화가 히로니뮈스 보스(Hieronymus Bosch)의 삼련판(三連板) 그림 〈세속적인 쾌락의 동산〉에 대한 언급.

적 쾌락'과 시무라의 잔잔한 신비주의는 제로니모가 자기 나름의 생각을 형성하도록 도와주었고, 그리하여 그는 정원을, 그리고 그곳에서의 작업을 블레이크처럼 천국과 지옥의 결합으로 여기게 되었다.[*]

인도 여행을 마친 후 찰스 삼촌은 얼마 안 되는 밑천을 정리하고 은퇴해 고아주로 돌아가겠다는 결심을 밝혔다. 이미 그곳에 조촐한 오두막집을 마련해두었고, 세인트마크스 플레이스의 브라운스톤 건물은(1970년대의 라울들은 떠나버린 지 오래였다) 매물로 내놓았다. 그 판매대금으로 말년을 편안히 보낼 수 있을 터였다. 건축사무소에 대해서는 이렇게 말했다. "원한다면 너한테 넘겨주마." 그러나 제로니모는 아마도 평생 처음으로 자신이 무엇을 원하는지 정확히 알고 있었다. 그는 벤토 엘펜바인에게 약간의 금전적 도움을 얻어 그리니치 애비뉴 사무소를 인수해 원예조경업체 '정원사 제로니모'로 변경했는데, 벤토의 소중한 딸 엘라가 미스터를 덧붙여 더욱 근사하게 만들어주었고, 그리하여 미국에서의 새로운 정체성이 비로소 완성되었다. 그때부터 그는 모든 사람에게 미스터 제로니모로 통했다.

물론 그가 진심으로 원한 것은 젊은 엘라 엘펜바인이었고, 무슨 까닭인지 그녀도 그를 원했다. 겨우 두 살 때 어머니를 잃은 엘라는 암으로 세상을 떠난 라켈 엘펜바인을 전혀 기억하지 못했지만 아버지에게 엘라는 아내를 쏙 빼닮은 환생 같은 존재였다. 무엇 때

---

[*] 영국 시인 겸 화가 윌리엄 블레이크의 『천국과 지옥의 결혼』에 대한 언급.

문이든 미스터 제로니모를 향한 엘라의 사랑은 확고부동했고—그녀는 지금의 제로니모가 어느 정도는 자신의 작품이라고 즐겨 말했다—그래서 벤토는 딸이 결혼할 남자에게 투자할 수밖에 없었다. 엘라는 가무잡잡한 피부가 돋보이는 미녀였는데, 턱이 살짝 튀어나온 편인데다 신기하게도 제로니모의 귀처럼 귓불이 좀 부실하고 위쪽 앞니들이 흡혈귀처럼 조금 길었지만 자신이 행운아라는 사실을 아는 제로니모는 전혀 아쉬워하지 않았다. 그가 영혼의 존재를 믿었다면 엘라의 영혼은 선하다고 말했을 테고, 그녀가 차마 숨기지 못하고 털어놓는 이야기를 통해 날마다 얼마나 많은 남자가 수작을 거는지도 알고 있었다. 그러나 제로니모를 향한 엘라의 애정은 신비로울 뿐만 아니라 추호도 흔들림이 없었다. 게다가 엘라는 미스터 제로니모가 만나본 사람들 가운데 누구보다 긍정적인 성격이었다. 결말이 불행한 책은 싫어했고, 하루하루를 반갑게 맞이했고, 역경이 닥쳐도 결국 전화위복이 되리라 믿었다. 긍정적 사고방식은 병을 치료하는 데 도움이 되지만 분노는 오히려 병을 부른다는 주장을 받아들였고, 어느 일요일 아침에는 한가롭게 채널을 이리저리 돌리다 텔레비전 전도사의 말을 듣게 되었는데—하느님은 믿음이 깊은 사람을 번성하게 하십니다, 원하는 것은 뭐든지 이뤄주십니다, 여러분은 간절히 원하기만 하면 됩니다—그때 미스터 제로니모는 그녀가 작은 소리로 중얼거리는 말을 들었다. "정말 그래." 그녀는 하느님을 굳게 믿었고, 그만큼 확고하게 게필테 피시*

---

* 달걀, 양파 따위를 섞은 생선살로 경단을 빚어 끓이는 유대식 요리.

를 싫어했고, 인간을 원숭이의 후손으로 여기지 않았고, 천국은 분명히 있다면서 언젠가 자신은 그곳으로 간다고, 지옥도 있으니 안타깝게도 제로니모는 보나마나 그곳으로 떨어진다고, 그러나 자기가 곧 구해줄 테니 해피엔딩을 기대하라고 말하기도 했다. 그는 이런 이야기를 낯설어하기보다 즐거워하리라 마음먹었고 두 사람의 결혼생활은 행복했다. 세월이 흘렀다. 아이는 없었다. 엘라가 불임이었다. 어쩌면 그래서 제로니모가 정원사라는 사실을 그녀가 더욱 기뻐했는지도 모른다. 그렇게나마 씨를 뿌리고 피어나는 꽃을 볼 수 있으니까.

그는 블랙코미디 같은 이야기를 들려주었는데, 어느 머나먼 벽지에서는 외로운 남자들이 대지를 상대로 성행위를 한다고, 땅에 구멍을 파고 남자의 씨를 뿌려놓으면 인간식물이 자라는데 반은 인간, 반은 식물이라고, 그러나 그녀는 말허리를 끊어버리고 그런 이야기는 싫다면서, 왜 즐거운 이야기는 안 해줘요? 그 이야기는 별로예요, 하고 나무랐다. 그가 장난스럽게 고개를 조아리며 사죄하자 곧 용서해주었지만 그녀는 장난이 아니라 고스란히 진심이었다. 그녀의 말과 행동은 언제나 진심이었으니까.

다시 세월이 흘렀다. 뭄바이가 되어버린 봄베이에서는 제리 신부가 예고했던 말썽이 결국 일어났는데, 12월과 1월 종교폭동으로 구백여 명이 사망했다. 주로 이슬람교도와 힌두교도였지만 공식 집계에 따르면 '미확인' 마흔다섯 명, '기타' 다섯 명도 끼어 있었다. 찰스 두니자는 당시 총애하던 만줄라—도덕적으로 중립적인 새 용어를 빌리자면 '성 노동자'로 일하는 히즈라*였다—를 만나려고 고아주에서 뭄바이의 카마티푸라 홍등가를 찾아갔다가 성노동 대신 죽음을 맞이했다. 아요디아에서 무굴 황제 바바르의 성원이 파괴된 사건에 분노한 폭도가 거리를 휩쓸었는데, 어쩌면 그리스도교인 '기타' 한 명과 또다른 '기타'에 해당하는 트랜스젠더 매춘부가 힌두-이슬람 갈등의 첫 희생자였는지도 모른다. 그러나 아무도 아랑곳하지 않았다. 제리 신부는 자신의 교구를 벗어나 피도니구區의 미나라 성원에 가 있었는데, 이슬람교도도 힌두교도도 아닌 '제3자'로서 이 도시에서 오랫동안 쌓아올린 명성을 이용해 이슬람교도의 울분을 가라앉히려 애썼지만 결국 나가라는 말을 듣게 되었고, 그후 누군가, 아마도 살심을 품은 누군가가 그를 미행했는지 제리 신부는 끝내 반드라로 귀가하지 못했다. 그날 이후 두 차례에 걸쳐 살육의 파도가 휘몰아쳤고, 찰스와 제리 신부는 무의미한 통계 숫자가 되고 말았다. 한때는 종교분쟁이 없는 곳이라며 자랑스러워하던 이 도시도 이제 안전지대가 아니었다. 봄베이는 제러마이아 드니자 신부와 함께 죽어버렸다. 남은 것은 새로운 도시, 꼴사나운 도시 뭄바이뿐이었다.

"나에겐 이제 당신뿐이야." 삼촌과 아버지에 대한 소식을 들었을 때 제로니모 마네제스가 엘라에게 말했다. 그다음에는 벤토 엘펜바인이 죽었는데, 애지중지하던 100에이커짜리 땅 '빅 그라운드 너트'에서 좋은 친구들을 만나 즐거운 저녁식사를 하고 식후 시가를 피우다 맑은 밤하늘에서 떨어진 벼락에 맞아 숨졌다. 나중에 알

---

* 거세수술을 받은 성전환자.

고 보니 그는 온갖 수상쩍은 사업에 손을 대며 위험한 거래를 일삼다 파산 직전까지 몰린 상태였다. 정확히 다단계 사기는 아니지만 대동소이한 신용 사기, 주택 개조와 사무용품을 이용한 사기 따위였는데, 특히 맥스 비얼리스톡*처럼 영화제작 사기를 벌일 때는 꽤나 강렬한 즐거움을 맛보았는지, 그가 죽은 후 발견된 침실에 숨겨둔 수첩에는 이런저런 죄상과 더불어 이런 말도 적혀 있었다. '히틀러의 봄날'** 같은 아이디어가 현실에서도 통할 줄 누가 알았으랴? 중서부에서는 대규모 다단계 사기 행각을 적어도 하나 이상 벌였는데, 이 작전에 끌어들인 자본이 워낙 엄청나 엘펜바인이 죽은 직후 그의 사상누각은 와르르 무너져 압류와 몰수의 굴욕에 빠져버렸다. 그라운드너트 땅도 몰수되었는데, 벤토가 계획했던 꿈의 주택은 한 채도 짓지 못한 상태였다. 미스터 제로니모는 만약 엘펜바인이 살아 있었다면 옥살이를 피할 수 없었으리라는 사실을 깨달았다. 관계 당국이 세금 포탈을 비롯한 여남은 가지 위반행위를 밝혀내려고 벤토의 행적을 뒤쫓으며 포위망을 좁히는 중이었다. 청천벽력 덕분에 그나마 당당하게, 아니, 살아생전에 그랬듯이 화려하게 퇴장했다고나 할까. 본인의 표현에 의하면 거의 빈 지갑을 물려받은 엘라가 말했다. "이젠 내게도 당신뿐이에요." 그녀를 부둥켜안으면서 제로니모는 미신적인 두려움에 몸을 떨었다. 불편한 분위기 속에서 중국식 점심을 먹을 때 제리 신부가 했던 말, 이브루시

---

* 미국 코미디영화 및 뮤지컬 〈프로듀서스〉의 등장인물.
** 〈프로듀서스〉의 주인공들이 흥행 실패를 노리며 공연하는 작중 뮤지컬.

드의 가문은 하느님의 저주를 받아 희생양이나 본보기 노릇을 한다는 말이 떠올랐기 때문이다. 혹시 혼인으로 맺어진 가족도 똑같은 저주에 걸릴까? 그런 생각을 하다가 자신을 꾸짖었다. 그만. 중세의 저주 따위는 안 믿잖아. 하느님도 안 믿고.

그때 그녀는 서른 살, 그는 마흔네 살이었다. 그녀는 그를 행복하게 해주었다. 제로니모는 야외에서 비바람에 시달려도 불만 없는 정원사였고 그의 하루하루는 차례차례 드러나는 비밀 같았다. 그의 가래 모종삽 전지가위와 장갑은 글쟁이의 펜 못지않게 온갖 생물의 언어를 능숙하게 구사하며 봄철에는 대지에 꽃을 수놓고 겨울철에는 얼음과 싸웠다. 애견가가 자기 개를 닮아가듯이 무릇 일하는 사람은 하는 일에 따라 변모하기 마련일까. 그렇다면 미스터 제로니모의 사소한 기벽도 그리 유별난 것은 아닐 텐데—아무튼 사실을 밝히자면 그는 자신을 식물로 여길 때가 많았다. 어쩌면 인간과 대지의 교합으로 태어난 인간식물이라고. 따라서 경작자라기보다 경작물이라고 생각했는지도 모른다. 무신론자답게 그는 시간이라는 토양에 심긴 자신을 누가 가꿀까 궁리해보기도 했다. 그런 상상 속에서 언제나 그는 홀로 설 수 없어 남에게 기대어 살아가는 착생식물이나 선태류처럼 자신도 뿌리 없는 식물이라고 생각했다. 그래서 자신이 이끼나 물풀이나 착생난초 같은 존재라고 상상했는데, 그가 의지하는 상대 즉 그의 존재하지 않는 영혼을 가꿔주는 정원사는 바로 엘라 마네제스였다. 그를 사랑하고 그 역시 깊이 사랑하는 아내.

두 사람이 사랑을 나눌 때 그녀는 가끔 그에게서 연기 냄새가 난다고 말했다. 그가 절정에 이르렀을 때 가끔 몸 언저리가 부옇게 흐려져 그녀의 몸속으로 녹아드는 듯싶다고 말하기도 했다. 그는 날마다 정원에서 나오는 쓰레기를 태우기 때문이라고 대답했다. 모두 그녀의 공상이라고 했다. 둘 다 진실을 짐작하지 못했다.

벤토가 죽은 지 칠 년이 지났을 때 다시 벼락이 떨어졌다.

1000에이커 하고도 1에이커에 달하는 라 인코에렌차 땅에 이름을 붙인 사람은 남달리 숫자에 집착하는 남자로, 이 세상은 도무지 앞뒤가 안 맞는다고 믿는 사료왕 샌퍼드 블리스였다. 그는 돼지, 토끼, 고양이, 개, 말, 소, 원숭이 등의 사료로 유명한 블리스 사료 회사의 사장이었다. 샌퍼드 블리스는 머릿속에 시 따위는 단 한 줄도 없지만 한평생 마주친 돈 액수는 빠짐없이 정리되어 있어 언제든지 기억해낸다는 소문이 돌았다. 그는 현금만 믿었다. 그의 서재에는 토스카나의 대공처럼 차려입은 자신의 모습을 피렌체양식으로 묘사한 초상화가 걸려 있었는데, 그는 그 뒤에 숨겨진 거대한 금고 속에 늘 우스꽝스러울 정도의 거액을 쟁여놓았다. 금액이 다른 지폐를 벽돌 모양으로 묶은 다발이 100만 달러도 훨씬 넘었다. 그의 말에 따르면, 언제 필요할지 모르니까. 그리고 그는 숫자에 대한 온갖 미신에 사로잡혔는데, 이를테면 똑떨어지는 금액은 재수가 없다고 믿었으므로 사료 한 봉지의 가격은 10달러가 아니라 9.99달러를 매겨야 하고 누군가에게 팁을 줄 때도 100달러가 아니라 101달러를 주어야 했다.

대학생 때 그는 액턴 일가의 손님으로 피렌체의 라 피에트라 저택에서 여름을 보냈는데, 그 집 식탁에 모여드는 예술가와 사상가는 숫자 따위는 아예 무의미하거나 기껏해야 천박한 것으로 여겼다. 미국식 사고방식과는 전혀 다른 그들의 주장에 따르면 현실은 이미 정해진 절대적인 것이 아니라 사람들이 만들어낸 것이고, 따라서 모든 가치는 값을 매기는 사람에 따라 달라지기 마련이었다. 그렇게 일관성 없는 세상, 진실 따위는 존재하지 않는 세상, 아니, 여러 가지 진실이 경쟁하며 서로를 지배하거나 아예 말살하려고 싸우는 세상은 그에게 큰 충격을 안겨주었고, 그는 사업을 하는 데 바람직하지 않은 이 세상을 바꿔놓아야 한다고 판단했다. 그리하여 이탈리아에서 얻은 교훈을 날마다 되새기려고 자신의 집에 이탈리아어로 부조리를 뜻하는 라 인코에렌차라는 택호를 붙였으며, 상당량의 재산을 바쳐 일부 정치가를 후원했다. 진심이든 가심이든 대개는 종교적 신념을 바탕으로, 영원한 확실성은 반드시 보호해야 하며 물자와 정보와 사상을 독점하는 일은 미국의 자유 수호에 유익할 뿐만 아니라 불가결하다고 주장하는 사람들이었다. 그러나 그가 이렇게 노력했는데도 세상의 부조화 수준은—숫자에 집착하는 샌퍼드 블리스는 이를 부조리지수라고 불렀다—가차없이 상승할 뿐이었다. 늘그막에 얻은 소중한 딸 알렉산드라에게, 후손에 대한 꿈을 포기하고도 한참 지났을 때 훨씬 더 젊은 나이로 그의 마지막 아내가 되었던 시베리아 여자가 낳아준 딸에게 그는 말했다. "2 더하기 2는 반드시 4가 되는 세상은 불건전 0점, 2 더하기 2를 할 때 어떤 숫자든 제멋대로 골라잡는 엉망진창 세상은 불건전 1점이라고 친다면, 아쉽지만 샌디, 지금 우리가 사는 세상은 대략 0.973점이라고 해야 할 게다."

　그녀의 부모가 갑자기 세상을 떠났을 때, 그들이 하늘에서 이스트강으로 추락했을 때, 샌퍼드 블리스의 딸 알렉산드라에게 부모의 느닷없는 최후는 이 세계가 모순적이고 부조리할 뿐만 아니라 냉혹하고 잔인한 곳이라는 결정적 증거였다. 어린 고아는 전 재산을 물려받았다. 사업에 대한 안목도 없고 관심도 없었던 알렉산드라는 곧바로 미네소타의 랜드 오레이크스 농업협동조합을 상대로 블리스 사료회사에 대한 매각 협상을 벌였고, 그리하여 열아홉 살의 나이에 미국 최연소 억만장자가 되었다. 하버드대학에서 학업을 마쳤는데, 언어습득에 비상한 재능을 발휘해 졸업할 무렵에는 프랑스어, 독일어, 이탈리아어, 스페인어, 네덜란드어, 포르투갈어, 브라질 포르투갈어, 스웨덴어, 핀란드어, 헝가리어, 중국어, 광둥어, 러시아어, 파슈토어, 페르시아어, 아랍어, 타갈로그어를 능숙하게 구사했다. 사람들은 그녀가 해변에서 예쁜 조약돌 줍듯이 말을 배워버린다며 놀라워했다. 남자도 그렇게 주웠는데, 으레 그렇듯이 빈털터리에 불과한 아르헨티나 폴로선수로, 목장에서 잔뼈가 굵어 건강한 고깃덩어리 같은 마누엘 파리냐였다. 그러나 알렉산드라는 손쉽게 주웠다 손쉽게 내던지듯 결혼하자마자 이혼해버렸다. 다만 남편의 성은 버리지 않았고, 채식주의자가 되었고, 남편은 내쫓았다. 이혼 후에는 라 인코에렌차에 아주 틀어박혀 은둔생활을 했다. 그곳에서 쇼펜하우어와 니체를 바탕으로 비관주의에 대한 오랜 탐구를 시작했고, 인생은 부조리하며 행복과 자유는 양립할 수 없다고 믿었다. 한창 젊음을 꽃피울 시기에 고독과 우울뿐인 생애를 선택한 그녀는 늘 관념에 빠져 살았고 몸에 딱 맞는 흰색 레이스 드레스를 즐겨 입었다. 엘라 엘펜바인 마네제스는 알렉산드라를 철학녀라고 부르며 적잖이 경멸을 드러냈고, 적어도 미스터 제로니모의 머릿속에서는 이 별명이 그대로 굳어졌다.

철학녀에게는 마조히즘에 가까운 금욕주의 성향이 있어 궂은 날에도 야외로 나가기 일쑤였는데, 비바람을 무시한다기보다 지구가 인류에게 품은 적대감이 점점 더 깊어진다는 확실한 표시로 여겨 달갑게 받아들이며 사방으로 가지를 뻗은 늙은 참나무 아래 앉아 우나무노*와 카뮈의 눅눅해진 책을 읽었다. 부자는 참 알다가도 모를 사람들이다. 불행의 일반적 원인이 모두 사라진 뒤에도 어떻게든 불행해질 방법을 찾아낸다. 그러나 철학녀의 경우에는 불행이 그녀를 찾아왔다. 부모가 전용 헬리콥터를 타고 가다가 목숨을 잃었다. 호화로운 죽음이었지만 죽음의 순간에는 누구나 빈털터리다. 그녀는 이 사고를 절대로 입에 올리지 않았다. 그녀의 고집스럽고 데면데면하고 애매모호한 언행은 나름대로 슬픔을 표현하는 방식이라고 너그럽게 이해해줘도 좋으리라.

여정의 막바지에 이르렀을 때 허드슨강은 이른바 '가라앉은 강'이 된다. 바다에서 밀려드는 짠물이 민물을 뒤덮어버리기 때문이다. 샌퍼드 블리스는 딸에게 이런 말을 했다. "저놈의 강만 봐도 앞뒤가 안 맞지. 걸핏하면 저렇게 거꾸로 흘러가잖아." 인디언은 이 강을 '샤트먹' 즉 양쪽으로 흐르는 강이라고 불렀다. 가라앉

---

* 스페인 철학자, 작가.

은 강의 기슭에 위치한 라 인코에렌차도 질서를 거부하기는 마찬가지였다. 그래서 미스터 제로니모를 불러 도움을 청했다. 정원사 겸 조경예술가로서 이미 명성이 자자했고, 누군가 집사 올리버 올드캐슬에게 제로니모를 추천했기 때문이다. 올드캐슬은 철학녀의 아저씨뻘 되는 중늙은이 영국인으로, 카를 마르크스처럼 수염이 텁수룩하고 목소리는 바순 소리처럼 묵직하고 주벽이 있는 사람인데, 제리 신부 방식의 가톨릭 교육을 받으며 자란 탓에 성경은 사랑하지만 교회는 증오했다. 제로니모를 영내로 맞아들이는 올드캐슬의 모습은 마치 아담에게 에덴동산을 보여주는 하느님 같았다. 그는 제로니모에게 이 저택에 원예학적 일관성을 이룩하는 임무를 맡겼다. 미스터 제로니모가 철학녀의 집에서 일을 시작할 때만 해도 정원 아래쪽의 은장隱墻[*]에 가시덤불이 가득해서 잠자는 미녀의 성을 연상시켰다. 끈질긴 들쥐떼가 땅속에 이리저리 굴을 뚫고 여기저기서 불쑥불쑥 튀어나와 잔디밭을 망쳐놓았다. 여우가 닭장을 습격했다. 그곳에서 선악과나무의 가지를 휘감은 뱀을 만났더라도 제로니모는 조금도 놀라지 않았으리라. 철학녀는 정원 꼬락서니를 보면서도 우아하게 어깨만 들썩거렸다. 갓 스무 살이었지만 말투는 벌써 노부인처럼 쌀쌀맞고 도도했다. 양친을 여읜 라 인코에렌차의 여주인이 딱딱하게 말했다. "이런 시골 땅을 길들이려면 죽이고 죽이고 또 죽이고, 부수고 또 부숴야 해요. 몇 년쯤은 그렇게 대학살을 감행해야 그럭저럭 미관을 살릴 수 있겠죠. 바로 그게 문

---

[*] 정원의 경관을 해치지 않도록 도랑을 파서 쌓은 담.

명의 참뜻이에요. 그런데 당신은 눈빛이 너무 선해요. 아무래도 우리집에 필요한 살인자 노릇은 못하시겠군요. 어차피 누구를 데려와도 마찬가지겠지만."

인류 전체가 점점 더 나약해지고 무능해진다는 믿음 때문에 그녀는 아쉬운 대로 제로니모를 채용하기로 했고, 그 결과로 자기 땅이 꼴사나워지더라도 그저 한숨지으며 감내하기로 마음먹었다. 그녀는 곧 상념에 빠져들었고 미스터 제로니모는 가시덤불과 들쥐떼를 상대로 전쟁을 벌였다. 그가 실패해도 알아차리는 사람이 없고, 성공해도 칭찬해주는 사람이 없었다. 그 일대에 지독한 참나무마름병이 퍼져 알렉산드라가 아끼는 나무들을 위협하기 시작했을 때 제로니모는 극서부 해안 과학자들을 본보기로 삼았다. 그들은 시중에서 판매하는 살진균제를 참나무에 바르거나 주사하는 방법으로 치명적인 병원균 피토프토라 라모룸을 물리치고 있었다. 이 치료법이 성과를 거둬 참나무가 모두 살아남았다고 보고했을 때 그의 고용주는 어깻짓만 으쓱하고 돌아섰다. 어차피 머지않아 다른 이유로 다 죽을 거라는 듯이.

엘라 마네제스와 철학녀는 둘 다 젊고 똑똑하고 아름다워 서로 친구가 될 만했으나 끝내 그러지 못했다. 엘라의 표현을 빌리자면 알렉산드라의 '부정적 성격' 때문에—언제나 긍정적인 엘라가 이의를 제기했을 때 알렉산드라는 "역사상 이 시점에서 인류를 희망적으로 바라보기는 불가능해요"라고 주장했다—둘 사이는 좀처럼 가까워질 수 없었다. 엘라는 가끔 제로니모를 따라 라 인코에렌차를 찾았고, 그가 일하는 동안 영내를 거닐기도 하고 하나뿐인 푸른 언덕 꼭대기에 서서 거꾸로 흘러가는 강물을 내려다보기도 했다. 그리고 그녀의 아버지가 세상을 떠난 후 칠 년째 되던 어느 날, 바로 그 언덕에 청천벽력이 떨어져 그녀마저 즉사하고 말았다. 제로니모는 여러모로 아내의 죽음을 견딜 수 없었지만 그중 하나는 벼락이 그날 라 인코에렌차에 있던 두 미녀 중 하필 낙관론자를 골라 죽여버리고 비관론자는 살려두었다는 사실이었다.

흔히 '마른하늘에 날벼락'이라고 부르는 이 현상이 일어나는 과정은 이렇다. 먹구름 속에서 터져나온 번갯불은 폭풍이 몰아치는 지역으로부터 멀게는 40킬로미터까지 이동한 후 아래로 방향을 꺾어 지면이나 고층빌딩, 높은 곳에 홀로 우뚝 선 나무 혹은 언덕 꼭대기에 홀로 서서 흐르는 강물을 내려다보는 여인을 내리친다. 이 벼락을 날려보낸 먹구름은 너무 멀어 눈에 보이지도 않는다. 그러나 언덕 꼭대기에서 지면을 향해 마치 중력의 법칙 때문에 정말 마지못해 떨어지는 깃털처럼 서서히 쓰러져가는 여인은 아주 잘 보인다.

미스터 제로니모는 그녀의 검은 눈을, 특히 비문증으로 시야가 어지럽던 오른쪽 눈을 떠올렸다. 그녀의 수다를 되새겨보고, 매사에 늘 의견을 피력하던 모습을 생각하고, 이제 그녀의 의견을 들을 수 없으니 어쩌면 좋을까 고민했다. 사진 찍히기 싫어하던 것도 기억났고, 먹지 않던 음식도 머릿속으로 꼽아보았는데, 육류, 생선, 달걀, 유제품, 토마토, 양파, 마늘, 글루텐 등등 그야말로 거의 모든 음식이었다. 그러다가 다시 궁금해졌다. 번개가 우리 가문을 따라다니는 게 아닐까, 엘라도 우리 집안에 시집오는 바람에 저주를 자초한 게 아닐까, 다음은 내 차례가 아닐까. 그때부터 몇 주 동안은 난생처음으로 번개에 대해 열심히 공부했다. 벼락에 맞은 사람 가운데 열에 아홉은 살아남는다는 사실, 간혹 불가사의한 병증에 시달리기도 하지만 어쨌든 계속 살아간다는 사실을 알았을 때, 그는 번개가 실제로 벤토 부녀를 노렸다는 것을 깨달았다. 번개는 처음부터 그들을 살려두지 않을 작정이었다. 당시 그는 벼락이 자신에게 떨어진다면 역시 살아날 가망이 없으리라 믿었는데, 대홍수 첫째 날 폭풍 속에 갇힌 뒤에도, 그리고 두 발이 한사코 땅에 닿기를 마다하는 불가사의한 증상을 발견한 뒤에도 자명한 이유를 깨닫기까지 오래 걸린 까닭은 바로 그 확신 때문이었는지도 모른다.

'어쩌면 그날 그 태풍 속에서 나도 벼락을 맞았는지도 몰라. 살아남긴 했지만 기억이 지워지는 바람에 벼락 맞은 순간을 잊어버렸겠지. 어쩌면 그 일로 내 몸에 엄청난 전하량이 들어왔고, 그래서 지표면에서 떠올랐는지도 몰라.'

한참 후 알렉산드라 파리냐가 귀띔해주기 전에는 그런 생각조차 하지 못했다.

아내가 그토록 좋아하던 푸른 언덕, 가라앉은 강이 내려다보이는 그 언덕에 시신을 묻어도 되겠느냐고 묻자 철학녀는 네, 되고말고요, 하고 대답했다. 그래서 그곳에 무덤을 파고 아내를 안치했을 때 잠시 화가 치밀었다. 이윽고 분노가 지나가자 삽을 어깨에 메고 혼자 집으로 돌아갔다. 아내가 죽은 날은 그가 라 인코에렌차에서 일한 지 꼬박 2년 8개월 28일째 되는 날이었다. 천 일 하고도 하루. 숫자의 저주는 벗어날 길이 없었다.

다시 십 년이 흘렀다. 제로니모는 땅을 파고 나무를 심고 물을 주고 가지치기를 했다. 생명을 기르거나 살려냈다. 그의 마음속에서는 꽃 한 송이, 산울타리 한 포기, 나무 한 그루가 모두 아내였다. 그의 노동은 그녀를 계속 살게 하는 일이었고 다른 여자를 위한 공간 따위는 전혀 없었다. 그러나 그녀의 모습은 서서히 흐려졌다. 그가 가꾸는 풀과 나무도 아내의 환생이 아니라 식물왕국의 일원으로 되돌아갔다. 마치 그녀가 다시 떠나버린 듯했다. 이렇게 두 번째 이별을 한 뒤에는 빈자리만 남았고, 그 공허는 영원히 채울 수 없으리라 확신했다. 십 년 동안은 몽롱한 상태로 살았다. 철학녀는 온갖 이론으로 무장한 채 결국 최악의 시나리오가 승리한다고 굳게 믿었고, 송로버섯 파스타와 빵가루를 입힌 송아지고기를 먹으면서도 머릿속에는 비관주의를 과학적으로 뒷받침하는 수학 공식만 가득했다. 그러나 제로니모에게는 그녀도 추상적 관념과 다름없고 주된 수입원에 지나지 않았다. 살아 있다는 이유로 그녀를 원망하지 않기란 여전히 쉬운 일이 아니었다. 아내의 목숨을 희생하여 살아남았건만 그녀는 그런 행운에 감사할 줄 모르고 인생을 대하는 마음가짐도 전혀 밝아지지 않았다. 그는 땅을 보고 그곳에 자라는 식물을 바라볼 뿐, 차마 시선을 들어 그 땅을 소유한 인간을 마주볼 수 없었다. 아내가 죽은 후 십 년 동안 그는 철학녀를 멀리하며 남모를 노여움을 품었다.

얼마 후에는 알렉산드라 블리스 파리냐가 어떻게 생겼느냐고 누가 물어도 제대로 답하지 못할 정도였다. 죽은 아내처럼 그녀도 머리가 검은색이었다. 죽은 아내처럼 그녀도 키가 컸다. 알렉산드라는 양달에 앉아 있기를 싫어했다. 엘라도 그랬다. 알렉산드라가 한평생 싸워야 했던 불면증 때문에 밤마다 영내를 산책한다는 소문이 돌았다. 집사 올드캐슬을 비롯한 고용인들은 그녀가 몹시 우울해 보이는 것도 그런 건강상의 문제가 원인이거나 적어도 영향을 미쳤으리라 짐작했다. 올드캐슬이 말했다. "젊디젊은 나이에 병치레가 너무 잦단 말이야." 그는 소모병이라는 옛말을 사용했다. 결핵, 작은 덩어리가 생기는 병. 감자도 덩이줄기이며 달리아 같은 꽃의 굵은 뿌리도 정식 명칭은 뿌리줄기지만 덩이줄기라고 부르기도 한다. 제로니모는 인간의 허파에 생기는 덩이줄기에 대한 전문지식을 알지 못했다. 그것은 집안사람들이 처리할 문제였다. 그는 바깥에서 생활했다. 그가 돌보는 식물에는 죽은 아내의 영혼이 깃들어 있었다. 엘라는 죽고 철학녀는 살았지만 제로니모에게는 허깨비와 다름없었다.

알렉산드라는 출판할 때 본명을 쓰지도 않고 영어를 사용하지도 않았다. 누구보다 위대한 비관주의 사상가이며 그녀의 우상인 쇼펜하우어에게 큰 영향을 주었던 발타사르 그라시안*의 17세기 우화소설 제목을 따서 '엘 크리티콘'을 필명으로 삼았다. 이 소설은 인간에게 행복은 불가능하다는 이야기였다. 많은 조롱을 받은 스페인어 평론 『실현가능한 최악의 세계』에서 '엘 크리티콘'은 인

---

* 스페인 철학자, 작가.

류와 지구 사이의 균열이 변곡점에 이르러 생태학적 위기가 실존적 위기로 바뀌어간다는 이론을 내놓았다 지나치게 감상적이라는 이유로 널리 비웃음을 샀다. 학계 동료들은 그녀를 다독거리고 스페인어 실력을 칭찬하면서도 한낱 아마추어로 취급했다. 그러나 나중에 괴사의 시대를 겪은 뒤에는 그녀를 무슨 예언자처럼 떠받들 터였다.

(미스터 제로니모는 알렉산드라 파리냐가 필명과 외국어를 사용하는 것은 자아에 대한 불신 때문이라고 짐작했다. 제로니모 자신도 존재론적 불안에 시달리는 터였다. 한밤중에 혼자 우두커니 거울 속의 얼굴을 들여다보며 어린 성가대원 '라피 론니무스, 신부 아들내미우스'의 모습을 찾아보려 애쓰고, 가지 않은 길, 살지 않은 삶, 인생의 갈림길에서 선택하지 않았던 길을 상상해보려고 노력하기도 했다. 그러나 이제는 상상조차 할 수 없었다. 때로는 어떤 분노에 사로잡혔다. 뿌리 뽑힌 자의 분노, 동족을 잃은 자의 분노였다. 그러나 이제는 동족의 입장에서 생각하는 일조차 드물었다.)

알렉산드라의 한가로운 생활, 섬세한 도자기류, 우아하고 목선이 높은 레이스 드레스, 드넓은 소유지, 그 땅의 상태에 대한 무관심, 마롱글라세*와 터키시딜라이트**를 즐기는 입맛, 가죽장정이 즐비한 귀족풍 서재, 그리고 그녀가 행복의 가능성을 살벌하게 부정하는 글을 쓰는 예쁘장한 꽃무늬 일기장 따위를 보면 라 인코에

---

* 밤을 설탕시럽에 졸여 만든 과자.
** 옥수수전분과 설탕으로 만든 터키식 당과.

렌차의 담장 바깥에서 아무도 그녀를 진지하게 대하지 않는 이유를 본인도 충분히 짐작할 만했다. 그러나 그녀에게는 이 작은 세계로 충분했다. 얼굴도 모르는 사람들의 의견 따위는 관심도 없었다. 이성은 미개하고 노골적인 비이성을 이겨내지 못했고 앞으로도 영원히 승리하지 못하리라. 우주의 열역학적 죽음*은 피할 수 없는 일이다. 그녀의 물잔은 절반이 비어 있었다. 모든 것이 허물어졌다. 낙관주의가 무너졌을 때 올바르게 대처하는 유일한 방법은 현실세계는 물론이고 자아에도 높은 벽을 쌓고 그 뒤에 숨어 필연적 죽음을 기다리는 것이다. 볼테르의 소설에 등장하는 낙관론자 팡글로스 박사는 결국 바보였고, 그의 스승이었던 실존인물 고트프리트 빌헬름 라이프니츠의 경우 첫째, 연금술사로서는 실패자였고 (뉘른베르크에서 비卑금속을 황금으로 바꾸지 못했다) 둘째, 표절자이기도 했다(라이프니츠에서 아이작 뉴턴 경의 동료들이 라이프니츠에게 퍼부었던 통렬한 비난을 보라—G.W. 라이프니츠가 미적분학을 창시했다지만 실은 그전에 동일한 주제를 연구한 영국인 뉴턴의 성과를 훔쳐보고 아이디어를 도용했다고 한다). 알렉산드라는 이렇게 썼다. "실현가능한 최상의 세계가 고작 다른 사상가의 아이디어를 도둑질하는 곳이라면 차라리 캉디드의 조언대로 초야에서 자신의 정원을 가꾸는 편이 나을지도 모른다."

그녀는 정원을 가꾸지 않았다. 정원사를 고용했다.

---

* 물리학적 종말론으로, 우주 전체의 엔트로피가 최대치에 이르러 더이상 변화가 생기지 않는 열평형 상태를 가리킨다.

미스터 제로니모는 성관계에 대한 갈망을 버린 지 이미 오래였지만 요즘 들어 그 문제가 다시 뇌리에 떠오르기 시작했다는 사실을 인정할 수밖에 없었다. 그의 나이에는 그런 생각도 관념적인 방향으로 기울기 마련인데, '세월에 장사 없다'는 법칙은 불가항력이라는 점을 감안할 때, 실제로 상대를 찾아 결합하는 데 필요한 현실적 노력조차 이미 물 건너간 일이었다. 그는 이렇게 가정해보았다. 만약 둘 이상의 성별이 존재한다면, 사실상 모든 사람이 자기만의 고유한 성별을 지녔다면, 아마도 그와 그녀 말고 새로운 인칭대명사가 필요하리라. 물론 대명사 그것은 전적으로 부적절하다. 그렇게 무수히 많은 성별 중에서도 어떤 사람이 성관계를 원할 때 교합할 수 있는 성별은 극소수에 불과한데, 그중 일부는 잠시 동안만 결합이 가능할 수도 있고 혹은 꽤 오랫동안 결합이 가능하지만 마치 이식한 심장이나 간처럼 거부반응을 일으킬 수도 있다고 치자. 매우 드물겠지만 한평생 결합 가능한, 즉 언제까지나 변함없이 결합 가능한 이성을 발견한다면, 이 새로운 정의에 따르면 두 성별은 이미 동일한 성별이라고 보아도 좋으리라. 그는 일생에 단한 번 그렇게 완벽한 이성을 발견했지만 그런 일이 다시 일어날 확률은 거의 없었다. 굳이 찾으려 하지도 않았고 앞으로도 그럴 터였다. 그런데 지금 여기서, 대홍수의 여파 속에서 이렇게 과거의 막강한 배설물로 가득한 진흙바다 한복판에 서 있을 때, 아니, 정확히 말하자면 그 바다에 서 있지도 못하고 조금 떠 있을 때, 장화 밑으로 종이 한 장이 어렵잖게 빠져나갈 만한 높이에 떠 있을 때, 지금, 그가 상상력의 죽음을 바라보며 눈물지을 때, 자신의 지근거리에서 중력이 작용하지 않는 현상으로 두려움과 의문에 사로잡혔을 때, 그렇게 몹시 부적절한 순간에 그의 고용주 철학녀가, 사료회사 상속녀 알렉산드라 블리스 파리냐가 유리문 앞에서 손짓으로 그를 불렀다.

미스터 제로니모가 유리문 앞에 이르렀을 때 알렉산드라의 왼쪽 어깨 너머로 집사 올리버 올드캐슬의 얼굴이 보였다. 제로니모는 생각했다. 만약 집사가 매라면 저 어깨 위에 냉큼 올라앉았겠지, 여주인에게 적이 나타나면 당장 덤벼들어 심장을 갈기갈기 찢어버릴 태세로. 여주인과 하인은 그렇게 함께 서서 라 인코에렌차의 참상을 둘러보았다. 올리버 올드캐슬은 마치 공산주의의 몰락을 지켜보는 마르크스 같은 표정이었고, 알렉산드라는 비록 두 뺨에 눈물자국이 남았지만 평소처럼 도무지 속내를 헤아릴 수 없었다. 그녀가 말했다. "제가 한탄할 입장은 아니죠." 제로니모나 집사 올드캐슬에게 하는 말이 아니라 마치 가정교사처럼 자신을 꾸짖는 말투였다. "남들은 집을 잃은데다 먹을 것도 묵을 곳도 없는 처지니까요. 저는 정원을 잃었을 뿐이잖아요." 정원사 제로니모는 분수를 알라는 뜻으로 알아들었다. 그러나 알렉산드라는 이제 그의 장화를 내려다보고 있었다. 그녀가 말했다. "기적이군요. 봐요, 올드캐슬, 진짜 기적이에요. 미스터 제로니모가 견고한 지면을 떠나 더 위로, 뭐랄까, 더 불확실한 영역으로 올라갔네요."

제로니모는 이 공중부양이 스스로 한 일도 아니고 원한 일도 아니라며 항변하고 싶었다. 당장이라도 다시 지면으로 내려앉아 장화를 더럽힐 수만 있다면 정말 기쁘겠다고 속내를 분명히 밝히고 싶었다. 그러나 알렉산드라의 눈이 반짝거렸다. 그녀가 물었다. "혹시 벼락을 맞았나요? 네, 그랬을 거예요. 태풍이 불 때 벼락에 맞았지만 살아남았고, 그 대신 기억이 지워지는 바람에 벼락 맞은 일을 잊어버린 거죠. 그때 엄청난 전하량이 체내에 들어왔고, 그래서 지표면 위로 떠오른 거예요." 제로니모는 말문이 막힌 채 그녀의 말을 진지하게 생각해보았다. 그래, 그럴지도 몰라. 다만 증거가 없으니 가설에 불과하지. 그는 뭐라고 대답해야 좋을지 몰랐지만 하고 싶은 말도 없었다. 알렉산드라가 다시 말했다. "기적은 또 있어요." 이제 달라진 목소리, 오만하기보다 은밀한 목소리였다. "저는 거의 한평생 사랑을 도외시하며 살았는데 방금 깨달았어요. 바로 우리집 유리문 너머에서 내 사랑이, 장홧발로 진흙땅을 짓밟아도 더러운 오물이 안 묻는 사랑이 나를 기다리고 있었네요." 그러더니 몸을 돌려 그늘진 집안으로 사라져버렸다.

제로니모는 함정이 아닐까 걱정했다. 이런 만남은 이제 그의 일정에 포함되지 않았다. 아니, 사실은 지금껏 한 번도 없었던 일이다. 집사 올드캐슬이 여주인을 따라 들어가라고 턱짓으로 명령했다. 제로니모는 아가씨의 명령이라는 사실을 알아차렸고, 여주인이 어디로 갔는지도 모르는 채 집안으로 들어갔다. 그러나 여기저기 벗어던진 옷가지를 따라가자 어렵잖게 그녀를 찾을 수 있었다.

알렉산드라 블리스 파리나와 함께한 밤, 처음에는 좀 어색했다. 지면을 건드리지도 못하게 하는 힘이 그녀의 침대 위에서도 여전히 작용했으므로 제로니모는 누워 있는 알렉산드라의 몸 위에 떠 있는 상태였는데, 1센티미터도 안 되지만 뚜렷한 간격 때문에 좀 거북스러웠다. 그는 양손으로 그녀의 엉덩이를 붙잡아 자기 쪽으로 들어올려보았지만 그런 자세는 둘 다 불편했다. 그러나 그들은 금방 문제를 해결했다. 제로니모가 아래쪽으로 내려가 눕자 일이 순조로워졌다. 그의 엉덩이가 침대에 닿지 않아도 상관없었다. 그의 이런 증상은 오히려 그녀를 더욱 자극하는 듯했고, 그래서 그역시 흥분했다. 그러나 정사가 끝나자마자 흥미를 잃었는지 알렉산드라는 금방 잠들어버렸고 제로니모는 어둠 속에서 멍하니 천장만 바라봐야 했다. 그러다가 옷을 입고 나가려고 침대에서 내려왔는데 두 발과 방바닥 사이의 간격이 현저히 벌어졌다. 라 인코에렌차의 여주인과 밤을 보낸 후 지면에서 2센티미터 남짓 떠올랐던 것이다.

제로니모가 침실을 나서자 집사 올드캐슬이 살기등등한 눈으로 노려보았다. "네놈이 첫 남자라고 착각하지 마. 아가씨가 유리문 너머에서 찾은 사랑이 너처럼 터무니없이 늙어빠진 놈 하나뿐이라고 착각하지 말란 말이야. 우스꽝스러운 곰팡이 같은 놈. 구역질나는 기생충 같은 놈. 종기 같은 놈, 닳아빠진 가시 같은 놈, 썩은 종자 같은 놈. 당장 꺼져버리고 다시는 오지 마." 제로니모는 올리버 올드캐슬이 짝사랑에 빠져 미쳐버렸음을 즉각 알아차리고 단호하게 말했다. "저 언덕에 아내를 묻었소. 언제든 내 마음대로 아내 무덤을 보러 올 거요. 그걸 막으려면 나를 죽여야 할걸. 내가 먼저 당신을 죽여버릴지도 모르지만."

그러자 올리버 올드캐슬이 받아쳤다. "너희 부부 사이는 어젯밤 우리 아가씨 침실에서 끝장난 거야. 그리고 우리 둘 중에서 누가 누구를 죽이는지는, 젠장, 그거야 두고 보면 알겠지."

곳곳에 화재가 발생했고, 우리 선조들이 한평생 잘 알았던 건물들이 시꺼멓게 타버린 채 마치 텔레비전에 등장하는 언데드처럼 컴컴한 구멍 같은 눈으로 무자비하게 빛나는 바깥세상을 물끄러미 바라보았다. 선조들이 하나둘씩 피난처를 빠져나와 황폐해진 거리를 비틀비틀 걸어가자 마치 대홍수가 그들의 잘못처럼 느껴지기 시작했다. 텔레비전에 나오는 전도사들은 방탕한 인류에게 내려진 천벌이라고 말했다. 그러나 그런 말은 중요하지 않았다. 적어도 몇몇 사람들은 자신들이 만들어낸 무엇이 통제를 벗어나 며칠 동안 제멋대로 날뛰었다고 직감했다. 땅과 대기와 물이 차츰 진정되면 그 힘이 다시 나타나지나 않을까 두려웠다. 그러나 한동안 복구 작업을 하느라, 굶주린 사람들을 먹이고 노인들을 돌보느라, 쓰러진 나무를 바라보며 슬퍼하느라 미래를 걱정할 겨를조차 없었다. 지혜로운 자들이 나서서 우리 선조들을 달래주었다. 악천후를 무슨 비유로 여기지 말라. 이 사건은 경고도 아니고 저주도 아니다. 기상이변이었을 뿐이다. 사람들이 원하던 말, 그들을 위로해주는 말이었다. 그들은 이 조언을 받아들였다. 그리하여 대부분은 엉뚱한 방향을 바라보았고, 그래서 온갖 괴사가 일어나 세상을 발칵 뒤집어놓는 순간을 알아차리지 못했다.

철학자의
부조리

THE INCOHERENCE OF THE PHILOSOPHERS

대홍수가 끝나고 백 일 하고도 하루가 지났을 때, 코르도바의 가족 무덤에 누워 잊혔던 이븐루시드가 역시 고인이 되어 호라산 주 투스시 변두리의 초라한 무덤에 들어간 숙적 가잘리와 어찌어찌 의사소통을 시작했는데, 처음에는 지극히 따뜻한 대화였으나 나중에는 그리 살갑지 않았다. 이런 진술은 진위를 밝히기 어려우므로 회의적 반응을 부를 수도 있음을 우리도 시인한다. 그들의 육신은 이미 오래전에 썩어버렸으니 무덤에 누웠다는 표현도 어폐가 있고, 더 나아가 그들이 안장된 곳에 무슨 지각을 지닌 정신이 남아 있다는 발상은 명백히 터무니없다. 그러나 이 이야기의 소재로 삼은 기간, 2년 8개월 28일에 걸친 이 기이한 시기를 감안해보건대, 우리는 당시 이 세상이 터무니없게 변해버렸다는 사실, 그리고 오랫동안 현실을 지배하는 원리로 여기던 법칙들이 그렇게 무너져버린 후 선조들은 새로운 법칙이 무엇인지 몰라 전전긍긍했다는 사실을 인정할 수밖에 없다. 괴사의 시대라는 맥락에서 보자면 죽은 철학자들의 대화도 충분히 납득할 만하다.

캄캄한 무덤 속에서 이븐루시드는 귓가에 속삭이는 익숙한 여자 목소리를 들었다. 말해봐. 수많은 서자녀를 낳아준 빼빼 마른 어미 두니아를 떠올리며 그는 달콤한 그리움과 쓰라린 죄책감을 동시에 느꼈다. 두니아는 몸집이 아주 작은데다 음식을 먹는 모습을 본 적도 없다는 생각이 들었다. 걸핏하면 머리가 아파 고생했는데, 그는 그녀가 물을 싫어하기 때문이라고 설명했다. 적포도주는 좋아했지만 주량이 약해서 두 잔만 마셔도 딴사람처럼 돌변했다. 킥킥거리거나 손짓 발짓을 하거나 끊임없이 지껄이거나 남의 말을 가로채기 일쑤였고 늘 춤을 추고 싶어했다. 그때마다 식탁 위로 올라갔는데, 그에게도 같이 추자고 조르다 거절당하면 앵돌아져 발을 구르며 불쾌감과 해방감을 반반씩 표현하는 독무를 추었다. 밤마다 잠자리에서는 마치 그를 놓치면 익사하기라도 한다는 듯 필사적으로 매달렸다. 그녀는 아낌없이 전심으로 그를 사랑했지만 그는 그녀를 버렸다. 뒤도 돌아보지 않고 집을 떠났다. 그런데 이제 무너져가는 무덤의 축축한 어둠 속에서 그녀가 고인이 된 그에게 다시 나타났다.

유령 같은 여인에게 그가 말없이 물었다. 내가 죽었소? 굳이 말할 필요는 없었다. 어차피 말을 내뱉을 입술조차 없으니까. 그녀가 대답했다. 그래, 벌써 몇백 년 전에 죽었지. 당신이 혹시 후회하는지 궁금해서 깨웠어. 천 년 가까이 푹 쉬었으니 이번에는 숙적을 껴을 수 있을까 궁금해서 깨웠어. 지금이라도 당신 후손들에게 당신 성을 물려줄 생각은 없는지 궁금해서 깨웠어. 무덤 속이니 이제 진실을 밝혀도 되겠네. 나는, 당신 여자 두니아는 '진니아 혹은 지니리' 즉 마족의 공주이기도 해. 지금 이 세상의 틈새가 다시 열려 당신을 만나러 올 수 있었지. 그리하여 그는 마침내 그녀가 인간이 아니라는 사실을 알게 되었고, 이따금씩 무른 목탄으로 그린 그림처럼 혹은 연기처럼 윤곽이 흐릿해 보였던 이유도 알게 되었다. 당시에는 그녀의 모습이 희미해도 자신의 시력이 나쁜 탓으로 돌리고 마음속에서 지워버렸었다. 그러나 이렇게 무덤 속에서 속삭이기도 하고 이미 죽어버린 그를 깨우는 능력까지 가졌다면 영계靈界에서 찾아온 존재, 연기와 마법으로 이루어진 존재가 분명했다. 그녀는 유대인이라고 말할 수 없는 유대인이 아니라, 다른 세계에서 왔다는 사실을 밝히지 않았던 여마신 진니아였다. 그러므로 그가 그녀를 배신했듯이 그녀도 그를 속였다. 그러나 그는 왠지 화가 나지 않았고 이 정보가 대단히 중요하다고 생각하지도 않았다. 인간적 분노를 느끼기에는 너무 늦었다. 그러나 그녀는 화를 낼 자격이 있었다. 그리고 여마신의 분노는 마땅히 두려워할 만했다.

원하는 게 뭐요? 그가 묻자 그녀는 질문이 틀렸다고 대답했다. 문제는 당신이 원하는 게 뭐냐는 거지. 당신은 내 소원을 들어줄 수 없어. 오히려 내가 당신 소원을 들어줄 수 있지. 내가 원한다면. 그게 현실이야. 하지만 그 일은 나중에 얘기하자. 방금 당신의 숙적이 깨어났어. 다른 마신이 그자를 찾아냈거든. 내가 이렇게 당신을 찾아냈듯이. 그가 물었다. 가잘리가 만난 마신이 누구요? 그녀가 대답했다. 마족 전체를 통틀어 제일 막강한 마신이지. 상상력도 없고 지혜라고는 티끌만큼도 찾아볼 수 없는 얼간이지만 능력 하나는 천하무적이지. 이름조차 말하기 싫을 정도야. 게다가 그 가잘리라는 자는 아주 꽁하고 소갈머리 없어 보이더군. 쾌락을 적으로 여기는 금욕주의자, 모든 즐거움을 말살하려 드는 자.

그녀의 목소리는 무덤 속에서조차 싸늘하게 느껴질 정도였다. 그는 멀지만 가깝게 느껴지는 어둠 속에서 뭔가 꿈틀거리는 기척을 알아차리고 소리 없이 중얼거렸다. "정말 가잘리 선배요?"

상대방이 대답했다. "살아생전에 내 업적을 뒤엎으려다 실패하고도 단념하지 않았군. 망자가 된 지금은 자네가 이기리라 믿는 모양이지."

이븐루시드는 자기 존재의 파편들을 끌어모으며 숙적에게 인사를 건넸다. "이제 거리와 시간 같은 장애물도 문제가 되지 않으니 토론 한번 제대로 해봅시다. 사람에게는 정중하게, 의견에 대해서는 가혹하게."

그러자 입속에 벌레와 흙을 한가득 머금은 듯한 목소리로 가잘리가 말했다. "내가 알기로는 사람도 좀 가혹하게 다뤄주면 설득하기가 한결 쉽던데."

이븐루시드가 말했다. "어차피 물리적 행위랄까, 딱 잘라 말해 폭력 따위는 이제 우리한테 아무 영향도 없잖소."

그러자 가잘리가 대꾸했다. "그건 사실이지만 좀 아쉽다는 말을 덧붙이고 싶군. 아무튼 말씀해보시게나."

이븐루시드가 말문을 열었다. "인류 전체가 한 사람이라고 가정해봅시다. 어릴 때는 견문이 부족하니까 아무것도 이해하지 못하고 믿음에만 집착하기 마련이오. 이성과 미신의 싸움을 인류의 기나긴 사춘기라고 본다면 이성의 승리야말로 성년기일 거요. 그렇다고 하느님이 존재하지 않는다는 말은 아니고, 다만 그분은 자식을 자랑스러워하는 부모처럼 언젠가 아이가 제 발로 우뚝 서기를, 세상에서 제 힘으로 살아가기를, 부모에게 의존하는 버릇을 훌훌 털어버리기를 바라신다는 뜻이오."

그러자 가잘리가 답변했다. "그렇게 자꾸 하느님 중심으로 설명하려고 들면, 그렇게 합리적 사고와 종교적 사고를 어설프게 꿰맞추려고만 하면 절대로 나를 꺾지 못하네. 차라리 자네가 불신자라는 사실부터 인정하고 이야기를 풀어가는 편이 낫지 않겠나. 자네 후손이 어떤지 잘 살펴보게. 동서양을 막론하고 모두 무신론자 떨거지 아닌가. 자네 주장을 믿는 자는 이교도뿐이야. 진리를 믿는 이는 이미 자네를 잊어버렸어. 진리를 믿는 이는 이성과 과학이야말로 인간정신의 습작에 불과하다는 사실을 알기 때문이지. 신앙은 하느님의 선물이고 그걸 거부하는 이성은 사춘기의 반항 같은 거야. 그렇지만 어른이 되면 온전히 신앙에 몸을 맡길 수밖에 없어. 우리가 태어날 때부터 정해진 운명이니까."

이븐루시드가 말했다. "좀더 세월이 흐르면 선배도 알게 되겠지만, 막판에 가면 사람들이 바로 그 종교 때문에 하느님을 외면할 거요. 신자야말로 하느님의 가장 큰 적이오. 앞으로 천 년 하고도 일 년이 더 걸릴지 모르지만 결국 종교는 시들시들 말라죽을 테고, 우리는 그때부터 비로소 하느님의 진리대로 살겠지."

그러자 가잘리가 말했다. "그래, 말씀 한번 잘하셨네. 수많은 사생아를 낳은 자네가 이제야 솔직하게 신성모독을 내뱉는군." 그러더니 종말론으로 화제를 돌렸다. 요즘 자기가 좋아하는 주제라면서 세계 종말에 대해 한참 동안 이야기했는데, 정말 즐거워하는 기색이 역력해서 이븐루시드는 어리둥절하고 뒤숭숭했다. 결국 예의범절을 끝까지 지키지 못하고 선배의 말을 가로막았다. "선배도 신기하게 사고력만 남은 티끌이 돼버렸기 때문인가, 천지만물을 모조리 무덤 속에 처넣고 싶어 안달하시는구려."

그러자 가잘리가 대답했다. "참된 신자라면 마땅히 그래야지. 산 자들이 말하는 삶은 내세에 비하면 정말 쓸모없고 시시하니까."

이븐루시드는 어둠 속의 두니아에게 말을 건넸다. 가잘리는 세계가 곧 멸망한다고 생각하는군. 하느님이 서서히, 불가사의하게, 설명도 없이 삼라만상을 파괴하려 한다고, 인류를 혼란에 빠뜨려 자멸하게 만들 거라고 믿는 모양이오. 그런 앞날을 내다보면서도 저렇게 태연한 까닭은 단순히 자기가 이미 죽었기 때문만은 아니오. 가잘리에게 지상의 삶은 대기실이나 관문에 불과하기 때문이지. 내세야말로 참된 세상이니까. 그래서 내가 물어봤소. 그렇다면 어째서 선배의 영생이 여태 시작되지 않았소? 혹시 이렇게 의식만 남아 무심한 허공을 떠도는 게 영생이라면 아무래도 좀 따분하지 않겠소? 그랬더니 이렇게 대답하더군. 하느님의 섭리는 불가사의하다네. 하느님이 기다리라고 말씀하시면 얼마든지 기다려드려야지. 그러면서 자기는 아무것도 바라지 않는다고 하더군. 하느님을 섬길 뿐이라나. 내가 보기에 가잘리는 바보요. 너무 가혹한 평가인가? 위대한 사람이지만 바보가 틀림없소. 그러자 그녀가 상냥하게 말했다. 당신도 마찬가지야. 당신은 아직도 바라는 게 남았어? 아니면 옛날에는 없던 바람이 새로 생겼거나? 이븐루시드는 그녀가 그의 어깨를 베고 눕던 시절, 그녀의 뒤통수를 손바닥으로 쓰다듬어주던 시절을 떠올렸다. 그렇게 나란히 누워 머리와 손과 어깨를 나누던 시절은 이미 지나가버렸다. 그는 대답했다. 육체가 없는 삶은 살아볼 가치도 없구려.

그가 그녀에게 말했다. 내 숙적의 말이 옳다면 그런 하느님은 잔인한 하느님이고 산 사람의 목숨을 가벼이 여기는 하느님이오. 나는 내 후손들이 그 사실을 알았으면 좋겠소. 내가 그런 하느님을 증오한다는 사실도 알고, 내 뒤를 이어 그런 하느님과 맞서 싸우다 마침내 하느님의 뜻을 꺾어주길 바랄 뿐이오. 그러자 그녀가 속삭였다. 이제야 당신 혈통을 인정하는군. 그가 대답했다. 인정하오. 진작 인정하지 않은 점은 당신에게 용서를 구하리다. 두니아자트는 내 후손이고 나는 그 아이들의 조상이오. 그러자 그녀가 은근히 다그쳤다. 그게 당신 소원이군. 후손들이 당신을, 당신의 바람을, 당신의 의지를 알아주는 거. 그러자 그가 덧붙였다. 당신을 향한 사랑도 알아야지. 그 정도만 알아도 장차 세상을 구할 수 있을 거요.

그녀는 먼 옛날 그의 뺨이 있었던 허공에 입맞춤을 하며 말했다. 잘 자. 난 이제 가볼게. 평소에는 시간의 흐름 따윈 아랑곳하지도 않지만 지금은 시간이 좀 촉박해서.

마족의 존재는 윤리학자들에게 처음부터 골칫거리였다. 만약 인간의 행위가 호의적이거나 악의적인 정령 때문에 유발된 것이라면, 선과 악이 인간의 내면이 아니라 외부에서 비롯된 것이라면, 윤리적인 사람이란 어떤 사람인지 정의하기가 불가능하기 때문이다. 도대체 옳은 행동과 그른 행동은 무엇인지 판단하기도 몹시 혼란스러울 수밖에 없었다. 그러나 일부 윤리학자들은 그 시대에 실제로 벌어진 윤리적 혼란을 반영하므로 오히려 바람직한 일이라고 생각했다. 더구나 부수적 결과로 윤리학도에게 영원히 끝나지 않을 과제를 남겼으니 이 또한 반가운 일이 아닌가.

어쨌든 두 세계가 분리되기 이전인 옛날에는 누구에게나 남마족 또는 여마족이 하나씩 붙어 귓속말을 하며 선행 또는 악행을 부추겼다고 한다. 마족이 공생의 대상을 어떻게 선택했는지, 그리고 그들이 왜 인간에게 그토록 관심을 갖게 되었는지는 여전히 불확실하다. 어쩌면 그저 할일이 별로 없었기 때문인지도 모른다. 마족은 대체로 이기주의자일 뿐만 아니라 무정부주의자인 듯하다. 오로지 자신의 충동에 따라 행동할 뿐, 사회조직이나 단체활동은 전혀 좋아하지 않는다. 그러나 서로 적대적인 마족 무리가 전쟁을 일으켰고 그 무시무시한 싸움이 마계를 송두리째 뒤흔들었다는 이야기도 있는데, 만약 사실이라면 이 괴물의 수가 급감하고 우리가 사는 아름다운 세상에 오랫동안 출몰하지 않은 까닭이 바로 그 때문이리라. 마법을 쓰는 못된 마족, 이른바 흑마족이 거대한 비행 항아리를 타고 쏜살같이 하늘을 날아와 어마어마한 공격을 퍼붓는 바람에 군소 정령들이 더러 목숨을 잃기까지 했다는 이야기가 수두룩하다. 반대로 마족은 불사신이라는 소문도 있지만 사실이 아니다. 죽이기가 쉽지 않을 뿐이다. 마족만이 다른 마족을 죽일 수 있기 때문이다. 앞으로 알게 되리라. 우리가 곧 설명할 테니까. 다만 마족이 인간사에 개입할 당시 신나게 편싸움을 즐겼다는 사실만은 확실히 말할 수 있다. 그들은 이 사람과 저 사람을 싸우게 하고, 이 사람을 부자로 만들고, 저 사람을 당나귀로 둔갑시키고, 사람 몸에 빙의해 결국 미쳐버리게 만들고, 참된 사랑을 도와주거나 방해하기도 했지만, 인간을 친구로 여기기는커녕 늘 냉담하게 거리를 유지했다. 물론 마법 램프 속에 갇혀버린 경우는 예외였으나 그럴 때는 어쩔 수 없이 본심을 감추었을 뿐이다.

두니아는 여마족 중에서도 특이한 존재였다. 지상에 내려와 사랑에 깊이 빠져버리는 바람에 팔백오십여 년이 지난 뒤에도 연인을 편히 쉬게 내버려두지 않았다. 어떤 존재든 사랑을 하려면 감정이 있어야 하고 우리가 영혼이라고 부르는 무엇이 꼭 필요한데, 그런 존재라면 우리 인간이 인격이라고 부르는 각종 특징도 당연히 갖춰야 한다. 그러나 마족은, 적어도 마족의 대부분은—불이나 연기로 이루어진 존재이니 당연한 일이겠지만—감정도 없고 영혼도 없으므로 인격 따위는 이미 초월해버린, 어쩌면 인격의 범위를 벗어난 자들이다. 그들은 본질 그 자체다. 선하거나 악하고, 어질거나 모질고, 사납거나 순하고, 굳세거나 변덕스럽고, 교활하거나 너그럽다. 이븐루시드의 연인 두니아는 오랫동안 인간과 함께—당연히 참모습을 감춘 채—살면서 인격이라는 개념을 이해하고 이런저런 특징을 드러냈을 것이다. 어린아이가 수두나 볼거리를 앓듯이 인류의 인격에 전염되었다고 말할 수도 있겠다. 그때부터 그녀는 사랑 그 자체를 사랑하고, 사랑하는 능력을 사랑하고, 사랑의 이타심을, 자기희생을, 관능을, 희열을 사랑했다. 연인과 살을 섞는 순간을 사랑할 뿐만 아니라 인류 전체를 사랑하게 되었다. 처음에는 인류가 사랑하는 능력을 지녔기 때문이었지만 차차 다른 감정들도 소중해졌다. 그녀가 남녀노소 모두를 사랑한 까닭은 그들이 두려워하거나 노여워하거나 움츠러들거나 기뻐할 수 있기 때문이었다. 만약 여마신으로서의 삶을 포기할 수 있었다면 인간이 되기를 선택했을지도 모른다. 그러나 타고난 본성은 부정할 수 없었다. 그런데 이븐루시드가 떠나버린 후 그녀는, 그렇다, 슬픔을, 그리움을, 아픔을 느꼈고, 그렇게 점점 깊어져가는 인간성에 놀랐다. 그러던 어느 날, 세상의 틈새가 닫히기 전에 그녀도 떠났다. 그러나 그때부터 마족세계의 왕궁에서 수백 년을 보냈는데도, 심지어 마계의 평범한 일상대로 끊임없이 난교를 즐겼는데도 치유되지 않았다. 그리하여 틈새가 다시 벌어졌을 때 그녀는 옛 인연을 되찾으려고 지상으로 돌아왔다. 이미 무덤에 들어간 연인이 부디 뿔뿔이 흩어진 가족을 모아달라고, 그리고 다가오는 세계대란을 막아내도록 도와달라고 부탁했다. 그녀는 알았다, 그리하겠다고 대답한 후 서둘러 임무에 착수했다.

불행히도, 인간세계로 돌아온 마족은 두니아만이 아니었고 그들 모두가 선의를 품은 것도 아니었다.

괴사의
시대

THE
STRANGENESSES

나트라지 히어로가 춤추는 시바[*]처럼, 춤의 신 시바처럼, 세상을 창조하는 시바 신처럼 덩실덩실 춤을 추며 길거리를 걸어간다. 젊고 아름다운 나트라지는 늙은이들을 경멸한다. 몸뚱이도 무겁고 다리도 아파 절뚝거리는 사람들을 비웃는다. 그러나 여자들은 그를 거들떠보지도 않는다. 우주를 창조하고 파괴하는 그의 초능력을 알지 못하고 무시해버린다. 상관없다. 아무러면 어떠랴. 그는 정체를 감추고 있다. 지금은 세무사 지넨드라로서 퀸스의 잭슨하이츠에 있는 수브지만디 상점으로 식료품을 사러 가는 길이다. 지넨드라 카푸르, 일명 갈색 클라크 컨트[**]. 그러나 그가 겉옷을 벗어젖히는 순간을 기대하시라. 그때는 다시 보게 되리라. 다들 뚫어지게 쳐다보리라. 그때까지는 숨은 능력을 언뜻언뜻 내

---

[*] 힌두교 3대 신의 하나로 파괴의 신.
[**] 슈퍼맨의 위장 신분 '클라크 켄트'를 비하하는 말.

비치며 고국 방글라데시의 왕처럼, 황제나 대왕이나 임금처럼 37번가를 활보할 뿐이다. 나트라지는 나이팅게일의 노래에 맞춰 춤을 춘다. 그는 딜 카 셰흐자다,[*] 일명 잭 오브 하츠[**]다.

그러나 나트라지 히어로는 존재하지 않았다. 만화가를 꿈꾸는 청년 지미 카푸르가 분신으로 창조한 허구적 인물이었다. 나트라지의 초능력은 춤이었다. '겉옷을 벗어젖히는 순간' 두 팔은 네 개로 늘어나고, 얼굴도 전후좌우 네 개로 늘어나고, 이마 한복판에 제3의 눈이 생겨났다. 그가 방그라 춤[***]을 추거나 화려한 디스코 동작을 선보이면―누가 뭐래도 퀸스 출신이니까―창조하든 파괴하든 문자 그대로 현실을 바꿔놓을 수 있었다. 길거리에 나무가 자라게 하거나 메르세데스 컨버터블을 만들거나 굶주린 사람들에게 밥을 주기도 했지만, 반대로 집을 무너뜨리거나 악인을 산산이 날려버리기도 했다. 그런 나트라지가 마블이나 타이탄이나 DC 코믹스의 위대한 영웅 샌드맨, 왓치맨, 다크나이트, 탱크걸, 퍼니셔, 인비저블스, 드레드 등과 더불어 저 거룩한 전당에 오르지 못하는 까닭이 무엇인지 정말 알다가도 모를 일이었다. 아쉽지만 나트라지는 한사코 지상을 벗어나려 하지 않았고, 마음이 울적할 때마다 젊은 예술가 지미는 결국 사촌형이 루스벨트 애비뉴에 차린 회계사무소가 제 운명이 아닐까 생각했다.

----

[*] 힌디어로 '잭 오브 하츠'.
[**] 미국 만화에 등장하는 슈퍼히어로.
[***] 펀자브 지방의 전통무용에서 비롯한 춤.

나트라지 히어로의 활약상을 그린 몇몇 에피소드를 온라인에 연재했지만 대기업 쪽의 연락은 전혀 없었다. 그러던 어느 무더운 밤—지미는 몰랐지만 대홍수 이후 백 일 하고도 하루가 지난 밤—붉은 달빛이 3층 창문을 물들일 무렵 그는 화들짝 놀라 깨어났다. 누군가 방안에 있었다. 누군지…… 엄청 컸다. 어둠에 눈이 익었을 때 보니 침실 건너편 벽면이 완전히 사라져버리고 시꺼먼 연기만 소용돌이치는데, 그 한복판에 미지의 세계로 통하는 듯 시꺼먼 동굴 같은 것이 있었다. 하지만 누군가의 거구에 가로막혀 잘 보이지 않았다. 얼굴도 여럿이고 팔다리도 너무 많은 이 괴물이—남자였다—지미의 비좁은 방에서 팔다리를 이리저리 접으며 큰 소리로 툴툴거렸는데, 곧 남은 벽마저 모조리 무너뜨릴 기세였다.

남자는—괴물은—피와 살로 이루어진 생물이 아닌 듯했다. 괴물은—남자는—마치 데생이나 삽화처럼 보였는데, 지미 카푸르는 그 모습이 자신의 화풍과 일치한다는 사실을 깨닫고 깜짝 놀랐다. 프랭크 밀러 화풍이랄까(희망사항), 스탠 리의 아류랄까(스스로 인정), 릭턴스타인*의 모방이랄까(속물과 함께 있을 때는 그렇게 믿었고 자신도 별수없는 속물이라고 여겼다). 아무튼 그 순간 지미는 깊이 생각할 겨를도 없이 말했다. "네가 정말 생명을 얻은 거야?" 그러자 나트라지 히어로가—괴물이—대답했는데, 어쩐지 귀에 익은 목소리, 어디선가 들어본 목소리, 마치 여러 개의 입으

---

* 프랭크 밀러와 스탠 리는 미국 만화가, 로이 릭턴스타인은 미국 화가로 팝아트의 선구자.

로 한꺼번에 으르렁거리는 듯한, 메아리처럼 쩌렁쩌렁 울리는, 신처럼 위풍당당하고 거칠고 사나운 목소리, 한마디로 두려움과 근심과 불안에 시달리는 가엾은 지미 자신의 목소리와는 정반대의 목소리였다. 그런 목소리를 들었을 때 올바른 반응은 벌벌 떠는 것뿐, 지미 카푸르도 그렇게 올바른 반응을 보일 수밖에 없었다.

어이, 여긴 왜 이렇게 좁아터졌냐, 젠장, 어쩔 수 없이 개미새끼만하게 몸집을 줄여야겠네, 염병할, 이 코딱지만한 집구석, 이러다가 지붕도 날아가겠구나. 됐다, 이제야 좀 살겠네. 나 보이냐? 잘 보여? 팔뚝 하나 둘 셋 넷, 낮짝 넷 셋 둘 하나, 네놈의 한심한 영혼을 똑바로 들여다보는 세번째 눈깔. 아니지, 아니지, 내가 실례했구먼, 나를 창조하신 분인데 공경해야지, 안 그런가? 하 하 하 하 하. 태초부터 춤추던 이 몸을, 이 위대한 나트라지를 고작 퀸스에 사는 세무사 나부랭이가 만들었다니, 이게 말이나 되는 소리냐. 정확히 말하자면 오히려 이 몸이 춤으로 시간과 공간을 창조했는데. 하 하 하 하 하. 네놈이 나를 불러냈다고 믿는 모양이구나. 네놈이 무슨 마법사라도 되는 줄 아는구나. 하 하 하 하 하. 아니면 이게 다 꿈이라고 생각하느냐? 아서라, 이놈아. 너는 방금 깨어났다. 나도 마찬가지다. 팔구백 년 동안 쿨쿨 많이도 자다가 이제야 돌아왔거든.

지미 카푸르는 겁에 질려 부들부들 떨며 더듬더듬 물었다. "여, 여긴 어떻게, 드, 드, 들어오셨어요? 제, 제, 제 방에?" 그러자 나트라지 히어로가 대답했다. 〈고스트버스터즈〉라는 영화 봤나? 이번에도 그렇게 된 거다. 지미는 금방 알아들었다. 아하, 그랬구나. 그가 아주 좋아하는 영화였다. 나트라지의 목소리는 수메르의 파괴신 고

저가 시고니 위버*의 입을 빌려 말하는 장면의 목소리와 비슷했다. 인도식 말투를 쓰는 고저 신이랄까. 관문이 열렸도다. 상상 기술자들이 상상하던 세계와 상상의 산물이 갈망하던 세계 사이의 경계선이 멕시코와 미국 사이 국경선처럼 뻥뻥 뚫렸도다. 우리는 지금껏 환상지대**에 갇혀 지냈지만 이제 초능력자 조드 장군***처럼 이런 웜홀을 쏜살같이 통과해 이곳으로 건너올 수 있게 됐어. 이쪽으로 오고 싶어하는 놈들이 수두룩하지. 머지않아 우리가 이 세계를 차지할 거다. 한 뼘도 남김없이. 그러니까 포기해라.

나트라지의 모습이 깜박거리며 희미해졌다. 못마땅한 기색이 역력했다. 아직은 관문이 제대로 작동하지 않는구나. 어쩔 수 없지. 일단 가봐야겠다. 금방 돌아올 테니 걱정하지 마라. 그러더니 곧 사라져버렸다. 혼자 남은 지미 카푸르가 침대 위에서 눈을 휘둥그레 뜨고 지켜보는 동안 검은 연기가 소용돌이치며 점점 작아지더니 이내 검은 동굴도 사라져버렸다. 그러자 곧 침실 벽이 다시 나타났다. 코르크판에 꽂아놓은 돈 반 블리트, 일명 캡틴 비프하트의 사진과 스콧 필그림, 루 리드,**** 이미 해체된 브루클린 힙합그룹 다스 레이시스트, 그리고 파우스트를 연상시키는 만화 주인공 스폰은 방금 5차원 세계로 건너갔다 돌아왔지만 아무 일도 없었다는 듯이

---

* 미국 영화배우.
** 슈퍼맨의 고향 크립톤 행성에서 범죄자를 감금한 신비로운 차원.
*** 미국 만화 등장인물.
**** 차례대로 미국 가수이자 시각예술가, 캐나다 만화 『스콧 필그림』의 주인공, 미국 로큰롤 가수.

예전 그대로였다. 다만 대형 핀업 포스터 속에서 피부가 새파란 변신능력자 레이븐 다크홀름, 일명 미스틱으로 분장한 리베카 로미즌은 조금 불쾌한 표정으로 이렇게 말하는 듯했다. 도대체 어떤 놈이 내 모습을 제멋대로 바꿔버린 거야, 젠장, 누군지 정말 뻔뻔스럽네, 내가 언제 변신할지 결정할 사람은 나뿐이란 말이야.

지미는 포스터 속의 새파란 여인에게 말했다. "이젠 상황이 돌변했어, 미스틱. 모든 게 달라졌다고. 곧 세상이 뒤집어질 모양이야. 하이고."

지미 카푸르는 그렇게 웜홀을 처음 목격한 사람인데, 그의 예감대로 그날 이후 모든 것이 달라졌다. 그러나 옛 세상, 즉 온갖 괴사가 일어나기 전에 인류가 알던 세상의 마지막 며칠 동안 사람들은 이렇게 새로운 현상들이 실제로 벌어진다는 사실을 선뜻 인정하려하지 않았다. 지미가 그 획기적인 밤에 대해 이야기했을 때 어머니는 콧방귀를 뀔 뿐이었다. 카푸르 부인은 낭창*으로 고생하는 중이었고 공작새, 큰부리새, 오리 등등 진기한 새에게 모이를 줄 때만 병상에서 일어났다. 그녀는 건물 뒤쪽, 콘크리트와 쓰레기로 뒤덮인 불모지에서 고집스럽게 새를 길러 돈벌이를 했다. 오래전에 어떤 건물이 무너진 후 아무것도 짓지 않아 공터로 남은 곳이었다. 그녀는 벌써 십사 년째 그런 생활을 했고 아무도 반대하지 않았지만 종종 도둑이 들기도 하고 겨울철에 새들이 얼어죽기도 했다. 몇

---

* 얼굴이나 목 따위의 결핵성 피부병.

몇 희귀종 오리가 감쪽같이 사라져 누군가의 식탁에 올랐다. 에뮤 한 마리가 덜덜 떨다가 쓰러져 죽기도 했다. 카푸르 부인은 불평 한 마디 하지 않았다. 그런 사건은 세상이 가혹하다는 증거이며 자신의 업보라고 여길 뿐이었다. 갓 낳은 타조 알을 들고 그녀는 아들이 늘 그랬듯이 꿈과 현실을 혼동한다고 꾸짖었다.

"이상한 일이라면 진짜가 아니야." 그녀가 아들에게 말하는 동안 어깨 위에 올라앉은 큰부리새가 그녀의 목에 부리를 비벼댔다. "비행접시도 알고 보면 다 가짜 아니면 평범한 불빛 아니더냐. 정말 외계인이 찾아오는 거라면 왜 하필 사막에 사는 미치광이 히피들 앞에만 나타나겠니? 왜 남들처럼 JFK공항에 착륙하지 않을까? 팔다리건 뭐건 너무 많다는 그 신이 어째서 백악관에 가서 대통령을 만나지 않고 네 방으로 찾아오겠니? 얼빠진 소리 좀 그만해라." 어머니의 말이 끝났을 때 지미는 자신의 기억을 의심했다. 정말 악몽이었을지도 모른다. 자기가 지어낸 이야기를 믿어버리는 얼간이가 되었는지도 모른다. 아침에 일어났을 때 나트라지 히어로는 흔적조차 보이지 않았잖아? 가구가 쓰러지거나 커피잔이 떨어지지도 않았다. 사진 한 장도 찢어지지 않았다. 침실 벽은 여전히 튼튼하고 현실적이었다. 늘 그랬듯이 병드신 어머니 말씀이 옳았다.

지미의 아버지는 몇 년 전 어느 비서년과 함께 달아나버렸고, 지미는 아직 독립할 여력이 없었다. 애인도 없었다. 병드신 어머니는 지미가 어느 빼빼 마른 여자, 큰 코로 온종일 책만 들이파는 여자, 즉 여대생을 만나 결혼하길 바라지만 그의 생각은 달랐다. 그런 여자는 겉으로만 싹싹하고 행실은 개차반이기 일쑤니 사양하겠습니다. 그냥 이대로 살다가 크게 성공하면 그때 미녀나라로 쳐들어가야지. 키 큰 예쁜이는 뉴욕에 살고 키 작은 예쁜이는 로스앤젤레스에 산다. 지미는 육체파 미녀가 많은 고장에 산다는 사실이 기뻤다. 자기만의 육체파 미녀에게 어울릴 만한 남자가 되고 싶었다. 그러나 지금 당장은 애인도 없다. 젠장. 상관없다. 지금은 회계사무소에서 평소처럼 사촌 노멀 소장과 실랑이를 벌이는 중이다.

지미는 사촌형 니르말Nirmal이 얼마나 평범해지고 싶었는지 노멀Normal로 개명해버린 일이 못마땅했다. 더욱더 못마땅한 일은 니르말이—노멀이—이름을 뜻하는 단어가 모니카Monica라고 믿을 정도로 평범한 미쿡 영어조차 제대로 못한다는 사실이었다. 그런 형에게 지미는 모니커moniker라면 요즘은 화물열차에 그린 낙서를 가리킨다고 설명했지만 노멀은 그 말을 묵살하고 이렇게 대꾸했다. 저 유명한 디팩 초프라의 아들 고타마Gautama를 봐라. 뉴요커가 되고 싶다며 모니카를 고섬Gotham으로 바꿨잖냐. 또 농구선수들을 봐. 어빈 존슨은 매직으로 개명했고, 론Ron인가 롱Wrong 아티스트는, 제발 일일이 따지지 말고—그래, 알았다—아테스트는 월드 피스*가 됐잖냐. 옛날에 유명한 여배우였던 딤플과 심플 자매도 있고, 그렇게 온갖 모니카가 다 허용되는데 너만 왜 난리냐. 난 그냥 노멀이 되고 싶을 뿐인데 그게 무슨 잘못이냐고, 이름도 정상, 성격도 정상. 고섬 초프라. 심플 카파디아. 매직 존슨. 노

---

* 미국 농구선수 론 아테스트는 2011년 법적 절차를 밟아 메타 월드 피스(Metta World Peace)로 개명했다.

멀 카푸르. 다 마찬가지잖아. 제발 꿈나라에서 헤매지 말고 숫자나 잘 살펴봐. 네가 꿨다는 꿈 얘기를 작은어머니가 해주시더라. 지난 드라 K.가 그린 시바 나트라지가 네 방에 나타났다지. 너 자꾸 그럴래? 이대로 가면 큰 낭패 본다. 멋진 인생을 원해? 마누라도? 고생하긴 싫고? 그럼 숫자에 집중해. 엄마나 잘 보살펴드리고. 공상은 집어치워. 정신 바싹 차리고 현실을 보란 말이야. 그게 노멀한 행동이야. 너도 그렇게 하라고.

퇴근할 무렵에는 핼러윈 축제가 한창이었다. 아이들과 군악대 등등이 뒤섞여 행진을 벌였다. 지미는 옛날부터 핼러윈이라면 딱 질색이라 바론 사메디*를 비롯한 변장놀이에도 일절 동참하지 않았는데, 이렇게 시큰둥한 태도는 애인이 없기 때문이라고, 애인이 없어 시큰둥하고 시큰둥해서 애인이 없다고 스스로 인정하는 편이었다. 더구나 오늘밤은 간밤에 겪은 일로 머리가 복잡해서 핼러윈 따위는 까맣게 잊어버린 터였다. 그리하여 죽은 사람과 젖가슴을 드러낸 매춘부가 즐비한 거리를 지나면서도 어머니의 병고를, 죄책감을 불러일으키는 독백을, 그리고 비틀비틀 새 모이를 주러 가는 모습을 마주할 각오를 했다. 제가 할게요, 어머니. 그렇게 말할 때마다 어머니는 힘없이 고개를 가로저었다. 아니다, 얘야, 죽을 날만 기다리는 쓸모없는 늙은이가 새라도 먹여 살려야지. 늘 하는 소리지만 오늘밤은 조금 더 섬뜩하게 들릴 터였다. 망자들이 무덤에서 일어나 죽음의 춤을 추는 밤이니까, 두건 달린 수도복 차림에

---

* 부두교의 신. 검은 정장에 중절모를 쓴 해골의 모습이다.

해골 가면을 쓰고 저승사자의 낫을 든 자들이 해골 입을 쩍쩍 벌리고 병나발을 불며 보드카를 들이켜는 밤이니까. 지미는 놀라운 얼굴 화장을 한 여자를 지나쳤다. 얼굴 한복판에 지퍼를 그려놓았는데, 입가에서 '지퍼'가 열리고 턱부터 목까지 시뻘건 생살이 드러난 모습이었다. 정말 온 정성을 쏟으셨네, 아가씨, 정말 끝내주는데, 오늘밤 입맞춤을 기대하진 말아야겠어. 물론 지미도 입맞춤을 기대할 수는 없지만 그는 슈퍼히어로 또는 신을 만날 예정이었다. 오늘밤이다, 그렇게 생각하며 지미는 두려움과 기쁨을 동시에 느꼈다. 오늘밤 우리는 누가 꿈을 꾸는지, 누가 깨었는지 보게 되리라.

아니나 다를까, 자정 무렵에 캡틴 비프하트, 리베카/미스틱 등의 사진이 다시 소용돌이치는 검은 연기에 휩싸였고, 연기가 나선형으로 서서히 걷히면서 한없이 낯선 곳으로 통하는 동굴이 나타났다. 무슨 까닭인지—지미는 초자연적 존재라면 굳이 상식적 법칙에 얽매이지 않을지도 모른다, 오히려 상식을 무시하거나 경멸하거나 뒤집으려 할지도 모른다고 생각했다—이번에는 퀸스에 있는 지미의 침실에 나트라지 히어로가 찾아오지 않았다. 그리고 무슨 까닭인지—나중에 지미 자신도 이성적 사고와는 무관한 결단이었다고 인정했지만—이 젊은 만화가 지망생은 나선형 연기 쪽으로 서서히 다가가 마치 목욕물 온도를 확인하듯 조심스럽게 연기 한복판의 검은 구멍 속으로 팔을 넣어보았다.

이계전쟁二界戰爭—온갖 괴사가 서막이라면 이계전쟁은 메인이벤트였고 수많은 선조들이 이 기이한 격변기를 무사히 넘기지 못했다—에 대해 잘 알게 된 지금 우리는 그 무시무시한 미지의 상황 앞에서 젊은 지넨드라 카푸르가 보여준 용기에 감탄할 따름이다. 앨리스가 토끼굴에 빠진 일은 사고였지만 거울 속으로 들어간 일은 자유의지였으므로 훨씬 더 용감한 행동이었다. 지미 카푸르의 경우도 마찬가지였다. 웜홀이 처음 나타났을 때, 그리고 거대한 이프리트 즉 흑마족이 나트라지 히어로의 모습으로 위장한 채 침실로 들어왔을 때 지미는 아무것도 할 수 없었다. 그러나 둘째 날 밤에는 스스로 판단하고 행동했다. 다가오는 전쟁에는 지미 같은 사람들이 꼭 필요했다.

그날 지미 카푸르가 웜홀에 팔을 집어넣은 순간, 나중에 어머니와 사촌형 노멀에게 이야기했듯이, 무시무시한 속도로 많은 일이 일어났다. 첫째, 그는 순식간에 우주의 법칙이 전혀 작동하지 않는 공간으로 빨려들었고, 둘째, 그 즉시 자기가 원래 있던 곳이 어디쯤인지 전혀 모르게 되어버렸다. 그가 들어간 그곳은 장소라는 개념은 아무 의미도 없고 속도만 존재하는 곳이었기 때문이다. 순수하고 극단적인 속도가 지배하는 이 우주에는 출발점도 없고 빅뱅도 없고 창조신화도 없었다. 그곳에서 작동하는 힘은 이른바 관성력 하나뿐이었고 그 힘의 영향으로 가속도가 무게처럼 느껴졌다. 만약 그곳에도 시간이 존재했다면 그는 일순간에 으스러지고 말았으리라. 그러나 이렇게 시간 없는 시간 속에서도 자신이 현실의 베일 너머에 존재하는 다른 세계의 운송체계 속으로 들어왔다는 사실을 알아차릴 겨를은 충분했는데, 그가 아는 세계의 이면에서 움직이는 이 지하철도망을 이용하여 흑마족 같은 존재도 이리저리 이동했고, 다만 땅이라는 말이 어울리지 않는 그들의 무법천지에서 또 누가 혹은 무엇이 이렇게 초광속으로—즉 빛보다 빠른 속도로—돌아다니는지는 짐작조차 할 수 없었다. 그리고 이 마족세계의 지하철은 오랫동안 지구로부터 격리된 상태였지만 무슨 황당무계한 이유에서인지 바야흐로 현실세계에 침입해 인류에게 온갖 기적이나 재앙을 일으키기 시작했다는 사실도 알아차렸다.

그러나 어쩌면 사건 당시에는 생각할 겨를이 전혀 없었고, 구조된 뒤에야 비로소 그런 생각이 떠올랐는지도 모른다. 왜냐하면 검은 연기가 소용돌이치는 동굴 속에서 그는 뭔가가 또는 누군가가 획획 달려드는 기척을 느꼈지만 정체를 확인하기는커녕 눈으로 볼 수도 귀로 들을 수도 없었고, 그러다가 느닷없이 자기 방에 나뒹굴었고, 그 서슬에 파자마가 홀러덩 벗겨져 허둥지둥 양손으로 알몸을 가릴 수밖에 없었기 때문이다. 그의 눈앞에는 한 여인이 서 있었는데, 젊고 아름다운 이 여인은 그 또래 여자의 제복과 다름없는 차림새로 검은색 탱크톱과 검은색 스키니진에 끈으로 묶는 앵클부츠를 신었고, 어머니가 결혼하라고 권하는 아가씨보다 오히려 더 깡말랐지만 코는 훨씬 더 매력적이었고, 그래서 당연히 사귀어보고 싶은 상대였고, 비록 육체파 미녀는 아니지만 몸매 따윈 아랑곳하지 않을 정도였고, 다만 꼬챙이처럼 호리호리한 미녀임에도 불구하고 혹은 그런 미녀라서 감히 자기가 넘볼 만한 여자는 아니라고 판단했다. 단념해라, 지미, 괜히 바보짓하지 말고, 진정해라, 침착해라. 바로 그녀가 무서운 속도의 소용돌이 속에서 지미를 구해낸 장본인이었다. 보나마나 다른 세계의 존재, 예컨대 페리스탄에서 건너온 '페리peri', 요정이 분명한 그녀가 말을 걸었다. 그러나 그는 눈앞에서 벌어지는 일 때문에 머리가 어질어질했다. 하이고, 맙소사. 대꾸조차 못했다. 그저⋯⋯ 하이고.

마족은 가정생활이 별로 없다. (그들도 성생활은 한다. 늘 그 짓만 한다.) 마족에게도 어미와 아비가 있지만 각 세대가 너무 길기 때문에 세대 간의 유대감이 무너질 때도 많다. 앞으로 보게 되겠지만 마족의 부녀관계는 좋은 경우가 드물다. 마계에는 사랑 자체가 드물다. (그러나 섹스는 끊임없이 한다.) 마족에게도 몇몇 저속한 감정은 존재하며―분노, 원한, 복수심, 소유, 색욕(특히 색욕)―어쩌면 애정도 더러 느끼겠지만 이타심이나 헌신적 사랑처럼 고상한 감정은 전혀 못 느낀다고 우리는 믿는다. 다른 특징도 많지만 그 점에서도 두니아는 예외적인 경우였다.

마족은 긴 세월이 흘러도 크게 달라지지 않는다. 그들에게 삶이란 무엇이 되어가는 일이 아니라 그저 존재하는 일이다. 그런 까닭에 마계의 삶은 지루해지기 쉽다. (성생활은 예외다.) 존재한다는 말은 본래 움직임이 없는 상태를 뜻한다. 변화도 없고 시간도 없고 끝도 없고 따분하다. (중단 없는 성생활은 예외다.) 그래서 마족에게는 인간세계가 늘 매력적으로 보이기 마련이다. 인간의 생활방식은 행위, 인간의 현실은 변화다. 인간은 끊임없이 자라거나 늙고, 노력하거나 실패하고, 갈망하거나 부러워하고, 얻거나 잃고, 사랑하거나 미워한다. 요컨대 인간의 삶은 늘 흥미진진하다. 그래서 마족은 두 세계 사이의 틈새를 통과해 인간의 이런저런 활동에 간섭할 수 있을 때, 인간세계의 그물을 헝클어뜨리거나 풀어주고 인생과 인간관계와 인간사회의 끝없는 변화를 거들거나 방해할 수 있을 때 비로소 정체된 마계에서보다 오히려 더욱더 자기답게 살아본다고 느끼기 마련이니 실로 얄궂은 일이 아닐 수 없다. 애당초 인간들이 기회를 주었기에 마족이 마음껏 날뛸 수 있었다. 그래서 운수좋은 어부에게 막대한 재산을 주기도 하고, 영웅을 마법의 함정에 빠뜨리기도 하고, 역사의 흐름을 가로막거나 도와주기도 하고, 전쟁에 끼어들어 어느 쪽을—예컨대 쿠루족이나 판다바*를, 혹은 그리스나 트로이를—편들기도 하고, 누군가에게는 큐피드 노릇을 하는가 하면 또 누군가는 연인을 만나지 못하게 하고, 그래서 남자를 기다리는 여인이 홀로 슬퍼하며 늙어가다 결국 창가에서 쓸쓸히 숨을 거두게 만들기도 한다.

그런 마족이 오랜 세월 인간사에 관여하지 못했으니 두 세계 사이의 봉인이 풀리자 더욱더 사납게 날뛰었으리라, 지금 우리는 그렇게 믿는다. 그때까지 억눌렸던 창조력 또는 파괴력, 호의적 또는 악의적 장난기가 한꺼번에 터져나와 우리를 덮쳤다. 그리고 그들이 페리스탄에 갇혀 지내는 동안 백마족과 흑마족, 즉 선한 마법을 쓰는 마족과 악한 마법을 쓰는 마족 사이에 반목이 점점 커져갔는데, 이제 인류는 그런 적개심을 해소하는 분풀이 상대로 전락하고 말았다. 마족이 돌아오자 지상에서는 삶의 온갖 규칙이 달라져

---

* 고대 인도의 서사시 『마하바라타』에 등장하는 쿠루족의 왕 판두의 다섯 아들을 일컫는 명칭. 그중 아르주나와 비마 형제는 부왕이 죽은 후 왕궁에서 쫓겨났다가 큰아버지 드리타라슈트라가 낳은 백 명이나 되는 사촌 카우라바 형제들과 전쟁을 벌여 승리를 거둔다.

버려 늘 일정해야 할 규칙이 뒤죽박죽이 되었다. 마족은 프라이버시가 바람직한 일에 함부로 끼어들고, 지독한 심술을 부리고, 옳건 그르건 차별을 일삼고, 태생부터 초자연적인지라 은밀하게 행동하고, 흑마족의 본성대로 도덕 따위는 도외시하고, 솔직함 따위는 아랑곳없이 알쏭달쏭하게 굴었다. 게다가 지구상의 인간에게 어떤 책임도 지지 않았다. 그리고 마족은, 마족이므로, 한낱 인간에게 굳이 새로운 규칙을 가르쳐주려 하지도 않았다.

성 문제로 말하자면 마족이 이따금 인간과 관계를 맺은 것도 사실이다. 그들은 마음대로 모습을 바꿀 수 있으므로 상대방의 마음에 들도록 변신하고 때로는 성별까지 바꿨으며 예절 따위는 무시해버리기 일쑤였다. 그러나 여마족이 인간의 아이를 낳는 경우는 매우 드물다. 이를테면 산들바람이 머리카락을 헝클어뜨리다 수태하여 새 머리카락을 낳는 일과 다름없으니까. 이야기가 독자와 교합하여 새로운 독자를 출산하는 일과 다름없으니까. 여마족은 대개 불임인데다 어미 노릇이나 가정에서의 의무 같은 인간의 문제에 무관심하다. 그러므로 두니아자트의 선조 두니아는 처음부터 동족 대다수와 현저히 달랐거나 차츰 달라진 것이 분명하다. 그녀는 헨리 포드가 자동차를 생산하듯이, 혹은 조르주 심농이 소설을 쓰듯이, 다시 말해서 공장처럼 부지런히 자녀를 낳았을 뿐만 아니라 그들 모두를 잘 보살폈다. 이븐루시드를 향한 사랑이 자연스레 아이들에게 이어져 모성애로 발전했다. 어쩌면 지금까지 존재했던 모든 여마족 가운데 진정한 어머니는 두니아뿐인지도 모른다. 그리고 위대한 철학자가 당부한 일에 착수할 당시 그녀는 참혹했던 지난 수백 년간 뿔뿔이 흩어져버린 후손들에게 보호본능을 느꼈는지도, 어쩌면 두 세계가 분리되어 있는 동안에도 후손들을 몹시 그리워하며 언젠가 그들을 다시 슬하에 거두게 되길 갈망했는지도 모른다.

네가 아직 살아 있는 이유를 아느냐? 지미 카푸르가 얼굴을 붉히며 허둥지둥 침대보로 몸을 가릴 때 두니아가 물었다. 지미는 놀라움이 가득한 눈빛으로 대답했다. "예, 구해주신 덕분이죠." 두니아는 고개를 갸웃하며 말했다. 그 말도 사실이지. 그렇지만 또다른 이유가 없었다면 너는 내가 도착하기도 전에 그 거대한 '항아리' 속에서 산산이 부서져 절명하고 말았을 게다.

두니아는 지미의 두려움과 당혹감을, 자신에게 벌어진 일을 감당하지 못해 쩔쩔매는 속내를 알아차렸다. 그녀도 도와줄 수 없는 문제였다. 오히려 그의 인생을 더욱더 이해하기 힘들게 만들어야 했다. 그녀가 말했다. 믿기 어려운 이야기를 해주겠다. 대부분의 인간은 죽었겠지만 너는 그 항아리 속에 들어가고도 살아남았다. 두 세계 사이의 통로를 보았으니 다른 세계가 존재한다는 사실도 이미 알았겠지. 나는 그 세계에서 건너온 마신이고 백마족의 공주다. 네 할미의 할미의 할미의 할미의 할미의 할미이기도 한데, 할미를 한두 개 더 붙여야 할지도 모르겠다만 대충 넘어가자. 아무튼 12세기에 나는 네 할아비의 할아비의 할아비의 몇 번 더 할아비를 사랑했는데, 바로 그 사람이 너의 빛나는 선조, 철학자 이븐루시드였지. 그리고 너는 가족사라고 해봤자 3대까지밖에 모르겠지만 사실 너 지넨드라 카푸르는 그 깊디깊은 사랑의 산물이란다. 인간과 마족 사이에 맺어진 역사상 최고의 사랑이었다고 해도 과언이 아니지. 그러니까 이브루시드의 후손이라면 이슬람교인이건 그리스 도교인이건 무신론자건 유대인이건 누구나 그렇듯이 너도 부분적으로는 마족이다. 마족의 형질이 인간의 형질보다 훨씬 더 우세하니까 너희 모두 마족의 특성이 두드러지기 마련이고, 그래서 아까 거기서 다른 세계를 경험하고도 살아남을 수 있었던 게다. 너 역시 마족이니까.

지미가 비틀거리며 외쳤다. "하이고, 미국에서 갈색 인종으로 살아가기도 버거운데 절반은 도깨비 혈통이라는 말씀이군요."

두니아는 생각했다. 이 아이는 젊구나. 본인은 잘 모르지만 강하기도 하고. 지난 이틀 사이에 웬만한 인간이라면 미쳐버릴 만큼 엄청난 일을 겪었는데도 몹시 놀랐을 뿐 정신은 멀쩡하다. 인류의 생존을 위한 최고의 희망은 그들의 회복력, 즉 상상할 수 없을 만큼 낯설고 터무니없는 일을 직시하는 능력이다. 젊은 지넨드라는 예술을 통하여, 힌두교의 신을 퀸스로 옮겨다놓은 듯 다소 모방적인(그래서 반응이 변변찮은) 슈퍼히어로를 통하여 바로 그런 일을 날마다 직면하고 있었다. 심연에서 솟아오른 괴물, 파괴된 고향 마을, 강간당한 어머니들, 하늘에 나타난 두번째 태양, 그 결과로 사라져버린 밤, 그러나 그는 주인공 나트라지 히어로의 목소리를 빌려 공포를 냉소로 받아쳤다. 겨우 그 정도냐, 겨우 그게 최선이냐, 너절한 새끼, 너 따위는 얼마든지 상대해주마, 거뜬히 쓰러뜨려주마. 그렇게 허구 속에서 용기를 연습한 그는 이제 현실에서도 용기를 발견했다. 그리고 그가 맞닥뜨린 첫번째 괴물은 그가 창조한 만화 캐릭터였다.

두니아는 이 용감한 젊은이에게 어머니처럼 자애로운 목소리로 말했다. 진정해라, 너희 세계는 지금 변화하는 중이다. 이런 격변의 시대에, 이렇게 바람이 불고 역사의 파도가 밀어닥칠 때 평화로운 곳으로 건너가려면 모름지기 침착해야 한다. 내가 너희를 도와주마. 네 안에 깃든 마족의 힘을 찾아내기만 하면 네 만화 주인공 나트라지보다 더 위대한 영웅이 될 수도 있다. 그 힘은 이미 너의 내면에 있단다. 곧 찾게 될 게다.

웜홀이 닫혔다. 지미는 침대에 걸터앉아 두 손으로 머리를 움켜쥔 채 툴툴거렸다. "나한테 이런 일이 벌어지다니. 하필 내 침대에서 세 걸음도 안 되는 곳에 두 세계를 오가는 철도역이 생기다니. 건축허가도 필요 없단 말이야? 초공간엔 건축규제법도 없나? 이 문제는 반드시 항의해야겠어. 지금 당장 민원을 넣어야지." 히스테리 증상이었다. 두니아는 저절로 가라앉도록 내버려두었다. 지미 나름대로 상황에 대처하는 방식이었다. 그래서 그녀는 기다려주었다. 지미가 침대 위로 몸을 던지더니 어깨를 들썩거렸다. 그는 눈물을 감추려고 애썼다. 그녀는 짐짓 못 본 체했다. 그녀가 그곳에 간 이유는 그가 혼자가 아니라는 사실을 알려주고 동족에게 소개해주기 위해서였다. 그녀는 말없이 지미의 뇌리에 정보를 심어주었다. 그의 내면에 깃든 마족의 능력이 정보를 흡수하고 이해하고 깨달았다. 그녀가 말했다. 이제 너는 그들이 어디 있는지 알게 되었다. 다가오는 시대를 헤쳐나가려면 서로 도와라.

지미가 일어나 앉으며 다시 머리를 감싸쥐었다. "지금 저한테 절실한 건 이런 연락처가 아니라고요. 두통약이 필요하단 말예요."

두니아는 기다렸다. 지미는 곧 안정을 되찾을 테니까. 그가 고개를 들고 그녀를 쳐다보며 애써 미소를 지었다. "감당하기 벅차네요. 방금 저것도 그렇고…… 당신도 그렇고…… 말씀하신 제 정체도 그렇고. 아무래도 시간이 좀 필요하겠어요."

두니아가 말했다. 그럴 시간이 없다. 하필 네 방에 출입구가 생긴 이유는 나도 모른다. 어쨌든 간밤에 나타난 그놈은 네가 그린 나트라지 히어로가 아니야. 누군가 그 모습으로 둔갑한 거다. 너를 놀라게 하려고, 아니면 그냥 재미로. 그게 누구든 간에 다시 만나는 일은 없길 바라야겠지. 여길 떠나라. 네 어미를 안전한 곳으로 데려가라. 네 어미는 이해하지 못할 게야. 두니아자트가 아니라서 소용돌이치는 검은 연기도 볼 수 없거든. 그건 네 아비 쪽에서 물려받은 능력이니까.

그러자 지미가 말했다. "못돼먹은 인간. 아닌 게 아니라 무슨 도깨비처럼 사라졌어요. 게다가 소원 하나도 들어주지 않고. 어느 비서년이랑 연기처럼 떠나버렸죠."

두니아가 말했다. 네 어미를 데려가거라. 이 집에 머물면 둘 다 위험하다.

지미 카푸르가 한탄했다. "하이고. 정말. 최악의 핼러윈이네요."

신임 시장 로사 패스트의 집무실에서 여자아이가—시장실 책상 위에 놓인 요람 속에서 인도 국기를 몸에 두른 채 즐거운 듯이 꼬르륵거리며—발견되었을 때 미신적이거나 감상적인 시민들은 대체로 경사스러운 일로 여겼는데, 대략 생후 사 개월로 추정되며 아마도 대홍수 당시 태어나고도 살아남은 듯하다는 발표가 나온 뒤에는 더욱더 그랬다. 언론에서는 이 아기를 '스톰Storm 베이비'라고 불렀는데, 그 별명이 그대로 굳어지면서 아기는 스톰 도우*라는 이름을 얻었다. 아직 후들거리는 다리로 용감하게 폭풍우에 맞서는 아기사슴 밤비의 모습을 연상시키는 이름이었다. 즉흥적이고 건망증이 심했던 그 시대에 걸맞게 즉흥적으로 잠시 등장한 여주인공이었다. 우리 선조들은 스톰이 남아시아 혈통이 분명하므로 조금만 더 자라면 전국철자대회에서 우승하는 날도 멀지 않으리라 예상했다. 아무튼 이 아기는 〈인디아 어브로드〉의 표지를 장식했고, 인도계 미국인 예술단체가 유명한 뉴욕 예술가들에게 의뢰하여 아기의 미래 모습, 성인이 된 모습을 그린 '상상 초상화' 전시회를 열고 경매를 통한 모금활동을 벌이기도 했다. 그러나 이 아기의 등장에 얽힌 수수께끼는 진보 성향의 여성 시장이 연달아 두 번이나 당선되는 바람에 안 그래도 화가 난 사람들을 더욱더 화나게 했다. 그 복고주의자들은 강인한 남성이 지배하던 시대에는 전혀 없었던 일이라고 언성을 높였다. 다른 선조들도 그런 의견에 동의했는지는 모르겠지만 그토록 경비가 삼엄했던 시대에 패스트 시장의 책상 위에서 아기가 발견된 일은 작은 기적과 다름없는 사건이었던 것도 사실이다.

---

* 도우(Doe)는 존 도우나 제인 도우처럼 신원이 불확실한 사람에게 '아무개'라는 의미로 붙이는 성으로, 원래는 '암사슴'을 뜻하는 일반명사.

스톰 도우는 어디서 나타났고 어떻게 시청 안으로 들어갔을까? 시청 내부를 끊임없이 감시하는 수많은 보안카메라에서 확보한 증거 영상을 보면 보라색 방한모를 뒤집어쓴 여인이 한밤중에 요람을 들고 유유히 검색대를 차례차례 통과하는데 아무도 그녀를 눈여겨보지 않았다. 카메라까지 속이지는 못했지만 적어도 주변 사람들의 눈에는 자기 모습이 보이지 않도록 몸을 투명하게 만드는 능력이라도 지닌 듯했다. 보안 화면을 지켜보는 일을 책임진 당직자들도 마찬가지였다. 여인은 당당히 시장실로 들어가 아기를 내려놓고 떠나버렸다. 우리 선조들은 그 여인에 대해 온갖 추측을 내놓았다. 우연히 보안시스템의 허점을 뚫고 들어왔을까, 아니면 일종의 투명망토를 걸쳤을까? 그런 망토가 있었다면 카메라에도 찍히지 않았을 텐데? 평소에는 현실적이었던 사람들마저 식탁에 둘러앉아 초능력에 대해 진지하게 이야기하기 시작했다. 그런데 초능력까지 있는 여자가 어째서 아기를 버렸을까? 그녀가 아기의 생모라면 스톰 도우에게도 신기한 능력이 있지 않을까? 그렇다면 혹시…… 테러와의 전쟁을 치르는 시기에는 불쾌하더라도 모든 가능성을 검토하는 게 중요하니까…… 혹시 위험한 존재는 아닐까? '스톰 베이비는 인간 시한폭탄?'이라는 제목의 기사가 실렸을 때 우리 선조들은 많은 사람이 이미 오래전에 사실주의 원칙을 버리고 그보다 매혹적인 환상의 세계에 익숙해졌다는 사실을 깨달았다. 그리고 나중에 알고 보니 꼬마 스톰은 실제로 미지의 나라에서 찾아온 손님이었다. 그러나 처음에는 누구나 그녀에게 집을 찾아주는 문제만 걱정했다.

로사 패스트는 브라이턴 비치*에 거주하는 부유한 우크라이나계 유대인 가문 출신으로 산뜻한 랠프 로런 파워슈트를 즐겨 입었는 데, "그 집안 사람들이 우리 이웃이었기 때문이죠, 십스헤드 베이** 가 아니고"라고 종종 말했다. 이 말은 브롱크스 출신인 랠프 리프시츠***의 조상이 우크라이나의 이웃 나라 벨라루스에 살았다는 뜻 이었다. 로사 패스트의 운세가 피어날 때 플로라 힐 시장의 운세는 시들어갔고 전임 시장과 후임 시장은 서로 증오하는 사이였다. 힐 시장은 재정 비리 및 비자금 조성 혐의로 임기 내내 시달렸고 결국 최측근 두 명이 기소되었는데, 오물이 시장실까지 튀지 않았을 뿐 악취는 더러 스며들었다. 로사 패스트는 시청을 정화하겠다는 공약으로 선거운동을 벌여 승리를 거머쥐면서 전임자의 미움을 샀 고, 퇴임한 플로라 힐은 후임 시장이 '속내는 무신론자'라고 암시 해 로사 패스트를 화나게 했다. 그녀가 조상의 신앙에서 멀어진 것 은 사실이지만 속내가 무신론자이든 말든 본인 말고는 누구도 간 섭할 일이 아니라고 생각했기 때문이다. 이혼한 후 지금은 사귀는 사람도 없고 쉰세 살의 나이에 자녀도 없는 패스트는 아기 스톰의 딱한 처지에 깊은 슬픔을 느꼈다고 고백하며 이 어린 소녀에게 새 로운 삶을 찾아주는 일을 스스로 떠맡았고, 가능하다면 황색언론 의 손길이 닿지 못하도록 하겠다고 말했다. 그리하여 신속하게 스 톰의 입양이 결정되었고, 그녀는 무사히 양부모의 품에 안겨 세상

---

* 뉴욕 브루클린의 해변지역.
** 브라이턴 비치와 맞닿은 지역.
*** 디자이너 랠프 로런의 본명.

이 모르는 새로운 이름으로 새로운 인생을 살게 되었다. 어쨌든 계획은 그랬는데, 불과 몇 주가 지났을 때 양부모가 텔레비전 프로듀서에게 접근해 리얼리티 프로그램을 제안했다. 〈스톰 파수꾼〉이라는 제목으로 이 인기 많은 아기의 성장과정을 낱낱이 보여주자는 이야기였다. 이 소식을 듣고 노발대발한 로사 패스트는 당장 입양기관으로 달려갔고, 천진난만한 아이를 왜 하필 그런 노출증 환자들에게 던져주었느냐, 누구든 돈만 준다면 텔레비전 카메라 앞에서 똥을 싸지르고도 남을 인간들 아니냐, 그렇게 고래고래 호통을 쳤다.

"그 브라보족한테서 당장 애를 빼앗아와요!" 이때 그녀가 사용한 말은 원래 리얼리티 프로그램 극성팬을 가리키는 속어였지만 당시에는 일상용어로 자리잡은 뒤였다. 그러나 이 말을 탄생시킨 텔레비전 방송사는 이미 방송을 중단했는데, 거짓을 진실로 포장하는 프로그램이 케이블방송 곳곳으로 널리 퍼져버리는 바람에 굳이 그런 프로그램만 제작하는 방송사가 따로 필요하지 않게 된 탓이었다. 사람들은 유명해질 가능성만 있다면 기꺼이 프라이버시를 포기했고, 사적 자아만이 진실로 자유롭고 자율적이라는 인식은 방송 전파의 잡음 속에 묻혀버리고 말았다. 그리하여 아기 스톰은 브라보족의 제물이 될 위험에 처했고 패스트 시장은 격분했다. 그런데 바로 다음날, 리얼리티 프로그램의 스타를 꿈꾸던 양아버지가 아기를 입양기관으로 데려오더니 입양을 취소하겠소, 병에 걸린 아이였소, 그렇게 말하고는 문자 그대로 뜀박질로 냅다 도망쳐버렸는데, 그의 얼굴에 곪아터진 상처를 모두가 본 뒤였다. 뺨의 일부분이 이미 괴사하여 썩어가는 듯했다. 아기 스톰을 병원으로 데려가 진찰을 받았지만 흠잡을 데 없이 건강하다는 진단이 나왔다. 그러나 이튿날, 아기를 안아주었던 간호사 한 명도 살이 썩기 시작했다. 양쪽 팔뚝이 군데군데 곪아 악취가 진동했는데, 미친듯이 흐느끼는 간호사를 황급히 응급실로 데려갈 때 그녀가 그동안 처방전이 필요한 의약품을 훔친 후 부시윅*의 밀매상에게 넘겨 부수입을 챙겼다고 털어놓았다.

상황을 제일 먼저 알아차린 사람은 로사 패스트 시장이었고, 이런 괴사를 올바르게 논의할 수 있는 뉴스의 영역으로 옮겨놓은 사람도 그녀였다. 최측근 몇 명에게 시장이 말했다. "이 기적 같은 아기는 부정부패를 알아차리는 능력이 있어. 아기가 어떤 사람을 부도덕하다고 판단하면 그 윤리적 부패상이 문자 그대로 몸에서 드러나지." 측근들은 그런 이야기는 악령이나 골렘** 따위를 두려워하던 옛 유럽처럼 고리타분한 세계에나 어울린다고, 현대 정치인이 입에 담기에는 좀 부적절하다고 충고했지만 로사 패스트는 아랑곳하지 않고 이렇게 단언했다. "우리는 시청을 정화하자고 여기 들어왔는데 때마침 대청소에 필요한 인간 빗자루가 나타났잖아." 그녀는 신의 섭리를 인정하지 않는 무신론자면서도 기적은 존재한다고 믿는 사람이었고, 이튿날 위탁양육기관에서 이 버려진 아기를 시장실로 데려왔다.

---

* 브루클린에서 노동자 계층이 많이 사는 지역.
** 유대인 전설에서, 점토로 빚어 생명을 불어넣은 인형.

시청을 다시 찾은 아기 스톰은 마치 조그마한 인간 소해정*이나 마약탐지견 같았다. 시장은 우크라이나계 브루클린 사람답게 큰 동작으로 아기를 얼싸안으며 속삭였다. "일하러 가자, 진실을 말해주는 아가야." 그 직후 일어난 사건은 곧바로 전설적인 화제가 되었다. 사무실마다 부서마다 곪아터져 썩어가는 얼굴에서 부정부패의 징후가 명명백백하게 드러났다. 지출 내역을 속인 사람, 수의계약의 대가로 뒷돈을 받은 사람, 롤렉스 시계를 얻은 사람, 지폐가 가득한 에르메스 가방을 받은 사람, 남의 전용 비행기를 타고 다닌 사람 등등, 공권력을 이용하여 남몰래 온갖 특혜를 누린 사람들이었다. 부정부패를 저지른 자들은 아기가 다가오기도 전에 죄상을 실토하거나 부랴부랴 시청을 빠져나갔다가 경찰에 검거되었다.

패스트 시장의 얼굴은 티 한 점 없이 깨끗했다는 사실도 의미심장했다. 전임 시장이 텔레비전에 출연해 패스트 시장의 '터무니없는 미신'을 조롱했는데, 로사 패스트가 짤막한 성명서를 발표해 플로라 힐에게 '일간 왕림하여 우리 예쁜이를 만나보십사' 청했지만 힐은 끝내 오지 않았다. 아기 스톰이 시의회 회의실에 나타나자 그곳에 모인 사람들이 경악하며 출구 쪽으로 허둥지둥 몰려갔다. 남은 이들은 아기의 능력에 면역성이 있어 올곧은 사람들이라는 사실이 드러났다. 패스트 시장이 말했다. "여기서도 누가 어떤 사람인지 드디어 밝혀진 듯싶군요."

우리 선조들이 그런 시기에 로사 패스트 같은 지도자를 얻은 것

---

* 기뢰를 찾아 제거하는 배.

은 행운이었다. "어떤 공동체든 그곳이 어떤 곳인지, 그 안에서 어떤 일이 벌어지는지, 한마디로 어떤 상황인지 합의조차 할 수 없다면 이미 위기에 빠진 공동체입니다. 분명한 것은 요즘 이상한 일이, 우리가 아주 최근까지도 터무니없고 불가능하다고만 여겼던 일이 여기저기서 발생하고 있다는 점입니다. 객관적 사실이고 증거도 있습니다. 우리는 이런 현상이 무엇을 의미하는지 확인하고 모두의 용기와 지혜를 모아 앞으로 닥쳐올지도 모르는 변화에 대비해야 합니다." 패스트 시장은 시청 민원용 전화번호를 당분간 괴이한 사건 신고를 두루 받는 용도로 활용하겠다고 발표했다. "진상부터 파악하고 대책을 마련해야겠죠." 그녀는 아기 스톰을 자신의 양녀로 맞이하며 우리에게 이런 말을 남겼다. "스톰은 자랑스럽고 사랑스러운 딸일 뿐만 아니라 제 비밀 병기이기도 합니다. 누구든 저한테 헛소리를 한다면 여기 있는 제 딸이 얼굴을 난장판으로 만들어버릴 테니까요."

텔레비전 아침방송에 출연한 시장은 진실을 알려주는 아기의 엄마 노릇을 하자니 더러 난처한 경우도 있다고 시민들에게 밝혔다. "스톰이 있는 자리에서 아주 사소한 거짓말, 선의의 거짓말이라도 했다가는, 어휴! 얼굴 전체가 정말 끔찍하게 가렵거든요."

대홍수가 끝나고 이백 일 하고도 하루가 지났을 때 영국 작곡가 휴고 캐스터브리지가 〈뉴욕 타임스〉 기고문을 통해 급변하는 세계적 상황을 이해하고 대응 전략을 모색할 목적으로 새로운 지식인 단체를 결성한다고 발표했다. 기사가 실린 후 한동안 이 단체는 널리 조롱거리가 되었는데, 명성은 보잘것없지만 누가 봐도 텔레비전에는 근사하게 나오는 생물학자, 미치광이 같은 기후학자, 마술적 사실주의 소설가, 멍청한 영화배우, 변절한 신학자 따위가 모인 이 집단이야말로—비록 비웃음만 사긴 했지만—괴사라는 말을 유행시킨 장본인이었고, 이 용어는 삽시간에 널리 퍼져 그대로 굳어졌다. 캐스터브리지는 미국의 외교정책에 선동적으로 적대감을 드러내고 몇몇 라틴아메리카 독재자를 좋아하고 모든 형태의 종교적 신념을 호전적으로 적대시하는 언행 때문에 분란을 조장하는 문화계 인사로 낙인찍힌 지 오래였다. 그리고 입증된 적은 없지만 그의 첫 결혼이 파경을 맞이한 까닭에 대한 소문이 나돌았는데, 1980년대에 할리우드 유력인사를 따라다녔던 저 악명 높은 모래쥐 소문*만큼이나 지속적이고 굴욕적인 소문이었다. 가난에 시달리던—당시 위험한 마약류에 깊이 중독되었던—젊은 첼리스트 캐스터브리지는 아름다운 동료 음악가를 만나 재빨리 결혼했는데, 스타의 잠재력을 지닌 이 미녀 바이올리니스트가 오래잖아 어느 재계 거물의 눈에 띄고 말았다. 그자는 유부녀라는 사실도 아랑곳없이 그녀를 따라다녔고, 소문에 따르면 케닝턴 오벌** 부근에 있던 비좁은 아파트로 캐스터브리지를 찾아와 단도직입적으로 물었다고 한다. "자네한테 뭘 주면 부인을 포기하겠나?" 그날도 아편

---

* 작은 설치류 동물을 항문에 넣어 성적 쾌감을 얻는 사람들이 있다는 괴담으로, 1980년대 당시 영화배우 리처드 기어가 모래쥐 때문에 병원 응급실을 찾았다는 소문이 파다했다.
** 런던 남동부 케닝턴의 타원형 경기장.

또는 더 독한 약물에 취했던 캐스터브리지는 "100만 파운드!" 하고 대답한 후 의식을 잃었다. 그가 깨어났을 때 아내는 쪽지 한 장도 없이 사라져버린 뒤였고, 확인해보니 은행 계좌에 100만 파운드가 입금되어 있었다.

그날 이후로 아내는 그를 만나주지도 않았고 재빨리 이혼 절차를 밟은 후 재계 거물과 재혼해버렸다. 캐스터브리지는 두 번 다시 마약에 손대지 않았고, 음악가로 성공한 뒤에도 끝내 재혼하지 않았다. 그의 뒷전에서 사람들은 '마누라를 스트라디바리우스처럼 팔아버리고 그 돈으로 살아가는 놈'이라고 쑥덕거렸다. 그러나 권투 실력이 탁월한데다 성미도 급하기로 유명한 캐스터브리지의 면전에서 그렇게 비웃는 사람은 아무도 없었다.

기고문에 그는 이렇게 썼다. 온갖 괴사가 점점 더 늘어난다. 그러기 전에도 이 세계는 이미 괴상한 곳이었지만 요즘은 괴사가 너무 흔해서 어떤 사건이 예전에도 흔했던 평범한 괴사인지 새로 나타난 놀라운 괴사인지 판단하기조차 어려울 지경이다. 무서운 대폭풍이 피지와 말레이시아를 초토화했고, 이 글을 쓰는 지금은 엄청난 화재가 오스트레일리아와 캘리포니아 일대를 휩쓸고 있다. 여느 때처럼 기후변화에 대한 찬반양론을 불러일으키는 이런 기상이변이야말로 요즘은 오히려 정상인지도 모른다. 혹은 더욱더 심각한 사태의 징후인지도 모른다. 나는 우리 단체의 입장을 '후기 무신론'이라고 부르겠다. 우리는 신이 인류의 창조물이며, '요정이 있다고 믿는 사람은 손뼉을 쳐요!' 어쩌고 하는 사고방식 때문에 존재할 뿐이라고 생각한다. 손뼉을 치지 않는 현명한 사람이 충분히 늘어나면 그런 팅커벨 같은 신은 죽어가리라. 그러나 불행하게도 여전히 수십억 명의 인간이 요정-신 나부랭이에 대한 믿음을 지키려 하고, 그래서 신이 존재한다. 게다가 지금은 미쳐 날뛰기까지 한다.

기고문은 이렇게 이어졌다. 아담과 이브가 신을 발명한 날 그들은 곧바로 신에 대한 통제력을 잃어버렸다. 바로 그것이 세계사의 감춰진 출발점이다. 남자와 여자가 신을 발명하자마자 신은 그들의 손아귀를 벗어나 창조자보다 막강해지고 잔인해졌다. 영화 〈터미네이터〉에 나오는 슈퍼컴퓨터처럼. '스카이넷', 하늘-신, 그게 그거다. 아담과 이브는 두려움에 사로잡혔다. 신이 자신을 창조한 그들의 죄를 처벌하려고 영원히 뒤쫓을 것이 분명했기 때문이다. 그들은 어느 동산에서 동시에 생겨났다. 이브와 아담은 이미 다 자란 모습이었으나 알몸이었고 최초의 빅뱅이라 부를 만한 현상을 경험하고 있었다. 그들은 자신이 어떻게 생겨났는지 전혀 알지 못했는데, 뱀 한 마리가 나타나 선악과나무 앞으로 그들을 데려갔고, 그 과일을 먹은 순간 어떤 창조자-신, 선악 판결자, 이 동산을 만들고 뿌리 없는 식물 같은 두 사람을 그곳에 심어놓은 정원사-신에 대한 생각을 둘이 동시에 떠올렸다. 신이 없다면 동산은 또 어떻게 생겨났으랴.

그러자, 보라, 당장 신이 나타나더니 노발대발했다. "도대체 나에 대한 생각은 어디서 나왔느냐? 누가 그런 짓을 하라더냐?" 그렇게 호통을 치며 두 사람을 동산에서 내쫓았는데, 하필이면 또 이라크로 내려보냈다. 이브가 아담에게 말했다. "착한 일을 하면 벌을 받기 마련이지." 온인류가 좌우명으로 삼을 만한 발언이었다.

'캐스터브리지'라는 성도 지어낸 것이었다. 이 위대한 작곡가는 이베리아에서 건너온 유대인 집안에서 태어났는데, 굉장한 미남일 뿐만 아니라 목소리도 중후하고 우렁차며 거동마저 제왕처럼 위풍 당당했다. 가문의 혈통에 따라 매우 독특한 신체적 특징이 있었는 데, 바로 귓불이 없다는 점이었다. 아무도 얕잡아볼 수 없는 인물 이지만 적개심 못지않게 신의도 두터워 의리와 우정을 지킬 줄 아 는 사람이었다. 미소는 살벌하다고나 할까, 잔인하리만큼 달콤한 미소, 사람 잡는 미소였다. 그는 공손할 때조차 무시무시했다. 그 러나 무엇보다 매력적인 특징은 로트바일러 같은 끈기와 코뿔소 같은 낯가죽이었다. 일단 계획을 세우면 무슨 일이 있어도 단념하 지 않았는데, 새로운 '후기 무신론' 때문에 온갖 비웃음을 사면서 도 전혀 움츠러들지 않았다. 미국의 심야 텔레비전 방송에 출연했 을 때, 정말 하느님이 허구의 산물이라고 믿느냐, 그리고 그 가공 의 신이 최근 모종의 이유로 인류를 괴롭히려 한다고 믿느냐는 질 문에 캐스터브리지는 지극히 단호하게 대답했다. "네. 정말 그렇 게 믿습니다. 파괴적인 무분별의 승리가 무분별하게 파괴적인 신 의 형태로 나타난 거죠." 그러자 토크쇼 진행자가 앞니 사이의 유 명한 틈새로 휘파람을 불었다.* "휘유. 저는 영국인이 우리보다 교 육 수준이 높다고 생각했는데 말이죠."

휴고 캐스터브리지가 말을 이었다 "어느 날 신이 우리한테 폭풍 을 보냈다고 칩시다. 그야말로 지구를 송두리째 뒤흔들 만한 폭풍, 우리가 가진 힘도, 문명도, 법률도, 아무것도 당연시하지 말라고 가르쳐주는 폭풍 말입니다. 그렇게 자연법칙이 뒤바뀌고 경계가

---

* 미국 코미디언 데이비드 레터먼을 가리킨다.

무너지고 자연의 본질마저 달라져버렸을 때, 상대적으로 보잘것없는 것 즉 우리가 만들어낸 것들은 승산이 전혀 없어요. 이건 우리한테 닥친 크나큰 시험인데—우리가 만들어놓은 집단적 망상이, 우리 스스로 풀어놓은 초자연적 괴물이 우리 세계를, 우리의 사상, 문화, 지식, 규칙을 공격하는 거예요. 옛 이집트에서처럼 온갖 재앙이 몰려올 겁니다. 다만 이번에는 내 백성을 풀어주어라* 운운하는 요구조차 안 하겠죠. 이 신은 해방자가 아니라 파괴자니까요. 십계명을 내려주지도 않습니다. 그럴 단계는 지났어요. 노아 시대에도 그랬듯이 우리한테 넌더리가 난 거죠. 신은 본때를 보이고 싶어해요. 우리를 멸망시키고 싶어한다고요."

그때 토크쇼 진행자가 말했다. "잠시 광고 후에 다시 찾아뵙겠습니다."

일각에서는 희생양을 찾기 시작했다. 도대체 이 모든 상황이 누구 탓인지 알아내는 일이 중요했다. 과연 상황이 더 악화될지 예측하는 일도 중요했다. 어쩌면 불안정을 초래한 몇 사람, 불안정해진 세계에 어떤 식으로든 책임이 있는 몇 사람을 찾을 수 있을지도 모른다. 어쩌면 그들은 유전적 돌연변이로 초자연적 현상을 일으키는 능력을 얻은 사람들, 정상적인 인류를 위협하는 사람들일지도 모른다. 이른바 스톰 베이비가 인도 국기를 두른 채 발견되었다는 사실도 흥미롭다. 해답을 찾으려면 남아시아 이민자 사회를 살펴

---

* 출애굽기 5장에서 모세와 아론이 이집트 왕에게 전했던 하느님 말씀.

봐야 할지도 모른다. 어쩌면 이 질병은—이제 괴사는 사회적 질병이 되어버린 듯했으니까—그쪽 사람들, 즉 몇몇 인도인, 파키스탄인, 방글라데시인이 미국으로 들여왔는지도 모른다. 일찍이 중앙아프리카 어딘가에서 발생했던 무시무시한 에이즈 전염병이 1980년대 초 미합중국에 상륙했듯이. 그리하여 공공연한 불평이 시작되었고 남아시아 혈통의 미국인은 안전을 염려하기 시작했다. 수많은 택시운전사가 택시에 스티커를 붙였다. 그렇게 이상한 인간은 아닙니다 또는 미국식은 괴사가 아니라 일상사. 몇몇 신체적 폭행 사건에 대한 보도도 걱정스러웠다. 그때 또다른 희생양 집단이 확인되면서 대중적 관심의 레이저광선은 갈색 피부 사람들을 떠나 그쪽으로 쏠렸다. 새로 등장한 집단은 찾아내기가 더 까다로웠다. 바로 낙뢰 생존자였다.

대홍수 당시 낙뢰의 빈도와 강도가 급증했다. 전기적 측면뿐만 아니라 종말론적 측면에서도 새로운 종류의 낙뢰인 듯했다. 그리고 각종 기계를 통하여 당시 벼락이 1제곱마일당 사천 번 넘게 떨어졌다는 사실을 알았을 때 우리 선조들은 얼마나 위험한 상황이었는지 비로소 실감하기 시작했다. 어쩌면 여전히 위험할지도 몰랐다. 그간 이 도시에서 연평균 낙뢰 횟수는 1제곱마일당 4회 미만이었고 그나마 거의 대부분은 높은 건물의 피뢰침이나 무선 안테나가 흡수해버렸다. 그런데 1제곱마일당 4000회 이상이라면 맨해튼섬 전체에서는 자그마치 9만 5천 회에 육박하는 낙뢰가 발생했다는 뜻이었다. 그런 맹공격이 장기적으로 어떤 결과를 낳을지 파악하기란 불가능했다. 폐허가 되어버린 길거리에서 대략 삼천

구의 시신이 발견되었다. 낙뢰 생존자가 얼마나 많이 돌아다니는지, 어마어마한 전압이 그들의 체내에 어떤 변화를 일으켰는지 아무도 짐작조차 할 수 없었다. 겉모습은 달라지지 않았지만, 여전히 남들과 똑같이 생겼지만, 실제로는 더이상 똑같을 리 없었다. 어쨌든 다들 그렇게 두려워했다. 어쩌면 모두의 적일지도 모른다. 혹시 화라도 나면 두 팔을 뻗고 체내에 흡수했던 벼락줄기를 내뿜어 몇만 암페어에 달하는 전류로 사람을 바싹 튀겨버릴지도 모른다. 아이들마저 죽이고 어쩌면 대통령까지 암살할지도 모른다. 도대체 그들의 정체가 뭘까? 어떻게 살아남았을까?

사람들은 공황상태에 빠지기 직전이었다. 그러나 그때만 해도 귀 모양이 남다른 이들을 찾아보려 하는 사람은 아무도 없었다. 다들 벼락 이야기에만 귀를 기울였다.

헤지펀드 갑부이며 자칭 '주주행동주의자'*인 세스 올드빌이 부자를 낚는 탕녀로 악명이 높은 테리사 사카 콰르토스에게 푹 빠졌다는 소문이 나돌자 각계각층의 친지들은 모두 경악하고 실망할 수밖에 없었다. 올드빌처럼 사교적인 거물, 스스로 신이 무엇을 원하는지도 알고 이 세상에서 무엇을 거머쥘 수 있는지도 알고 우주마저 자신이 요구하는 모습대로 바꿔놓고 싶어하는 그런 사람은 대부분의 동료보다 앞서가기 마련이었다. 그리고 올드빌은 자신이 지지하는 보수당 후보가 대통령 선거에서 잇따라 참패한 뒤에

---

* 투자이익을 극대화하려고 기업경영에 개입하는 투자자.

도—사랑하는 조국의 앞날을 가로막다니 도저히 이해할 수 없는 결과였다—좌절하지 않고 자신의 정치적 경제적 목표를 공격적으로 밀어붙였다. 사업 측면에서는 타임 워너, 클로록스, 소니, 야후, 델 등의 임직원에게 올드빌의 사업방식에 대해 물어보면 많은 이야기를 들을 수 있을 텐데, 더러는 차마 입에 담을 수 없는 내용이었다. 정치 측면에서 올드빌은—조금 불량스럽긴 했지만 위대한 스승이며 친구였던 고 벤토 엘펜바인이 그랬듯이—대통령 선거에서 연패한 일을 두고 '칠면조가 추수감사절을 지지하는 꼴'이라며 유권자의 실수를 비웃고 미래를 위한 후보를 엄선하는 일에 착수했다. 여기서는 주지사를 후원하고 저기서는 시장 경선에 뒷돈을 대고 떠오르는 젊은 하원의원에게 자금을 지원하는 등 유망주를 키워가며 다음 싸움에 대비했다. 그는 무신론자 유대인을 자처했고 무엇보다 오페라가수나 탁월한 서핑선수가 되고 싶었다면서 오십대 초반의 나이에도 여름철마다 높은 파도를 찾아다닐 만큼 건강한 신체를 유지했다. 그리고 자신의 타운하우스에서 만찬이 끝나면 손님들에게 조이스를 연상시키는 근사한 테너 음성으로 「별은 빛나건만E lucevan le stelle」이나 「아름다운 새벽이 밝아오네Ecco ridente in cielo」 같은 아리아를 불러주었고 그때마다 사람들은 음악적 해석이 훌륭하다고 입을 모았다.

그런데 테리사 사카라니! 그녀가 애드벤처 캐피털AdVenture Capital의 우상 같은 엘리안 콰르토스 대표를 유혹한 후 오랫동안 그 여자 곁에는 아무도 접근하지 않았다. 이미 늘그막에 이르러 AVC를 후배들에게 맡겨버리고 뒤늦게나마 인생의 재미를 조금 맛보고 싶어하는 콰르토스에게 찰싹 달라붙어 테리사 사카는 결국 반지를 받아냈고, 체외수정이라는 기적 덕분에 그의 아기를 낳았고, 남편이 죽기만 기다렸다. 마침내 늙은이 엘리안이 세상을 떠나자 돈을 차지했지만 늘 악평이 그녀를 따라다녔다. 재계의 거물 대니얼 '맥' 아로니가 '도대체 왜들 그렇게 떠들썩한지 궁금해서' 잠시 그녀를 건드려보았지만 겨우 이 주 만에 부리나케 달아나버렸다. 그는 지금껏 자기가 손댄 여자 중에서 누구보다 성깔 사납고 말버릇 고약한 년이라고 투덜거렸다. 아로니는 모두에게 이렇게 털어놓았다. "내 평생 한 번도 못 들어본 욕설을 마구 퍼붓더라고. 그 분야에서는 내 어휘력도 둘째가라면 서러운데 말이야. 길거리에서 사람 심장을 끄집어내 생으로 뜯어먹을 기세였다니까. 나야 가정교육을 잘 받고 자라서 아무리 화가 나도 여자한테 험한 말은 못하는 사람인데, 그 여자는 정말, 오 분만 지나면 그년 몸뚱이도 섹스도 다 싫어지는데, 둘 다 대단하다는 사실을 부인할 수 없지만, 그게 아무리 좋아도 그 더러운 성질머리는 도저히 참아줄 수가 없었지. 고속도로 한복판에서 당장 차 밖으로 내던지고 집에 가서 마누라랑 미트로프나 먹고 싶더라."

세스 올드빌의 집에도 흠잡을 데 없이 훌륭한 아내가 있었다. 신디 색스는 미모, 품격, 자선활동, 착한 마음씨 등으로 널리 칭찬받는 아내였다. 무용수가 될 수도 있었고 재능도 충분했지만 올드빌이 청혼하자 직업 대신 남편을 선택했다. 친구들에게 그녀는 말했다. "에스터 윌리엄스*도 사랑하는 남자가 집에 있으라고 한다면서 할리우드를 아낌없이 포기했잖아." 나를 선택하다니 큰 실수였지. 세스는 늘 그런 농담을 던졌지만 요즘은 그녀의 희미한 미소에 웃음기가 하나도 없었다. 두 사람은 젊은 시절에 결혼해 아이를 줄줄이 낳았지만 여전히 서로에게 누구보다 가까운 친구라는 사실도 덧붙여야겠다. 그러나 그는 지위로 보나 성격으로 보나 따로 애인을 두는 일쯤은 당연시하는 사람이었다. 그런 그에게 테리사 사카는 완벽한 애인감으로 보일 만했다. 이제 그녀에게도 돈이 있으니 그의 돈을 노리지도 않을 테고, 비밀을 엄수하는 상류사회 분위기를 웬만큼은 겪어봤으니 성관계를 누설하면 어떤 결과가 초래되는지도 알 테고, 게다가 외로운 처지니까 올드빌 같은 거물이 조금만 관심을 보이면 기뻐하며 더 큰 기쁨으로 기꺼이 보답하지 않을까. 그러나 머지않아 올드빌도 친구 아로니가 이미 아는 사실을 알게 되었다. 테리사는 머리는 새까맣고 성격은 불같은 플로리다 여자였는데, 혈통이 불확실한 남자를 증오하는데다 악담을 퍼붓는 재능은 피곤하기 짝이 없었다. 게다가 그가 그녀에게 작별을 고하며 말했듯이 테리사는 싫어하는 것이 너무 많았다. 식당도 다섯 군데만 다녔다. 검은색 옷이 아니면 다 싫어했다. 올드빌의 친구들을 대단찮게 여겼다. 현대미술, 현대무용, 자막 들어간 영화, 현대문학, 모든 형태의 철학, 그런 것을 혐오하는 반면에 메트로폴리탄미술관에서 볼 수 있는 시시한 19세기 신고전주의 미국 회화는 아주 높이 평가했다. 디즈니월드는 대단히 좋아하면서도 올드빌이 낭만적 휴가를 즐겨보자며 멕시코의 라스알라만다스로 데려가려 하자

---

* 미국의 수영선수 출신 영화배우.

이렇게 대꾸했다. "거긴 내 취향이 아니야. 더구나 멕시코는 위험하잖아. 이라크로 휴가 가자는 소리나 마찬가지지." 플로리다주 애번투라에서 스페인계 이민자의 딸로 태어나 트레일러 파크 신세만 겨우 면하고 살았던 주제에 자조적인 기색은 티끌만큼도 없었다.

사귄 지 육 주 만에 세스 올드빌은 사우샘프턴의 메도 레인*에 있는 별장 잔디밭에서(바닷가를 싫어하는 신디 올드빌은 한시도 도시를 벗어나지 않았다) 테리사에게 작별을 고했다. 등판에 미스터 제로니모라는 글자가 찍힌 점퍼를 걸친 남자가 정원용 트랙터를 타고 잔디를 깎는 중이었지만 결별을 앞둔 남녀에게는 없는 사람이나 다름없었다. 테리사가 말했다. "내가 아쉬워할 줄 알아? 대타는 얼마든지 있어. 당신 때문에 눈물 한 방울 흘리지 않아. 지금도 누가 나랑 데이트하고 싶어하는지 알면 당신 정말 죽고 싶을 거야." 세스 올드빌은 웃음을 참느라 부들부들 떨었다. "우리가 열네 살 먹은 애들이야?" 그의 말에도 아랑곳없이 그녀는 상처받은 자존심 때문에 펄펄 끓었다. "다음주에 지방제거를 하기로 했어. 의사가 그러는데 내 몸매가 워낙 좋아서 손댈 구석도 별로 없지만 수술만 끝나면 정말 황홀할 거래. 원래는 당신 때문에 완벽한 몸매로 다듬고 싶었지만 새로 만난 애인이 그러더라. 그때까지. 어떻게. 기다리느냐고." 올드빌은 발길을 돌렸다. 등뒤에서 그녀가 소리쳤다. "당신이 뭘 놓쳤는지 사진 찍어 보내줄게! 정말 죽고 싶을걸!" 그게 끝이 아니었다. 앙심을 품은 테리사는 몇 주 동안이나 세스

---

*뉴욕주 롱아일랜드 남해안의 고급 주택가.

의 아내에게 전화질을 했는데, 그때마다 신디 올드빌이 곧바로 끊어버렸지만 테리사는 성행위를 노골적으로 자세히 설명하는 음성 메시지를 남겨 올드빌 부부를 이혼으로 몰아갔다. 초특급 변호사들이 싸움을 준비했다. 와일든스타인 이혼합의금*에 맞먹는 액수가 거론되었다. 사람들은 느긋하게 구경할 준비를 했다. 이런 싸움을 제대로 보려면 좋은 자리를 잡아야 했다. 그 무렵 세스 올드빌은 낙담한 표정이었다. 돈 때문이 아니었다. 이 사내는 늘 자신에게 잘해주던 아내에게 상처를 입혀 진심으로 후회하고 있었다. 그는 원하지 않았지만 이제 아내가 전쟁을 원했다. 그녀는 한평생 보고도 못 본 체하며 살았지만 이제 새 안경을 끼고 모든 것을 또렷이 보게 되었다면서 남편이 우두머리 수컷 행세를 하는 꼬락서니는 도저히 못 참겠다고 여자친구들에게 털어놓았다. 친구들이 합창하듯이 외쳤다. "가서 해치워버려!"

대홍수 직전 주말에 세스는 혼자 바닷가 별장에 갔다가 잔디밭 안락의자에 누워 잠이 들었다. 그가 자는 사이에 누군가 몰래 다가와 그의 이마에 빨간색 과녁을 그려놓았다. 이윽고 그가 깨어났을 때 그 사실을 일러준 사람은 바로 정원사 제로니모였다. 거울을 들여다보니 라임병 진드기에 물린 자국을 흉내낸 듯한 그림이었지만 누가 보아도 협박이 분명했다. 경비원이 당황하여 쩔쩔맸다. 예, 미스 테리사가 막무가내로 들어왔습니다. 정말 말주변이 좋은 분

---

* 미국 억만장자 앨릭 와일든스타인은 아내 조슬린에게 위자료 25억 달러를 주고 십삼 년간 매년 1억 달러를 지급했다.

이잖아요. 판단이 필요한 상황이었는데 그때는 잘못 생각했어요. 다시는 그러지 않겠습니다.

이윽고 태풍이 들이닥치자 나무가 쓰러지고 벼락이 빗발치고 전기가 끊어지는 등 온갖 사태가 벌어졌다. 윤리문화협회가 주최한 추모식 자리에서 대니얼 아로니는 말했다. "그때는 다들 앞가림을 하느라 제정신이 아니었고, 그 여자가 정말 협박대로 저질러버릴 줄은 아무도 몰랐고, 더구나 폭풍우가 한창이라 온 도시가 살아남으려고 발버둥칠 때 그런 짓을 할 줄은 솔직히 상상도 못했소. 친구랍시고 그런 위험을 간과해버렸으니, 제발 더 조심하라고 당부하지도 못했으니 부끄러운 일이오." 추모사가 모두 끝난 후 센트럴파크 웨스트 일대로 흩어져가는 모든 사람의 머릿속에는 똑같은 심상이 맴돌았다. 빗물에 흠뻑 젖은 채 타운하우스 문 앞에 나타난 여인, 휘리릭 날아가버린 첫번째 경비원, 여자에게 달려들다가 벌렁 나뒹구는 두번째 경비원, 여인은 집안으로 뛰어들어 세스올드빌의 서재 쪽으로 달려가며 고래고래 소리쳤고, 어디 숨었나, 씹새꺄, 마침내 올드빌은 자신을 희생하여 아내와 아이들을 살리고자 모습을 드러냈고, 여인은 그 자리에서 그를 죽여버렸고, 그는 붉은 카펫이 깔린 계단 아래로 통나무처럼 굴러떨어졌다. 여인은 자기처럼 흠뻑 젖어버린 시신 곁에 잠시 무릎을 꿇은 채 걷잡을 수 없이 울다가 바깥으로 달려나갔다. 아무도 그녀를 가로막기는커녕 감히 접근조차 하지 못했다.

그러나 사건 당일에도 추모식 때도 한 가지 의문에 대해서는 아무도 해답을 내놓지 못했는데, 바로 그날 사용된 흉기의 종류에 관한 문제였다. 시신 세 구에 총알구멍은 하나도 없었다. 경찰과 응급의료팀이 도착했을 때 모든 주검에서 살이 타는 냄새가 짙게 풍기고 옷가지도 모두 타버린 상태였다. 신디 올드빌의 증언은 신빙성이 별로 없었는데, 지독한 공포에 사로잡힌 상태에서 내뱉은 이해해줄 만한 실언으로 치부하고 곧이듣지 않는 사람이 많았다. 그러나 그녀는 유일한 목격자였고, 평판이 안 좋은 몇몇 언론사는 그녀가 자기 눈으로 보았다고 밝힌 내용에 달려들어 자그마치 5센티미터 크기의 활자로 제목을 뽑았다. 테리사 사카의 손끝에서 번개가 치는 장면, 그녀가 뿜어낸 새하얀 전류가 갈래갈래 찢어지며 사람을 죽이는 장면. 한 주간지는 그녀를 마담 매그니토*라고 불렀다. 다른 주간지는 〈스타워즈〉에서 빌린 제목을 선택했다. 여제의 역습. 예전의 현실세계에서는 컴퓨터 영상합성 기술로만 볼 수 있던 일이 벌어졌으니 조금이라도 상황을 이해하려면 그렇게 과학소설에서 실마리를 찾아야 하는 형편이었다.

그때부터 전기에 관한 뉴스가 급증했다. 펠럼베이공원의 6호선 열차 종착역에서 여덟 살 소녀가 철로 위로 떨어졌는데 강철이 아이스크림처럼 녹아버렸고 소녀는 무사히 구조되었다. 월 스트리트 부근의 대여금고업체에서 강도들이 미확인 무기를 사용해 금고문, 보관실, 보관함 등을 '불태워 열고' 자그마치 '수백만 달러'에 달하는 불특정 금액을 훔쳐 달아났다고 업체 대변인이 밝혔다. 로사 패스트 시장은 대책을 촉구하는 정치적 압력에 못 이겨 경찰국

---

* 매그니토는 마블 코믹스의 만화 및 영화 시리즈 〈엑스맨〉의 등장인물.

장과 함께 공동 기자회견을 열고 최근 발생한 낙뢰 생존자를 '특별 관리 대상'으로 지정한다고 발표했는데, 자신의 진보적 자유주의를 저버린 이 결정을 부끄러워하는 기색이 역력했다. 이 성명은 예상대로 여러 인권단체와 정적, 그리고 수많은 신문기자의 비난을 샀다. 그러나 진보주의와 보수주의의 케케묵은 대립은 의미가 없었다. 이미 현실이 합리적이기는커녕 변증법적 논리마저 벗어나 뒤죽박죽 변덕스럽고 터무니없는 상황으로 치달았기 때문이다. 설령 어떤 소년이 램프를 문질러 마족을 불러내고 마음대로 부리는 일이 벌어졌더라도 우리 선조들이 살게 된 새로운 세계에서는 충분히 있을 법한 사건으로 여겨야 마땅했다. 그러나 오랫동안 평범한 일상에 익숙해져 오감이 무뎌진 사람들은 불가사의의 시대가 이미 시작되었다는 사실조차 받아들이기 힘들었고, 그런 시대에 어떻게 살아가야 하는지는 더더욱 몰랐다.

인간은 모르는 것이 너무 많았다. 마족을 요정genie이라고 부르며 무언극 따위를 연상하거나 분홍색 하렘바지를 입고 텔레비전에 등장하는 금발의 '지니Jeannie'* 바버라 이던을 떠올리는 일은 없어야 했다. 지니는 우주비행사 래리 해그먼을 사랑하여 '주인님'으로 모시는데, 그렇게 막강하고 교활한 존재가 주인을 섬긴다고 믿다니 지극히 어리석은 일이다. 우리 세계에 침입한 이 어마어마한 무리의 이름은 마족jinn이었다.

---

* 1960년대 미국 시트콤 〈내 사랑 지니(I Dream of Jeannie)〉의 주인공.

두니아도 인간을 사랑했고—'주인님'은 결코 아니었지만—그 결과로 귓불 없는 아이들이 잔뜩 태어났다. 두니아는 그렇게 '귀표'가 달린 후손이 있는 곳이라면 어디든 찾아갔다. 테리사 사카, 지넨드라 카푸르, 베이비 스톰, 휴고 캐스터브리지, 그 밖에도 많았다. 그녀가 할 수 있는 일이라고는 그들의 마음속에 그들 자신의 정체와 뿔뿔이 흩어진 일족에 대한 정보를 심어주는 것뿐이었다. 그녀가 할 수 있는 일이라고는 그들의 내면에 잠든 선한 마족을 깨워 빛 쪽으로 인도하는 것뿐이었다. 모두 착하지는 않았다. 마족의 장점보다 인류의 단점이 우세한 경우도 많았다. 곤란한 문제였다. 두 세계를 잇는 통로가 뚫리자 흑마족의 재난이 퍼져나갔다. 처음에는, 즉 정복을 꿈꾸기 시작하기 전까지만 해도 거창한 계획은 없었다. 그들이 분란을 일으킨 이유는 타고난 천성 때문이었다. 이 세상에서 장난을 치거나 그보다 심각한 피해를 입힐 때도 양심의 가책 따위는 느끼지 않았다. 대부분의 인간이 마족의 존재를 믿지 않았듯이 마족도 인간이 진짜라고 여기지 않았으므로 그들의 고통에 아랑곳하지 않았다. 마치 어린아이가 인형의 고통은 안중에도 없이 담벼락에 냅다 패대기치듯이.

마족의 악영향은 어디든 존재했지만 초기에는, 즉 그들이 실체를 고스란히 드러내기 전에는 이런저런 사건에 마족이 몰래 손을 썼다는 사실조차 알아차리지 못한 선조들이 많았다. 원자로가 붕괴하고, 젊은 여자가 윤간을 당하고, 산사태가 일어났다. 루마니아의 마을에서 어떤 여자가 알을 낳기 시작했다. 프랑스의 한 도시에서는 시민들이 하나둘씩 코뿔소로 변해갔다. 아일랜드 노인들은 쓰레기통에서 살기 시작했다. 어느 벨기에 남자는 거울 속에 비친 자신의 뒤통수를 보았다. 러시아의 한 공무원은 코를 잃어버렸다가 나중에 상트페테르부르크에서 혼자 돌아다니는 코를 발견했다. 스페인의 어떤 여자는 가느다란 구름 한 가닥이 보름달을 지나가는 장면을 바라보다가 무시무시한 고통을 느꼈는데, 난데없이 면도날이 안구를 찢어버리는 바람에 유리체가, 즉 수정체와 망막 사이의 공간을 채운 젤라틴 모양의 물질이 흘러나왔다. 한 남자의 손바닥에서 개미떼가 구멍을 뚫고 나오기도 했다.

이런 현상을 어떻게 이해하면 좋을까? 진실을 받아들이기보다, 그러니까 마족이 이 세계의 일상에 점점 더 많이 개입하게 되었다고 믿기보다, 언제나 우주의 숨은 원리였던 이른바 '우연'이 온갖 우화, 상징, 초현실, 혼돈 따위와 힘을 합쳐 인간사를 지배한다고 믿는 편이 차라리 쉬웠다.

난봉꾼이자 식당 주인이자 멋쟁이인 자코모 도니체티가 열세 살 소년 시절에 처음으로 이탈리아 베네치아의 고향 마을을 떠나 여행길에 나설 때 어머니가—그녀는 코친* 출신의 '검은 유대인', 자코모의 아버지는 이탈리아 가톨릭교도로, 둘 다 젊고 신앙심도 깊을 무렵 푸두체리의 스리 아우로빈도** 아슈람***에서 결혼했는

---

* 인도 서남부의 항구도시.
** 인도 철학자 아우로빈도 고시. '스리'는 신, 스승, 손윗사람에게 붙이는 산스크리트어 경칭.
*** 힌두교 승원(僧院).

데, 그날 딴 사람도 아니고 '마더' 미라 알파사*가 아흔셋의 나이에 몸소 주례를 보았다!—작별 선물을 건넸다. 네모난 섀미 한 장을 봉투 모양으로 접고 진홍색 나비매듭으로 묶은 물건이었다. 어머니가 말했다. "이게 네 고향이다. 이 꾸러미를 풀지 마라. 네가 어디를 돌아다니건 우리집도 이 속에 담겨 언제나 네 곁에 있을 테니까." 그래서 그는 베네치아를 지니고 전 세계를 떠돌았다. 그러다 어머니가 돌아가셨다는 소식을 들었다. 그날 밤 도니체티는 가죽 꾸러미를 보관해둔 곳에서 꺼내 진홍색 나비매듭을 풀었고, 그 순간 리본이 가닥가닥 끊어졌다. 섀미 봉투를 펼치자 그 속에는 아무것도 없었다. 사랑은 눈에 보이지 않기 때문이다. 바로 그때 사랑이, 형태도 없고 보이지도 않는 사랑이 너울너울 날아올라 멀어져갔고 다시는 되찾을 수 없었다. 집이라는 느낌도, 세계 어디를 가든 자기 집처럼 편안하던 마음도 함께 사라져버렸다. 그날 이후로 그는 남들과 다름없이 살아가는 것처럼 보일 뿐, 사실은 사랑에 빠질 수도 없고 한곳에 정착할 수도 없었다. 그는 결국 이런 문제점을 오히려 이점으로 여기게 되었는데, 그 덕분에 많은 곳에서 많은 여자를 사귀었기 때문이다.

도니체티는 특기를 개발했다. 불행한 결혼생활을 하는 여자와의 사랑. 그가 만난 유부녀는 거의 다 결혼생활에 어느 정도 불만을 느꼈지만 대다수는 이혼할 결심을 하지 못했다. 한편 그는 어떤 여자를 만나든 결코 결혼이라는 거미줄에 붙잡히지는 않겠다고 굳

---

* 프랑스 태생의 힌두교 구루.

게 마음먹은 터였다. 그래서 시뇨르 도니체티와 말마리타테*—국적을 막론하고 결혼에 실패한 여자 전체를 일컫는 그의 비공개 명칭이다—사이에는 근사한 공통분모가 있었다. 여자들은 그의 관심을 고마워했고 그 역시 어김없이 고마움을 표시했다. 그는 비밀 일기장에 이렇게 썼다. '감사야말로 여인의 마음을 얻는 최대 비결이다.' 야릇하게 회계장부를 닮은 이 공책에 그는 자신이 정복한 여자의 이름도 일일이 기록했는데, 그의 주장을 믿어도 좋다면 그 수가 무려 수천을 헤아렸다. 그러던 어느 날 그의 운세가 확 뒤집어졌다.

격렬한 정사를 나눈 밤마다 도니체티는 잘 관리한 함맘 즉 터키식 목욕탕을 즐겨 찾았고, 그곳에서 땀을 뻘뻘 흘리며 찜질을 하고 때를 밀었다. 놀리타**에서 그런 업소에 들어갔을 때 어느 마족이 그에게 미혹술을 걸었을 가능성이 높다.

흑마족은 미혹술사였다. 그들은 눈에 보이지 않게 모습을 감춘 후 인간의 가슴에 입술을 대고 심장을 향해 조용히 중얼거리며 피해자의 의지를 무력화시켰다. 때때로 이런 미혹의 강도가 너무 세서 자아가 아예 흩어져버리면 마족이 실제로 피해자의 육체를 차지하고 들어앉는 경우도 있었다. 그러나 이렇게 완전한 신들림이 아니더라도 마족의 미혹술에 걸려들면 착한 사람도 나쁜 짓을 저지르고 나쁜 사람은 더욱더 못된 짓을 하기 일쑤였다. 백마족도 종

---

* '불행한 유부녀'를 뜻하는 이탈리아어.
** 맨해튼의 리틀 이탈리아 북쪽 지역(North of Little Italy).

종 인간에게 미혹술을 걸어 숭고하고 너그럽고 겸허하고 친절하고 품위 있는 행동을 하도록 유도하지만 그들의 미혹술은 효력이 약한 편인데, 아마도 인류가 본래 빛보다 어둠 쪽으로 쉽게 기울기 때문이거나 흑마족이, 특히 몇 안 되는 흑마신 즉 우두머리급 흑마족이 마계를 통틀어 가장 강력한 존재인 탓이 아닐까 싶다. 그러나 이는 철학자가 논의할 문제다. 우리는 다만 마족이 오랜 공백 끝에 두 세계 중 하계로—즉 우리 세계로—다시 내려와 전쟁을 선포했을 때, 그것도 우리 세계 안에서 시비를 걸었을 때 어떤 일이 벌어졌는지 기록할 따름이다. 지상에 엄청난 피해를 입힌 이른바 '이계 전쟁'은 마계와 우리 세계 사이의 전쟁일 뿐만 아니라 마족이 자기네 땅도 아니고 우리 땅에서 자기들끼리 맞붙은 내전이기도 했다. 인류는 백마족과 흑마족이 힘을 겨루는 전쟁터가 되고 말았다. 그리고 본질적으로 무질서한 마족의 천성 때문에 백마족과 백마족, 흑마족과 흑마족이 다시 패를 나눠 싸웠다는 사실도 덧붙여야겠다.

그 2년 8개월 28일 동안 우리 선조들은 마족의 위협을 끊임없이 경계해야 했다. 아이들의 안전이 크나큰 걱정거리였다. 사람들은 아이들이 자는 방에 불을 켜놓고 창문을 꼭꼭 걸어잠갔다. 아이들이 너무 덥고 답답하다고 투덜거려도 어쩔 수 없는 일이었다. 아이들을 유괴하는 마족도 있었는데 그렇게 잡혀간 아이들이 어떻게 되었는지는 아무도 알지 못했다. 또한 빈방에 들어갈 때는 작은 소리로 실례합니다 하고 속삭이며 오른발부터 들어가야 바람직했다. 그리고 무엇보다 마족은 어둠과 습기를 좋아하므로 어두운 곳에서는 목욕을 하지 않는 게 현명한 처사였다. 함맘은 조명이 어둡고 습도가 높아 매우 위험한 곳이다. 우리 선조들은 이 시기에 그런 온갖 사실을 조금씩 알게 되었다. 그러나 자코모 도니체티가 엘리자베스 스트리트의 고급스러운 터키탕에 들어갈 때는 그것이 얼마나 위험한 행동인지 몰랐다. 아마도 그곳에 장난기 많은 마신이 기다리고 있었으리라. 왜냐하면 그가 함맘을 나설 때는 이미 딴사람으로 변해 있었으니까.

요컨대, 이제는 여자들이 그를 보고도 사랑에 빠지지 않았다. 그가 아무리 고마워하며 구애를 해도 소용없었다. 반대로 그는 여자만 보면 첫눈에 반해 속절없이 하염없이 꼴사나운 사랑에 빠져버렸다. 어디를 가든, 일하든 놀든 길거리를 거닐든, 3천 달러짜리 맞춤정장, 샤르베 셔츠, 에르메스 넥타이로 예전과 다름없이 멋지게 차려입어도 여자들이 황홀해서 졸도하는 일은 전혀 없고, 오히려여자가 지나갈 때마다 그의 심장만 두근거리고 두 다리에 힘이 풀려 왠지 그녀에게 분홍빛 장미꽃다발을 한아름 보내주고 싶다는 압도적 충동을 느낄 뿐이었다. 길거리에서 140킬로그램에 육박하는 손발톱미용사나 40킬로그램도 안 되는 거식증 환자에게 눈물로 호소해도 그들은 깨끗이 무시하고 주정뱅이나 거렁뱅이를 피하듯 황급히 달아나버렸다. 한때는 적어도 4대륙에서 정상의 인기를 누리던 독신남이었건만. 그의 사업 동료들은 제발 일터에 나오지 말라고 부탁했다. 그가 여러 유흥가 단골업소를 전전하며 소지품 보관소 여직원이나 웨이트리스나 여지배인을 난처하게 했기 때문이다. 불과 며칠 사이에 삶 자체가 고문이 되고 말았다. 의학의 도움을 받으려고도 해보았다. 치료법이 걱정스럽긴 하지만 필요하다

면 섹스 중독자라는 진단을 받을 각오까지 했다. 그런데 병원 대기
실에서 충동을 못 이겨 한쪽 무릎을 꿇고 어느 못생긴 한국계 미국
인 접수담당자에게 부디 그녀를 아내로 맞이하는 영광을 베풀어달
라고 애원했다. 그녀는 결혼반지를 보여주며 책상에 놓인 아이들
사진을 가리켰고 그는 울음을 터뜨려 결국 나가달라는 요청을 받
았다.

　도니체티는 누구와 마주칠지 모르는 보도는 물론이고 성애의
진동이 느껴지는 밀폐공간도 두려워하게 되었다. 시내 길거리에는
여자가 너무 많고 사랑에 빠지는 일도 너무 잦아서 심장마비가 오
지나 않을까 진심으로 걱정할 정도였다. 실내공간은 남자만 있는
경우가 드물어 모두 위험했다. 특히 엘리베이터는 더욱더 치욕적
이었는데, 때로는 어렴풋하게, 때로는 그리 어렴풋하지 않게 혐오
감을 드러내며 퇴짜를 놓는 여자들과 한 공간에 갇혀 있었기 때문
이다. 그래도 남성 전용 클럽을 찾아가면 가죽 안락의자에 앉아서
자다 깨다 하더라도 그나마 잠을 청할 수 있었다. 차라리 수도사가
되어버릴까 진지하게 고민하기도 했다. 그러나 더 간단한 도피 수
단은 술과 마약이었고 그는 곧 자멸의 구렁텅이로 빠져들었다.

　어느 밤, 자신의 페라리 쪽으로 비틀비틀 걸어가던 그는 만취한
사람만 경험하는 진정한 통찰력으로 문득 깨달았는데, 그에게는
친구도 없고, 사랑해주는 사람도 없고, 삶의 모든 측면이 황철석[*]
처럼 번지르르할 뿐 천박하기 짝이 없고, 더구나 지금은 결코 자동

---

[*] 철과 황으로 이루어진 황화광물로 누런 금속성 광택이 있어 '바보의 금'으로 불린다.

차를 운전할 만한 상태가 아니었다. 언젠가, 아직은 자신이 주도권을 쥐고 있던 시절, 어느 애인의 손에 이끌려 한평생 처음이자 마지막으로 보았던 발리우드 영화가 떠올랐다. 자살하려고 브루클린 다리를 찾은 남녀가 서로를 보고 마음에 들어 투신자살을 포기하고 라스베이거스로 간다는 내용이었다. 도니체티는 혹시나 지금이라도 차를 몰고 그 다리를 찾아가 투신자살을 시도하면 어느 아름다운 여배우가 구해주고, 그때부터 자기가 그녀를 사랑하는 만큼 그녀도 영원히 자신을 깊이 사랑하지 않을까 생각해보았다. 그러나 곧 마음을 돌려야 했다. 지금 자신을 둘러싼 이 괴상망측하고 불가사의한 현상 때문에 다리 위에서든 라스베이거스나 어디에서든 마주치는 여자마다 빠짐없이 사랑하게 될 테고, 결국 여신 같은 영화배우는 보나마나 그를 차버릴 테고, 그때는 전보다 더 비참해질 테니까.

그는 이미 인간이 아니었다. 사랑이라는 괴물, 그야말로 '무정한 미녀la belle dame sans merci'*에게 사로잡혀 짐승이 되고 말았다. 사랑괴물이 분신술을 부려 미녀든 추녀든 온 세상 여자들의 몸에 깃들었으니 한시바삐 집으로 돌아가 문을 걸어잠그고 부디 이 재앙이 고칠 수 있는 병이길, 충분히 앓고 나면 언젠가 정상적인 삶을 되찾게 되길—물론 지금은 정상이라는 말이 아무 의미도 없는 시대가 되어버렸지만—바라는 수밖에 없었다. 그래, 집으로 가자, 그렇게 자신을 재촉하며 로어맨해튼 펜트하우스를 향해 서둘러 달

---

* 영국 시인 존 키츠의 시 제목.

려갔는데, 운전자의 난폭성에 페라리의 난폭성도 한몫 거들었고, 이 섬을 통틀어 가장 허름한 지역의 어느 교차로를 지나는 순간 그곳에는 노란색 글자에 진홍색 음영을 넣어 정원사 미스터 제로니모라는 이름과 전화번호와 웹사이트 주소를 측면에 새긴 픽업트럭 한 대가 있었고, 신호등을 무시한 페라리 쪽의 명백한 과실이지만 아무튼 둘 다 필사적으로 운전대를 돌리며 브레이크를 끼익 밟았고, 다행히 아무도 죽지 않았고, 페라리는 펜더가 심하게 손상되고 픽업트럭 짐칸에 실린 조경용 연장이 길바닥에 와르르 쏟아졌으나 운전자는 둘 다 보행이 가능한 상태였고, 그들은 부축도 받지 않고 차에서 내려 피해상황을 살펴보았고, 어질어질하고 온몸이 부들부들 떨리는 상황에서 자코모 도니체티는 마침내 자신이 미쳐버렸다는 사실을 실감하고 길거리에서 그대로 기절해버렸는데, 왜냐하면 자신보다 나이는 많지만 체구는 위풍당당한 남자가 지면에서 몇 센티미터 허공에 떠오른 채 둥실둥실 다가왔기 때문이다.

미스터 제로니모는 벌써 일 년이 넘도록 지면에 접촉하지 못했다. 이 기간 동안 그의 발바닥과 단단한 평면 사이의 간격은 점점 더 벌어져 지금은 9센티미터, 어쩌면 10센티미터에 달할 터였다. 누가 보아도 놀라운 '증상'—본인이 그렇게 부르기 시작했다—이지만 영구적 현상이라고는 도저히 믿을 수 없었다. 그는 이 증상을 일종의 병으로, 일찍이 알려지지 않은 바이러스의 영향으로 여겼다. 중력균이라고나 할까. 감염증은 곧 지나갈 거야, 그렇게 자위했다. 설명할 수 없는 일이 일어났지만 언젠가는 틀림없이 병세가 호전되겠지. 정상으로 돌아갈 수 있겠지. 아무리 질병통제예방센터*조차 알지 못하는 질병이라도 자연법칙을 오랫동안 거역할 수는 없을 테니까. 언젠가는 다시 내려앉아 지면에 닿겠지. 그는 날마다 그렇게 마음을 달랬다. 그러다 오히려 증상이 악화되는 조짐이 드러나자 큰 충격을 받았고 그나마 남은 정신력으로 애써 공포심을 억눌러야 했다. 그는 대체로 자제심이 강하다는 사실을 자랑으로 여겼지만 예고도 없이 온갖 상념이 제멋대로 떠오르는 일이 잦았다. 지금 그에게 일어난 일은 불가능한 일이지만 이미 일어났으니 가능한 일이었다. 낱말의 의미가─가능하다느니 불가능하다느니─변해갔다. 과학으로 이런 일을 설명할 수 있을까? 종교라면 가능할까? 해명도 치료도 불가능할지 모른다는 생각은 차마 떠올리기조차 싫었다. 그는 문헌을 뒤져보기 시작했다. 중력자重力子는 질량이 없는 소립자로 중력을 매개한다. 만약 중력자를 생산하거나 제거하는 일이 가능하다면 중력장의 증감 현상을 설명할 수 있다. 그것이 양자물리학의 화젯거리였다. 단, 중력자가 실제로 존재한다는 증거는 없다. 고맙다, 양자물리학. 제로니모는 생각했다. 참 큰 도움이 되었구나.

　나이 지긋한 사람들이 흔히 그렇듯이 미스터 제로니모도 비교적 한갓진 삶을 살았다. 그의 증상에 대해 걱정할 자식이나 손주도 없었다. 그에게는 차라리 다행이었다. 재혼하지 않았다는 사실, 그래서 여자를 슬프게 하거나 걱정시킬 일이 없다는 사실도 다행

---

* 미국 보건복지부 산하 기관.

스러웠다. 오랜 홀아비생활에 몇 명 안 되는 친구마저 그의 과묵한 태도에 지쳐 차츰 멀어지면서 그냥 좀 아는 사이로 변해갔다. 아내가 세상을 떠난 후 그는 둘이 살던 집을 팔아버리고 맨해튼에 마지막 남은 소외된 구역 킵스베이의 수수한 임대아파트로 이사했다. 그곳의 익명성이 마음에 쏙 들었다. 예전에는 2번가에 있는 이발사와 친하게 지냈지만 요즘은 머리도 손수 다듬었고, 그리하여 본인의 표현대로 제 머리 깎는 정원사가 되었다.

모퉁이 식품점의 한국인은 직업상 싹싹한 사람들이었지만 최근에는 젊은 세대가 부모의 일을 대신하기 시작하면서 이따금씩 젊은이가 낯선 사람을 보는 눈으로 멍하니 쳐다보는 일도 있었다. 안경을 쓴 노부부는 오랜 단골손님을 볼 때마다 희미한 미소와 가벼운 눈인사로 맞이했건만. 1번가에는 여러 의료기관이 들어서서 온 동네가 의사들로 들끓었지만 제로니모는 의료계를 경멸했다. 요즘은 주치의조차 만나지 않았고, 의사의 조수가 보내던 경고 문자마저—닥터 아무개와 관계를 유지하시려면 매년 1회 이상 방문하셔야 합니다—끊어져버렸다. 의사가 무슨 소용이야? 알약 따위로 내 증상을 고칠 수 있나? 아니, 어림도 없지. 미국 의료계는 누구보다 절박한 사람을 번번이 실망시켰다. 그는 병원 근처에도 가기 싫었다. 건강이란 지킬 수 있는 날까지 지키다가 잃어버리기 마련이고 그날 이후에는 이래저래 망가지기 마련인데 그날이 오기도 전에 의사의 손에 망가지는 일은 피하는 편이 나으니까.

드물게나마 울리는 전화벨도 매번 정원 일에 관한 연락인데 그의 증상이 지속되면서 일하기도 점점 더 힘들어졌다. 그는 고객을 다른 정원사에게 넘겨주고 요즘은 저금한 돈으로 살아갔다. 워낙 검소한 생활을 한데다 아내와 살던 집도 정리한 덕분에 모아둔 돈이 꽤 되었다. 그러나 떼돈을 벌겠다고 조경사업에 뛰어드는 사람은 아무도 없다. 엘라가 물려받은 유산도 있었는데, 그녀는 '거의 빈 지갑'이라고 표현했지만 부잣집에서 자랐으니까 하는 소리였다. 실제로는 꽤 많은 액수였고, 그녀가 죽은 후 그가 물려받았지만 지금까지 건드리지도 않았다. 그래서 아직은 여유가 있는 편이지만 이대로 가면 언젠가는 돈이 다 떨어져 이 한 목숨 운명에 맡겨야 하는 날이 올 텐데—운명의 여신, 인정머리 없는 년. 아무튼 그래서 돈 문제가 좀 걱정되긴 하지만 덩달아 걱정할 사람이 없다는 점은 역시 다행이라고 생각했다.

이제 이웃이나 다른 행인들에게, 그리고 외출을 최소화하려고 각종 수프와 시리얼을 잔뜩 쌓아두었지만 이따금씩 어쩔 수 없이 생필품을 사러 가는 상점에서도 그의 상태를 감추기는 불가능했다. 더 사들여야 할 때는 온라인쇼핑을 이용하고 배가 고프면 배달 음식을 시켜 먹으며 외출 횟수를 점점 줄여갔고 어쩌다 한 번씩 어둠을 틈타 움직일 뿐이었다. 그러나 이렇게 조심했는데도 결국 온 동네가 그의 증상을 알게 되었다. 금방 싫증을 느끼는 사람들이라 그나마 다행이었다. 이 동네 사람들은 이 꼴 저 꼴 다 봤다는 듯이 남들이 무슨 짓을 하건 무관심하기로 유명했다. 이웃들은 그의 공중부양에 대한 소문을 듣고도 대체로 시큰둥한 반응을 보였는데, 잠깐 고민해보다가 눈속임이 분명하다고 판단했기 때문이다. 그런데도 날이면 날마다 똑같은 장난만 되풀이하다니 꽤나 성가신 사람이군. 예컨대 한시도 내려오지 않고 끊임없이 죽마를 타고 돌아다니는 재주꾼처럼, 혹은 '깜짝' 효과가 오래전에 사라져버린 줄 모르는 노출증 환자처럼. 혹시 어딘가 망가지거나 잘못되었더라도 본인이 자초한 일이겠지. 어쩌면 건드리지 말아야 할 것을 건드렸는지도 몰라. 어쩌면 지구가 이제 지긋지긋해서 저 사람을 몰아내려 하는지도 몰라. 알 게 뭐냐. 어쨌든 결론을 내리자면 사람도 재주도 케케묵었다는 거지.

그리하여 한동안 다들 그를 못 본 체했고 덕분에 조금은 편해졌다. 낯선 사람들에게 사정을 설명하긴 싫었기 때문이다. 그는 집안에 머물며 계산을 해보았다. 일 년에 9센티미터라고 치면 삼 년이 지나도—물론 그때까지 살아 있다면—지면에서 30센티미터 이내겠구나. 이 속도로 간다면 어떻게든 생존기술을 찾아 살아갈 수 있겠지, 그렇게 자위했다. 평범하거나 안락한 삶은 아닐지라도 그럭저럭 살 만하겠지. 그러나 먼저 몇 가지 현실적인 문제를 풀어야 했는데 더러는 몹시 곤란한 문제였다. 우선 목욕이 불가능했다. 다행히 화장실에 샤워실이 따로 있었다. 생리현상을 처리하는 일은 더욱 까다로웠다. 변기에 앉으려 해도 엉덩이가 한사코 변기 위에 둥실 떠 있는데 두 발에서 지면까지의 간격과 정확히 일치하는 높이였다. 점점 더 높이 올라갈수록 똥 누기도 점점 더 어려워지겠군. 어떻게든 이 문제도 해결해야겠다.

여행은 이미 골칫거리지만 앞으로는 훨씬 더 골치 아플 터였다. 비행기 여행은 진작 포기했다. 교통안전청 요원이 위험인물로 간주할지도 모르니까. 공항에서 이륙할 수 있는 것은 비행기뿐이다.

비행기를 타기도 전에 날아오르려 하는 승객은 부적절한 행위로 구속당하기 십상이다. 다른 대중교통도 문제가 있기는 매한가지다. 지하철에서 공중부양은 회전식 개찰구를 건너뛰려는 부정행위로 오해받을 것이다. 이젠 운전도 안전하지 않다. 지난번 사고로 분명해졌다. 그렇다면 남은 것은 걷기뿐인데 야간 보행조차 지나치게 눈에 띄고, 사람들이 아무리 무관심한 체해도 자칫하면 공격당하기 십상이다. 아파트에서 안 나가는 게 최선일지도 모른다. 자의는 아니지만 일단 은거하다가 증상이 호전되었을 때 불완전하나마 예전의 일상으로 돌아가면 된다. 그러나 그런 생활은 짐작하기도 어려웠다. 어쨌든 그는 야외생활에 익숙한 사람, 해가 나든 비가 내리든 덥든 춥든 하루에도 여러 시간 고된 육체노동을 통해 지상의 아름다운 자연에 초라하나마 자신의 미적 감각을 보태가며 살던 사람이다. 일을 할 수 없다면 운동이라도 해야 한다. 걷기. 그래. 밤에 걷자.

미스터 제로니모는 바그다드에서 맨 아래 두 층에 살았는데, 이 아파트는 가장 허름한 동네에서도 가장 허름한 블록으로 손꼽을 만큼 좁디좁은 블록에 자리를 잡아 건물도 좁디좁았고, 좁디좁은 거실은 좁디좁은 차도와 같은 높이에, 좁디좁은 침실은 그 아래 좁디좁은 지하층에 있었다. 대홍수 당시 바그다드도 대피구역에 포함되었지만 불어난 물이 지하층까지 넘쳐들지는 못했다. 가까스로 위기를 모면했다. 여기보다 넓은 인근 도로들은 두 팔 벌려 대자연을 맞이하다가 박살나버렸다. 그 일을 교훈으로 삼아야 할지도 모른다고 미스터 제로니모는 생각했다. 어쩌면 넓음보다 좁음이 공격을 더 잘 견뎌내는지도 모른다. 그러나 그리 매력적인 교훈은 아니라서 굳이 따르고 싶진 않았다. 너그러움, 포용성, 함축성, 폭, 넓이, 깊이, 크기, 제로니모처럼 키 크고 보폭 넓고 어깨 널찍한 사나이가 고수해야 하는 가치는 그런 것들이다. 그리고 이 세상이 좁디좁은 것만 남겨두고 넓디넓은 것은 파괴하려 한다면, 넓고 두툼한 입술보다 오종종한 입술을, 우람한 체격보다 앙상한 몸매를, 넉넉함보다 갑갑함을, 으르렁거리는 소리보다 칭얼거리는 소리를 선호한다면 차라리 큰 배를 타고 함께 침몰하리라.

좁디좁은 집은 대홍수를 견뎌냈지만 제로니모를 지켜주지는 못했다. 무슨 까닭인지 모르겠으나 대홍수가 그에게 기이한 영향을 미쳐—정말 대홍수 때문일까—이렇게 동족이 사는 고향별에서 분리시키는 바람에 점점 더 불안해졌다. 왜 하필 나냐, 이 질문을 자제하기는 쉽지 않았지만 그는 이미 어떤 일이든 원인은 있겠으나 반드시 무슨 목적이 있으란 법은 없다는 고통스러운 진리를 깨닫기 시작한 터였다. 설령 어떤 일이 어쩌다 일어났는지 알아내더라도—어떻게라는 질문의 해답을 찾더라도—왜라는 질문의 해답에 한 걸음 더 다가간 것은 아니다. 질병과 같은 자연의 이상 현상은 동기가 무엇이냐는 물음에 응답하지 않는다. 그래도 어떻게가 마음에 걸렸다. 거울을 들여다보며 씩씩한 표정을 지으려고 노력해봤지만—이제 면도할 때 얼굴을 보려면 불편하게 허리를 굽혀야 했다—두려움은 날이 갈수록 커져만 갔다.

바그다드 아파트는 결핍 그 자체랄까, 좁디좁을 뿐만 아니라 살림살이도 거의 없다시피 했다. 원래 원하는 것이 많지 않은 사람이었지만 아내가 죽은 뒤에는 영영 가질 수 없는 하나를 원할 뿐이었다. 아내가 돌아오는 것. 그는 모든 물건을 버리고 모든 짐을 내려놓고 꼭 필요한 것만 남겨 삶을 간소화했다. 이렇게 과거의 물질적 요소를 제거하고 놓아버리는 과정이 자신의 증상과 관련이 있다는 생각은 미처 하지 못했다. 이제 허공으로 떠오르면서 그는 추억에 매달리기 시작했다. 마치 추억을 쌓아올려 무거워지면 다시 지상으로 내려갈 수 있다는 듯이. 그는 엘라와 나란히 앉아 무릎에 담요를 덮고 사발에 담은 전자레인지 팝콘을 먹으며 텔레비전으로 영화를 보던 날을 떠올렸다. 사극영화*였는데, 중국의 소년 황제가 베이징에 있는 '금단의 도시Forbidden City'**에서 스스로를 신이라고 믿으며 성장하지만 많은 변화를 겪은 후 자신이 천자로 군림했던 바로 그 궁궐에서 정원사로 일한다는 이야기였다. 이 천자/정원사는 새로운 삶에 만족한다고 말했는데 진심이었는지도 모른다. 미스터 제로니모는 어쩌면 자신은 정반대인 듯싶다고 생각했다. 어쩌면 나는 서서히 신의 경지로 올라가는 중인지도 몰라. 또 어쩌면 곧 이 도시든 어떤 도시든 내겐 다 금단의 땅이 될지도 몰라.

어렸을 때 그는 날아다니는 꿈을 자주 꾸었다. 꿈속에서 자기 방의 자기 침대에 누워 있다가 천장으로 가볍게 떠오르면 이불이 스르르 미끄러져 떨어졌다. 그다음에는 천천히 돌아가는 천장 선풍기를 조심스레 피해가며 파자마 바람으로 이리저리 떠다녔다.

---

* 〈마지막 황제〉(1987).
** 자금성의 영어 명칭.

심지어 방을 거꾸로 뒤집어놓고 천장에 앉아 킥킥거리며 저 아래 뒤집힌 방바닥에 놓인 가구를 내려다보고, 저게 왜 떨어지지 않을까, 즉 어째서 지금은 바닥이 되어버린 천장 쪽으로 솟구치지 않을까 신기해했다. 방안에서만 날아다니는 일은 조금도 어렵지 않았다. 그러나 이 방에는 높고 긴 창문이 있어 밤마다 바람이 들어오도록 열어놓았는데, 어리석은 짓인데도 창밖으로 나가보면 그의 집은 언덕 꼭대기에 있고(생시에는 그렇지 않았다) 그는 곧바로 떨어지기 시작하고—느릿느릿해서 무섭지는 않지만 저항할 수도 없고—그러면 얼른 방안으로 돌아가야지, 안 그러면 못 돌아가는데, 이대로 천천히 내려앉으면 언덕 기슭까지 내려갈 텐데, 그곳에는 엄마가 말하는 '낯선 사람들, 위험한 사람들'이 사는데, 하고 생각했다. 그는 언제나 무사히 창문 안으로 돌아갈 수 있었지만 때로는 아슬아슬했다. 그는 이 기억도 거꾸로 뒤집었다. 어쩌면 지금은 오히려 방안에만 머물러야 내려앉을지도 몰라, 바깥으로 나갈 때마다 지면에서 점점 더 멀어질지도 몰라.

텔레비전을 켰다. 마법의 아기가 뉴스에 나왔다. 그는 이 마법의 아기도 귀 모양이 자신과 똑같다는 사실을 알아차렸다. 그리고 둘 다 예전의 낯익은 현실세계에서 떨어져나가 이제는 마법의 세계에 살고 있다는 사실도 알았다. 그는 마법의 아기에게서 위안을 얻었다. 이 아기는 현실에서 분리된 사람이 제로니모만은 아니라는 증거였고, 그는 이제 예전의 현실은 기준이 될 수 없음을 어렴풋이 깨달았다.

지난번 자동차 사고는 그의 잘못이 아니었지만 이제 운전하기가 거북하고 불편한데다 반사신경도 예전 같지 않았다. 크게 다치지 않아서 그나마 다행이었다. 상대방 운전자는 바람둥이처럼 보이는 자코모 도니체티라는 남자였는데, 사고 직후 일종의 정신착란에 빠진 상태로 깨어나 미친놈처럼 고래고래 소리쳤다. "거기 올라가서 뭐하는 거요? 자기가 남들보다 잘났다고 생각하시나? 그래서 혼자 멀찌감치 떠 있소? 이 지구가 성에 안 차서 그렇게 남보다 높이 올라가야 직성이 풀려? 도대체 정체가 뭡니까, 씨팔, 무슨 과격파요? 저 꼴사나운 트럭으로 내 아름다운 차를 얼마나 뭉개놨는지 좀 보란 말이오. 당신 같은 인간이 제일 싫어. 씨팔, 엘리트주의자." 그런 말을 내뱉은 후 시뇨르 도니체티는 다시 까무룩 쓰러졌고 구급대원이 도착해 그를 실어갔다.

쇼크 때문에 이상한 행동을 하는 경우도 있다는 것쯤은 제로니모도 알았지만 요즘 그의 증상을 바라보는 사람들의 눈빛에 슬슬 적개심이 싹트는 것을 의식하기 시작한 터였다. 어쩌면 밤에는 그의 모습에 더욱 놀랄지도 모른다. 어쩌면 좀 꺼림칙해도 대낮에 돌아다니는 편이 나을지도 모른다. 그러나 그의 증상에 대한 반감은 몇 배로 불어날 것이다. 그렇다, 지금까지는 시민들의 익숙한 무관심이 보호해주었지만 이렇게 괴이한 속물근성을 탓하는 비난까지 막아주지는 못할 테고, 그가 점점 더 떠오를수록 적대감도 커지리라. 바로 이런 생각, 그가 멀찌감치 거리를 두려 한다는, 그의 공중부양은 지상에 붙잡힌 사람들을 향한 비판의 표시라는, 그렇게 비범한 모습으로 평범한 사람들을 업신여긴다는 생각이 낯선 사람들의 눈빛에서 드러나기 시작했다. 어쨌든 그는 그렇게 보인다고 생각했다. 어째서 내가 이런 증상을 발전으로 여긴다고 생각합니까? 그렇게 소리치고 싶었다. 이것 때문에 내 인생이 결딴났고 이젠 비명횡사할까봐 걱정인데 어째서?

그는 오히려 '내려가는' 방법을 찾고 싶었다. 어떤 과학의 도움을 받을 수 있을까? 양자론도 아니면 어떤 분야? '중력 장화'에 대한 글을 읽었는데, 그것만 신으면 천장에 거꾸로 매달릴 수 있다고 했다. 혹시 바닥에 달라붙도록 바꿀 수도 있을까? 무엇이든 대책이 있을까, 아니면 이미 의학도 과학도 어찌할 수 없는 상태일까? 삶다운 삶은 정말 물 건너간 것일까? 이렇게 초현실적 현상에 걸려들어 머지않아 잡아먹히는 수밖에 없을까? 이런 상황을 상식적으로 이해할 만하게 설명할 수 있을까? 그리고 내가 정말 보균자이거나 전염성이 있거나 어떤 식으로든 내 증상을 남에게 옮길 수도 있을까?

시간이 얼마나 남았을까?

공중부양이 전혀 알려지지 않은 현상은 아니다. 실험실에서 초전도체를 이용해 내가 이해하지 못하는 현상—체수분體水分의 반자성反磁性 반발력—을 일으키는 전자석으로 개구리처럼 작은 생물을 허공에 띄운 일도 있었다. 인체의 주성분도 물이니, 그것이 나에게 일어난 일을 설명해줄 단서일까? 만약 그렇다면 이런 효과를 낳는 거대한 전자석이나 막대한 초전도체는 어디 있단 말인가? 혹시 지구 자체가 어마어마한 전자석/초전도체가 돼버렸을까? 그렇다면 모든 생명체 가운데 왜 나만 영향을 받을까? 혹시 무슨 생화학적 또는 초자연적 이유로 내가 지구의 변화에 남달리 민감해

겼나? 혹시 그렇다면 머지않아 다른 사람들도 똑같은 일을 겪게 될까? 나는 이 지구가 결국 온 인류를 거부하리라는 사실을 미리 보여주는 실험 대상에 불과할까?

보라, 컴퓨터 화면에 내가 이해할 수 없는 것이 또 있다. 카시미르력$力$을 조종하여 초소형 물체를 허공에 띄우는 데 성공했다. 이 힘이 작용하는 아원자 세계를 힘겹게 탐험하는 동안 제로니모는 물질의 본질을 깊이 파고들면 우주의 기본적 힘들이 지닌 엄청난 압력 때문에 인간의 언어는 해체되고 창조의 언어가 그 자리를 차지한다는 사실도 깨달았는데, 아이소스핀 더블릿, 뇌터정리, 회전변형, 업쿼크와 다운쿼크, 파울리의 배타원리, 위상적$位相的$ 주회$周回$ 횟수 밀도, 드람 코호몰로지, 고슴도치 공간, 분리 합집합, 스펙트럼 비대칭, 체셔고양이 원리 등등 하나도 이해할 수 없었다. 어쩌면 체셔고양이를 창조한 루이스 캐럴은 물질의 근원 부근에 그런 원리가 있음을 알았는지도 모른다. 어쩌면 제로니모의 신변사에 카시미르력과 비슷한 무엇이 작용했을 수도 있고 아닐 수도 있다. 그가 우주의 눈으로 자신을 바라본다면 그 역시 그런 '힘'이 작용할 만한 초소형 물체로 보일지도 모른다.

그는 자신의 육체와 더불어 정신마저 견고한 지면을 떠나기 시작했음을 깨달았다. 어떻게든 막아야 했다. 단순한 문제에 집중해야 했다. 그리고 그가 무엇보다 열심히 집중해야 하는 단순한 문제는 자신이 모든 단단한 평면에서 몇 센티미터 떨어져 둥실둥실 떠다닌다는 사실이었다. 지면, 아파트 바닥, 침대, 자동차 좌석, 변기 시트 등등. 언젠가 한 번, 딱 한 번 물구나무서기를 시도했고 그런 재주를 부리는 즉시 두 손에도 두 발과 똑같은 증상이 생긴다는 사실을 확인했다. 그는 호되게 넘어져 숨도 못 쉬고 카펫에서 몇 센티미터 높이에 누워 있었다. 빈 공간이 있어도 낙하 충격은 별로 줄어들지 않았다. 넘어진 뒤에는 더 조심스럽게 움직였다. 그는 중병에 걸린 환자였고 환자답게 행동해야 했다. 나이를 실감하기도 했지만 더 심각한 문제도 있었다. 그의 증상은 근육을 약화시켜 건강에 악영향을 주고 노화를 촉진했다. 게다가 그의 인격을 말소하고 새로운 자아로 바꿔놓았다. 이제 그는 예전의 그가 아니었다. '라피 론니무스, 신부 아들내미우스'도 아니고, 찰스 삼촌의 조카도, 벤토 엘펜바인의 사위도, 사랑하는 엘라의 상심한 남편도 아니었다. 정원사 미스터 제로니모의 미스터 제로니모도 아니고, 심지어 최근에 생긴 자아 즉 철학녀의 애인도, 집사 올드캐슬의 앙숙도 아니었다. 인생 내력이 다 떨어져나가고 남들뿐만 아니라 자신의 눈에도 그는 지면에서 9센티미터 위에 떠 있는 사람, 그 이상도 그 이하도 아니었다. 9센티미터, 그리고 여전히 상승중.

그는 제때제때 집세를 치렀지만 시스터가 어떻게든 트집을 잡아 건물에서 쫓아낼까봐 걱정이었다. 바그다드의 관리인—본인이 선호하는 명칭은 '집주인'—시스터 C.C. 올비는 적어도 본인의 의견으로는 마음이 넓은 여자였지만 뉴스에서 보도하는 사건들은 그리 좋아하지 않았다. 예컨대 진실을 밝히는 아기 스톰 도우, 이 꼬맹이는 온갖 공포영화에 등장하는 아이, 가령 캐리 화이트나 데이미언 손* 같은 악의 종자 못지않게 그녀를 경악시켰다. 아기 스톰

이후의 사건들은 그야말로 엉망진창이었다. 강간범에게 쫓기던 여자가 한 마리 새로 변신해 무사히 몸을 피했다. 이 동영상은 시스터가 자주 찾는 몇몇 뉴스 웹사이트에 실렸고 유튜브에도 올라왔다. 애비뉴 A에서는 한 남자가 마르페사 제게브레히트를—브라질 태생의 란제리 여신으로 온 시민이 '천사'라고 부르며 좋아하는 그녀를—몰래 훔쳐보다가 느닷없이 마법에 걸려 뿔 달린 수사슴으로 둔갑한 후 굶주린 유령 사냥개에게 쫓겨 갈팡질팡 도망쳤다. 타임스스퀘어에서는 더욱더 황당한 일이 벌어졌는데, 목격자에 따라 증언이 엇갈리지만 '몇 초'에서 '몇 분' 사이의 일정 시간 동안 광장에 있던 남자들의 옷이 모두 사라져 망측한 알몸이 고스란히 드러나고 호주머니에 들었던 소지품이—핸드폰, 펜, 열쇠, 신용카드, 현금, 콘돔, 성적 불안감, 바람 빠진 자존심, 여자 속옷, 권총, 칼, 불행한 결혼생활을 하는 유부녀의 전화번호, 휴대용 술병, 복면, 오드콜로뉴, 성난 딸의 사진, 부루퉁한 십대 소년의 사진, 구취 제거제, 흰색 분말이 담긴 비닐봉지, 마리화나, 거짓말, 하모니카, 안경, 총탄, 깨지고 잊힌 희망 등등—우수수 땅바닥에 떨어졌다. 몇 초 후(혹은 몇 분 후) 옷은 다시 나타났지만 남자들의 소지품과 결점과 잘잘못이 고스란히 드러난 뒤였으므로 부끄러움과 노여움과 두려움을 비롯한 온갖 모순적 감정이 폭풍처럼 휘몰아쳤다. 여자들은 비명을 지르며 도망치고 남자들은 자신의 비밀을 허둥지둥 주워모아 되살아난 주머니에 도로 넣었지만 이미 들켜버린 비밀을

---

* 각각 영화 〈캐리〉와 〈오멘〉의 주인공.

감추기는 불가능했다.

시스터는 수녀도 아니고 수녀였던 적도 없지만 누구나 그녀를 시스터라고 불렀다. 종교적인 성향인데다 영화배우 우피 골드버그를 닮았다는 외모 때문이었다. 남편이라는 작자가 어느 젊고 풍만한 라틴계 여자와 함께 떠나버린 후—시스터는 그들이 지옥으로 꺼졌는지 앨버커키*로 꺼졌는지 모르지만 어느 쪽이든 매한가지라고 말했다—그녀를 C.C.라고 부르는 사람은 아무도 없었다. 아무튼 그 멍청이를 '뉴멕시코에서 뒈져버린 놈'으로 치면서부터 온 세상이 덩달아 지옥으로 치닫는 듯했다. 시스터 올비로서는 도저히 참을 수 없는 일이었다. 그녀는 미국인의 각종 광기에 익숙했다. 총포류 광기조차 보통으로 여겼다. 학교에서-아이들-사살하기, 쇼핑몰에서-조커-가면-쓰고-대량 학살하기, 혹은 그냥 평범하게 아침식탁에서-엄마-죽이기, 뭐 그런 수정헌법 제2조** 광기는 늘 목격하는 일상적 광기일 뿐이고 자유를 사랑한다면 어쩔 수 없는 일이었다. 브롱크스에서 어린 시절을 보낸 그녀는 도검류 광기도 이해하고, 흑인 아이들에게 유대인의 면상을 후려갈겨도 괜찮다고 부추기는 격투기식 광기도 이해했다. 마약류 광기, 정치인 광기, 웨스트버러 침례교회*** 광기, 도널드 트럼프 광기도 충분히 납득할 수 있었다. 이 모두가 미국인의 방식이기 때문이었다. 그러나 새로 등장한 광기는 전혀 달랐다. 9.11 광기처럼 낯설고 섬뜩한

---

* 미국 뉴멕시코주의 관광 휴양지.

** 개인의 총기 소유를 보장한 조항.

*** 동성애자, 무신론자, 다른 종교 등에 대한 혐오 발언으로 악명이 높은 교회.

느낌이었다. 시스터는 악마가 풀려났다고 자주 목청 높여 말했다. 악마가 날뛴다고. 세입자 한 명이 밤낮을 가리지 않고 늘 바닥에서 몇 센티미터 떠올라 둥실둥실 날아다니기 시작하면서 그녀가 사는 건물에도 악마가 들어왔다는 사실이 분명해졌다. 이렇게 필요할 때 예수님은 도대체 어디 계실까. 시스터 올비는 바그다드의 좁다란 현관 복도에 우뚝 서서 소리 내어 말했다. "예수님, 한번 더 지상에 내려오셔야겠어요. 하느님의 뜻을 받들어 예수님이 하실 일이 바로 이곳에 있사옵니다."

그럴 때 바그다드의 꼭대기 층에 사는 예술가(행위예술, 설치미술, 그래피티) 블루 야스민이 개입했다. 미스터 제로니모는 그녀를 몰랐고 굳이 알고 싶지도 않았지만 느닷없이 그를 두둔해주는 아군 또는 친구를 얻게 되었다. 그녀는 시스터에게 마법을 거는 듯했다. "그분 그냥 두세요." 블루 야스민이 말하자 시스터는 얼굴을 찌푸리면서도 순순히 따랐다. 야스민을 향한 시스터의 애정은 깊기도 하고 놀랍기도 했다. 이 대도시에 무수히 존재하는 불가사의한 관계, 연인들마저 스스로 놀라게 만드는 사랑. 두 사람 사이도 그중 하나였는데, 어쩌면 그 밑바탕은 대화였는지도 모른다. 야스민은 말솜씨가 아주 좋았고 시스터는 그녀의 말을 들으면 넋을 잃었다. 블루 야스민은 종종 이렇게 말했다. 이라크 바그다드Baghdad는 비극이지만 h-빠진-바그다드Bagdad는 그야말로 마법의 집이에요. 여기가 바로 알라딘의 도시, 실제로 존재하는 도시를 온갖 이야기가 덩굴처럼 둘러싸고 실제로 존재하는 길거리 안팎에서 우리 귓가에 속닥거리는 도시죠. 이 기생도시에는 나무마다 과일처럼 이야기가 주렁주렁 열리는데, 터무니없는 이야기와 그럴싸한 이야기, 싱거운 이야기와 짭짤한 이야기도 있고, 그래서 이야기를 갈망하는 사람이라면 아무도 굶주리지 않아요. 잘 익은 과일이 나뭇가지에서 떨어져 길거리에 멍든 채 나뒹굴면 아무나 집어가도 되거든요. 나는 가는 곳마다 그렇게 비행 양탄자 같은 도시를 건설해요. 도심지 콘도미니엄의 포장된 뒷마당에도, 영세민 주택단지의 계단통 그래피티에도 그런 도시를 세우죠. 그런 바그다드야말로 제가 사는 도시예요. 저는 이 도시의 통치자인 동시에 시민이고, 손님인 동시에 상인이고, 술꾼인 동시에 술이에요. 그리고 아주머니는 이 도시의 문지기예요. 블루 야스민이 시스터 올비에게 말했다. 바그다드의 집주인, 이야기나라의 관리인이죠. 이 도시의 대들보라고요. 그런 장광설이 시스터의 마음을 누그러뜨렸다. 블루 야스민은 미스터 제로니모야말로 굉장한 이야기가 되었다고 말했다. 그러니까 그냥 내버려둬야 저분이 어떻게 되는지 볼 수 있잖아요.

블루Blue 야스민의 머리카락은 파란색blue이 아니라 주황색이고 이름도 야스민이 아니었다. 그러나 무슨 상관이랴. 파란색을 주황색이라고 부르든 말든 그녀 마음이고, 야스민은 그녀의 가명이고, 그렇다, 이 도시에서 그녀는 마치 전쟁터를 누비듯 살았는데, 왜냐하면 비록 116번가에서 컬럼비아대학 문학교수와 그 아내 사이에서 태어났지만 원래는, 그러기 전에는, 다시 말해서 씨팔, 태어나기 전에는 베이루트 출신이었음을 드러내고 싶었기 때문이다. 그녀는 눈썹을 밀어버리고 들쭉날쭉한 번갯불 문신으로 새 눈썹을 만들었다. 온몸이 문신투성이였다. 눈썹을 제외한 문신은 모두 낱말, 사랑하라 상상하라 이지* 승리하라, 그렇게 흔해빠진 낱말이었다. 그녀는 동성도 사랑하고 언어도 사랑한다고, 그러므로 성별과 성별 사이, 말과 말 사이에서 살아가는 존재라고 밝힘으로써 마음속에 함라 거리**보다 리버사이드 드라이브***를 더 많이 간직하고 있다는 사실을 뜻하지 않게 드러냈다. 블루 야스민은 관타나모만****에 설치한 작품으로 미술계를 놀라게 했는데, 그런 일을 성사시키는 데 필요한 설득력만 감안해도 꽤나 인상적인 성과였다. 도대체 무슨 수를 썼는지 이 난공불락의 군사기지에서 허락을 받아낸 그녀는 방 하나에 의자 하나를 놓고 맞은편에 비디오카메라를 설치한 후 첼시*****에 있는 한 미술관에 앉혀놓은 마네킹의 얼굴에 영상을 전송하도록 했는데, 관타나모에 있는 수감자들이 의자에 앉아 이런저런 사연을 이야기하면 그들의 얼굴이 첼시에 있는 마네킹의 얼굴에 비춰져 마치 수감자를 풀어주고 목소리를 돌려준 듯한 느낌이었고, 그래, 주제는 자유다, 개새끼들아, 자유라고, 나도 누구 못지않게 테러를 증오하지만 부당한 심판도 똑같이 증오하니까, 그리고 참고로 혹시나 광신적 테러리스트 체질로 오해할까봐 미리 밝혀두는데, 이 몸은 하느님한테 낭비할 시간도 없거니와 평

---

* 미국 래퍼 카녜이 웨스트의 별명.
** 레바논 베이루트의 중심가.
*** 뉴욕 맨해튼 서부의 강변도로.
**** 쿠바 동남부의 만으로 미 해군기지와 포로수용소가 있는 곳.
***** 맨해튼 서부의 한 지역.

화주의자인 동시에 채식주의자니까 지랄들 하지 마시라.

그녀는 이미 도심지의 유명인사로, 본인의 표현에 따르면 스무 블록 안에서는 세계적 인기를 누리며 '매미들의 날' 회원들이 진행하는 이야기 경연대회를 휩쓸었는데, 이 모임의 명칭은 너대니얼 웨스트의 소설 제목(단수형 locust)이 아니라 밥 딜런의 노래 제목(복수형 locusts)을 따서 지었다. 매미들이 노래했네, 나를 위해 노래했네. 이 '매미들'의 이야기 대회는 이동축제일*처럼 시내 곳곳으로 옮겨다녔고 명색은 '매미들의 날Days'이지만 실제로는 낮이 아니라 밤에 열렸는데, 블루 야스민이 마이크를 잡고 h-빠진-바그다드 이야기를 시작하면 인기스타가 따로 없었다.

블루 야스민이 말했다. 옛 바그다드에서 어떤 상인이 한동네 사는 귀족한테 정말 막대한 거금을 빌려줬는데, 이 귀족이 느닷없이 죽어버리는 바람에 상인은 이거 낭패로구나, 돈 받기는 글렀구나 생각했어요. 그런데 상인에게는 유체 이탈 능력이 있었어요. 어느 신이 내려준 능력인데, 그 나라에는 신이 하나가 아니라 아주 많았거든요. 그래서 상인은 죽은 귀족의 몸뚱이로 갈아탈 생각을 하게 됐어요. 망자가 도로 일어나 빚을 다 갚도록 하면 되잖아요. 상인의 영혼은 자기 육체를 안전한 곳에, 적어도 본인은 안전하다고 믿는 곳에 놓아두고 망자의 몸으로 들어갔어요. 시신을 움직여 은행 쪽으로 걸어가다가 어시장을 지나게 됐는데, 그때 좌판에 놓인 커다란 대구 한 마리가 시신을 보고 깔깔 웃기 시

---

* 원래는 날짜가 고정되지 않은 축제일을 뜻하지만 여기서는 장소를 옮긴다는 의미를 내포한 중의적 표현.

작했어요. 죽은 생선이 웃어대는 소리를 듣고 사람들은 걸어다니는 망자를 수상쩍게 여겨 악령이 씌었다며 마구 때렸어요. 귀족의 시체는 금방 너덜너덜해졌고, 상인의 영혼은 결국 시체를 포기하고 감춰둔 자기 육체로 되돌아가는 수밖에 없었죠. 그런데 그때는 벌써 상인의 육체를 발견한 사람들이 주검으로 오해해서 그 나라 풍습대로 화장해버린 뒤였어요. 그래서 상인은 제 몸뚱이마저 잃어버리고 빌려준 돈도 못 받게 됐죠. 아마 상인의 영혼은 지금까지도 어시장 어딘가에서 방황하고 있을 거예요. 어쩌면 죽은 생선의 몸에 들어가 이야기의 해류가 흐르는 바다로 헤엄쳐 갔을지도 모르고요. 아무튼 이 이야기의 교훈은 제 운수만 믿고 너무 설치지 말라는 거예요.

그리고 다른 이야기.

옛 바그다드에 어마어마하게 높은 집이 있었는데, 마치 넓은 길을 수직으로 세워놓은 듯한 이 집 꼭대기에는 유리로 만든 전망대가 있었어요. 무지무지하게 돈 많은 주인은 그곳에서 까마득한 저 밑에 납작납작한 도시에서 개미떼처럼 꼬물거리는 사람들을 구경했어요. 시내에서 제일 높은데다 제일 높은 언덕 위에 우뚝 서 있는 이 집은 벽돌이나 강철이나 돌이 아니라 순전히 교만으로 지은 집이었죠. 바닥에는 반질반질한 교만으로 만들어 광택이 사라지지 않는 타일을 깔고, 사방 벽은 위풍당당한 거드름을 쌓아 세우고, 샹들리에마다 수정 같은 건방을 주렁주렁 매달았어요. 그리고 거대한 금장 거울을 여기저기 세워놨는데, 뒷면에 은이나 수은 따위가 아니라 사람을 가장 돋보이게 하는 '자기애'라는 물질을 바른 거울이 곳곳에서 주인의 모습을 비춰주었죠. 주인은 새로 지은 이 집을 굉장히 자랑스럽게 여겼고, 그런 자부심은 이 집에 들어오는 특권을 허락받은 몇몇 손님마저 빠짐없이 감염시키는 신비로운 힘을 발휘했어요. 그래서 그토록 나직나직한 도시에 그토록 높디높은 집을 지었는데도 험담을 하는 사람은 아무도 없었답니다.

그런데 부자 가족이 그 집으로 이사한 다음부터 불행이 잇따랐어요. 걸핏하면 사고로 발목이 부러지거나 값비싼 꽃병이 떨어지기 일쑤였고 늘 누군가는 시름시름 앓았죠. 잠을 잘 자는 사람도 없었어요. 그나마 부자의 사업에는 지장이 없었지만 그것은 그가 집에서 일하지 않은 덕분이었고, 이 집에 사는 사람들을 날마다 괴롭히는 불운 때문에 부자의 아내가 결국 건축물의 영적 특성을 잘 아는 전문가를 불렀는데, 이 집에 영원히 불행을 불러오는 저주가 내렸으며 아마도 개미떼 같은 사람들을 편드는 어느 마족의 소행인 듯싶다는 말을 들었고, 그래서 그녀는 부자와 가족을 이끌고, 하인 천 명 하고도 한 명을 이끌고, 자동차 백육십 대를 이끌고 높은 집을 떠나 상대적으로 나지막한 여러 주택 중 하나로 옮겼고, 그때부터 그들은 평범한 재료로 지은 집에서 행복하게 살았고, 심지어 부자도 행복했고, 다만 자존심에 입은 상처는 어떤 상처보다 회복이 어려운 법이므로, 구겨져버린 체면과 자긍심은 부러져버린 발목보다 훨씬 더 중대한 부상이므로 치유 기간이 오래 걸릴 수밖에 없었지요.

한편 부자 가족이 높은 집을 떠난 후 그 도시의 개미들이 떼를 지어 벽면을 기어오르기 시작했고, 개미떼뿐만 아니라 도마뱀떼와 뱀떼까지 몰려들었고, 도시의 대자연이 생활공간에도 파고들어 사주식四柱式 침대마다 덩굴식물이 휘감기고 귀중한 부하라산 실크 양탄자마다 풀줄기가 삐죽삐죽 뚫고 나왔어요. 집 전체를 차지한 개미떼가 사방에 들끓었고, 이리저리 행진하며 무엇이든 쥐어뜯는 개미떼의 등쌀에 온 집안이 서서

히 닳아버리고, 십억 마리, 아니 십억 마리도 넘는 개미떼가 돌아다니는
바람에 건방진 샹들리에도 개미떼의 무게를 못 이겨 조각조각 부서져 건
방의 파편이 우수수 떨어지고, 오만이 깔린 바닥도 광택을 잃어 더러워
지고, 거만을 섞어 짠 카펫이나 태피스트리도 이리저리 갉작갉작 돌아다
니는 수십억 개의 조그만 발에 밟혀 부스러지고, 단순히 개미떼가 '존재'
한다는 사실만으로 높은 집의 긍지는 이미 의미를 잃어버렸고, 개미떼가
있다는 사실, 수십억 개의 조그만 발이 있다는 사실, 그들이 고작 개미
떼라는 사실을 더는 부정할 수 없어 자부심이고 뭐고 산산이 흩어져버렸
어요. 벽을 쌓은 거드름이 싸구려 벽토처럼 떨어져나가자 앙상한 뼈대가
고스란히 드러나고, '자기애'를 부추기는 거울도 여기저기 쩍쩍 갈라지
고, 그렇게 모든 것이 바스러지자 그토록 찬란했던 건물은 한낱 개미굴,
벌레구멍, 버러지나라로 전락하고 말았어요. 결국 이 집은 당연히 무너
져버렸고, 먼지처럼 바스러져 바람결에 날아갔고, 그러나 개미떼는 살아
남았고, 도마뱀떼와 모기떼와 뱀떼도 살고 부자 가족도 살고 모두 살아
남았고, 모두 무사했고, 머지않아 모두 그 집을 잊어버렸고, 심지어 그
집을 지은 부자마저 잊어버렸고, 그래서 그 집은 아예 존재하지도 않은
듯했고, 아무것도 달라지지 않았고, 달라진 적도 없고 달라질 수도 없고
달라지지도 않을 거예요.

대학교수였던 아버지, 매우 잘생기고 매우 똑똑하고 조금 우쭐
거리던 아버지는 이미 세상을 떠났지만 야스민은 날마다 그의 사
상을 실천하려고 노력한다. 우리는 누구나 이야기 속에 갇혀 있어
요. (아버지가 늘 하던 말을 그대로 되풀이한다. 아버지처럼 곱슬
곱슬한 머리, 아버지처럼 장난스러운 미소, 아버지처럼 찬란한 지

성.) 모든 사람은 자기만의 이야기 속에 갇힌 수감자 신세, 모든 가족은 가족사의 포로, 모든 공동체는 또 그들만의 이야기 속에서 꼼짝도 할 수 없고, 모든 민족은 자신들이 기억하는 역사의 피해자가 된다. 세계 곳곳에서 이야기끼리 맞붙어 전쟁을 벌이는데, 양립할 수 없는 둘 이상의 이야기가 같은 공간을 차지하려고, 말하자면 같은 지면을 차지하려고 싸우기 때문이다. 야스민 자신도 그런 나라 출신이다. 아버지의 나라, 아버지를 영원히 추방한 나라, 그러나 육신이 쫓겨난들 정신마저 쫓겨나랴. 어쩌면 이제 온 세계가 그 나라인지도, 어쩌면 레바논은 어디에나 있고 어디에도 없는지도, 그래서 비록 머리는 덜 곱슬곱슬하고 미소는 덜 장난스럽고 지성은 덜 찬란할망정 누구나 추방자인지도 모른다. 그렇다면 레바논이라는 이름조차 불필요하고, 어느 나라의 이름을 어느 나라에 붙이든 상관없고, 어쩌면 그래서 이렇게 늘 이름 없는 무명인, 이름 붙일 수도 없는 '레바노닉명'* 같은 기분이 드는지도 모른다. 바로 그것이 요즘 그녀가 구상중인 원우먼쇼의 제목 없는 제목이다. 언젠가는 이 쇼가 (바라건대) 책으로, (간절히 바라건대) 영화로, (만사가 정말 순조롭게 풀린다면) 뮤지컬로 (물론 그때는 몇몇 배역을 추가해야겠지만) 발전할지도 모른다. 그녀는 요즘 모든 이야기가 결국 허구 아닐까 생각한다고 밝힌다. 한사코 사실이라고 주장하는 이야기조차, 예컨대 누가 어디에 먼저 도착했다느니, 누구의 신이 누구의 신보다 앞섰다느니, 그런 이야기도 결국 상상이나 망상

---

* Lebanonymous. '레바논(Lebanon)'과 '익명(anonymous)'의 합성어.

이 아닐까, 사실주의적 공상도 황당무계한 공상도 모두 꾸며낸 이야기가 아닐까, 그리고 이렇게 지어낸 이야기에 대해 명심해야 할 것은 어떤 이야기든 똑같이 허위라는 사실이 아닐까. 보바리 부인도 티격태격하는 레바노닉명의 역사도 따지고 보면 비행 양탄자나 마족과 똑같이 허구가 아닐까. 이 부분은 아버지의 말을 인용했지만 어차피 아버지만큼 말재간 좋은 사람은 못 봤으니까, 그녀는 아버지의 딸이니까, 따라서 아버지가 한 말은 이제 그녀가 차지했으니까, 그래서 그녀는 아버지의 말을 빌려 이렇게 말한다. 이게 우리의 비극이죠. 우리는 온갖 허구 때문에 죽어가지만 어쩌면 그런 허구가 다 사라져도 죽으리라는 것.

매미들의 날 행사에서 블루 야스민이 말했다. 옛 바그다드를 둘러싸다시피 한 람산맥에 우냐자족이 살았는데요, 이 사람들은 아기가 태어나면 몇 시간 안에 이야기 기생충이 귓속으로 들어간다고 믿었어요. 그래서 자라나는 아이들이 자꾸 해로운 이야기를 해달라고 조른다는 거죠. 온갖 동화, 공상, 망상, 미신, 거짓말 등등. 그렇게 존재하지도 않는 것을 마치 존재하는 것처럼 이야기해야 하다니, 살아남는 일조차 끊임없는 싸움과 다름없어 늘 현실만 뚫어져라 직시해야 하는 사람들에게 그런 이야기는 위험천만했죠. 그렇지만 이야기 기생충을 박멸하기는 쉽지 않았어요. 숙주의 몸에 완벽하게 적응한 기생충은 인간의 생태와 유전정보에 맞도록 진화해서 인간의 살갗을 덮은 제2의 피부가 되고 인간성 못지않은 제2의 천성이 돼버렸거든요. 숙주를 죽이지 않고 기생충만 죽이기는 불가능해 보였어요. 기생충의 영향이 극심해서 존재하지 않는 것을 꾸며내거나 퍼뜨리는 사람을 더러 처형하기도 했는데, 나름대로 현명한 대책이었지만 이야기 기생충은 변함없이 부족을 괴롭혔어요.

산악부족인 우나자족은 인구수도 적었는데 그마저 점점 줄어들었어요. 환경이 워낙 가혹했던 탓이죠. 산악 지형이라 바위투성이에 불모지가 많은데다 그들의 적은 잔인하고 인구수도 많았거든요. 게다가 뼈가 부서져 가루가 되는 질병이나 두뇌를 썩게 만드는 열병에 잘 걸리는 체질이었어요. 그들은 신을 섬기지 않았지만 이야기 기생충 때문에 비를 내려주는 구름신이나 소를 내려주는 고기신이나 적군에게 설사병을 일으켜 죽이기 쉽게 해주는 전쟁신이 나오는 꿈을 자주 꿨어요. 이런 망상, 즉 물을 찾거나 가축을 기르거나 적군의 음식에 독을 타는 등 좋은 성과를 거둬놓고도 스스로 해낸 일이 아니라 눈에 보이지 않는 초자연적 존재의 선물이라고 믿는 증상, 그게 최후의 결정타였죠. 우나자족 추장은 결국 아기들의 귀를 진흙으로 틀어막아 이야기 기생충이 못 들어가게 하라고 명령했어요.

그때부터 이야깃병도 수그러들기 시작했고 자라나는 우나자족 아이들은 이 세상이 지나치게 현실적이라는 슬픈 진실을 알게 됐어요. 그러자 심각한 비관적 분위기가 만연했어요. 새로운 세대는 안락, 여유, 친절, 행복 따위가 지금의 세상에서는 아무 의미도 없는 말이라는 사실을 깨달았기 때문이죠. 그렇게 암담한 현실 앞에서 고민하던 젊은이들은 감정, 사랑, 우정, 의리, 동료의식, 신뢰처럼 사람을 나약하게 만드는 온갖 약점도 용납하지 말아야 한다는 결론을 내렸어요. 그때부터 이 부족의 마지막 광기가 폭발했어요. 한동안 신랄한 말다툼과 난폭한 싸움이 이어진 후 우나자족 젊은이들은 이야기 전염병 대신 찾아온 반항적 비관주의에 사로잡혀 연장자를 모두 죽여버렸고, 그다음에는 자기들끼리 맞붙어 결국 온 부족이 전멸하고 말았어요.

　이야기 기생충이 실제로 있었는지 없었는지, 혹은 그것마저 이야기에 불과한지, 즉 우냐자족의 의식 속에 기생하는 날조된 이야기였을 뿐인지는 현장 자료가 충분하지 않아 확단할 수 없어요. 다시 말해서 실제로는 존재하지도 않는 것이 살금살금 설득력을 얻어 그런 허구적 기생충이 정말 존재했다면 빚을 법한 결과를 빚었는지도 몰라요. 만약 그렇다면 허구 못지않게 역설도 혐오했던 우냐자족이 오히려 역설적으로 자기들이 창조한 집단적 망상을 진실이라고 확신했기에 자멸했다고 봐도 되겠죠.

　야스민은 밤중에 거울을 들여다보며 물었다. 그런데 그렇게 알쏭달쏭한 미스터 제로니모를, 말도 없고 친해지려는 시늉도 안 하는 그 노인네를 내가 왜 걱정하지? 키도 크고 잘생긴데다 우리 아버지처럼 자세가 꼿꼿하고, 아버지가 살아 계셨다면 그분이랑 동갑이라서 그럴까? 그래, 어쩌면 아버지에 관한 문제가 또 발동했는지도 몰라. 시인할 수밖에 없었다. 그래서 엉뚱한 사람을 보고 그리움에 빠져버린 자신에게 짜증을 낼 뻔했는데, 바로 그 순간 등 뒤에 누군가 불쑥 나타나는 바람에 몹시 놀라고 말았다. 침실 거울에 또렷이 비친 모습은 날씬하고 아름답고 젊어 보이는 여자였다. 온통 검은색 옷차림으로 책상다리를 하고 양탄자 위에 철퍼덕 앉았는데 이 양탄자는 아래층 사는 정원사처럼 10센티미터 허공에 둥실둥실 떠 있었다.

　도시의 정상적 활동이 마비되었건만 대부분의 사람들은 아직도 상황을 제대로 이해하지 못했고, 평범한 일상 속에서 느닷없이 터무니없는 일들이 벌어지는 바람에 얼이 빠져 어쩔 줄 몰랐다. 방금 전에 시스터 올비에게 지하실에서 벌써 몇 달째 계속되는 공중부양 현상을 눈감아주라고 타일렀던 블루 야스민도 예외가 아니었다. 야스민은 개가 짖는 듯한 비명을 지르며 홱 돌아보았는데, 웬일인지 두니아도 자기 앞에 서 있는 주황색 머리의 인간 암컷 못지않게 경악한 표정이었다.

두니아가 퉁명스럽게 말했다. "첫째, 미스터 라파엘 마네제스, 일명 제로니모한테 중요한 용무가 있는데, 누가 봐도 너는 내가 찾는 사람이 아니구나. 둘째, 귀도 평범하게 생겼고."

블루 야스민은 입을 열었지만 아무 소리도 낼 수 없었다. "제로니모 마네제스 몰라?" 비행 양탄자를 탄 여자가 여전히 짜증 섞인 목소리로 다그쳤다. 피곤한 하루였던 모양이다. "그 사람 집이 어디야?" 야스민은 손가락으로 방바닥을 가리키며 간신히 대답했다. "1층." 그러자 비행 양탄자에 올라앉은 여자가 넌더리난다는 표정을 지었다.

"이래서 내가 양탄자 타길 싫어한다니까. 망할 놈의 위치확인시스템이 걸핏하면 말썽이야."

어머니, 우리 여기서 떠나야 해요, 가능하다면 오늘밤 당장 이 집에서 피신해야 한다고요.

왜 그러니, 아들, 네 방에 괴물이 들어왔다고 그러니? 노멀, 얘한테 정신 좀 차리라고 말해다오.

아니, 이젠 어머니까지 형을 노멀이라고 불러요?

안 될 게 뭐냐, 지넨드라, 여긴 미국이잖니. 다들 이름을 바꾼다고. 이젠 너도 지미가 된 마당에 너무 까탈스럽게 굴지 마라.

알았으니까 그만합시다. 니르말 형, 어머니한테 여길 떠나야 한다고 말 좀 해줘. 여긴 안전하지 않다고.

노멀이라고 불러. 나 진담이야.

그럼 진담이라고 불러줄게.

지넨드라, 좋은 일자리도 주고 돈도 많이 주는 형한테 괜히 시비 걸지 마라. 형을 좀 공경해주면 안 되겠니?

어머니. 늦기 전에 빠져나가야 한단 말예요.

내 새들을 그냥 버리고 가잔 말이냐? 새들은 어쩌라고?

새 따위는 잊어버려요, 어머니. 여기 남아 있다가 그놈이 작심하고 다시 나타나면 큰 봉변을 당한다고요.

내가 네 방을 살펴봤어. 작은어머니가 가보라고 해서 들어가봤지. 이상한 점은 하나도 없더라. 모두 정상이라고. 벽에 구멍이 뚫리지도 않고 도깨비도 없어. 다 멀쩡하다니까.

어머니. 제발.

아들아. 어디로 가자는 거냐? 어디 갈 데도 없잖아. 네 어미는 환자야. 정처도 없이 떠돌다니 어림도 없는 일이지.

니르말 집이 있잖아요.

아니, 우리집에서 같이 살자고? 언제까지? 하룻밤? 십 년? 이 집은 어쩌고?

이 집은 위험지대야.

됐다. 헛소리 좀 그만해. 우린 그냥 여기서 살 거야. 더는 왈가왈부하지 마라.

그런 일이 몇 달째 이어졌고 결국 지미도 차츰 어머니 말씀이 옳았다고 믿게 되었다. 내가 두려워하던 일은 일어나지 않으리라, 웜홀도 두니아도 나트라지 히어로도 까마득한 옛날에 정신을 혼미하게 만드는 술이나 버섯이나 곰팡이 핀 빵 따위를 먹은 사람들이 흔히 보았다는 환상에 불과하리라, 정신과 치료를 받아야 할까, 약을 먹어야 할까, 내가 미쳐버렸을까. 그러다가 마침내 그날 밤이 들이닥쳤다. 어느 겨울밤, 눈 내리는 밤, 예사롭지 않게 높이 쌓인 눈, 살아 있는 사람들은 기억 속에서조차 유례를 찾을 수 없을 만큼 어마어마한 눈, 사람들이 최후의 심판이나 재앙으로 여길 만큼 엄청난 폭설. 당시 사람들은 모든 날씨를 그런 식으로 생각하게 되어버렸다. 캘리포니아주에 비가 내리자 너나없이 부랴부랴 방주를 만들었고, 조지아주에 진눈깨비가 휘몰아치자 마치 거대한 얼음괴물에게 쫓기는 사람처럼 자동차를 고속도로에 버려둔 채 허둥지둥 도망쳤다. 퀸스 일대에는 더운 나라에서 태어나 여전히 더운 나라를 꿈꾸는 사람도 많았고, 그들에게 눈 내리는 장면은 여전히 환상과 다름없었다. 이곳에 아무리 오래 살아도 눈은 변함없이 초현실적인 현상이었고, 마치 백마법으로 위장한 흑마법 같았고, 그리하여 그날 밤, 아니나 다를까 괴물이 정말 나타난 그날 밤, 그렇다, 흑마법이 마침내 현실이 되었건만 폭설이 마구 쏟아지는 바람에 도망치기도 쉽지 않았다.

그러나 그날 밤 지미는 달려야 했다. 그는 노멀의 회계사무소에서 집까지 허겁지겁—미끄러지고 넘어지고 다시 일어나 달리며—뛰어갔고, 조금 뒤에는 노멀도 옆구리를 움켜쥔 채 헉헉거리고 쌕쌕거리며 따라왔다. 화재 때문이었는데, 보라, 집이 있던 자리가 활활 타오르고, 집은 어디로 갔는지 불길만 이글거리고, 새들은 타죽거나 날아가버리고, 길 건너 보도 위에 딱딱한 의자 하나, 허공에 죽은 새들의 깃털만 둥실둥실 떠다니는 그곳에, 어머니의 오랜 삶을 송두리째 태워 없애는 불길이 훤히 마주보이는 그곳에, 열기에 눈이 녹아 작은 물웅덩이가 생긴 그곳에 놓인 그 의자에 어머니가 앉아 있고, 여기저기 그을리고 숯검정이 묻었지만 다행히 살아남았고, 주위에는 몇몇 소지품이 흩어져 있는데, 의자 옆에 스탠드 한 개, 공작 깃털로 만든 부채, 눈석임물에 젖어가는 사진틀 세 개, 어머니는 미동도 하지 않고, 말도 하지 않고, 어머니 너머에서 시뻘건 불길이 치솟는데, 왠지 이 시뻘건 불길은 연기를 뿜어내지 않고, 어째서 연기가 나지 않을까, 그런 생각을 하며 어머니 쪽으로 달려갈 때 소방대원의 목소리, 딱하게 됐군, 의자라도 좀 돌려놔드려, 굳이 저 꼴을 보여드릴 필요는 없잖아, 할머니가 안쓰럽네, 너무 추운 모양인데 불 쪽으로 더 가까이 옮겨드려라.

　화재의 원인에 대해서는 이론의 여지가 전혀 없는데, 그날 불덩이 속에서 나타난 거대한 마신을 모두가 보았기 때문이다. 남마족이 모두 그렇듯이 연기 없는 불에서 태어난 그는 이빨이 많고 얼굴은 곰보였다. 불길처럼 시뻘건 전포戰袍에 황금빛 장식문양, 벨트처럼 허리를 질끈 동여맨 길고 시꺼먼 턱수염, 녹색과 금색 칼집에 꽂아 왼쪽 허리춤의 수염 허리띠에 찬 장검 한 자루. 주무루드 샤였다. 지난번에는 애송이 지미를 골려주려고 나트라지 히어로의 형상을 취했지만 이번에는 무시무시한 참모습을 고스란히 드러냈다. 거마巨魔 주무루드, 흑마신의 우두머리인 그가 최측근 세 명을 거느리고 비행 항아리에 걸터앉아 인간세계로 날아든 그 순간 무작위적 괴사의 시대는 막을 내렸다. 이른바 '전쟁'의 시작이었다.

거마
주무루드와
세 친구

Zumurrud
the Great
and
His
Three
Companions

흑마신 주무루드 샤는 먼 옛날 실수로 또는 고의로 어느 왕의 목을 베어버리고 빼앗은 금관을 쓰고 다녔는데, 여마신 두니아조차 그 이름을 입에 올리기 꺼릴 만큼 무시무시한 마신이었다. 언젠가는 철학자 가잘리의 전속 마족이 된 적도 있지만 가잘리는 이 마신의 주인이 아니었다. 인간과 마족의 관계를 설명할 때 주인이나 종 같은 말은 어울리지 않는데, 마족이 인간에게 해주는 일은 주종 관계의 증거라기보다 온정이나 배려에 가깝고, 특히 마족이 어떤 덫, 예컨대 램프 따위에 갇혔다 풀려난 경우에는 보은의 의미이기 때문이다. 전설에 따르면 가잘리도 실제로 주무루드 샤를 그런 덫에서 풀어주었다. 지금은 이름마저 잊힌 어느 마법사가 이 마신을 파란 병에 가둬놓았던 것이다. 그리고 까마득한 옛날 가잘리는 고향 투스의 길거리를 돌아다니다 살굿빛 첨탑과 불가사의한 돌담이 있는 이 고대도시를 꼴사납게 뒤덮은 쓰레깃더미에서 불투명한 병

하나를 발견했는데, 제대로 수련한 철학자답게 병 속에 정령이 갇혔다는 사실을 한눈에 알아차렸다. 그는 짐짓 태연하게, 그러나 풋내기 도둑처럼 꺼림칙한 표정으로 병을 집어들고 감청색 유리에 입술을 바짝 붙인 채 조금은 지나치게 큰 소리로 신비로운 주문을 외웠다. 사로잡힌 마족과 대화를 시작하는 인사말이었다.

위대한 마신이여, 고귀한 마신이여,
나 이제 그대를 손아귀에 넣었노라.
그대를 자유로이 놓아주기 전에
어찌 보답하려는지 말해보시라.

유리병 속의 조그맣게 축소된 마신의 목소리는 만화영화에 등장하는 말하는 생쥐의 목소리와 비슷하다. 그렇게 찍찍거리는 가냘픈 목소리에 속아버린 인간, 사로잡힌 마족이 어김없이 내놓는 거짓말에 홀라당 넘어가버린 인간이 수두룩하다. 그러나 가잘리는 결코 만만찮은 인물이었다.
마신은 이렇게 대답했다.

흥정하려 들지 말고 냉큼 열어라.
약한 자는 흥정하나 강한 자는 잘 아나니,
대가 없이 이 몸을 놓아주는 자
영원토록 지복을 누리리라.

그러나 가잘리는 이 유치한 속임수에 대처하는 요령을 알고 있었다.

> 나 이미 그대 족속을 익히 아노라!
> 갇힌 채로 먼저 굳게 약속하시라!
> 세상에 둘도 없는 바보가 아니고서야
> 서약도 듣기 전에 어찌 마족을 풀어줄꼬.

주무루드 샤는 선택의 여지가 없음을 깨닫고 흔히 말하는 세 가지 소원을 제안했다. 가잘리는 일반 공식을 조금 변경한 말로 마신의 제안을 받아들이며 계약을 매듭지었다.

> 언제든 어떤 달이 뜨는 밤이든
> 그대에게 소원을 청하오리다.
> 언제든 내 소원 하나 둘 셋
> 바라건대 신속히 들어주시라.

이윽고 해방된 마신은 원래의 엄청난 몸집으로 팽창했고 가잘리의 두 가지 특징에 감탄했다. 가잘리는 상당히 남다른 인간이었다. 첫째, 조금도 겁먹지 않았다. 공포는—수세기 후 젊은 지미 카푸르도 깨닫겠지만—주무루드의 무시무시한 참모습을 보았을 때 '예의상' 꼭 필요한 반응일 뿐만 아니라 대체로 본능적인 반응이었다. 그러나 흑마신은 조금 어리둥절할 수밖에 없었다. "이 인간은 무서워하지 않는구나." 그것이 첫번째 특징이었다. 둘째, 곧바로 요구사항을 내놓지 않았다! 전례 없는 일이다. 막대한 재산, 더 큰 성기, 무한권력…… 이 세 가지는 일찍이 인간 수컷이 마족에게 빌었던 대표적 소원 목록에서도 최상위를 차지하는 소원이다. 소원에 대한 인간 수컷의 사고방식은 놀랍도록 상상력이 부족하다. 그런데 소원이 없다? 세 가지 소원을 모조리 유예한다? 무례한 짓이라고 해도 과언이 아니다. 주무루드 샤는 버럭 호통을 쳤다. "바라는 것이 없음이라? 없음은 내가 줄 수 있는 것이 아니다." 철학자 가잘리는 고개를 갸우뚱하고 한 손으로 턱을 만졌다. "보아하니 그대는 무無에도 물성物性이 있다고 여기는구려. 엄밀히 말하자면 무라는 것은 본디 사물이 아니므로 주고받을 수 없는데 그대는 비非사물마저 사물의 한 형태로 간주했소. 토론해볼 만한 문제요. 아무튼 마신이여, 나는 사사로운 욕심이 별로 없는 사람이외다. 막대한 재산도 더 큰 성기도 무한권력도 필요하지 않소. 그러나 언젠가는 더 큰 수고를 청할지도 모르겠소. 그때 알려드리리다. 지금은 일단 가보시오. 그대는 자유의 몸이오."

주무루드 샤가 다그쳤다. "그때가 언제쯤이냐? 내가 좀 바빠질 예정이거든. 너무 오랫동안 병 속에 갇혀 지내서 앞으로 할일이 많다."

"그때 가봐야 그때인 줄 알겠지." 가잘리는 그렇게 얄미운 말을 내뱉고 책으로 눈길을 돌렸다. 주무루드 샤가 말했다. "모든 철학자에게, 모든 예술가에게, 더 나아가 인류 전체에게 침을 뱉노라." 그러더니 몸을 휘돌려 깔때기 모양의 격렬한 소용돌이로 둔갑해 이내 사라져버렸다. 그로부터 시간이 흘러 몇 년이 지나고, 수십 년이 지나고, 가잘리는 죽고, 그의 죽음과 동시에 계약도 파기되었다. 어쨌든 마신은 그렇게 믿었다. 이윽고 두 세계 사이의 틈새에 먼지가 쌓여 출입구가 막혀버렸고, 주무루드는 마계 페리스탄에서 오랫동안 인간세계를 아주 잊고 끝내 소원을 말하지 않은 그 인간도 아주 잊고 지냈다. 그렇게 몇 세기가 지나가고, 새천년이 시작되고, 두 세계를 갈라놓은 봉인이 부서지기 시작하고, 마침내 콰앙! 그는 이 나약한 생물이 사는 세계로 다시 건너왔는데, 바로 그때 별안간 머릿속에서 출두를 명하는 목소리가 들려왔으니, 죽은 인간의 목소리, 티끌의 목소리, 아니 티끌만도 못한, 망자의 티끌이 있던 자리에 남은 공허의 목소리였는데, 어찌된 영문인지 그 공허가 되살아났고, 어찌된 영문인지 이 공허는 망자의 사고력을 그대로 지녔고, 그런 공허가 주무루드에게 어서 나타나 첫번째 큰 소원을 들으시라 명령하고 있었다. 계약에 묶인 몸인지라 선택의 여지가 없지만 그는 이 계약이 사후에는 무효라고 따질 생각이었는데, 문득 가잘리의 남달랐던 문장이 떠올랐고, 언제든 어떤 달이 뜨는 밤이든, 언제든 내 소원 하나 둘 셋, 깜박 잊고 사망에 대한 단서 조항을 추가하지 않았으므로(앞으로 언제라도 혹여 세 가지 소원의 계약을 다시 맺는 일이 생긴다면 이 단서를 절대절대 잊지 않으리!) 채무는 변함없이 수의처럼 온몸을 휘감은 상태였고, 그는 결국 공허가 원하는 일을 무엇이든 들어줘야 한다는 사실을 깨달았다.

흑마신은 여전히 풀리지 않은 분노를, 푸른 병 속에 갇혀 기나긴 세월을 보내야 했던 울분을 상기하며 고스란히 불러모았고, 자신을 가둬버린 자가 속한 인류 전체에게 기필코 앙갚음을 하리라 결심했다. 우선 죽은 인간에게 진 보잘것없는 빚부터 갚고 복수를 시작하리라. 그렇게 맹세했다.

주무루드 샤의 분노에 대하여. 16세기 인도에서 무굴 황제 악바르 대제를 받들던 탁월한 궁중화가들이 주무루드를 비하하여 그를 모욕했다. 얼추 사백사십 년 전에 그는 영웅 함자*의 모험을 그린 〈함자나마〉 연작에 여러 차례 등장했다. 보라, 여기ㅡ이 그림 속에서!ㅡ주무루드는 동료 흡혈마 라임과 발광마發光魔 루비를 만나 새로운 흉계를 꾸민다. 속닥속닥 낄낄 쉿쉿. 그들의 머리 위에는 주황색과 흰색 닫집이 있고 그 너머에는 돌로 만든 구름처럼 잔뜩 부풀어오른 바위산이 있다. 긴 뿔이 달린 황소들을 끌고 온 여러 남자가 무릎을 꿇고 충성을 맹세하는데, 어쩌면 맹세swear가 아니라 그냥 욕설swear인지도 모른다. 주무루드 샤를 직접 보면 아무리 착한 사람도 저절로 욕지거리를 내뱉을 만큼 흉악스럽기 때문이다. 괴물이고 공포스러운데다 거대하기까지 하다. 몸집이 인간의 열 배나 되고 성깔은 스무 배나 사납다. 창백한 안색, 길고 검은 턱수염, 찢어져라 웃어대는 입. 그 입속에는 사람을 잡아먹을 만한 이빨이 가득해 고야가 그린 사투르누스처럼 살기등등하다. 그러나 이 그림은 주무루드를 모독했다. 왜냐고? 그를 유한한 존재로 묘사했기 때문이다. 물론 거대하지만 마신의 모습은 결코 아니다. 연기 없는 불이 아니라 한낱 피와 살로 이루어진 생물. 흑마신에게는

---

* 예언자 무함마드의 삼촌.

크나큰 모욕이 아닐 수 없다.

(차차 알게 될 일이지만 흑마신 주무루드는 인간의 고기 맛을 그리 좋아하지 않았다.)

악바르의 보석궁전에 모인 탁월한 예술가의 그림 속에는 주무루드 샤의 섬뜩한 형상이 여러 차례 등장하지만 승자의 모습인 경우는 매우 드물다. 대부분은 전설적인 영웅 함자에게 패배한 적의 모습일 뿐이다. 여기 이 그림에서는 수하 병사들과 함께 함자의 군대에 쫓겨 저 유명한 비행 항아리를 타고 황망히 도망친다. 또 이 그림에서는 몇몇 정원사가 과일 도둑을 잡으려고 파놓은 구덩이에 빠져 성난 원예가들에게 호되게 두들겨맞는 굴욕을 겪는다. 화가들은 전사 함자를—그리고 이 허구적 인물 묘사를 통하여 현실에서 그림을 의뢰한 영웅 황제까지—열심히 미화하느라 주무루드 샤를 마음껏 괴롭혔다. 그는 덩치만 커다란 얼간이였다. 항아리를 날리는 마법조차 그의 능력이 아니었다. 비행 항아리는 함자의 공격을 벗어나 무사히 피신하라고 주무루드의 친구인 주술마呪術魔 자바르다스트가 보내준 것이었다. 이 자바르다스트라는 이름은 '최강'이라는 뜻인데, 예나 지금이나 주무루드 샤와 함께 흑마족을 통틀어 가장 막강한 힘을 가진 흑마신으로 손꼽혔다. 그는 온갖 주술 중에서도 공중부양의 재간이 특히 뛰어났다. (뱀도 잘 다뤘다.) 만약 무굴제국의 궁정화가들이 이 흑마신들의 실체를 제대로 알았다면 함자의 싸움을 훨씬 더 험난하게 그렸으리라.

그것이 한 가지 이유였다. 그러나 설령 무굴제국의 화가들이 실상을 왜곡하지 않았더라도 주무루드 샤는 여전히 인류를 적대시했을 것이다. 그는 인간성 자체를 경멸했기 때문이다. 마치 인류의 복합성을 자신에 대한 모독으로 여기는 듯했다. 인간의 불쾌하기 짝이 없는 모순적 언행, 스스로 해소하거나 바로잡으려는 시도조차 하지 않는 온갖 자가당착, 예컨대 이상주의와 탐욕, 너그러움과 옹졸함, 진실과 거짓이 마구 혼재하는 천성. 그러므로 바퀴벌레에게 예절을 갖출 필요가 없듯이 인간도 진지하게 상대할 가치가 없다. 기껏해야 장난감에 불과하니까. 더구나 그는 누구보다 잔인한 마신이었고 마음만 먹으면 재미삼아 인간을 죽일 터였다. 다시 말하자면 설령 철학자 가잘리가 아무것도 모르는 세상에 주무루드 샤를 풀어놓지 않았더라도 이 마신은 스스로 세상을 휩쓸어버렸을 것이라는 뜻이다. 그의 성격과 그가 받은 주문이 일치했다. 어쨌든 죽은 철학자의 주문은 명료했다.

"두려움을 심어주시오." 가잘리가 말했다. "두려움만이 죄 많은 인간을 하느님께 이끌어줄 수 있소. 두려움은 하느님의 일부분이오. 절대자의 무한한 권능과 인과응보 앞에서 나약한 피조물 인간에게 어울리는 반응이라는 의미에서 말이오. 두려움은 곧 하느님의 메아리라고 말할 수도 있겠소. 그 메아리를 들을 때마다 사람들은 무릎을 꿇고 자비를 애원하지. 지상의 일부 지역에서는 이미 하느님을 두려워하고 있소. 그런 곳은 굳이 건드리지 마시오. 인간의 교만이 팽배한 곳, 인간이 스스로를 신처럼 여기는 곳, 그런 곳을 찾아가 무기고와 환락가를, 그리고 기술과 지식과 재산을 떠받드는 신전을 때려부수시오. 하느님은 곧 사랑이라고 부르짖는 감상적인 지역도 찾아가시오. 가서 진실을 보여주시오."

그러자 주무르드 샤가 대답했다. "하느님에 대해, 하느님의 본성이나 심지어 존재 여부에 대해서조차 내가 굳이 네 말에 동의할 필요는 없지. 지금까지도 앞으로도 그 문제는 결코 내 소관이 아니다. 마계에서는 종교에 대해 이야기하지 않는다. 거기서 우리의 일상생활은 이곳 지상의 삶과는 전혀 다른데, 내 입으로 말하긴 쑥스럽다만 훨씬 더 고상하지. 그 이야기도 꽤나 흥미진진하지만 네놈은 죽어서도 꼬장꼬장한 골샌님이 분명하니 자세한 설명은 생략하마. 아무튼 철학은 따분한 놈이나 좋아하고 신학은 철학보다 더 지루하지. 그렇게 고리타분한 문제는 이 먼지투성이 무덤에서 너 혼자 고민해라. 어쨌든 네 소원은 기꺼이 들어주마. 내게도 즐거운 일이니까. 다만 조건이 하나 있다. 사실상 여러 가지 활동을 요구한 셈이니 이 일이 끝나면 세 가지 소원을 모두 들어준 걸로 치자."

"그럽시다." 공허가 된 가잘리가 대답했다. 망자도 즐겁게 웃을 수만 있었다면 이 죽은 철학자도 기쁨에 겨워 박장대소했으리라. 마신도 그런 속내를 알아차렸다. (마족도 이렇게 민감할 때가 있다.) 주무르드가 물었다. "뭐가 그리 좋으냐? 방심한 세상에 대혼란을 일으키는 게 웃을 일이냐."

가잘리는 이븐루시드를 떠올리고 있었다. 그는 주무르드 샤에게 말했다. "내 사상적 숙적은 장차 세월이 흐르면 인간이 신앙을 버리고 이성 쪽으로 돌아서리라 확신하는 가련한 바보요. 합리적 사고에는 온갖 결함이 있는데 말이오. 나야 물론 생각이 전혀 다르지. 지금껏 여러 차례 그자를 꺾었지만 우리 논쟁은 아직도 이어지고 있소. 그리고 이렇게 지혜를 겨루는 싸움에서 비밀병기를 확보

하면 꽤나 유리하겠지. 비장의 무기랄까, 적시에 써먹을 만한 으뜸
패 말이외다. 위대한 주무루드여, 여기서는 그대가 바로 그 으뜸패
요. 나는 그 바보가 머지않아 낭패를 보고 결국 필연적 패배를 당
하는 순간을 손꼽아 기다리겠소."

마신이 말했다. "철학자라는 자들이 어린애 같구나. 나는 예나 지
금이나 아이를 싫어하지."

그는 비웃으며 떠나갔다. 그러나 때가 되면 다시 가잘리에게 돌
아와 망자의 티끌이 하는 말을 듣게 되리라. 때가 되면 종교를, 그
리고 하느님을 섣불리 깔보지 못하리라.

자바르다스트에 대한 부연 설명. 그 역시 인간 여마법사에게 붙
잡힌 적이 있는데, 이는 남자 마법사에게 사로잡힌 경우보다 더욱
치욕적인 일이었다. 이 분야를 연구하는 사람들에 따르면 영국 중
세 문헌에서 제 오라비와 잠자리에 들어 근친상간을 저지르고 마
법사 멀린을 수정동굴에 가두기도 했던 악독한 마녀 모르가나*가
바로 그 장본인이라고 한다. 이것은 우리가 몇몇 작가에게 들은 이
야기다. 사실인지는 장담할 수 없다. 자바르다스트의 탈출과정을
밝힌 기록도 없다. 그러나 자바르다스트가 주무루드 못지않게 인
류를 증오한다는 것은 널리 알려진 사실이다. 다만 주무루드의 경
우는 뜨거운 분노였다. 자바르다스트의 노여움은 만년빙만큼이나
차디찼다.

---

* 아서왕 전설에 등장하는 여인으로 아서왕의 이부(異父) 누이.

그 시절, 즉 괴사의 시대와 곧이어 벌어진 이계전쟁 당시 미국 대통령은 남달리 현명한 남자였는데, 달변일 뿐만 아니라 사려 깊고 세심해 말과 행동이 신중하고, 춤도 (영부인만큼은 아니지만) 잘 추고, 노여움은 적은 반면 웃음은 많고, 신앙심이 깊으면서도 사리에 맞게 행동한다고 스스로 믿고, (귀가 좀 튀어나오긴 했으나) 잘생기고, 부활한 시나트라*처럼 (노래하기는 싫어했으나) 태평하고, 색맹인 사람이었다. 실리적이고 현실적인 그는 늘 지면을 단단히 딛고 있었다. 결과적으로 거마 주무루드의 도발행위에 적절히 대처할 만한 능력이 전혀 없었다. 주무루드의 도발은 기상천외하고 엉뚱하고 괴상망측했기 때문이다. 게다가 이미 언급했듯이 주무루드는 혼자가 아니었고, 주술마 자바르다스트, 자칭 '영혼 조종사' 발광마 루비, 혓바닥이 톱날처럼 생긴 흡혈마 라임을 거느리고 한꺼번에 들이닥쳤다.

초기 공격에서는 주로 라임이 두각을 나타냈다. 야행성 둔갑마족인 그는 낮에는 대개 조그맣고 가무잡잡하고 뚱뚱하고 눈에 안 띄는 모습으로 아라크주**에 취해 곯아떨어지기 일쑤였지만 어떻게든 깨우기만 하면 긴 송곳니가 달린 거대한 짐승으로 변신해 어둠 속에서 육지든 바다든 하늘이든 마음대로 휘저었는데, 수컷일 때도 있고 암컷일 때도 있지만 어느 쪽이든 인간이나 금수의 피를

---

* 미국 가수이자 영화배우 프랭크 시나트라.
** 인도나 동남아시아 등지에서 야자수 수액, 코코넛 물, 당밀, 쌀 등을 발효해 만드는 증류주.

찾아다녔다. 지킬과 하이드 같은 이 마신은 역사적 기록에 제일 먼저 등장한 마귀 중 하나로 가는 곳마다 엄청난 공포를 불러일으켰는데, 어쩌면 라임이야말로 전 세계 흡혈귀 이야기의 기원일지도 모른다. 일본 전설에서 망자가 남녀 또는 금수의 모습으로 나타나 피를 들이켜는 아귀, 필리핀 전설에서 흔히 여인의 모습을 하고 긴 대롱 모양의 혀로 피를 빨며 특히 아이들의 피를 좋아한다는 아스왕, 아일랜드의 디어그듀, 독일의 알프, 혀끝에 가시가 달리고 피웅덩이에서 잠을 잔다는 폴란드의 끔찍한 괴물 우피르, 그리고 당연히 빠뜨릴 수 없는, 대부분의 독자와 영화 관객이 이미 잘 아는 (그러나 대체로 잘못 아는) 트란실바니아 흡혈귀, '용'을 뜻하는 그 이름, 블라드 드라큘. 아무튼 이계전쟁 발발 당시 라임은 물로 뛰어들었고, 어느 어두운 오후에 거대한 바다괴물의 모습으로 겨울 항구에 불쑥 나타나 스태튼섬 연락선을 삼켜버렸다. 공포의 물결이 뉴욕 전역을 휩쓸며 퍼져나갔고 대통령이 온 국민의 두려움을 달래고자 텔레비전에 출연했다. 그러나 그날 밤은 말 잘하기로 소문난 통수권자마저 창백해진 얼굴로 전전긍긍했고, 평소 자주 내뱉던 큰소리도—우리는 그때까지 잠들지 않고, 책임자들은 반드시, 미합중국을 해하는 자는 죽음을 각오해야, 무슨 일이 있어도, 친애하는 국민 여러분, 이 범죄행위를 기필코 응징하여—공허하고 무력하게 들릴 뿐이었다. 대통령에게는 이번 공격자를 상대할 만한 무기가 전혀 없었다. 그는 말만 앞세우는 대통령이 되었다. 많은 대통령이 그렇듯이, 아주 오랫동안 모든 대통령이 그랬듯이. 모두가 더 나은 모습을 기대했건만.

주무루드의 막강한 세 동료 중 두번째인 발광마 루비로 말하자면 미혹술 하나는 자기가 최고라고 믿는 마신이었다. (그러나 주술마 자바르다스트는 자기가 훨씬 더 뛰어나다고 생각했다는 사실을 밝혀둬야겠다. 흑마신들의 자만심과 경쟁심은 아무리 강조해도 지나치지 않다.) 발광마 루비의 특기는 먼저 사람의 심장에 미혹술을 걸어 의지를 꺾어놓고 그의 육체로 들어가 무시무시한 짓이나 굴욕적인 짓이나 비밀을 자백하는 짓, 혹은 세 가지를 한꺼번에 하게 만드는 것이었다. 처음에는 전 세계에서 가장 막강한 민간금융기관의 최고 지배자 대니얼 아로니가 미치광이처럼 횡설수설하기 시작했는데, 그때만 해도 사람들은 그의 몸속에 발광마 루비가 들어갔다는 사실을 상상조차 못했으므로 문자 그대로 신들린 사람의 행동이라는 사실도 알아차리지 못했다. 루비는 꼬박 나흘이 지나서야 '맥' 아로니의 육체를 신들림에서 풀어주었는데, 하늘 높이 위치한 총괄본부의 웅장한 로비에서 이 가엾은 사내가 화려한 카펫 위에 망가진 인형처럼 풀썩 쓰러졌을 때 비로소 우리 선조들은 진실을 깨달았다. 몸이 길고 깡말라서 옆으로 돌아서면 안 보일 정도인 이 마신은 쓰러진 재계 거물 주위를 경중경중 뛰어다니며 소리쳤다. "전 세계에서 돈을 다 쓸어모아도 모자란다. 저마다 꿍쳐둔 황금을 죄다 합쳐도 네놈들은 내 손아귀를 못 벗어난다." 전 세계에서 가장 막강한 민간금융기관에서 자그마치 여섯 층을 차지하는 광활한 거래장의 직원들은 수백 개의 대형 고화질 평판 모니터를 통해 의식을 잃은 채 파멸을 예고하듯 가물거리는 총수의 모습을 보고 눈물을 펑펑 쏟으며 두려움에 떨었다. 주무르드 샤가 죽은 철학자의 소원을 들어주려 도움을 청했고 발광마 루비는 임무를 훌륭히 완수했다.

아직도 종적이 묘연한 테리사 사카 콰르토스의 손에 친구 세스 올드빌이 목숨을 잃은 후 대니얼 '맥' 아로니는 어둠 속으로 빠져들었다. 인생은 가혹해서 많은 시련을 주지만 강한 사람은 그런 우발적 사건들을 견뎌내고 앞으로 나아간다. 그는 스스로 강한 남자라고, 두 주먹 불끈 쥐고 맞서 싸우는 남자라고 생각했다. 지금 유리로 뒤덮인 고층빌딩에서 일하는 칠천오백 명에게는 그런 사람이 꼭 필요하다. 일을 밀어붙이는 사람, 직원들이 원하는 세상을 창조하고 수호하는 사람. 그는 그런 세상을 구상했고 그 세상은 그의 구상대로 움직였다. 그것이 그의 일이었다. 이런저런 난관도 있었다. 몸 파는 여자들의 배신, 유력인사의 문란한 생활을 파헤치는 간행물, 부정거래를 폭로하는 측근, 암, 과속 자동차 사고, 활강코스가 아닌 고난도 구간에서 스키를 타다 죽은 사람, 관상동맥질환, 자살, 제 잇속 차리려고 공격성을 드러내는 경쟁자나 아랫것, 사리사욕을 위해 지나친 간섭을 일삼는 공무원. 그는 이 모든 일을 웃어넘겼다. 직무의 일환에 불과하니까. 누군가 책임을 져야 한다면 누군가 책임을 지면 그만이다. 추락마저 속임수일 때도 있다. 영화 〈현기증〉에서 킴 노백은 두 번이나 추락했지만 두번째만 진짜였다. 그런 개수작이 벌어진다. 수시로 벌어진다.

진정한 현실이란 대부분의 사람들이 믿는 그것과는 전혀 다르다는 사실을 그는 잘 안다. 세상은 평범한 시민이 감당할 수 없을 만큼 거칠고 사납고 기이하다. 평범한 시민은 진실을 외면하고 베일로 눈을 가린 채 무지한 상태로 살아간다. 베일을 벗고 세상을 바라보면 두려워지고, 확신이 무너지고, 기가 꺾이고, 결국 술이나 종교로 도피하게 된다. 이 세상은 원래 그대로가 아니라 그가 만들어놓은 세상이다. 그는 스스로 구상한 세상에 살고, 이 세상을 잘 다루고, 이 세상을 움직이는 조종간이나 엔진, 끄나풀이나 열쇠가 무엇인지, 어떤 단추는 눌러야 하고 또 어떤 단추는 누르지 말아야 하는지 안다. 그가 창조하고 조종하는 진짜 세상이니까. 험한 세상이지만 상관없다. 그는 강인한 사람이고 자신과 같은 사람들을 칠천오백 명이나 거느리고 있으니까. 그가 고용한 강자 중 다수가, 어쩌면 대부분이 화려한 삶을 원하고, 그래서 카사 드라고네스 테킬라와 최상급 여자를 좋아하며 당당히 과시한다. 그는 그런 식으로 살지 않지만 건강관리는 철저히 한다. 중역실에서처럼 유도 매트 위에서도 누구나 두려워하고, 벤치프레스를 할 때는 나이가 절반도 안 되는 젊은 놈들보다 더 무거운 중량을 거뜬히 들어올린다. 아직 창가 자리를 차지하지 못하고 사옥 안쪽 공간에 일류 타이피스트처럼 옹기종기 모여 앉은 녀석들, 괴물의 뱃속에 들어온 녀석들. 이제 젊음은 젊은 놈만의 특권이 아니다. '맥' 아로니는 골프나 테니스 같은 늙은이 운동도 즐겼지만 색다른 운동을 해보고 싶어 바닷가를 전전하며 서핑의 달인이 되었고, 괴물처럼 거대한 파도를 찾아다니며 그 습성을 익혔고, 지금은 자신의 한계를 뛰어넘으며 스릴을 만끽한다. 와이즈뮬러가 연기한 타잔처럼 굳이 가슴을 평평 두드릴 필요는 없다. 무슨 일이 닥치든 감당할 자신이 있으니까. 그는 덩치 큰 유인원이니까. 유인원의 왕이니까.

그러나 세스 올드빌이 당한 일은 좀 달랐다. 그 사건은 선을 넘어버렸다. 여자의 손끝에서 번개가 치다니. 그가 아는 우주의 법칙에 어긋나는 일이다. 혹시 누군가 세상의 구도를 새로 짜는 중이라면 어떻게든 그 작자를 만나 대화를 나눠보고 설득해야 한다. 가능과 불가능의 법칙마저 바꿔버리는 일은 그들의 몫이 아니라는 점을 납득시켜야 한다. 처음에는 불쾌하고 화가 났지만 이런저런 괴사가 거듭되자 그는 무시무시한 침묵에 빠져들었다. 목이 목깃 안으로 쑤욱 들어가면서 커다란 머리통이 어깨에 맞닿아 두꺼비 같은 모습이었다. 강물이 내려다보이는 사옥에서 사람들이 자유의여신상과 텅 빈 항구를 내다보고 있었다. 연락선과 승객들이 먹혀버린 후 모든 배가 항구를 빠져나가 도망쳐버렸고, 부둣가의 기이한 적막에 귀를 기울이며 임직원들은 똑같이 낯설기만 한 아로니의 침묵 때문에 온 세상이 숨죽인다고 생각했다. 뭔가 불길한 일이 수면 아래에서 부글부글 끓고 있었다. 그때 아로니가 드디어 입을 열었고 불길한 일이 백일하에 드러났다. 칠천오백 명이 상상조차 못했던 어마어마한 발언이었다.

흑마신에게 사로잡힌 대니얼 '맥' 아로니의 언행은 이랬다. 신들림 제1일, 그는 자신과 회사가 국제적 음모에 가담했으며 공모자는 국제통화기금, 세계은행, 미국 재무부 및 연방준비은행이라고 〈월스트리트 저널〉에 밝혔다. 제2일, 언론의 관심이 집중된 가운데 블룸버그 텔레비전에 출연해 공모자들의 전략 첫 단계를 자세히 설명했는데, 요컨대 '세계 총생산의 열여섯 배에 달하는 파생

상품 부채를 도입하여 미국 국내경제를 붕괴시키는 것'이었다. 그는 자랑스럽게 덧붙였다. "이 목표는 이미 달성했습니다. 지금 미국은 생활보호를 받는 노동자가 일억 백만 명으로 정규직 노동자 구천칠백만 명을 넘어섰다는 사실만 봐도 분명하죠." 제3일, 사퇴 또는 즉각 해임을 요구하는 목소리가 빗발치는 가운데 진보 성향의 MSNBC 방송에 출연해 '제3차 세계대전이 백 퍼센트 확실하게 일어나도록 판을 짜는 작전'에 대해 설명했다. 그가 곧이어 내뱉은 말에 스튜디오 곳곳에서 경악의 탄성이 터졌다. "그 일도 성공하기 직전입니다. 우리는 미국과 이스라엘이 중국과 러시아와 전쟁을 벌이도록 부추겼습니다. 여기에는 표면적 동기와 진짜 동기, 이렇게 두 가지 동기가 있는데, 첫째, 표면적 동기는 시리아와 이란이고, 둘째, 진짜 동기는 오일달러의 가치를 유지하기 위함입니다." 제4일, 면도도 안 하고 머리도 헝클어지고 며칠째 잠도 못 잔 듯한 모습으로 자신의 임직원들 앞에 선 그는 마이크를 손에 쥐고 미친 사람처럼 중얼거리며 느긋하게 좌우로 눈길을 돌려 지지를 호소했다. "우리는 곧 위장 행사를 열어 기필코 대통령제를 폐지하고 계엄령을 선포해 다가오는 세계 종말에 대항하는 모든 세력을 제거할 계획이오. 여러분은 결국 세계정부와 단일경제체제가 지배하는 세상에서 살게 될 거요. 그게 바로 우리 모두가 원하는 미래지. 안 그렇소? 내 말이 틀렸소?"

모두가 경악했다. 임직원이 하나둘씩 자리를 피했다. 그들의 눈앞에 버섯구름이 생생히 떠올랐고, 컨트리클럽 회원권과 유복한 결혼생활에 대한 희망은 물거품처럼 사라져버렸다. 자녀가 죽어가고 집이 무너지는 장면이 눈에 선한데, 그런 일이 벌어지기도 전에 분노의 폭풍이 휘몰아쳐 이 거대 조직을 송두리째 무너뜨리고 그들의 재산도 모조리 날려버릴 터였다. 그러나 그들은 대니얼 아로니가 몰락해버린 현장을 떠나기 전에 쓰러지는 거물의 몸뚱이에서 승리의 환호성을 지르며 빠져나오는 흑마신 즉 발광마 루비의 모습을 보았다. 이 초자연적 존재를 보고 우뚝 서버린 사람도 많았지만 나머지는 비명을 지르며 계단 쪽으로 달려갔다. 발광마 루비가 웃어대자 몇몇 직원은 기절해버렸고, 두 명은 심장마비로 사망했고, 살아남은 사람들은 이 사건을—친구 세스 올드빌의 죽음을 보고 '맥' 아로니가 그랬듯이—파멸의 전조로 여겼다. 그들이 갈망하던 모든 것이 일시에 사라져버렸고 이제 이 세상은 형언할 수 없이 무시무시한 누군가가 지배하는 곳이었다. 그런데 아로니는 그를 사로잡은 마귀가 시키는 대로 터무니없는 말을 내뱉었을 뿐일까, 아니면 저 위대한 남자가 미치광이 같은 속내를 드러내게 만든 것이야말로 이 괴물의 진정한 마력이었을까? 혹시 후자라면…… 정말 세계 종말이 가까워진 것일까? 발광마 루비는 다들 그렇게 생각하길 바라는 것이 분명했다. "콰쾅! 콰콰쾅! 파멸을 각오하라! 두두둥!" 신나게 소리치더니 옆으로 돌아서서 사라져버렸다.

기나긴 세월 동안 주술마 자바르다스트는 전형적인 마법사의 모습이었다. 치렁치렁한 수염, 긴 모자, 지팡이. 미키마우스의 스승과 회색마법사 간달프와 자바르다스트가 만났다면 죽이 잘 맞았을 것이다. 그러나 자바르다스트는 자신의 이미지를 늘 의식했는데, 두 세계 사이의 봉인이 깨져 출입구가 다시 열린 지금, 잭슨하이츠에 페리스탄으로 이어지는 웜홀의 관문이 밤낮없이 열려 있는 지금, 자바르다스트는 적당한 차림새를 찾으려고 영화와 잡지를 연구했다. 무엇보다 마음에 든 것은 천년 묵은 백사와 사랑에 빠지는 이야기를 다룬 영화에서 이연걸이 보여준 근사한 모습이었다.*잠시나마 이연걸을 닮고 싶었다. 이참에 차림새를 파격적으로 현대화해볼까, 이 무협 영웅처럼 하얀 승복을 입고 염주목걸이를 걸고 머리도 밀어버릴까 한동안 고민하기도 했다. 그러나 결국 변신을 포기했다. 나잇값 좀 해라. 그렇게 자신을 타일렀다. 그가 원하는 것은 쿵후 스타의 모습이 아니었다. 신의 모습을 보여주고 싶었다.

자바르다스트의 특기는 공중부양, 즉 중력을 거스르는 능력이었다. 일찍이 저 유명한 비행 항아리를 만들어 수많은 마족이 자가용 비행기로 이용하게 했던 그는 날아다니고 싶어하는 마녀에게 마법의 빗자루, 마법의 구두, 심지어 스스로 떠오르는 모자까지 보급했고, 그런 수고의 대가로 황금과 보석을 받아 엄청난 재산을 모았다. 귀금속과 보석을 좋아하는 마족의 취향은 이미 널리 알려진 데다 기록도 많은데, 저명한 학자들의 연구에 따르면 이런 취향은 마계에서 끊임없이 벌어지는 질탕한 난교에서 비롯했다고 한다. 여자 마족이 반짝거리는 물건을 워낙 좋아했기 때문이다. 음란한 여자 마족을 황금침대에 눕혀놓고 머리카락과 목과 허리와 발목에 각종 보석을 주렁주렁 걸어주기만 하면 옷 따위는 아랑곳하지

---

* 〈백사대전〉(2011).

않고 남자 마족의 욕망을 무한정 채워주었다. 자바르다스트는 마계에서 손꼽히는 부자일 뿐만 아니라 성교에도 남달리 적극적이었다. 비행 마법으로 벌어들인 재산 덕분에 종종 극단적인 행위까지 즐길 수 있었다.

이계전쟁 초기에 자바르다스트는 여기저기서 유령 소동을 마구 일으켜 공포를 확산했다. 세련되고 깨지기 쉬운 물건이 많은 고급 디자인 전시장에서 소파가 이리저리 날아다니고, 위험하게 끼어들던 택시가 다른 차량의 지붕 위로 휙 날아가고, 보도를 걷는 행인의 머리 높이로 맨홀 뚜껑이 쏜살같이 지나갔다. 마치 거대한 원반이 신앙심 없는 자의 목을 치려고 날아가는 듯했다. 실제로 신앙심 없는 자가 표적이었지만 이 나라는 결코 신앙심이 없는 곳이 아니라고 자바르다스트는 주무루드에게 투덜거렸다. 오히려 신앙심이 지나치다. 무신론자는 매우 드물고 여기저기서 온갖 신을 찬양하고 숭배한다. 그러자 주무루드가 대꾸했다. "상관없어. 다들 이 미개한 나라에서 태어났거나 여기 와서 살잖아. 그걸로 충분해."

공중부양 묘기를 선보이는 사이사이에 주술마 자바르다스트는 아무것도 모르는 사람들 속에 재미삼아 수많은 독사를 풀어놓았다. 이 뱀떼도 실은 마족이었는데, 비교적 저급한 마족으로 그의 종복이나 애완동물 같은 놈들이었다. 주술마 자바르다스트는 자기가 풀어놓은 이 뱀들을 진심으로 좋아했지만 깊이 사랑하지는 않았다. 그는 깊은 감정을 느끼는 마신이 아니었다. 마족은 깊은 감정에 별로 관심이 없다. 다른 차이점도 많지만 이 점에서도 여마신 두니아는 예외적인 경우였다.

자바르다스트의 뱀 한 마리가 나선형 미끄럼틀처럼 크라이슬러 빌딩을 끝에서 끝까지 칭칭 휘감았다. 67층—즉 부활한 클라우드 클럽이 차지한 세 층 중 두번째 층—창문에서 한 회사원이 뛰어내렸는데, 고민이 있었는지 마약에 취했는지 아무튼 분명히 안경을 낀 남자였다. 그는 뱀을 타고 빙글빙글 미끄러지다가 뱀 대가리에 부딪힌 후 보도 위에 나뒹굴었는데, 체면은 좀 구겨지만 몸은 멀쩡하고 안경도 무사했다. 회사원은 부리나케 전철역 쪽으로 달아나 역사의 뒤안길로 사라졌다. 최소 일곱 개 이상의 휴대폰 카메라가 그의 하강과정을 촬영했지만 신원을 확인하기는 불가능했다. 우리는 기꺼이 그의 사생활을 보호해준다. 어차피 우리에게 필요한 것은 그가 찍힌 디지털 동영상인데, 화질을 크게 향상시킨 이 동영상에서 그는 언제든, 날이면 날마다, 우리가 원할 때마다 천 번 하고도 한 번 더 그 엄청난 나선형 미끄럼 묘기를 다시 보여준다.

날름거리는 혓바닥 길이만 6미터에 달하는 이 뱀이 도망치는 행인의 발목을 후려쳐 쓰러뜨리는 바람에 부상자가 속출했다. 이때 유니언스퀘어에서도 거대한 뱀이 목격되었는데, 노란색 검은색 초록색 마름모꼴 무늬가 있어 마치 자메이카 깃발이 살아 움직이는 듯한 이 뱀이 꼬리로 일어서서 춤을 추기 시작하자 광장에서 체스를 두던 사람들, 스케이트보드를 타던 사람들, 마약상, 시위대, 새 운동화를 신은 십대, 초콜릿을 사러 가던 엄마와 아이 등등 모두가 뿔뿔이 흩어져 달아났다. 세그웨이 전동휠을 타고 느릿느릿 도망치던 세 노인은 옛날 워홀 팩토리가 두번째와 세번째로 있었던 자리를 지나가며 떨리는 목소리로 대화를 나눴다. 앤디 워홀이 살아서 그 춤추는 뱀을 봤다면 어떻게 했을까, 실버 실크스크린으로 〈이중二重 우로보로스〉*를 제작했을까, 아니면 열두 시간짜리 영화를 찍었을까. 하필 엄동설한인데다 광장 가장자리에는 여전히 눈이 쌓여 있었지만 뱀이 춤출 때 사람들은 추위마저 잊고 부랴부랴 도망쳤다. 그해 겨울, 이 도시에 사는 사람들은 이래저래 도망칠 일이 많았지만, 여우 피하려다 호랑이 만난다고, 어떤 괴물을 피해 달아나든 다른 괴물과 맞닥뜨리기 일쑤였다.

비상용 물품이 턱없이 부족했다. 대피용 배낭, 일명 '잽튀배낭' 또는 '집나고배낭'이―각각 '잽싸게 튀어라'와 '집 나가면 고생'을 줄인 말이다―그해 겨울 필수 아이템이 되었다. 비상배낭에 넣어야 할 물건에 대해 열띤 토론이 벌어졌다. 예컨대 비상배낭을 못 구한 마약중독자를 물리치려면 권총도 필요하지 않을까? 도시를 빠져나가는 출구마다 빵빵거리는 자동차 행렬로 미어질 지경이었고 차 안에는 저마다 잽튀배낭을 끌어안고 산으로 향하는 남녀노소가 가득했다. 그들은 차선을 막아도 무시해버렸고, 그래서 사고가 빈발했고, 그래서 행렬은 더욱더 길어졌다. 모두가 공황상태였다.

그렇게 맹활약하는 동료들 때문에 거마 주무루드는 솔직히 좀 꿀리는 기분이 들었다. 나름대로 최선을 다했건만, 갑옷을 갖춰 입고 링컨센터광장에 나타나 네놈들은 내 노예다! 하고 목청껏 외치기

---

* 앤디 워홀의 주요 작품 〈은색 자동차 사고(이중 참사)〉, 〈이중 엘비스〉 등에 대한 언급. 우로보로스는 자기 꼬리를 입에 문 모습으로 우주를 휘감고 있다는 뱀.

도 했건만 그런 광란의 시기에도 메트*에서 새로 공연하는 오페라 홍보 이벤트로 오해하는 바보들이 없지 않았다. 어느 날 밤에는 원 월드 무역센터** 꼭대기로 날아가 까마득한 첨탑에 외발로 서서 귀청이 떨어질 만큼 우렁찬 목소리로 고함을 질러봤는데, 물론 수많은 뉴욕 시민이 공포에 떨었지만 저 아래 서글픈 정사각형 폭포*** 주변에는 그렇게 높이 올라간 주무루드를 어리둥절한 눈으로 쳐다보며 저 유명한 고릴라 영화를 꼴사납게 베낀 어느 리메이크 영화의 홍보용 묘기가 아닐까 넘겨짚는 사람도 더러 있었다. 오래된 우체국 건물****의 유명한 정면 벽을 후려쳐 구멍을 내봤지만 그런 파괴행위는 여름철 영화관에서 얼마든지 볼 수 있는지라 이미 식상해서 별 효과가 없었다. 악천후도—눈, 얼음, 기타 등등—마찬가지였다. 인류는 다가오는 파멸을 무시해버리는 비상한 재주를 가진 종족이다. 파멸의 화신이 되고자 하는 주무루드의 입장에서는 참으로 울화통 터질 노릇이었다. 게다가 조연이나 하라고 데려온 녀석들이 배은망덕하게 주연 자리를 꿰차려 드니 더욱더 기가 막혔다. 거마 주무루드로서는 아무래도 감이 좀 떨어진 게 아닐까 걱정스러울 정도였다.

흑마족에게 문제가 있다면 그것은—아니다! 이렇게 얼렁뚱땅

---

* 메트로폴리탄 오페라하우스.

** 9.11 테러로 무너진 세계무역센터 자리에 새로 지은 초고층 복합건물.

*** 9.11 기념관의 일부로, 세계무역센터가 있던 자리를 표시하고 희생자의 명단을 새긴 두 개의 조형물.

**** 9.11 테러 당시 손상되었던 건물.

넘어갈 일이 아니므로 다시 더 정확하게 표현하자면, 흑마족에게는 문제가 많지만 그중 하나는—어떤 행동을 하건 목적의식이 부족하다는 점이다. 순간순간을 살아갈 뿐, 원대한 계획도 없고 다른 일에 정신이 팔리기 일쑤다. 치밀한 전략 따위는 기대할 수 없다. 마족에게는 클라우제비츠*도 없고 손무**도 없다. 눈에 띄는 땅은 모조리 정복한 칭기즈칸은 군대와 함께 데려간 말을 잘 활용하는 용병술을 구사했다. 말에 올라탄 궁수들은 무시무시한 기병대였다. 병사들은 말의 젖과 피와 고기를 먹으며 살았으므로 죽은 말조차 쓸모가 많았다. 그러나 마족은 그렇게 치밀한 생각을 하지도 않거니와 워낙 이기적이라서 집단행동에도 서툴다. 주무루드 샤도 어느 마족 못지않게 난동을 즐기는 성격이지만 정말 솔직하게 말하자면 맥이 탁 풀리는 기분이었다. 마계로 돌아가면 끝없이 기나긴 방사의 쾌락을 마음껏 누릴 텐데, 그게 훨씬 더 즐거울 텐데, 그쪽으로 생각이 쏠리기 전에 얼마나 많은 자동차를 거대한 고슴도치로 둔갑시켜 웨스트사이드 고속도로를 좌충우돌 들쑤시며 달리게 해야 할까, 팔 한 번 휘둘러 얼마나 많은 건물을 때려부숴야 할까? 붙어볼 만한 적수도 없는 마당에 그래 봤자 무슨 보람이 있을까?

적으로서 인류는 예나 지금이나 오래 상대할 가치가 없다. 주무루드 샤는 혼자 툴툴거렸다. 이 하찮은 미물을—시건방진 놈들! 자기가 잘난 줄 아는 놈들! 이 우주에서 얼마나 무의미한 존재인

---

* 『전쟁론』으로 유명한 프로이센 군인, 군사평론가.
** 『손자병법』을 지은 전략가.

지 모르는 놈들!─괴롭히거나 그들이 애지중지하는 달구지를 뒤집어버리는 장난도 한동안은 재미있었지만, 죽은 철학자에게 세가지 소원을 약속했건 말건, 시간이 좀 흐르면서 이렇게 같은 짓만 되풀이하는 데 싫증이 나버렸다. 마계와 인간세계 사이를 잇는 웜홀을 개통한 일이 그의 가장 큰 업적이었고, 그 의의를 강조하기 위해 그는 곧 인류 전체를 복속시킬 막강한 정복군의 수장으로서 타임스스퀘어의 대형 스크린에 모습을 드러내고 다시 외쳤다. 이제 네놈들은 내 노예다! 네놈들의 역사는 잊어버려라! 오늘부터 새 시대가 열린다! 그러나 진정한 마족 연구자라면 비록 퀸스에 무시무시한 웜홀이 뻥 뚫리기는 했으나 그곳에서 침략군이 마구 쏟아져나오지는 않았다는 사실을 확인했으리라. 마계에 남은 마족은 성교를 하느라 바빴기 때문이다.

　여기서 마신의 지독한 게으름에 대해 간략하게나마 설명해야겠다. 그토록 엄청난 힘을 가진 이 정령이 왜 걸핏하면 병이나 램프에 갇히는지 궁금하다면, 작은 일이건 큰일이건 일단 끝내고 나면 거의 예외 없이 밀려드는 어마어마한 게으름증이 그 해답이다. 그들은 깨어 있는 시간보다 자는 시간이 훨씬 더 긴데, 일단 잠들면 어찌나 깊이 곯아떨어지는지 어떤 종류든 마법 용기에 처박거나 마구 밀어넣어도 좀처럼 깨어나지 않는다. 예컨대 흡혈마 라임은 연락선을 삼켜버리고 소화시키는 위업을 달성한 후 거대한 해룡의 모습 그대로 항구 밑바닥에서 잠들어 몇 주 동안이나 일어나지 않았고, 발광마 루비는 재계의 거물 대니얼 아로니를 홀려 조종한 후 역시 녹초가 되어 두 달 동안 꼼짝도 하지 않았다. 자바르다스트와 주무루드는 그리 쉽게 지치지 않았지만 얼마 후에는 그들도 졸음을 참아내기 힘들었다. 그렇게 잠이 쏟아질 때 마신은 쉽게 짜증을 내기 마련인데, 맨해튼 상공의 구름 위에 올라앉아 말다툼을 벌이는 주무루드와 자바르다스트도 그런 상태였다. 누가 누구에게 무엇을 했느냐, 누가 큰 공을 세우고 누가 지지부진했느냐, 앞으로 둘 중 누가 누구의 명령을 들어야 옳으냐, 몇백 년 전에 거마 주무루드가 철학자 가잘리에게 했던 약속을 이행하는 데 누가 가장 많은 기여를 했느냐 등등. 주무루드가 이 도시를 꽁꽁 얼려버린 혹한을 자신의 공적으로 내세우며 큰소리치자 자바르다스트는 심술궂은 폭소를 터뜨렸다. "기상이변까지 자기 공이라고 우기다니, 능력을 과시하려고 아주 안달이 났구나. 나는 원인과 결과를 말할 뿐이야. 내가 이렇게 했고 그래서 저렇게 됐다고. 내일쯤 너는 해가 지는 것도 네 공이라고 우기면서 네 덕분에 세상이 깜깜해졌다고 하겠구나."

다시 말하건대, 가장 막강한 마신조차도 이렇게 경쟁할 때는 종종 쩨쩨해지고 유치해져 결국 유치한 싸움을 벌이곤 한다. 유치한 싸움이 흔히 그렇듯이 대체로 금방 끝나버리지만 싸우는 동안에는 꽤나 거칠고 험악해지기 일쑤다. 마신이 싸우는 장면을 인간의 눈으로 보면 종종 엄청난 장관이 펼쳐진다. 그들은 이런저런 물건을 마구 던지며 싸우는데 우리가 흔히 생각하는 물건이 아니라 마법의 산물이다. 인간이 지상에서 하늘을 올려다보면 이 마법의 물건 아닌 물건이 마치 혜성이나 유성이나 별똥별처럼 보인다. 마신이 강력할수록 이런 '유성'도 더욱더 뜨거워지고 살벌해지는데, 자바르다스트와 주무루드는 흑마족을 통틀어 가장 막강한 마신이므로 그들이 던지는 마법의 불덩이는 자신들에게도 위험할 정도였다. 그리고 마신이 마신을 죽이는 일은 이 이야기에서 매우 중요한 요소다.

아무튼 도시 상공의 새하얀 구름 위에서 말다툼이 절정에 이르렀을 때 자바르다스트가 오랜 친구 주무루드의 최대 약점을 난타했다. 주무루드의 어마어마한 자기애, 그의 자존심이었다. 자바르다스트가 소리쳤다. "마음만 먹으면 내가 너보다 더 커질 수 있지만 몸집 따위에 연연하지 않아서 가만히 있을 뿐이야. 마음만 먹으면 내가 흡혈마 라임보다 더 현란하게 둔갑할 수 있지만 내 본모습이 더 좋아서 이대로 지낼 뿐이야. 그리고 내가 정말 작심하면 발광마 루비보다 더 강력한 미혹술을 구사할 수 있는데, 내 미혹술이 훨씬 더 오래가는데다 효과도 훨씬 더 화려하다고." 그러자 말재간이 그리 뛰어난 편은 아닌 주무루드가 분노의 사자후를 토하며 커다란 불덩이를 내던졌고, 자바르다스트는 그것을 힘없는 눈덩이로 바꿔 마치 겨울 공원에서 노는 아이처럼 상대방에게 돌려보내며 외쳤다. "그리고 말이 나온 김에 하는 말인데, 너는 웜홀 하나 만들었다고 꽤나 거들먹거리지만, 두 세계가 오랫동안 떨어져 있다가 첫번째 봉인이 깨지고 첫번째 틈새가 다시 열렸을 때, 네가 미처 꿈도 꾸기 전에 지상을 다시 밟은 게 바로 나라고. 그리고 그때 내가 한 일이 씨가 돼서 머지않아 열매를 맺으면 네가 아무리 발악해도 못 따라올 만큼 인간한테 크나큰 상처를 입힐 거라고. 너는 우리와 다르다는 이유로 인간을 증오하잖아. 내가 인간을 증오하는 이유는 이 지구를, 이렇게 아름답고 망가져버린 지구를 그놈들이 차지했기 때문이야. 나는 그 죽은 철학자가 바라는 시시껄렁한 광신적 앙갚음보다 훨씬 더 중요한 일을 해냈어. 어떤 정원사가 있는데 그놈이 엄청난 괴물을 길러낼 거야. 내가 미혹술로 속닥거린 말이 장차 엄청난 고함소리가 돼서 인간을 지구상에서 영원히 박멸해버릴 거라고. 그때 가면 마계는 오히려 따분하고 시시해 보일 테고, 그렇게 인간을 깨끗이 쓸어버리고 나면 이토록 근사한 지구가 통째로 우리 마족의 땅이 될 거야. 내가 할 수 있는 일이 이 정도라고. 그러니까 내가 최강이야. 이름부터 자바르다스트잖아."

이븐루시드가 가잘리에게, 티끌이 티끌에게 말했다. "비이성은 비이성인 까닭에 자멸하기 마련이오. 이성이 잠깐 토막잠을 잘 때도 있지만 비이성은 아예 혼수상태에 빠질 때가 많으니까. 결국 비이성은 영원히 꿈속에 갇혀버리고 마침내 이성이 승리할 거요."

그러자 가잘리가 말했다. "인간이 꿈꾸는 세상은 자기가 만들고 싶은 세상일세."

한동안 조용한 나날이 이어졌다. 자바르다스트와 발광마 루비와 흡혈마 라임이 마계로 돌아갔기 때문이다. 퀸스에 생긴 웜홀 관문도 닫히고 부서진 건물만 남았다. 우리 선조들은 최악의 사태가 지나갔다고 믿기로 했다. 시간은 계속 흘러갔다. 봄이 시작되었다. 남자들은 가는 곳마다 활짝 꽃핀 아가씨들 곁에서 즐거워했다. 그 시절 우리 인류는 기억력이 없는 사람들이었고 특히 젊은이들은 더 그랬다. 젊은이의 눈길을 끄는 일이 너무 많았다. 그들은 기꺼이 그쪽으로 눈길을 돌렸다.

거마 주무르드는 페리스탄으로 돌아가지 않았다. 그는 가잘리의 무덤 앞에 앉아 이런저런 질문을 던졌다. 철학과 신학에 대해 온갖 불평을 늘어놓았지만 일단 들어보기로 마음먹었기 때문이다. 어쩌면 마족의 잡담과 살기에 넌더리가 났는지도 모른다. 어쩌면 목적의식도 없이 무질서하기만 한 마족의 행태가, 난동을 위한 난동이 너무 공허해서 새로운 목표가 필요했는지도 모른다. 어쩌면 드디어 그가 조금은 성장했는지도, 육체가 아니라 정신이 좀 자랐는지도 모른다. 그리고 그렇게 자란 덕분에 어떤 대의를 받들어야겠다고, 그 대의는 자신보다 커야 한다고, 자기가 크니까 대의는 정말 굉장히 커야 한다고 생각했는지도 모른다. 그런데 선택할 만한 대의 중에서 그런 초대형은 가잘리가 그에게 팔겠다고 내놓은 대의뿐이었는지도 모른다. 세월이 흐른 탓에 우리는 그의 심중을 제대로 헤아릴 수 없다. 다만 그가 그 대의를 샀다는 사실만 안다.

활동적인 사람이(혹은 마족이) 마침내 사색을 통해 스스로 나아지기로 마음먹었다면 그를 경계해야 한다. 어설픈 사색은 위험하기 때문이다.

다시 사랑에 빠진
두니아

DUNIA
IN LOVE,
AGAIN

두니아가 제로니모 마네제스를 처음 보았을 때 그는 어슴푸레한 방에서 수면용 안대까지 쓰고 모로 누운 채 둥실둥실 떠 있었다. 이 무렵에 그는 기진맥진하여 잠이 쏟아져도 꾸벅꾸벅 조는 정도가 고작이었다. 여전히 켜놓은 침실용 스탠드 불빛이 아래쪽에서 그를 비춰 길고 깡마른 얼굴에 공포영화를 연상시키는 그늘이 생겼다. 그의 몸 양쪽으로 담요 한 장이 길게 늘어져 마치 어느 마술사가 두 토막을 내려고 최면을 걸어 허공에 띄워놓은 조수 같았다. 저 얼굴을 어디서 봤더라. 두니아는 그런 생각을 하자마자 답을 얻었다. 벌써 팔백 년도 넘은 기억이 퍼뜩 떠올랐기 때문이다. 진심으로 사랑했던 유일한 인간의 얼굴이다. 비록 머리에 헝겊쪼가리를 두르지는 않았고, 잿빛 수염도 그녀가 기억하는 모습에 비하면 정성껏 다듬지 않아 사뭇 텁수룩하고 흐트러진 상태였지만. 수염을 기르기로 마음먹은 게 아니라 그저 면도를 안 해서 제멋대

로 자라버린 수염이었다. 마지막으로 그 얼굴을 본 지 여덟 세기
도 넘었건만 마치 어제 일인 듯 이렇게 다시 나타났다. 마치 그녀
를 버린 적이 없다는 듯이, 마치 티끌로 쪼그라들지 않았다는 듯
이. 그 티끌과 대화를 나누기도 했으니 의식이 있는 티끌이지만 어
쨌든 육체를 잃어버리고 생명이 없는 티끌이었건만. 마치 지금껏
이곳에서, 이 어둠 속에서 팔백 년이 넘도록 그녀를 기다렸다는 듯
이, 이렇게 그녀가 찾아와 옛사랑을 되살려주길 기다렸다는 듯이.

　마계의 공주에게 공중부양은 결코 수수께끼가 아니었다. 주술
마 자바르다스트의 소행이 분명했다. 자바르다스트가 처음 열린
틈새로 빠져나와 제로니모 마네제스에게 저주를 내렸으리라. 그런
데 왜? 그것이 수수께끼였다. 목적 없이 행짜를 부린 것일까, 아니
면 자바르다스트가 어떻게든 두니아자트의 존재를 알아차리고 누
군가 그들을 제대로 지휘하기만 하면 흑마족의 권세에 걸림돌, 저
항군, 적대세력이 될 수도 있다고 판단했을까? 두니아는 우연 따
위는 믿지 않았다. 마족은 우주에 어떤 목적이 있으며 무작위적 현
상에도 목표가 있다고 믿는다. 두니아는 자바르다스트의 동기가
무엇인지 알아내야만 했는데, 마침내 필요한 답을 찾았을 때 그녀
는 공중부양과 지면압박이라는 이중의 질병을 퍼뜨리려는 자바르
다스트의 계획을 알아차렸다. 이 병은 지상에서 인류를 완전히 소
멸시키고 말 터였다. 그건 그렇고, 그런 마법에 대항하는 제로니모
마네제스의 능력은 감탄할 만했다. 평범한 사람이라면 거침없이
하늘로 떠올라 산소부족으로 질식사하거나 저온 때문에 얼어죽거
나 육상생물의 하늘 나들이에 분개해 텃세를 부리는 날짐승의 공

격으로 목숨을 잃었으리라. 그러나 제로니모는 꽤 오랜 시간이 지
난 뒤에도 지면에서 비교적 짧은 거리를 떠올랐을 뿐, 여전히 실내
에 머물며 굴욕적인 난장판을 벌이지 않고 생리현상을 해결한다.
두니아는 칭찬할 만한 사람이라고 생각했다. 만만찮은 인물이다.
그러나 무엇보다 그녀의 마음을 사로잡은 것은 그의 얼굴이었다.
저 얼굴을 다시는 못 보리라 여겼건만.

　이븐루시드는 두니아의 몸을 어루만질 때마다 그 아름다움을
지나치게 찬양해 짜증이 날 정도였다. 내 생각은 칭찬할 가치가 없
다고 보는 거예요? 그러자 그는 정신과 육체는 하나라고 대답했
다. 정신은 인체의 틀이므로 인체의 모든 활동을 좌우하는데 그중
하나가 생각이다. 따라서 육체를 칭찬하는 것은 그것을 지배하는
정신을 칭찬하는 일이기도 하다. 아리스토텔레스도 그렇게 말했고
이븐루시드 자신도 동의한다면서, 그렇기 때문에 인간의 의식이
육체보다 오래 살아남는다는 말은 믿기 어렵다는 신성모독적인 말
을 그녀의 귓가에 속삭이기도 했다. 정신이 육체에 깃든 것이라면
육체 없이는 의미가 없을 테니까. 그녀는 아리스토텔레스와 논쟁
을 벌이고 싶지 않아 아무 말도 하지 않았다. 이븐루시드는 플라톤
은 달랐다고 인정했다. 플라톤은 정신이 새처럼 육체 안에 갇혀 있
으며 그 새장을 벗어나야 비로소 자유롭게 날아오를 수 있다고 믿
었다.

　그녀는 자신이 연기로 이루어진 존재라는 말을 하고 싶었다. 내
정신도 연기, 내 생각도 연기, 나는 온통 연기뿐인 존재예요. 이 육
체는 내가 걸친 옷가지 같은 것인데, 마법의 힘으로 인체처럼 기능

하게 만들었을 뿐이지만 생물학적으로도 완벽해서 아이를 셋, 넷, 다섯, 얼마든지 잉태하고 낳을 수 있죠. 그렇지만 나는 이 육체에 속한 게 아니고, 내가 원한다면 다른 여자나 영양羚羊이나 각다귀의 몸에도 들어갈 수 있어요. 아리스토텔레스가 틀렸어요. 나는 기나긴 세월을 살아왔고, 마치 싫증난 옷을 갈아입듯이 언제든지 마음대로 육체를 바꿀 수 있으니까요. 정신과 육체는 둘이에요. 그녀는 그렇게 말하고 싶었지만 이븐루시드의 의견을 반박하면 그가 실망할 것을 알기에 입을 다물었다.

지금 제로니모 마네제스를 바라보며 그녀는 이븐루시드가 환생했음을 깨닫고 이렇게 속삭이고 싶었다. 그것 봐요, 당신도 새로운 육체 속으로 들어갔잖아요. 시대를 뛰어넘어, 어떤 이들이 말하듯이 생에서 저 생으로 건너가는 어두운 복도를 지나, 예전의 의식도 내려놓고 자아도 벗어던지고 마침내 순수한 본질만 남아, 존재의 순수한 빛만 남아 비로소 다른 생명체의 몸속으로 들어갈 준비가 되었던 거죠. 어쨌든 당신이 이렇게 다시 나타났다는 사실, 다르면서도 같은 사람이라는 사실은 아무도 부정할 수 없어요. 당신이 눈가리개를 한 채 이 세상으로 건너왔다고, 그리고 지금처럼 이렇게 어둠 속에서 허공에 떠 있다고 상상해봐요. 당신은 자신에게 육체가 있다는 사실조차 모르겠지만, 그래도 당신이 당신이라는 사실만은 알 수 있을 거예요. 의식을 찾자마자 당신의 자아가, 당신의 정신이 있을 테니까요. 육체와 정신은 별개라고요.

그러나 그녀는 자신의 견해에 대한 반론도 생각해보았다. 아닐지도 몰라. 어쩌면 인간은 좀 다를지도 몰라. 저들은 모습을 바꿀 수 없으니까, 저렇게 잠든 남자의 모습이 이미 오래전에 죽은 사람을 빼닮은 까닭은 생물학적 우연에 불과할지도 몰라. 어쩌면 진짜 인간의 경우에는 체내에 정신, 영혼, 의식이 혈액처럼 흐르고, 몸속의 세포 하나하나에 깃들고, 그래서 아리스토텔레스의 말대로 인간의 정신과 육체는 서로 떨어질 수 없는 하나라서 인간의 자아는 육체와 함께 존재하고 함께 소멸하는지도 몰라. 그녀는 그런 결합을 상상하며 전율을 느꼈다. 정말 그렇다면 인류는 얼마나 복이 많은가. 그녀는 이븐루시드이기도 하고 아니기도 한 제로니모에게 그렇게 말해주고 싶었다. 행운인 동시에 불운이라고. 심장이 흥분해 두근거리면 영혼도 함께 두근거리고, 맥박이 빨라지면 기분도 함께 고조되고, 두 눈이 기쁨의 눈물로 젖어들면 정신도 함께 즐거워한다. 손가락으로 누군가를 만지면 정신도 함께 그 사람을 만지고, 반대로 누군가 나를 만지면 마치 두 사람의 의식이 잠시 하나로 이어지는 듯하다. 정신은 육체에 관능을 부여함으로써 육체가 기쁨을 맛보게 하고 연인의 달콤한 체취에서 사랑의 향기를 느끼게 해준다. 육체뿐만 아니라 정신도 사랑을 나눈다. 그리고 육체와 같이 유한한 생명을 가진 영혼은 마침내 인생 최후의 중요한 교훈을 얻는데, 그것이 바로 육체의 죽음이다.

여마족이 인간의 형상을 하더라도 그 형상이 곧 여마족은 아니므로 맛도 냄새도 감촉도 느낄 수 없고 사랑을 하기에도 부적합하다. 그녀의 육체는 정신과 공생하는 동반자 겸 소유자가 아니기 때문이다. 철학자가 농밀한 손길로 두니아의 몸을 어루만져도 마치 무거운 겨울옷을 겹겹이 껴입었을 때 누가 건드리는 것처럼 아무 느낌도 없고, 다만 외투를 쓰다듬는 손길처럼 희미한 촉감이 남을 뿐이었다. 그러나 그녀는 철학자를 깊이 사랑했기에 그가 그녀의 육체도 함께 흥분하고 황홀해한다고 믿도록 행동했다. 이븐루시드는 매번 속았다. 이런 상황에서 남자가 잘 속는 이유는 여자를 흥분시키는 능력이 있다고 스스로 믿고 싶어하기 때문이다. 그녀도 그에게서 기쁨을 느낀다고 믿게 하고 싶었다. 그러나 사실 그녀는 남자에게 육체적 쾌감을 줄 수는 있으나 받을 수는 없고, 다만 그런 쾌감이 어떤 느낌일까 상상해볼 뿐이었는데, 그래도 보고 배울 수는 있었고, 연인에게 외견상의 징후를 보여줄 수는 있었고, 그러면서 그래, 나도 쾌감을 느낀다, 그렇게 연인뿐만 아니라 자신마저 속이려 노력했고, 그러므로 그녀는 연기자였고 거짓말쟁이였고 자신을 기만하는 바보였다. 그러나 한 남자를 사랑했고, 그의 정신 때문에 그를 사랑했고, 그 역시 그녀를 사랑할 수 있도록 육신까지 만들어 입었고, 그의 아이들을 낳았고, 그 사랑의 기억을 팔백 년이 넘도록 고이 간직했다. 그리고 지금, 놀라워라, 짜릿하여라, 그가 다시 나타났다, 새 살과 새 뼈를 얻어 부활했다, 그러니 저렇게 내 앞에 떠 있는 제로니모가 조금 늙었을지언정 무슨 상관이랴? 이븐루시드도 '늙은이'였다. 인간은 처음부터 짤막한 초와 같아서 늙었다는 말이 무슨 뜻인지도 모른다. 그녀는 두 남자보다 나이가 많고, 많아도 엄청나게 많고, 만약 인간과 같은 속도로 늙었다면 둘 다 기절초풍했으리라.

그녀는 공룡을 기억하고 있었다. 그녀는 인류보다도 나이가 많았다.

마족은 그들이 인간에게 얼마나 관심이 많은지, 인간이 아닌 존재에게 인간이 얼마나 매혹적인지 좀처럼 서로 인정하지 않는다. 그러나 인류가 등장하기 전에는, 즉 최초의 단세포 생물이 나타나고, 물고기, 양서류, 처음으로 걷는 놈, 처음으로 나는 놈, 처음으로 기는 놈이 나타나고, 그다음에 더 큰 짐승이 나타나는 동안에 마족은 마계를 벗어나는 일이 드물었다. 지상의 밀림이나 사막이나 산꼭대기처럼 미개한 곳에는 아무런 흥미도 없었다. 페리스탄은 문명만이 제공할 수 있는 규칙적 형태에 마족이 얼마나 집착하는지 잘 보여준다. 그곳에는 고상하게 높낮이를 바꿔가며 만든 질서정연한 정원이 있고, 그 정원에는 가지런한 수로를 따라 물줄기가 폭포를 이루며 흘러내린다. 화단에는 꽃이 자라고, 대칭구도로 심은 나무는 아늑한 오솔길과 숲을 이루며 편안한 그늘과 더불어 흐뭇한 풍요를 느끼게 한다. 마계에는 붉은 돌로 지은 누각이 여럿 있는데, 둥근 지붕이 즐비하고 벽 대신 비단을 드리운 이 건물에 들어가면 카펫이 깔린 내실이 나타나고, 그곳에는 기대기 편한 쿠션이 있고 술주전자도 가까이 있다. 마족이 쾌락을 얻으려고 찾는 곳이다. 그들은 비록 연기와 불로 이루어진 존재지만 무엇이든 자기들처럼 정해진 형태가 없는 것보다 보기 좋게 형태를 갖춘 것을 좋아한다. 그래서 인간의 모습으로 자주 변신한다. 이 사실만 보더라도 죽음의 운명을 피할 수 없는 가련한 인간에게 마족이 얼마나—그렇다!—신세를 졌는지 짐작할 만한데, 인류 덕분에 비로소 본보기를 발견하고 자기들의 혼란스러운 본모습을 가다듬어 물리학적, 원예학적, 건축학적 질서를 이룩할 수 있었기 때문이다. 마족은 남성이든 여성이든 마계의 주된 활동인 성행위를 할 때만 자신의 몸을 떠나 상대방의 실체와 하나가 되고, 그렇게 연기가 불을 휘감고 불이 연기를 뒤흔들며 길고 격렬한 정사를 나눈다. 그때만 빼고 평소에는 '몸'을, 즉 자기들의 어수선한 실체를 담는 껍데기를 입고 다니는 생활을 실제로 선호하게 되었다. 정연한 정원이 황야를 정돈하듯이 '몸'도 그들을 정돈해주기 때문이다. 마족은 '몸'이란 좋은 것이라고 입을 모았다.

두니아 공주는—아니, 정확히 말하자면 인간세계로 건너올 때마다 '두니아' 즉 세계라는 이름을 쓰는 이 공주는—자기 동족 대부분보다 한 걸음 더 나아갔다. 인류에게 깊이 매료되어 결국 자신의 내면에서 인간적 감정을 찾는 방법을 알아냈다. 그녀는 사랑에 빠질 수 있는 마신이었다. 언젠가 한 번 그랬듯이 이제 다시 사랑에 빠지려는 찰나였는데, 상대는 이번에도 지난번과 같은 남자, 다른 시대에 환생한 그 남자였다. 게다가 만약 그 남자가 물어보았다면 그녀는 그의 육체가 아니라 정신 때문에 그를 사랑한다고 대답했을 것이다. 그는 정신과 육체가 하나가 아니라 둘이라는 증거였다. 솔직히 말하자면 경이로운 정신이 평범한 껍데기 속에 깃든 셈이었다. 이븐루시드의 육체 때문에 그를 진심으로 사랑할 사람은 아무도 없을 터였다. 직설적으로 말하자면 허약한 편인데다 그녀와 만날 무렵에는 고령으로 쇠약증까지 나타났기 때문이다. 두니아는 잠든 남자, 즉 제로니모 마네제스, 즉 환생한 옛 연인의 몸을 보고 원본에 비하면 꽤 발전했다고 생각하며 적잖은 만족감을 느꼈다. 이 몸은 '늙었다'고 쳐도 튼튼하고 단단하다. 이븐루시드의 얼굴을 더 나은 배경으로 옮겨놓았다고나 할까. 그래, 이 남자를 사랑하리라. 어쩌면 이번에는 내 몸에 색다른 마법을 걸어 쾌감을 좀 느껴볼 수도 있으리라. 어쩌면 이번에는 주기만 하지 않고 더러 받을 수도 있으리라. 그런데 만약 이 사람의 정신이 그냥 천치라면? 내가 사랑했던 그 정신이 아니라면? 얼굴과 몸뚱이만으로 만족할 수 있을까? 그럴지도 몰라. 어차피 완벽한 사람은 없잖아. 환생도 정밀과학은 아니고. 다 갖추지 못했어도 만족할 수 있을 거야. 생김새 하나는 그럴싸하잖아. 그걸로 충분할지도 몰라.

그녀가 미처 생각하지 못한 사실이 있었다. 제로니모 마네제스는 두니아자트 일족으로 그녀의 후손, 아마도 손자의 손자의 손자의 손자의 손자쯤 될 터였다. 손자를 한두 개쯤 더하거나 빼야 할지도 모르지만. 아무튼 엄밀히 말해서 미스터 제로니모와 동침하면 근친상간이다. 그러나 마족은 근친상간을 금기시하지 않는다. 어차피 마족세계에서는 출산이 매우 드물기 때문에 후손이라고 굳이 금지 대상으로 못박을 필요가 없었다. 애당초 후손 자체가 거의 없다시피 했으니까. 그러나 두니아에게는 후손이 있었다. 아주 많았다. 그렇지만 근친상간 문제에서 그녀는 낙타를 본보기로 삼았다. 낙타는 엄마, 딸, 형제, 자매, 아빠, 삼촌, 누구도 가리지 않고 기꺼이 흘레붙는다. 낙타는 체면도 차리지 않고 예절도 아랑곳하지 않는다. 암컷이건 수컷이건 오로지 욕망대로 움직인다. 동족이 다 그렇듯이 두니아도 그런 식으로 생각했다. 원하면 가진다. 그리고 놀랍게도 그녀는 이 좁디좁은 집에서, 이 좁디좁은 지하실에서, 남자가 침대 위 몇 센티미터 높이에 둥둥 뜬 채 잠들어 있는 이곳에서 원하는 것을 발견했다.

그녀는 남자가 자는 모습을 지켜보았다. 몸을 스스로 선택할 수 없는 인간, 그는 몸에 묶이고 몸은 그에게 묶인 존재. 그녀는 그를 깨울까 말까 망설였다. 아까 위층에 난입했다가 난처하고 어색한 상황을 겪고 그 집에 사는 블루 야스민을 놀라게 한 후 두니아는 자신의 모습을 투명하게 만들었다. 이번에는 모습을 드러내기 전에 먼저 확인하고 싶었다. 그녀는 가로누운 남자에게 천천히 다가갔다. 그는 깊이 잠들지 못하고 자락 깨락 잠꼬대를 했다. 조심스레 접근해야 했다. 심장소리를 들어보려면 그가 깨지 말아야 하니까.

마족이 인간의 가슴에 대고 소곤거리는 미혹술로 그들의 의지를 제압하고 조종하는 기술에 대해서는 이미 웬만큼 설명했다. 두니아는 미혹술도 완벽했지만 그보다 진귀한 기술 하나를 더 익혔다. 경청술. 잠든 사람에게 다가가 그의 가슴에 아주 살며시 귀를 대고 그의 자아가 자신에게만 속삭이는 비밀언어를 해독해 마음속의 소망을 알아내는 기술이다. 그녀가 제로니모 마네제스의 속내를 경청했을 때 제일 먼저 들은 것은 충분히 예상할 만한 소망이었고, 제발 다시 지면으로 내려가 단단한 땅을 두 발로 밟아봤으면, 그 밑에는 결코 실현될 수 없는 노년의 쓸쓸한 소망이 있었고, 다시 젊어졌으면, 청춘의 힘을, 그리고 인생은 길다는 확신을 되찾았으면, 그 밑에는 이민자의 꿈이 있었다. 오래전에 떠나버린 머나먼 그곳에서 다시 소속감을 느껴봤으면, 지금은 내가 멀어졌지만, 그곳도 나를 잊어버렸지만, 내가 태어난 곳인데도 나는 이미 이방인이 되어버렸지만 다시 소속감을 느껴봤으면, 그 거리를 거닐며 여기가 내 땅이다, 내 이야기도 이 거리의 일부분이다, 그렇게 생각할 수 있었으면, 사실이 아닐지라도, 거의 한평생 아니었을지라도 제발 그랬으면, 제발 그랬으면, 약식 크리켓도 구경하고 야외음악당에서 연주도 듣고 뒷골목 아이들의 노랫소리도 다시 한번 들었으면. 그녀는 계속 경청했고, 모든 소망 밑에서 마침내 그의 심장이 연주하는 가장 깊은 음악소리를 들었고, 자기가 무엇을 해야 하는지 깨달았다.

그날 새벽녘에 깨어났을 때 미스터 제로니모는 뼈마디에서 무지근한 통증을 느꼈다. 이제 자신의 정상적 상태로 여기게 된 이 통증은 그의 육신이 무의식중에 중력에 대항한 결과였다. 중력은 여전했다. 이 무렵 그는 자신의 지근거리에서만 왠지 중력이 감소했다고 믿을 만큼 자기중심적인 생각은 차마 할 수 없었다. 중력은 중력이니까. 그러나 도저히 설명할 수 없지만 조금 더 강한 저항력에 붙잡힌 그의 육신은 중력과 싸우며 서서히 상승했다. 피곤한 일이었다. 그는 스스로 강인한 남자라고, 노동과 슬픔과 시간에 단련되어 쉽게 낙담하지 않는 사람이라고 믿었지만, 요즘에는 자는 둥 마는 둥 선잠을 자다가 깨어날 때마다 머릿속에 제일 먼저 떠오르는 생각이 지쳤어 지쳐빠졌어, 그리고 얼마 안 남았어였다. 이 증상이 호전되기 전에 죽어버린다면 과연 땅속에 묻힐 수나 있을까, 혹시 시신이 무덤을 마다하고 흙을 밀어내며 서서히 떠오르다 마침내 뚫고 나와 생애 최후의 손바닥만한 땅뙈기 위에 둥둥 뜬 채 썩어가지 않을까? 혹시 시신을 화장한다면 잿가루가 한사코 허공에 모여 작은 구름을 이루고 게으른 곤충 무리처럼 서서히 떠오르다가 결국 바람에 날려 흩어지거나 구름 속으로 사라지지 않을까? 아침마다 그런 걱정을 했다. 그런데 그날 아침은 께느른한 잠기운이 금방 가셨다. 뭔가 이상했기 때문이다. 방안이 캄캄했다. 침대 머리맡의 탁상 스탠드를 껐던 기억이 없건만. 그는 옛날부터 방안을 어둡게 해놓고 자길 좋아했지만 이 수상한 시절에는 작은 불빛 하나를 남겨놓았다. 자는 동안 담요가 자주 흘러내려 그때마다 몇 센티미터 밑에서 찾아야 하는데 어둠 속에서 더듬거리긴 싫었기 때문이다. 그래서 늘 불빛이 있었는데 그날 아침은 어둠 속에서 깨어났다. 이윽고 두 눈이 어둠에 익숙해졌을 때 그는 방안에 혼자만 있는 게 아니라는 사실을 깨달았다. 한 여인이 스르르 나타났다. 그런 터무니없는 낱말이 떠올랐다. 눈앞의 어둠 속에서 서서히 나타난 여인. 짙은 어둠 속에서 모습을 드러냈음에도 한눈에 알아볼 수 있는 이 여인은 바로 그의 죽은 아내였다.

블리스 가문의 사유지 라 인코에렌차에서 벼락이 그녀를 빼앗아간 뒤에도 엘라 엘펜바인은 끊임없이 그의 꿈속으로 찾아왔다. 변함없이 낙관적이고 변함없이 아름답고 변함없이 젊은 모습이었다. 두렵고 우울했던 이 시기에 그녀가, 거대한 부조리 속으로 먼저 떠나갔던 그녀가 돌아와 그를 위로하고 격려해주었다. 생시에 그는 삶 다음에는 아무것도 없다는 믿음을 추호도 의심하지 않았다. 누군가 다그쳐 물었다면 사실 삶이란 거대한 무의 바다에서 생겨나며 우리 모두는 태어날 때 잠시 떠났다가 결국 그곳으로 돌아갈 뿐이라고 말했으리라. 그러나 꿈꾸는 자아는 그런 이론적 결말을 받아들이려 하지 않았다. 그가 자다 깨다 잠을 설쳐도 그녀는 사랑스러운 육체 그대로 어김없이 찾아왔고, 그녀의 몸이 그의 몸을 휘감고 따뜻한 체온으로 감싸며 그의 목에 코를 비비고, 그는 그녀의 머리를 안고 한 손으로 머리카락을 어루만졌다. 그녀는 말이 너무 많았는데, 그야 옛날부터 그랬으니까, 끊임없이 재잘재잘, 행복했던 그 시절엔 그녀를 라디오 엘라라고 부르기도 했고, 웃으면서도 조금은 귀찮아서 육십 초만 조용히 하라고 말해봤지만 그녀는 단 한 번도 성공하지 못했다. 꿈속의 그녀도 끊임없이 건강한 식습관에 대해 충고하고, 술을 너무 많이 마신다며 타이르고, 집안에 틀어박혀 지내는 시간이 점점 길어져 예전과 달리 운동 부족이라며 걱정하고, 피부를 보호해주는 신개발 화장품에 대해 설명하고(꿈속인지라 그런 정보를 어떻게 아느냐고 물어보지는 않았지만), 정치문제에 관해서도 떠들어대고, 물론 정원 관리에 대해서도 할말이 많았고, 아무튼 세상만사 온갖 잡다한 일을 시시콜콜 장황하게 이야기했다.

아내의 장광설은 그에게 음악 애호가가 생각하는 애청곡 같은 것이었다. 그녀의 수다는 음악 반주처럼 늘 그의 삶을 따라다녔다. 이제 낮에는 조용했지만 밤에는, 적어도 몇몇 밤에는 여전히 그녀의 목소리가 귀를 쟁쟁 울렸다. 그러나 지금 그는 엄연히 깨어 있건만 한 여인이 우뚝 서서 그를 내려다보았고, 지금 그의 인생이 터무니없듯 이 또한 터무니없는 일인데, 어쩌면 훨씬 더 터무니없고 황당무계한 일인데, 어쨌든 그는 언제 어디서든, 심지어 어둠 속에서도 아내의 육체를 한눈에 알아볼 수 있었다. 그는 혹시 정신착란이 아닐까, 드디어 생의 막바지에 이르러 최후의 혼란 속에서 환상을 보는 것이 아닐까 생각했다.

엘라? 그가 물었다. 맞아. 그녀가 대답했다. 그렇기도 하고 아니기도 하지.

그는 불을 켰고, 기절할 정도는 아니었지만 깜짝 놀라 침대에서 떨어져버렸다. 매트리스 위로 10센티미터 높이에 누워 있던 터였다. 담요가 흘러내렸다. 그리고 변신한 두니아를 바라보며, 이제 엘라 엘펜바인 마네제스와 똑같아진 모습을 바라보며 그는 진정한 두려움과 터무니없는 기쁨에 부르르 떨었다.

그들은 서로에게서 눈을 떼지 못했다. 둘 다 환생한 사람을 보았고 둘 다 죽은 사람의 화신과 사랑에 빠졌다. 그들은 원본이 아니라 사본이었고 서로가 잃어버린 사람의 메아리였다. 그들은 처음부터 상대가 가짜라는 사실을 알았고 처음부터 그 깨달음을 억누르려고 노력했다. 적어도 한동안은 그랬다. 후대에 사는 우리는 스스로 원인이라기보다 결과라고 생각한다.

제로니모가 말했다. "내 아내는 죽었고 유령은 존재하지 않으니, 내가 환각을 보는 게 아니라면 이건 너무 잔인한 장난이오."

두니아가 대답했다. "죽은 자가 걸어다니진 않지만, 그건 사실이지만 불가사의한 일은 일어나지."

"처음엔 공중부양, 이번엔 부활이오?"

"공중부양이라면……" 두니아가 요염하게 대답하며 제로니모와 같은 높이로 스르르 떠오르자 그는 촌스럽게 큰 소리로 숨을 들이켰다. "나도 얼마든지 따라할 수 있지. 그리고 부활은, 글쎄, 그건 좀 달라."

지금까지 그는 현실의 사실성에 대한 믿음을 유지하려고 열심히 노력했다. 그래서 자신의 증상도 이례적인 경우일 뿐, 더 보편적인 몰락의 징후는 아니라고 생각했다. 텔레비전에 나온 마법의 아기를 보았을 때 처음에는 위안을 얻었지만 머지않아 마음속의 불안이 더 심해졌고, 결국 그 아기를 머릿속에서 지우려고 애썼다. 그래서 뉴스도 듣지 않았다. 초현실적 현상이 또 보도되더라도 알고 싶지 않았다. 외로움, 남다름, 차라리 그런 것이 다른 가능성보다 바람직하다고 생각했기 때문이다. 자기 혼자만 이렇게 이상한 인간, 이런 괴물이 되었다고 믿을 수만 있다면 자신을 제외한 나머지, 즉 그가 아는 세계, 다시 말해서 이 도시, 이 나라, 이 행성에 대해서는 이미 알려진 사실이나 아인슈타인 이후의 과학계에서 믿을 만한 가설을 세워 설명한 각종 원리를 바탕으로 충분히 이해할 수 있고, 따라서 언젠가는 그토록 갈망하는 예전의 상태로 돌아가리라 꿈이라도 꿀 수 있다. 시스템이 아무리 완벽해도 오류는 발생한다. 그런 현상만으로 시스템 전체가 망가졌다고 판단할 필요는 없다. 문제가 생기면 해결하고 재부팅하고 고치면 된다.

이제 저승에서 돌아온 엘라를 맞닥뜨린 그는 마지막 한 가닥 희망, 즉 자기가 제정신이라는 믿음마저 버려야 했다. 엘라가 실은 마계의 공주 두니아라는 사실을 밝혔기 때문이다. 그를 기쁘게 해주려고 아내의 모습을 선택했다는데, 어쨌든 그녀는 그렇게 말했지만 속임수인지도 모른다. 뱃사람들을 죽였던 사이렌처럼, 혹은 키르케처럼, 혹은 이런저런 가공의 마녀처럼 그를 유혹해 죽이려는 속셈인지도 모른다. 엘라두니아, 두니엘라. 아름다운 아내의 아름다운 목소리로 그녀는 신기한 이야기를 들려주었다. 마족의 존재, 백마족과 흑마족 즉 선한 마족과 악한 마족, 섹스 하나는 끝내 준다는 마계, 둔갑술과 미혹술, 그리고 봉인이 깨져 출입구가 열렸다는 이야기, 퀸스에 생긴 첫번째 웜홀(이제 그 일대 곳곳에 더 많이 생겼다), 흑마신들의 등장, 그들 때문에 생긴 일 등등. 제로니모는 회의론자이자 무신론자인데 이런 이야기를 듣고 있자니 속이 울렁거리고 머리가 윙윙거렸다. 아무래도 미쳐가는 모양이라고 생각했다. 도대체 무슨 생각을 해야 좋을지, 어떻게 생각해야 좋을지 몰랐다.

"마계는 정말 존재해." 그녀가 그의 내면에 일어난 혼란을 경청한 후 위로하듯이 말했다. "그렇다고 하느님도 존재한다는 뜻은 아니야. 그 문제에 대해서는 나도 당신처럼 회의적이지."

그녀는 여전히 방안에서 어디로도 가지 않고 제로니모처럼 허공에 둥둥 뜬 채 자신을 만져보게 했다. 처음에는 정말 만질 수 있는지 확인하고 싶어 만져보았는데, 마음 한구석으로는 손이 그녀의 몸을 통과해버리리라 믿었기 때문이다. 그녀는 그가 실제로 기억하는 검은색 탱크톱을 입고 있었다. 교전지역을 누비는 사진기자처럼 카고팬츠 위에 검은색 탱크톱, 뒤로 넘겨 높직이 동여맨 꽁지머리, 날씬하면서도 근육이 발달한 팔, 가무잡잡한 피부. 엘라는 혹시 레바논 출신이 아니냐는 질문을 자주 들었다. 그의 손끝이 그녀의 팔을 만지자 따뜻한 살결이 느껴졌다. 익숙한 감촉, 엘라의 살결이었다. 그녀가 성큼 다가오자 더는 저항할 수 없었다. 그는 얼굴에 흐르는 눈물을 문득 알아차렸다. 그녀를 부둥켜안자 그녀도 순순히 안겼다. 그러나 두 손으로 그녀의 얼굴을 감싼 순간 갑자기 견딜 수 없는 이질감이 느껴졌다. 턱이 좀 길다. 엘라가 아니군. 그가 말했다. 당신이 누구든, 정체가 뭐든 엘라는 아니야. 그녀는 그의 말투에 담긴 속내를 경청하고 변화를 주었다. 그녀가 말했다. 다시 만져봐. 그는 손바닥으로 다정하게 그녀의 턱밑을 감쌌다. 그래, 맞아, 바로 이거야.

모든 사랑은 두 연인이 내심 스스로와 어떤 약속을 하면서 시작되기 마련이다. 상대의 바람직한 일면을 보았으니 못마땅한 일면은 무시하겠다는 다짐이다. 사랑은 겨울 뒤에 찾아오는 봄이다. 사랑은 인생의 혹독한 추위가 남긴 상처를 치유해준다. 그렇게 마음속에 온기가 피어날 때 연인의 결점 따위는 아무것도 아니고, 아예 무의미하고, 그래서 스스로와의 비밀 약속에 서명하기란 그리 어렵지 않다. 의심의 목소리는 침묵시킨다. 나중에 사랑이 시든 뒤 이 비밀 약속이 어리석었다고 생각하겠지만, 그렇더라도 꼭 필요한 어리석음이다. 아름다움에 대한 연인들의 믿음, 즉 진정한 사랑이라는 불가능한 이상이 가능하다는 믿음에서 싹튼 어리석음이기 때문이다.

육십대 남자, 땅을 일구며 살다가 땅에서 분리된 남자, 한줄기 벼락 때문에 한평생 유일하게 사랑했던 여인마저 잃어버린 남자, 그리고 다른 세계의 공주, 바다 건너 머나먼 곳에서 누군가를 잃고 몇 세기나 묵은 상실의 기억을 가슴에 품은 그녀, 그들은 둘 다 괴로워했다. 잃어버리거나 깨진 사랑이 남겨놓은 비길 데 없는 고통이었다. 이곳에서, 바그다드라는 건물의 어둑어둑한 지하 침실에서 그들은 오래전에 죽음이 갈라놓은 두 사랑을 다시 이어가자고 자신에게 그리고 서로에게 다짐했다. 그녀는 그가 사랑했던 아내의 몸을 옷처럼 입었고, 그는 두니아의 목소리가 엘라와 다르고 몸짓도 다를 뿐만 아니라 사랑하는 남녀를 하나로 묶어주는 공통의 추억도 그녀에게는 별로 없다는 사실마저 무시하기로 마음먹었다. 그리고 탁월한 경청술사인 그녀는 그가 원하는 여인이 되겠다고 결심했지만, 첫째, 경청술에는 시간과 노력이 필수이고, 둘째, 마계의 공주로서 사랑받고 싶은 마음, 즉 두니아 자신으로 사랑받고 싶다는 욕망과 죽은 여인을 흉내내려는 계획이 서로 충돌했고, 그래서 생각처럼 완벽하게 모방할 수 없었다. 게다가 제로니모 마네제스도, 그래, 노인치고는 튼튼하고 날렵한 체격이라고 인정할 만하지만 그녀가 사랑했던 남자는 정신이 전부였다.

그래서 마침내 물었다. "철학은 얼마나 알지?"

그는 철학녀에 대해 설명하고 니체와 쇼펜하우어에 기반한 그녀의 비관주의에 대해 이야기했다. 그가 알렉산드라 블리스 파리냐의 택호 라 인코에렌차를 언급했을 때 두니아는 오래전에 가잘리와 이븐루시드가 책으로 벌인 싸움을 떠올리고 흠칫 놀랐다. 『철학자의 부조리』 대 『부조리의 부조리』. 그런데 여기 세번째 부조리가 등장했다. 두니아는 이 우연에서 운명의 은밀한 손길을 발견했다. 업보이기도 했다. 이 택호에는 어떤 숙명이 담겼다. 이름에는 우리의 팔자가 숨어 있으니까.

제로니모 마네제스는 우냐자족의 비관주의를 다룬 블루 야스민의 우화에 대해서도 말해주었다. "지금 이 시점에서, 보다시피 내 증상이 이렇다 보니, 지구 전체가 어떤 상태인지 굳이 들먹이지 않더라도 비극적 인생관을 떨쳐버리기가 쉽지 않구려." 그렇게 말해놓고 그는 자기도 모르게 알렉산드라 파리냐의 좌우명 같은 말을 했다는 사실에 스스로 놀랐다. 그러나 두니아는 괜찮은 대답이라고 생각했다. 생각할 줄 아는 사람의 답변이다. 그 정도면 충분하지. 그녀가 말했다. "이해는 하겠지만 그런 마음가짐은 마계의 공주를 아직 못 만난 탓이지."

시간이 멈춰버렸다. 제로니모는 열정이 가득한 마법의 공간에 있었다. 그의 지하실은 어느새 마족이 사랑을 나누는 보금자리로 변해 연기 냄새가 감돌았고, 그곳에선 시계도 째깍거리지 않고 초침도 움직이지 않고 디지털 숫자도 넘어가지 않았다. 그는 시간을 초월한 시간 속에서 정사를 나누며 도대체 몇 분이 지났는지 혹은 몇 주나 몇 달이 흘렀는지 가늠할 길이 없었다. 안 그래도 지면에서 분리된 다음부터 그는 스스로 안다고 믿었던 세상만물의 이치를 거의 다 유보할 수밖에 없었다. 그런데 이제 얼마 안 남은 옛 신념의 파편마저 떨어져나갔다. 오랜만에 여인을 안았는데 아내의 몸이기도 하고 아니기도 했다. 하도 오랜만이라 엘라의 육체에 대한 기억이 많이 흐려지기도 했고, 부끄러운 일이지만 최근에 알렉산드라 파리냐와 맺은 기억이 아내와 나눈 정사의 추억과 뒤섞였다는 사실도 인정하는 수밖에 없었다. 그런 마당에 이렇게 전혀 다른 감정까지 끼어들었는데, 그는 자신의 몸 아래에서 뜨겁고 감미로운 파도처럼 출렁이는 이 여인의 감촉을 엘라 엘펜바인의 감촉이려니 생각하기로 마음먹었고, 환생이니 뭐니 하는 미신 따위는 한 번도 안 믿었건만 지금은 마계 공주의 마력에 사로잡혀 도저히 저항할 수 없었고, 그래서 사랑의 바다로 뛰어들었고, 당신 말이 다 맞아, 그곳에서 여마법사가 소곤거리는 말은 모두 진실이었고, 그렇게 혼란스러운 상태에서 그는 심지어 아내가 처음부터, 즉 살아생전 엘라였을 때도 마계의 공주였다는 말까지 받아들일 수 있었고, 그때가 첫 인생이었고 이번이 두번째 인생이지, 여마신이 속삭였고, 그래, 첫 인생 때도 그녀는 정체를 감춘 여마신이었으니 이 마계 공주는 가짜도 흉내쟁이도 아니고, 옛날부터 줄곧 그녀였으니까, 지금까지 내가 몰랐을 뿐이니까, 설령 이게 다 정신착란이라고 해도 상관없다, 내가 원해서 선택한 정신착란이니까, 우리는 누구나 사랑을 원하니까, 영원한 사랑, 죽어서도 다시 태어나 돌아오는 사랑, 죽는 날까지 소중히 간직할 사랑, 그렇게 우리를 품어줄 사랑을 원하니까.

그 어둑어둑한 방에는 바깥의 도시에서 벌어지는 대혼란의 소식이 전해지지 않았다. 도시 전체가 겁에 질려 비명을 질렀지만 그들은 그 소리를 듣지 못했다. 모든 배는 감히 항구로 들어오지 못하고, 사람들은 집을 나서서 일하러 가기를 두려워하고, 그런 공포가 돈 문제에도 영향을 미쳐 주가가 폭락하고, 은행이 문을 닫고, 슈퍼마켓 진열대가 텅텅 비고, 싱싱한 농산물이 유통되지 못하고, 두려움 때문에 도시 전체가 마비되어 파멸의 기운이 감돌았다. 그러나 바그다드 지하층 좁디좁은 침실의 어둠 속에서는 텔레비전조차 켜지 않았으므로 재앙의 소음을 전혀 들을 수 없었다.

사랑의 행위만 있었다. 그들의 정사는 서로에게 놀라운 경험이었다. 그녀가 말했다. "당신 몸에서 연기 냄새가 나네. 그리고 여기 좀 봐. 쾌감을 느끼면 이렇게 몸 언저리가 흐릿해지고 연기가 피어나는데 인간 애인이 말해준 적 없어?" 그는 그런 적 없다고 거짓말을 했다. 엘라도 똑같은 말을 했던 것을 기억하면서도 그냥 덮어버렸다. 두니아가 그런 진실을 굳이 알고 싶어하지 않는다는 것을 직감으로 정확히 꿰뚫어보았기 때문이다. 아무도 말하지 않았소. 예상대로 그녀는 기뻐했다. "여마족과 정사를 나눈 적이 없어서 그래. 쾌감의 수준이 전혀 다르거든." 그래, 그렇겠군, 그가 대답했다. 그러나 그녀는 그에게서 마족의 본성이 드러났다고 생각하며 점점 더 흥분했다. 그녀의 본성이 수백 년 세월을 건너 그에게 전해졌다. 이 연기는 마족이 사랑을 나눌 때 피어오르는 유황 연기가 분명하다. 그리고 이렇게 마족의 본성을 발현시킬 수 있다면 많은 일이 가능해진다. 그녀는 연기에 휩싸인 그의 귀에 대고 중얼거렸다. "제로니모, 제로니모, 당신도 마족인 모양이야."

정사중에 두니아도 뜻밖의 일을 겪었다. 쾌감이었다. 몸 없이 하는 마계의 성교만큼은 아니었지만, 연기와 불의 황홀한 결합과는 좀 달랐지만 역시(그녀가 바란 대로) 뚜렷한─아니, 강렬한!─쾌감이 느껴졌다. 이는 그녀가 더욱더 인간에 가까워졌다는 증거일 뿐만 아니라 처음의 짐작과 달리 그녀의 새 연인은 마족의 본성이 매우 강하다는 증거이기도 했다. 그리하여 그들의 흉내 사랑은, 다른 연인에 대한 추억에서 탄생한 사랑은, 나중에 찾아온 이 후속 사랑은 비로소 진실하고 진정한 사랑, 어엿한 참사랑으로 탈바꿈했다. 그런 사랑 속에서 그녀는 죽은 철학자를 거의 잊다시피 했고,

미스터 제로니모도 그녀가 모방하려 했던 죽은 아내를 서서히 지우고 이토록 절박한 시기에 거짓말처럼 나타난 신비로운 마법의 존재를 마음에 담게 되었다. 두니아는 언젠가 자신의 실체를 그에게 보여줘도 되지 않을까 생각했다. 이븐루시드의 집 앞에 나타났던 열여섯 살 떠돌이 소녀의 모습도 아니고, 지금처럼 잃어버린 연인의 복제품 같은 모습도 아니고, 마계 공주의 위풍당당한 참모습을. 그렇게 뜻밖의 희망을 품은 채 그녀는 이븐루시드에게조차 밝히지 않았던 비밀을 제로니모 마네제스에게 털어놓기 시작했다.

"마계의 변경 부근을 둥그렇게 둘러싼 카프산이 있어. 전설에 따르면 새의 모습을 한 시무르그* 신이 살던 곳이래. 신드바드가 타고 다녔던 루크의 친척이기도 하지. 그렇지만 다 옛날이야기일 뿐이야. 우리는, 즉 마족은 전설이 아니고, 그런 새를 알긴 하지만 그 새가 우리를 다스리지는 않아. 카프산에도 통치자는 있지만 부리와 깃털과 발톱이 있는 존재가 아니라 위대한 마계의 왕, 바로 샤흐루크의 아들 샤흐팔이지. 그 딸이 바로 누구보다 막강한 여마신 아스만 페리, 즉 '하늘요정', 일명 번개공주야. 샤흐팔은 시무르그왕이고 그 새는 마왕의 어깨 위에 앉아 시중을 들지.

마왕과 흑마신은 서로 증오하는 사이야. 카프산은 마계 전역에서 제일 탐나는 곳이니까 흑마신도 그 산을 차지하려고 안달하지만, 마왕의 딸이 워낙 막강한 여마법사라서 벼락마법 하나로 자바르다스트와 주무루드 샤를 거뜬히 물리치지. 둥그런 카프산을 보

* 페르시아 신화에 등장하는 거대한 불사조.

호막처럼 둘러싼 벼락줄기가 놈들의 야욕을 막아주거든. 그래도 놈들은 호시탐탐 기회를 노리는데, 카프산 기슭에 사는 '데브dev' 즉 저급한 정령을 부추겨 지배층에 반기를 들라고 자꾸 충동질해서 골칫거리야. 지금은 마왕과 흑마신의 끝없는 싸움이 잠시 중단됐지. 사실 이 싸움은 벌써 수천 년째 교착상태인데, 이번에 폭풍우나 지진 같은 자연현상으로 페리스탄과 인간세계 사이를 가로막았던 봉인이 깨져버리는 바람에 흑마신이 이쪽으로 건너와 패악을 부리게 됐거든. 색다른 재미랄까, 어쨌든 오랫동안 못하던 짓이니까. 기나긴 세월 동안 건너오지 못한 탓도 있지만 놈들은 이 지상에 자기들을 감당할 만한 마법이 없다고 믿는데다 원래 불량배 같은 놈들이라 상대도 안 되는 인간을 몰살시키는 데 재미를 붙였어. 그래서 놈들이 이 세계를 정복하려고 설치는 동안 아버지와 나는 숨 좀 돌리게 됐고."

"당신이?" 미스터 제로니모가 물었다. "그게 당신이었소? 카프의 공주가?"

"내가 하려던 말이 바로 그거야. 이 지상에서 벌어진 싸움은 마계에서 줄곧 이어지던 싸움을 그대로 옮겨놓은 거라고."

이제 쾌락을 얻는 요령을 알아낸 두니아는 지칠 줄 모르고 쾌락에 탐닉했다. 제로니모 마네제스에게 그녀는 자기보다 '늙은' 인간 연인을 선호하는 이유 가운데 하나가 자제력이라고 속닥거렸다. 젊은 남자는 순식간에 끝나버리기 때문이다. 그는 나이 덕에 유리한 부분도 있어 다행이라고 말했다. 그러나 그녀는 그 말을 듣지 못했다. 처음으로 절정의 쾌감을 맛보았기 때문이다. 제모니모도 달콤한 혼란에 빠져 어쩔 줄 몰랐다. 세 여인 중 누구를 상대하는 지, 인간 두 명과 인간 아닌 한 명 중 도대체 어느 쪽인지 분간하기 힘들었다. 그래서 처음에는 둘 다 그에게 생긴 변화를 알아차리지 못했는데, 이윽고 그가 아래로 내려가고 그녀가 위로 올라갔을 때 그는 뒤통수와 등에 와닿는 뜻밖의 감촉을, 까마득히 잊다시피 했 던 그 감촉을 비로소 느꼈다.

베개. 시트.

침대가 그의 체중에 짓눌리고, 매트리스의 포켓스프링이 제2의 연인처럼 신음소리를 내고, 그 순간 몸을 포개는 그녀의 체중도 고 스란히 느껴졌다. 중력의 법칙이 다시 작용한 것이다. 좀처럼 울 지 않던 그가 무슨 일이 일어났는지 깨닫고 눈물을 흘렸다. 그녀 가 내려와서 안아주었지만 그는 그대로 누워 있을 수 없었다. 침대 에 걸터앉아 여전히 반신반의하며 조심스레 두 발을 방바닥 쪽으 로 내렸다. 발바닥이 바닥에 닿는 순간 외마디 소리를 질렀다. 그 리고 일어서다가 하마터면 넘어질 뻔했다. 오랫동안 쓰지 않은 탓 에 근육이 풀려 다리가 약해졌기 때문이다. 두니아가 그의 옆에 서 자 그녀의 어깨에 팔을 둘렀다. 이윽고 균형을 잡은 후 팔을 내리 고 혼자 힘으로 섰다. 침실이, 그리고 세계가 오랫동안 잊고 지냈 던 낯익은 모습으로 돌아왔다. 사물의 무게를, 자신의 체중을, 온 갖 감정을, 특히 희망을 느낄 수 있었다. 그는 경이로워하며 말했 다. "아무래도 당신 말을 믿어야 할 듯싶소. 당신이 밝힌 정체도, 마계가 존재한다는 사실도, 그리고 당신이 거기서 으뜸가는 마법 사라는 것도. 이렇게 나를 괴롭히던 저주를 풀어 지면을 다시 밟게

해줬으니 말이오."

그러자 그녀가 대답했다. "더 놀라운 일은 따로 있어. 내 정체는 내가 말한 그대로지만, 두니아자트의 어머니 두니아일 뿐만 아니라 카프산의 하늘요정 공주이기도 하지만, 방금 일어난 일은 내가 한 게 아니야. 우리가 사랑을 나누는 동안 당신 내면에 숨어 있던 능력을 끌어내도록 도와줬을 뿐이지. 당신한테 그런 능력이 있는 줄은 나도 몰랐어. 내가 지면으로 내려오게 해준 게 아니라고. 당신 스스로 한 거야. 그리고 당신 몸에 깃든 마족의 본성이 자바르다스트의 마법을 이겨낼 정도라면 흑마족은 마계뿐만 아니라 이 세계에서도 만만찮은 적을 만난 셈이고, 그렇다면 이계전쟁에서 우리가 이길지도 몰라. 주무루드 무리가 믿는 것처럼 흑마족이 반드시 승리해 온 인류를 지배하게 된다는 보장은 없단 말이지."

"너무 흥분하지 맙시다. 나는 평범한 정원사요. 땅 파고 식물을 심고 잡초를 뽑는 사람이오. 전쟁터에 나가는 사람이 아니고."

"당신이 나갈 필요는 없어, 내 사랑. 이 전쟁이 당신을 찾아올 테니까."

라 인코에렌차의 집사 올리버 올드캐슬은 여주인의 침실 쪽에서 터져나오는 공포의 비명소리를 들었고, 자신에게 일어난 일이 그녀에게도 똑같이 일어났음을 즉각 알아차렸다. "내 오늘 저 빌어먹을 가위잡이 새끼를 기필코 죽여버린다!" 그는 버럭 고함을 지르며 철학녀를 구하러 맨발로 뛰쳐나갔다. 머리는 산발이 되어 흩날리고, 셔츠자락은 낡은 코르덴바지에서 삐져나와 펄럭거리고, 두 팔을 풍차처럼 휘두르며 달려가는 그의 모습은 말년의 사자머리 마르크스보다 차라리 전속력으로 질주하는 블루토*나 오벨릭스**처럼 꼴사납기 그지없었다. 그는 희미한 말똥냄새를 지울 길 없는 신발장을 지나고, 상상의 조상을 묘사한 태피스트리의 성난 시선을 한몸에 받으며 오래된 마룻바닥을 부랴부랴 내달리고―어제만 같았어도 쿵쾅거리는 발바닥에 가시가 잔뜩 박혔으리라―설화석고 탁자 위에서 불안에 떠는 세브르산 도자기 꽃병을 모조리 깨뜨리는 사태만은 가까스로 피하고, 책장에서 거들먹거리는 책들이 못마땅한 듯 수군거리는 소리도 깨끗이 무시하고, 그렇게 황소처럼 고개를 숙인 채 마구 내달아 마침내 알렉산드라의 전용공간으로 뛰어들었다. 그러나 그녀의 침실 문 앞에 이르러 간신히 마음을 가다듬은 그는 헝클어진 머리카락을 부질없이 매만지고 수염을 잡아당겨 모양을 바로잡고 마치 교장선생님을 뵈러 가는 초등학생처럼 셔츠 자락을 바지 속으로 밀어넣은 후 은연중에 마음속의 두려움을 드러내는 우렁찬 목소리로 외쳤다. "들어가도 되겠습니까, 아가씨?" 그녀의 애끓는 울음소리는 어서 들어오라는 대답과 다름없었고, 다음 순간 여주인과 집사는 마침내 마주보게 되었는데, 그녀는 길고 고풍스러운 잠옷 바람이고 그는 차림새가 어수선했으나 두 사람의 눈에는 똑같은 공포가 가득했고, 서서히 시선을 떨어뜨려 방바닥을 내려다보았을 때 그들이 발견한 것은 맨발 네 개, 그중 그

---

* 만화 〈뱃사람 뽀빠이〉에 등장하는 난폭한 사내.
** 만화 〈아스테릭스〉의 등장인물.

의 발은 발목과 발가락마다 털이 숭숭 돋아나고 그녀의 발은 조그
맣고 예쁘장하다는 점이 다를 뿐, 어느 하나도 방바닥에 맞닿지 않
았다는 사실이었다. 발바닥과 방바닥 사이에 2센티미터도 넘는 공
간이 있었다.

올드캐슬이 고래고래 소리쳤다. "정말 몹쓸 병입니다! 암세포처
럼 백해무익한 그놈이, 곰팡이 같은 놈이, 잡초 같은 놈이 이 댁에
들어와 이렇게 지독한 병을 퍼뜨렸다고요."

"도대체 어떤 병이기에 이런 일이 벌어졌을까요?" 그녀가 울먹
이며 물었다.

올드캐슬이 두 주먹을 움켜쥐며 부르짖었다. "형편없는 악질입
니다, 아가씨! 막말을 해서 죄송하지만 정말 썩어빠진 놈이죠. 아
가씨가 꽃밭에 들여놓은 저 느릅나무좀벌레 같은 놈 말입니다. 염
병할 참나무줄기마름병 같은 놈. 그 새끼 때문에 우리까지 이런 병
에 걸렸잖아요."

"그가 전화를 안 받네요." 그녀가 공연히 전화기를 올드캐슬의
면전에 흔들어댔다.

그러자 올리버 올드캐슬이 험악하게 내뱉었다. "이참에 제가 본
때를 보여주겠습니다. 꼴사나운 짝궁둥이에 조경공사를 해버릴까,
지랄맞은 대갈통에 원예 실습을 해버릴까. 아무튼 따끔하게 본때
를 보여주고 말겠습니다."

도저히 이해할 수 없는 밤이 거듭되고 온갖 형태의 분리현상이
보도되었다. 인간과 지면의 분리현상도 물론 심각한 일이었다. 그

러나 전 세계 몇몇 지역에서 그것은 시작도 아니고 끝도 아니었다. 문학계에서는 작가와 작품이 눈에 띄게 분리되었다. 과학자들은 원인과 결과의 분리현상을 보고했다. 낱말과 의미의 분리현상 때문에 새로운 사전을 편찬하는 일이 불가능해졌다. 경제학자들은 부유층과 빈곤층의 격차가 점점 더 벌어지는 추세를 확인했다. 파경을 맞은 부부가 급증하면서 이혼법정의 일거리가 크게 늘었다. 오랜 우정이 별안간 끝나버리는 일도 많았다. 분리병은 전 세계로 빠르게 퍼져나갔다.

점점 더 많은 남자, 여자, 심지어 애완동물—가령 초콜릿색 래브라도레트리버, 토끼, 페르시아고양이, 햄스터, 흰족제비, E.T.라는 이름이 붙은 원숭이—까지 허공으로 떠올라 전 세계를 공황에 빠뜨렸다. 인간세계의 짜임새가 느슨해지기 시작했다. 텍사스주 휴스턴의 메닐미술관에서는 크리스토프 판토크라토르라는 유능한 큐레이터가 문득 르네 마그리트의 걸작 〈골콘드〉의 예언적 성격을 처음으로 알아차렸다. 이 작품은 몇몇 저층건물과 맑은 하늘을 배경으로 중산모를 쓰고 외투를 입은 남자들이 허공에 둥실둥실 떠 있는 장면을 묘사했다. 예전부터 사람들은 이 그림 속의 남자들이 마치 옷을 잘 차려입은 빗방울처럼 서서히 떨어지는 중이라고 믿었다. 그러나 판토크라토르는 마그리트가 인간 빗방울을 그린 게 아니었음을 간파하고 외쳤다. "인간 풍선이었어! 떠오르는 거였어! 떠오른다고!" 어리석게도 그는 이 발견을 온 세상에 알렸고, 그때부터 무장 경비원이 메닐미술관을 철통같이 지켜야 했다. 일찌감치 항중력抗重力 현상을 예고했던 선지자의 위대한 작품 때문에 인근 주민들이 격분한 탓이었다. 그러나 몇몇 경비원이 떠오르기 시작하고 작품을 훼손하려던 시위대마저 몇 명이나 떠올랐으니 실로 걱정스러운 상황이었다.

가잘리의 티끌이 이븐루시드의 티끌에게 말했다. "혼비백산한 남녀노소가 사원마다 몰려들어 신의 보살핌을 갈망하는군. 내가 예상했던 그대로야. 인간을 신에게 떠미는 것은 두려움일세."

아무 대답도 없었다.

가잘리가 빈정거렸다. "왜 그러시나? 드디어 무의미한 탁상공론을 포기하셨나?"

마침내 남자로서의 번뇌가 가득한 목소리로 이븐루시드가 대답했다. "내 자식들을 낳아준 여자가 초자연적 존재였다는 사실만으로도 충분히 괴로운데 그 여자가 다른 사내와 동침한다는 사실까지 알게 됐으니 견디기가 쉽지 않습니다." 두니아가 말해줘서 알게 된 사실이었다. 여마신은 자기가 그의 복제품, 그의 메아리, 비록 몸뚱이는 다르지만 얼굴은 똑같은 남자에게 반해버렸으니 이븐루시드가 오히려 기뻐하리라 믿었는데, 그녀가 인간을 그토록 사랑하면서도 전혀 이해하지 못하는 부분이 있다는 증거였다.

가잘리가 티끌에게만 가능한 폭소를 터뜨렸다. "이 어리석은 친구야, 자네는 이미 죽은 사람이야. 죽은 지 벌써 여덟 세기도 넘었잖아. 질투할 때는 한참 지났다고."

그러자 이븐루시드가 무덤 속에서 쏘아붙였다. "그렇게 터무니없는 소리를 하는 걸 보니 선배는 사랑을 한 번도 못해본 게 분명한데, 그렇다면 살아생전에도 온전히 살았다고 말하긴 어렵겠소."

가잘리가 대꾸했다. "하느님뿐이었지. 예나 지금이나 내겐 하느님이 유일한 사랑이니까. 예나 지금이나 하느님만 계시면 충분하고도 남으니까."

자기 발이 지면에서 4센티미터나 떠오른 것을 발견했을 때 시스터 올비는 노발대발했다. 아버지가 플로리다에 새로 생긴 디즈니월드에 데려가기로 약속해놓고 일주일 전에 하필 목소리마저 귀에 거슬리는 루이지애나 여가수와 야반도주를 해버렸던 그날 이후 이토록 화가 나기는 처음이었다. 당시 그녀는 할렘 리버하우스 2층에 있는 아파트 안을 샅샅이 뒤져 직무태만죄를 범한 아버지의 흔적을 모조리 없애버렸다. 사진도 찢어버리고, 모자도 갈기갈기 잘라버리고, 그가 버리고 간 옷가지도 집 앞 놀이터에 쌓아놓고 활활 태워버렸다. 어머니가 말없이 지켜보며 두 팔을 들었다 내렸다, 입을 열었다 닫았다 했지만 딸의 분노를 달래줄 엄두조차 내지 못했다. 그날 이후 아버지는 존재하지 않는 사람이었고 어린 C.C. 올비는 섣불리 건드리지 말아야 할 아이라는 명성을 얻었다.

그녀가 제일 좋아하는 세입자 블루 야스민도 이륙했는데, 꼬박 5센티미터나 떠오른 채 복도에서 걷잡을 수 없이 흐느끼는 그녀를 시스터가 발견했다. 야스민이 울부짖었다. "저는 늘 그분을 감싸줬어요! 아주머니가 구박할 때마다 편을 들어줬잖아요. 머리가 하얘서 우리 아빠 생각이 났거든요. 그런데 웬 여자가 비행 양탄자를 타고 나타나서 내가 미쳤나 싶었는데 결국 이런 꼴이 돼버렸어요.

저는 그분을 두둔해줬다고요. 씨팔, 이렇게 몹쓸 병을 옮길 줄 제가 어떻게 알았겠어요?"

그렇다면 아버지 같은 인물의 두번째 배신행위다. 다시 분노가 치밀었다. 몇 분 후 시스터 올비는 장전한 엽총을 들고 제로니모의 아파트로 쳐들어가 마스터키로 문을 열어젖혔다. 블루 야스민도 바싹 따라붙었다. 시스터가 소리쳤다. "여기서 썩 꺼져버려! 해질 녘까지 안 나가면 새벽녘에 실려나갈 줄 알라고."

그때 블루 야스민이 절규했다. "저분은 멀쩡히 바닥에 서 있잖아요! 자기는 다 낫고 우리만 병들게 만들었어요."

두려움은 두려워하는 자를 변모시키는구나. 미스터 제로니모는 총구를 내려다보며 생각했다. 두려움은 제 그림자가 무서워 도망치는 남자와 같다. 헤드폰을 끼고 자신의 공포 말고는 아무 소리도 듣지 못하는 여자와 같다. 두려움은 자기중심적 나르시시스트, 자기 말고는 아무것도 보지 못한다. 두려움은 윤리보다 강하고, 분별력보다 강하고, 책임감보다 강하고, 문명보다 강하다. 두려움은 스스로를 피하려고 아이들을 마구 짓밟으며 질주하는 짐승이다. 두려움은 고집쟁이, 폭군, 겁쟁이, 맹목적 분노, 창녀. 두려움은 제 심장을 겨눈 총탄이다.

그가 말했다. "나는 무고한 사람이지만 그 총은 제법 설득력이 있구려."

그러자 시스터 올비가 말했다. "당신은 병을 퍼뜨리는 사람이야! 최초 감염자! 보균자라고! 당신 같은 사람은 비닐로 칭칭 감아 땅속 깊이 파묻어야 남한테 해코지를 못하지."

두려움은 블루 야스민의 숨통도 틀어쥐고 있었다. "우리 아빠는 나를 배신하고 죽어버려 이 세상에 나만 혼자 남겨놨어요. 나한테 아빠가 얼마나 필요한지 잘 알면서도. 아저씨는 나를 배신하고 내 발밑에서 세상을 통째로 빼앗아버렸어요. 아빠는 내 아빠니까 그래도 사랑해요. 그런데 아저씨는? 그냥 가세요."

마계 공주는 떠나버린 뒤였다. 그녀는 자물쇠 안에서 열쇠가 돌아가는 소리를 듣자마자 허공의 틈새로 홀연히 사라졌다. 그녀가 그를 도와줄 수 있었는지 없었는지는 알 길이 없다. 마족은 매우 변덕스러워 믿을 수 없는 존재라는 말은 많이 들었다. 어쩌면 그녀는 성욕을 채우려고 그를 이용했을 뿐인지도 모른다. 마족은 그 방면에서 결코 만족을 모른다고 하니까. 이제 볼일이 끝났으니 다시는 만날 수 없으리라. 어쨌든 그녀가 그를 지상으로 내려주었으니 보상은 충분하고, 그에게 마족의 능력이 있다느니 뭐니 하는 이야기는 모두 말도 안 되는 소리였다. 결국 다시 혼자가 된 듯싶은데, 이제 두려움 때문에 노발대발하는 여자의 손에 들린 엽총을 무시할 수는 없으니 곧 집마저 잃어버릴 처지였다.

"나가겠소." 제로니모가 말했다.

"한 시간 내로." 시스터가 말했다.

한편 제로니모의 침실에서 까마득히 멀리 떨어진 런던에서는 목가적인 햄프스테드*의 웰 워크에 사는 작곡가 휴고 캐스터브리

---

* 런던 북서부의 고지대.

지의 집 앞에 폭도가 모여들었다. 그는 이 광경을 보고 깜짝 놀랐는데, 최근 웃음거리가 되어버린 마당에 대중의 분노라니, 그의 새로운 명성에 어울리지 않는 반응인 듯싶었기 때문이다. 경솔하게 텔레비전에 출연한 후 캐스터브리지를 비웃는 일이 유행처럼 번졌다. 본인도 믿지 않는 신이 인류에게 전염병을 내렸다며 전 세계를 겁주었기 때문인데, 다들 예술가의 전형적 추태라고, 차라리 입 다물고 얌전히 집에서 짤랑짤랑 뚱땅뚱땅 삘리리 쿵더쿵 하며 혼자 놀아야 마땅하다고 입을 모았다. 캐스터브리지는 무한하고 견고한 자신감 덕분에 지금껏 흔들리지 않았지만 군중의 새로운 속물근성 때문에 예전의 명망이 너무 쉽게 무너져버리자 좀 당황했다. 은유적 세계가 현실세계에 영향을 미칠 만큼 강력하다는 생각은 아무래도 설 자리가 없는 듯했다. 그래서 그는 이제 조롱거리가 되고 말았다. 천벌을 믿는 무신론자라니.

상관없다. 정말 집안에 틀어박혀 이해하는 사람도 별로 없고 좋아하는 사람은 더더욱 없는 괴상망측한 쇤베르크풍 음악이나 작곡하리라. 6음 음계 전위轉位 조합과 다차원적 음조音組 구성을 고민하고 관련 음조의 특성을 곱씹어보며 썩어빠진 세상 따윈 무시하리라. 요즘은 어차피 점점 더 은둔자처럼 살아간다. 웰 워크 저택의 초인종이 고장났지만 굳이 고칠 필요도 없다고 생각했다. 그가 잠시 소집했던 후기 무신론 단체는 대중의 열띤 비난에 녹아버렸지만 그는 묵묵히, 분개하며, 이를 갈며, 자신의 주장을 굽히지 않았다. 이해하기 어려운 사람이라는 평가는 이미 익숙했다. 그래, 웃어라! 그는 자신을 비판하는 사람들에게 소리 없이 말했다. 마지막에는 누가 웃는지 두고 보자.

그러나 지금 이 도시에는 새로운 전도사가 등장한 것이 분명했다. 시내에서 소요 사태가 벌어졌는데, 가난한 사람들이 사는 북부 몇몇 지역의 공영주택단지에 화재가 발생하고, 비교적 보수적인 강남 일대의 번화가 상점이 약탈당하고, 도심 광장에는 무엇을 요구해야 하는지도 모르는 폭도가 모여들었다. 그때 불길 속에서 터번을 두른 선동가가 나타났는데, 요세미티 샘*처럼 수염과 눈썹이 샛노랗고 몸집이 왜소한 이 남자는 짙은 연기 냄새를 풀풀 풍겼다. 그는 어느 날 마치 하늘에서 뚝 떨어진 사람처럼 난데없이 나타났다. 이름이 유수프 이프리트라는 이 남자는 갑자기 천지사방에 출몰했는데, 무슨 대표라느니, 무슨 대변인이라느니, 아무튼 정부위원회에도 출석하고 기사 작위를 받는다는 소문까지 돌았다. 그는 실제로 전염병이 창궐했다고 일갈했다. 시급히 자구책을 찾지 않으면 틀림없이 모두가 감염되고 말 텐데, 이미 병이 퍼지기 시작해 성인보다 약한 수많은 아이들의 피가 오염되었지만 이제 인류를 지킬 때가 되었으니 전염병을 뿌리 뽑으리라. 유수프는 이 전염병은 뿌리가 많다고 말했다. 이 병은 책, 영화, 춤, 그림 등을 통해 전파되지만 특히 음악이야말로 그가 가장 두려워하고 혐오하는 매체인데, 사고력의 이면을 파고들어 마음을 사로잡기 때문이다. 그리고 음악가를 통틀어 그가 누구보다 혐오하는 최악의 음악가가 있는데, 전염병의 화신 같은 이자는 악을 소리로 변환한 불협화음을

---

* 〈루니 툰〉과 〈메리 멜로디스〉 등 워너브라더스의 만화영화 등장인물.

이용한다. 그리하여 경찰관이 작곡가 캐스터브리지를 찾아왔는데, 죄송하지만 사태가 가라앉을 때까지 집을 비우시는 게 좋겠습니다. 선생님, 여기서는 선생님 안전을 보장할 수 없어서요, 게다가 이웃사람들도 생각하셔야죠, 선생님, 이러다 혹시 싸움이라도 벌어지면 무고한 구경꾼이 다칠 수도 있고, 이 대목에서 캐스터브리지는 버럭 역정을 내며, 잠깐 확인 좀 해야겠는데, 내가 자네 말을 정확히 들었나 싶어서, 그러니까 지금 자네 얘기는 혹시 그런 싸움이 벌어져 내가 다치기라도 하면, 다시 말해서 내 몸에 상처가 생기면, 그때 나는 무고한 구경꾼이 아니다, 씨팔, 자네 얘기의 요점이 그건가? 그런 상소리는 안 하셔도 됩니다, 선생님, 저는 묵과할 수 없고, 아무튼 이 상황을 제대로 이해하셔야 합니다, 저는 선생님의 이기적인 고집 때문에 부하들을 위험에 빠뜨리지 않을 겁니다.

나가게. 여긴 내 집이야. 내 성이라고. 대포와 끓는 기름을 동원해서라도 내 몸은 내가 지키겠네.

지금 폭력을 쓰겠다고 협박하시는 겁니까?

씨팔, 그건 비유적 표현이잖아.

그때 신비로운 사건이 일어났다. 그곳에 모인 폭도는 증오가 담긴 말을 외치면서도 한사코 공격성을 자구책으로 위장하고, 위협하는 자가 위협을 당한다고 주장하고, 칼은 자기가 찔릴까봐 무서워하는 체하고, 주먹은 턱이 자기를 때린다며 우겨댔는데, 그런 일은 모두 익숙한 일상으로 그 시대의 시끄럽고 악의적인 위선이 다 그러했다. 난데없이 등장한 그 전도사도 그리 대단한 수수께끼는 아니었다. 그렇게 별로 성스럽지 않은 성직자는 무슨 사회학적 단

성 單性 생식이라도 하는지 어떤 시대에나 불쑥불쑥 나타나는데, 기괴한 자화자찬을 통해 아무것도 아닌 자가 권위자로 발돋움한다. 그냥 무시해버려도 좋다. 그런데 신비로운 그날 밤 작곡가 곁에서 어떤 여자를 보았다는 보도가 잇따랐는데, 거실 창문에 비친 그림자만 어렴풋이 보였지만 미지의 여인이 난데없이 나타났다가 어느새 사라져버렸고, 창가에 홀로 남은 작곡가는 마치 모여든 폭도에게 도전하듯이 창문을 활짝 열었고, 등뒤에서 고통스러운 불협화음이 화재경보처럼 울려퍼지는 가운데 마치 십자가에 매달린 사람처럼 두 팔을 벌렸는데, 왜 저럴까, 자기 집으로 사신을 불러들이려고 저러나, 그런데 군중은 왜 갑자기 조용해졌을까, 거대한 투명 고양이가 혀를 다 물어가기라도 했나, 어째서 다들 움직이지 않을까, 왜 저렇게 밀랍인형처럼 우두커니 서 있을까, 그리고 저 구름은 어디서 저렇게 몰려오나, 런던 날씨는 맑고 화창한데 햄프스테드 일대만 왜 이럴까, 그날 밤 햄프스테드에서는 별안간 천둥이 치더니 곧 벼락이 연달아 떨어졌고, 쫘르릉, 우지끈, 폭도는 벼락 때문에 마법이 풀렸는지 다시 벼락이 치기 전에 일제히 비명을 지르며 웰 워크 거리를 지나 히스공원 쪽으로 걸음아 나 살려라 도망쳤고, 다행히 아무도 죽지 않았고, 다만 벼락을 피하려면 나무 밑이 최선이라고 판단했던 얼간이 한 명만 통구이가 되어버렸다. 이튿날 폭도는 다시 모이지 않았고 그다음날도 또 그다음날도 마찬가지였다.

대단한 우연입니다, 선생님, 특이하게도 국지적인 폭우가 쏟아지다니, 마치 선생님이 불러들인 것처럼, 혹시 기상학에 관심이 있습니까, 선생님? 설마 다락방에 날씨를 바꾸는 장치가 있는 건 아니죠? 저희가 좀 둘러봐도 괜찮을까요?

경감 나리, 네 마음대로 하세요.

휴고 캐스터브리지를 만난 후 미스터 제로니모에게 돌아가면서 두니아는 서쪽이 아니라 동쪽으로 날았는데, 마족은 매우 **빠르**게 이동하므로 굳이 최단경로를 찾을 필요가 없었기 때문이다. 아무튼 그녀는 폐허와 광기와 혼란의 현장을 지나갔다. 여기저기서 산이 무너지고 눈이 녹고 해수면이 상승하고 흑마신들이 사방에서 날뛰었다. 거마 주무루드, 발광마 루비, 흡혈마 라임, 그리고 주무루드의 오랜 협력자였으나 흑마족의 패권을 노리는 경쟁자로 떠오른 주술마 자바르다스트. 저수지 물이 오줌으로 변해버렸고, 자바르다스트가 미혹술로 몇 마디 소곤거린 후 어느 앳된 얼굴의 독재자는 온 국민에게 자기처럼 우스꽝스러운 모습으로 머리를 깎으라고 명령했다. 두니아는 인간이 일상에서 급증하는 초자연적 현상에 제대로 대처하지 못한다고 생각했다. 대부분은 그냥 절망하거나 머리를 깎고 앳된 얼굴의 독재자를 향한 벅찬 사랑에 눈물을 흘렸고, 주무루드의 마법에 걸린 사람들은 가짜 신들 앞에 납작 엎드렸는데, 이 신들은 다른 가짜 신을 섬기는 자들을 죽이라 명령했고, 이 또한 실행되었고, 그리하여 '이런' 신의 신도는 '저런' 신의 우상을 때려부수고 '저런' 신의 신자는 '이런' 신의 신자를 거세하거나 돌로 쳐 죽이거나 목을 매달거나 두 토막을 냈다. 인간의 정신은 아무래도 빈곤하고 허약하구나. 두니아는 생각했다. 증오 어리석음 신앙 탐욕, 그것이 새로운 묵시록의 네 기사騎士*다. 그러나 그녀는 이 망가진 인간을 사랑했고, 그들의 내면에 감춰진 어둠을 부추기고 북돋워 드러나게 만드는 흑마신으로부터 구해주고 싶었다. 한 인간을 사랑하면 인류 전체를 사랑하게 된다. 인간을 둘이나 사랑하면 영원히 벗어나지 못하고 꼼짝없이 사랑에 사로잡힌다.

어디 갔었소. 하필 당신이 필요할 때 사라져버리다니.

내가 필요하다는 사람이 있어 만나러 갔지. 자기가 무엇을 할 수 있는지 가르쳐줘야 했거든.

다른 남자였군.

다른 남자였지.

그 남자를 만날 때 우리 엘라의 모습이었소. 죽은 내 아내가 생전 본 적도 없는 남자와 그짓을 하게 만드는 거요.

그런 거 아니야.

내가 다시 땅을 밟았으니 당신 볼일은 끝났다, 이건 마족의 치료법이었다 그거요.

그런 거 아니라니까.

당신의 진짜 모습은 어떻게 생겼소. 참모습을 보여주시오. 엘라는 죽었소. 죽었다고. 내 아내는 아름다운 낙관주의자였고 내세를 믿었지만 지금 이건 내세가 아니오. 당신이 타고 다니는 이 좀비는 내 아내가 아니란 말이오. 그만하시오. 제발 그만하라고. 이 아파

---

* 요한계시록에서 질병, 전쟁, 기근, 죽음을 상징하는 네 기사에 대한 언급.

트에서도 쫓겨나게 됐소. 미쳐버릴 지경이오.

당신이 가야 할 곳을 내가 알아.

인간이 페리스탄에 들어가는 것은 위험한 일이다. 성공한 사람은 매우 드물다. 이계전쟁이 터지기 전에 그곳에 들어가 얼마간이라도 머문 사람은 우리가 알기로 한 명뿐인데, 어느 마계 공주와 혼인까지 하고 인간세계로 돌아왔을 때 그는 어느새 십팔 년의 세월이 흘렀음을 알고 놀랐다. 훨씬 더 짧은 기간 동안 머물렀다고 생각했기 때문이다. 마계의 하루는 인간세계의 한 달이다. 위험은 그것만이 아니다. 위장을 벗고 참모습을 드러낸 마계 공주의 아름다움은 인간의 눈으로 보고 인간의 정신으로 이해하고 인간의 마음으로 견뎌내기에는 너무 눈부시다. 그래서 평범한 남자라면 눈이 멀거나 미쳐버리거나 사랑에 겨워 심장이 터져버린다. 먼 옛날, 그러니까 천 년쯤 전에 몇몇 모험가가 마계로 건너갔지만 대부분은 선의 또는 악의를 품은 마족의 도움을 받은 덕분이었다. 다시 말하건대, 멀쩡히 돌아온 사람은 단 한 명, 바로 영웅 함자뿐이었는데, 그 역시 마족의 피가 섞였다는 의혹이 사라지지 않았다. 그러므로 여마신 두니아, 일명 아스만 페리, 즉 카프산의 번개공주가 미스터 제로니모에게 자기 아버지의 왕국으로 함께 가자고 했을 때, 의심 많은 사람이라면 그를 유혹해 죽이려는 거라고 판단했을지도 모른다. 예컨대 갯바위에서 노래하는 사이렌처럼, 혹은 이브보다 먼저 아담의 아내였던 '밤의 괴물' 릴리트*처럼, 혹은 존 키츠가 노래했던 무정한 미녀처럼.

나와 함께 가자, 그녀가 말했다. 당신이 나를 볼 준비가 되면 내 참모습을 보여줄게.

그리하여,

이 도시의 주민들은 저마다 집 없는 삶에 대해서라면 전문가 뺨 친다고 믿는데, 왜냐하면 그들이 미워하고 사랑하는 이 도시는 주 민들이 겪는 인생풍파를 막아주는 일에 늘 인색하고, 오히려 무슨 일이 있어도, 가령 금전부족문제건 공간부족문제건 생존경쟁문제 건 기어이 살아남는 습성에 스스로 애증 가득한 자부심을 가지라 고 가르치기 때문인데, 그런 시민들이 집 없는 삶의 참된 의미를 비로소 깨닫게 되었을 때,

이 도시, 또는 이 도시에 존재하는 어떤 힘, 또는 바깥에서 이 도 시로 들어오는 어떤 힘이 수평이 아니라 수직으로 작용해 바야흐 로 시민들을 세력권 밖으로, 즉 하늘로, 차가운 대기 속으로, 죽음 이 기다리는 대기권 너머로 영원히 몰아내려 한다는 사실을 어쩔 수 없이 직시하게 되었을 때,

이미 숨이 끊어진 채 태양계 밖으로 둥실둥실 날아가는 자신의 모습을 떠올리며, 어딘가에서 외계 생명체가 찾아온다면 살아 있 는 인간을 만나기 전에 죽은 인간을 훨씬 먼저 만나보고, 도대체 이 생물은 얼마나 멍청하기에 혹은 얼마나 끔찍한 일을 당했기에

---

* 유대신화에 나오는 인류 최초의 여자. 아담의 첫 아내였으나 음탕하고 사악하다 는 이유로 낙원에서 추방되었다.

흔해빠진 방호복도 없이 우주 공간으로 뛰쳐나왔을까 생각하겠지, 그런 상상을 하게 되었을 때,

여전히 거리를 오가는 자동차 행렬의 소음 너머로 시민들의 비명소리와 울음소리가 점점 커지는데, 왜냐하면 곳곳에서 공중부양 전염병이 발생해 안 그래도 두려움이 가득한 거리에서 이런저런 이야기를 믿는 사람들이 데살로니가전서에서 사도바울이 예언한 대로 휴거携擧*가 시작되었다고, 이제 산 자도 죽은 자도 구름 위로 올라가 주님을 영접한다고, 오늘이 세계종말의 날이라고 외쳐대기 때문인데, 이런 대도시에서 사람들이 차례차례 떠오르자 제아무리 완강한 무신론자라도 반박하기 난감해졌을 때,

그런 일이 벌어지는 와중에 올리버 올드캐슬과 철학녀, 그의 눈에는 살기가 가득하고 그녀의 눈에는 공포가 가득한 채 바그다드에 도착하고, 그들은 자동차도 버스도 열차도 이용하지 않고 시내까지 오느라 고생깨나 했는데, 올드캐슬이 알렉산드라에게 말한 대로 먼 옛날 페이디피데스가 싸움터 마라톤에서 아테네까지 이동한 거리와 비슷한지라, 그가 도착하자마자 쓰러져 죽었듯이 두 사람도 기진맥진해 쓰러지기 일보 직전이지만 제로니모 마네제스를 만나기만 하면 모든 문제가 해결되려니, 그를 충분히 겁박하거나 충분히 유혹하면 자기가 시작한 일을 되돌려놓으려니, 그렇게 비논리적인 소망을 품었을 때,

정확히 바로 그 순간 지하층 침실에서 엄청난 빛이 상하좌우로

---

* 예수가 세상을 심판하려고 재림할 때 구원받을 사람을 공중으로 들어올리는 것.

터져나가면서 마계를 통틀어 가장 위대한 공주가 인간세계에서는 처음으로 자신의 참모습을 고스란히 드러내고, 이와 동시에 마계로 들어가는 왕족 전용 관문이 활짝 열리고, 미스터 제로니모와 번개공주는 사라져버리고, 관문이 닫히고, 빛도 스러지고, 남겨진 도시는 파멸의 위기를 맞이하고, C.C. 올비와 블루 야스민은 바그다드의 계단통에 풍선처럼 둥둥 떠 있고, 노발대발한 집사 올드캐슬과 함께 여러 해 만에 처음으로 라 인코에렌차를 벗어난 여주인은 길거리에 무력하게 서 있는데, 둘 다 벌써 지면에서 30센티미터도 넘게 떠올라 도저히 회복될 가망이 없어 보였다.

지나치게 강렬했던 빛이 차츰 가라앉아 다시 앞을 볼 수 있게 되었을 때 미스터 제로니모는 어느새 어린애가 되어 약식 크리켓을 하는 자신의 모습을 보고 깜짝 놀라는데, 오랫동안 잊었지만 여전히 낯익은 거리에서 다른 소년들은 다시 '라피 론니무스'를 외치며 놀려대고, 그때 갑자기, 무슨 영문인지 여느 반드라 출신 산드라와 다를 바 없는 어린 소녀가 그에게 윙크를 던지고, 장난기와 기쁨이 가득한 눈빛에서 그는 마계 공주를 발견한다. 그리고 어머니 마그다 마네제스와 제리 신부도 나와서 아들의 경기를 구경하는데, 손에 손을 맞잡고 즐거워하다니, 살아생전에는 절대로 안 하던 행동, 좀처럼 볼 수 없던 표정이다. 그리고 따뜻하지만 덥지 않은 저녁, 크리켓을 하는 아이들의 그림자가 점점 길어지면서 그들이 어른이 된 모습을 실루엣으로 보여준다. 그의 마음속에는 행복일지도 모르는 무엇이 차오르지만 눈에서는 슬픔이 되어 쏟아진다. 눈물은 걷잡을 수 없이 흐르고 과거에 얽힌 비애를 못 이겨 온몸이 부들부들 떨리니, 먼 옛날 고매한 아이네이아스가 베르길리우스의 말을 빌려 한탄했듯이, 인생사는 눈물을 부르고 죽음은 마음을 움직이는구나. 지금 그의 발은 땅을 밟고 있으나 이 땅은 또 어디더냐, 마계인가 봄베이인가 환상인가, 이 또한 정처 없는 표류와 다름없는데, 마계의 공주가 지배하는 공간인가. 옛 거리의 한 장면을 보여주는 꿈, 이 신비로운 홀로그램 속에서 이리저리 둘러보며 자신이 겪은 온갖 슬픈 일에 얽매이는데, 태어난 고향을 떠나지 않았더라면 얼마나 좋았을까, 사랑하는 이 땅에서 발을 떼지 않았더라면, 어린 시절의 이 거리에서 한평생 행복할 수 있었더라면, 여기서 늙어가며 저 포석을, 사연 많은 빈랑자* 장사꾼을, 신호등 앞에서 해적판 소설을 파는 소년을, 무례하게 보도를 가로막고 세워둔 부잣집 승용차를, 그리고 야외음악당에 모인 소녀들을, 늙어 할머니가 되어서도 어둠이 내린 성당 뜰에서 남몰래 입맞춤하던 시절을 떠올리는 그들을 하나하나 낱낱이 알게 되었더라면, 내가 잃어버린 이 땅 곳곳에, 사랑했으나 잃어버린 우리집 곳곳에 한 치도 빠짐없이 뿌리를 내렸더라면, 나도 무엇인가의 일부가 되었더라면, 나 자신이 되었더라면, 가지 않은 길을 걸었더라면, 이민자의 공허한 여정을 숙명으로 삼지 않고 맥락이 있는 삶을 살았더라면. 아, 그랬다면 아내도 못 만났겠지, 그렇게 스스로 반론을 펴자 슬픔이 더 깊어지고, 과거의 끈을 놓치지 않았다면 유일하게 참다운 기쁨이었던 그 시절도 없었으리라는 생각을 어찌 견딜 수 있으랴,

* 종려나뭇과 빈랑나무의 열매.

인도에서 살았더라도 어쩌면 꿈속에서 그녀를 불러냈을지도 몰라, 어쩌면 여기서도 그녀는 나를 사랑했을지도 몰라, 이 거리를 걷다가 이쯤에서 나를 발견하고 예전처럼 사랑했겠지, 지금과는 다른 사람이 되었더라도 그녀는 똑같이 사랑해주었겠지, 라파엘 히에로니무스 마네제스를, 그 가엾은 소년을, 어른이 된 내가 잃어버린 그 소년을.

당신이 좋아할 줄 알았는데. 여마신의 눈을 한 소녀가 어리둥절한 표정으로 말했다. 당신 심장을 경청하다가 남겨두고 온 것에 대한 슬픔을 들었거든. 반가운 선물이 될 줄 알았어.

치워주시오. 그가 흐느끼며 말했다.

봄베이가 사라지고 페리스탄이 나타났다. 정확히 말하자면 마계를 둥그렇게 둘러싼 카프산이었다. 그는 번개공주의 둥그렇게 휘어진 궁전에서 하얀 대리석이 깔린 안뜰에 서 있었다. 주위로 붉은 돌담과 대리석으로 지은 둥근 지붕이 보이고, 나긋나긋한 태피스트리가 바람결에 일렁거리고, 하늘에는 궁전을 보호하는 번개 장막이 오로라처럼 드리워졌다. 그는 이곳에 있고 싶지 않았다. 슬픔 대신 분노가 마음속에 차올랐다. 몇백 일 전까지만 해도 기상천외하거나 황당무계한 일 따위에는 관심도 없었다는 사실을 되새겼다. 키메라니 천사니, 천국이니 지옥이니, 둔갑이니 변신이니, 그게 다 무슨 헛소리냐, 늘 그렇게 생각했다. 발밑에 단단한 땅, 손톱에 낀 흙, 자라는 것을 기르는 일, 구근과 뿌리, 씨앗과 새싹, 그것이 그의 세계였다. 그런데 별안간 공중부양, 터무니없이 변해버린 세계, 온갖 괴사, 대재앙이라니. 그리고 떠오를 때 그랬듯이 또 불가사의하게 내려앉고, 이제 그가 원하는 것은 예전처럼 사는 일뿐이다. 지금 상황이 무엇을 의미하는지는 알고 싶지도 않다. 이 모든 것이 존재하는 이곳, 아니 이것—뭐라고 불러야 하는지 모르니까—따위에 얽히기도 싫고, 그저 내 주위에 현실세계를 다시 창조하고 싶다. 설령 현실세계가 환상에 불과하고 이 터무니없는 공간이 진실일지언정 허구의 현실세계라도 되찾고 싶다. 걷고 달리고 뛰어오르고, 땅을 파고 초목을 기르고. 무슨 악마 같은, 공중의 권세를 잡은 괴물* 따위가 아니라 지상의 생물이 되고 싶다. 그것이 유일한 바람이다. 그러나 이곳은 마계다. 그리고 눈앞에 있는 저 여자, 연기로 이루어진 저 여신은 절대로 죽은 아내가 아니다. 추억의 힘으로 무덤에서 끄집어냈다면 또 모를까. 도무지 이해할 수 없다. 울고 싶어도 이제 눈물조차 안 나온다.

나를 왜 이리 데려왔소. 그냥 내버려둘 수 없었소.

그러자 공주는 하얀 소용돌이로 변해 중심부에서 눈부신 빛을 뿜어냈다. 이윽고 다시 형태를 갖추었는데, 이번에는 이븐루시드의 연인이었던 말라깽이 두니아가 아니라 아스만 페리 즉 하늘요정이었다. 이마에는 번갯불이 승리자의 화환처럼 찬란하게 따다닥거렸고, 보석과 황금으로 치장한 몸에 옷 대신 가늘게 피어오르는 연기를 휘감았고, 뒤쪽에선 시녀들이 반원형으로 늘어서 분부를 기다렸다. 그녀가 입을 열었다. 마계의 공주에게 감히 이유를 따지

---

* 사탄의 별칭에 빗댄 말.

느냐. 이번에는 그녀가 화를 냈다. 그대를 노예로 삼아 내게 술을 따르거나 내 발에 기름을 바르게 하려고 데려왔을 수도 있고, 아니면, 내가 원하면 그대를 잘게 썰고 푹 삶아 접시에 올리고 데친 케일을 곁들여 점심으로 먹을 수도 있으니까. 내가 새끼손가락만 까딱하면 저 아이들이 알아서 잘 요리해줄 게다. 망설이길 기대하면 착각이다. 감히 공주의 아름다움을 찬미하지도 않고 다짜고짜 이유부터 묻다니! 이유를 따지는 건 인간의 헛짓이야. 우리는 그저 즐기면서 마음 내키는 대로 할 뿐이지.

평범한 삶으로 돌려보내주시오. 나는 몽상가가 아니라서 허공에 떠 있는 성에는 어울리지 않소. 조경사업이나 해야겠소.

그대가 내 손자의 손자의 손자의 손자의 손자의 손자라서, 손자를 한두 개쯤 더하거나 빼야 할지도 모르지만, 아무튼 그래서 용서해주는 거야. 그렇지만 첫째, 예절 좀 지켜라, 특히 아버지가 들어오실 때는, 나처럼 너그럽진 않으실 테니까. 그리고 둘째, 바보처럼 굴지 마라. 그대가 말하는 평범한 삶은 이제 존재하지도 않으니까.

뭐라고 했소? 내가 당신의 뭐?

그녀는 제로니모를 가르칠 일이 까마득했다. 자기가 얼마나 운이 좋은지도 모른다. 그녀는 아름답기로 소문난 하늘요정이고 두 세계에서 누구든 마음대로 차지할 수 있지만 먼 옛날 사랑했던 위대한 남자를 닮아서 그를 선택했다. 그리고 그는 정말 아무 일도 아니라는 듯이 카프산에 태연히 서 있으면서도 그것이 어떤 의미인지 이해하지 못하는데, 사실 웬만한 인간은 페리스탄에 발을 들여놓기만 해도 미쳐버린다. 그는 자신의 정체를 모른다. 그의 핏줄에는 위대한 마신의 기운이 깃들었고 그게 다 그녀 덕분이었다. 그런 선물을 받았으면 마땅히 고마워해야 하는데 오히려 못마땅한 표정이다.

도대체 정확히 몇 살이나 되었소?

말조심하지 않으면 벼락을 때려 심장을 녹여버리겠다. 옷 속에서 몸을 타고 흘러내리면 그 우스꽝스러운 인간 신발이 끈적끈적해지겠지.

공주가 손가락을 딱 튕기자 제리 신부가 그녀 곁에 나타나더니 늘 그랬듯이 삿대질을 하며 제로니모 마네제스를 꾸짖었다. 내가 전에 그랬잖아. 진작 다 말해줬는데 들은 체도 안 하더니. 두니아자트, 아베로에스의 후손. 역시 내 말이 딱 맞았잖아. 이제 뭐라고 대꾸할래?

당신은 가짜야, 제로니모가 말했다. 꺼져버려.

그래도 사과 한마디쯤은 할 줄 알았는데, 그만두자. 제리 신부는 그 말만 남기고 퍽, 연기가 되어 사라졌다.

공주가 말했다. 두 세계 사이의 봉인이 깨지고 흑마신이 날아다녀. 그대의 세계가 위험에 빠졌는데 내 새끼들이 거기 있으니 내가 지켜줘야지. 그 아이들을 모아서 함께 싸우는 거야.

나는 싸움꾼이 아니오, 영웅도 아니고. 정원사요.

그것참 아쉽구나. 공주가 조금 비꼬듯이 말했다. 마침 지금은 영웅이 필요하거든.

그것이 그들의 첫번째 사랑싸움이었는데 어떻게 끝날지는 아무도 모를 일이었다. 왜냐하면 그들을 묶어주었던 환상의 마지막 흔적마저 그 순간 사라져버렸기 때문이다. 이제 그녀는 죽은 아내의 분신이 아니었고, 그는 후손의 아버지였던 위대한 아리스토텔레스 학자를 대신할 수 없다는 사실이 분명해졌다. 그녀는 육체를 얻은 연기에 불과하고 그는 부서져가는 흙덩어리에 불과했다. 어쩌면 그녀는 그 자리에서 당장 그를 내쫓았을지도 모른다. 그런데 그때 카프산에도 재앙이 닥쳤고 이계전쟁의 새로운 국면이 시작되었다.

멀리 떨어진 어느 방에선가 외마디 소리가 들리더니 점점 더 크게 울부짖는 소리가 차례로 이어졌는데, 그런 비명소리가 마치 음산한 입맞춤처럼 입에서 입으로 전해지고, 마침내 왕실 밀정의 우두머리 오마르가 나타나 둥글게 휘어진 궁전 벽을 따라 허둥지둥 달려오더니 제로니모와 함께 있는 공주에게 잔뜩 겁먹은 목소리로 아버님께옵서, 마왕께옵서, 샤흐루크의 위대한 아들 샤흐팔 폐하께옵서 독에 당하셨다고 말했다. 마왕은 시무르그왕이기도 하니 카프산의 신성한 새 시무르그는 지금 침대 기둥에 올라앉아 그를 지키며 자기만의 알쏭달쏭한 슬픔에 빠져들었고, 수만 년에 걸쳐 군림한 샤흐팔은 이제 마족이 좀처럼 가보지 못한 땅, 샤흐팔보다 더 막강한 왕이 다스리는 땅으로 다가가는 중이었다. 자신의 쌍둥이 왕국에서 거대한 네눈박이 개 두 마리를 거느리고 카프산의 왕을 기다리는 그는 바로 죽음의 신 야마, 천국과 지옥의 수호자였다.

샤흐팔이 쓰러질 때 마치 카프산이 무너지는 듯했는데, 아닌 게 아니라 완벽한 원형을 이룬 카프산에 실제로 균열이 생겼다는 보고도 있었고, 나무가 쩍쩍 갈라지고, 하늘에서 새가 떨어지고, 제일 낮은 산기슭에 사는 제일 천한 마족은 진동을 감지하기도 했으며, 누구보다 불충한, 심지어 마왕을 독살하려 한 세력으로 제일 먼저 용의선상에 오른 흑마족 즉 이프리트의 책동에 넘어갈 가능성이 제일 큰 천것들마저 동요했다. 이는 모두의 입에 오르내리는 의문 때문이었는데, 도대체 마왕이 어떻게 중독될 수 있느냐, 남성 마족은 연기 없는 불로 이루어진 존재인데 불을 어떻게 독살한단 말인가, 혹시 마족에게 먹여 불을 꺼버리는 신비로운 소화액 같은 게 있었나, 혹시 흑마법으로 마왕을 죽일 수 있는 불연성 물질을 제조했을까, 혹시 마왕의 지근거리에서 공기를 제거해 불이 타지 못하게 하는 주술을 썼을까, 마왕이 죽어가는 동안 모두가 그렇게 지푸라기에 매달리듯 전전긍긍했으니, 모든 설명이 터무니없고 그럴싸한 해답은 전혀 나오지 않았기 때문이다. 마계에는 의원도 없는데, 마족은 질병이 무엇인지조차 모르는데다 죽는 일도 지극히 드물기 때문이다. 마족은 마족만이 죽일 수 있다. 마계에서는 이 말을 기정사실로 여겼고, 그래서 마왕 샤흐팔이 가슴을 움켜쥐며 독이다! 하고 외쳤을 때 모두의 뇌리에는 궁전 어딘가에 배신자가 있다는 생각이 제일 먼저 떠올랐다.

아이야르—'밀정'을 뜻한다—오마르는 원래 비천한 신분이었으나 오랫동안 왕실을 위해 활약했다. 미남이지만 입술이 도톰하고 눈도 큼직해서 사실 좀 여성적인 모습이었는데, 오래전에는 여장을 하고 인간 군왕의 후궁에 미리 잠입했다가 군왕이 자리를 비운 밤에 마왕이 남몰래 여자를 만나기 편하도록 길을 닦는 일을 맡기도 했다. 한번은 마왕 샤흐팔이 O나라 비빈들과 한창 농탕질을 할 때—심심증에 몸부림치던 그녀들에게 팔팔한 마족 애인은 반가운 변화였다—O나라 왕이 느닷없이 들이닥쳤다. 그때 오마르는 불행하게도 상전의 명령을 잘못 알아들었는데, 당장 피하자는 말을 당장 치라는 말로 듣고, 아뿔싸, O나라 왕의 모가지를 뎅강 잘라버렸다. 그날 이후로 페리스탄에서는 그를 귀머거리 오마르라고 불렀다. 이 실수를 만회하는 데 지구 시간으로 꼬박 2년 8개월 28일이나 걸렸다. 그러나 그 이후에는 승승장구하여 샤흐팔과 그의 딸 하늘요정, 일명 두니아가 누구보다 신뢰하는 수하로 발돋움해 카프 비밀정보대의 비공식 수장이 되었다. 그런데 그날 쓰러진 마왕을 제일 먼저 발견하는 바람에 차디찬 의심의 손가락질은 자연히 오마르의 이마를 가리킬 수밖에 없었다. 그가 허겁지겁 공주에게 달려온 까닭은 비보를 전하기 위해서만이 아니었다. 성난 궁녀들도 피해야 했고 가져온 찬합도 바쳐야 했다.

하늘요정은 카프산의 공주로서 확실한 후계자였으므로 성난 군중의 빗나간 분노를 가라앉히는 일쯤은 아무것도 아니었다. 그녀가 손바닥을 번쩍 들자 마치 무궁화 꽃이 피었습니다 놀이를 하는 아이들처럼 모두 얼어붙더니 손을 내젓자 까마귀떼처럼 일제히 흩어졌는데, 그렇게 망설임 없이 일을 처리할 만큼 이젠-안-귀머거리 오마르를 굳게 믿기 때문이었고, 그런데 손에 든 물건은 무엇일까, 혹시 의문의 해답이 아닐까, 아무튼 오마르가 무슨 말을 하려고 했다. 폐하는 강건하신 분이옵니다. 아직 승하하지 아니하셨고 지금 전력으로 싸우고 계시오니, 폐하의 마력이라면 아마도 흑마법의 공세를 능히 이겨낼 것이옵니다. 공주도 그 정도는 알지만 곧

바로 그녀의 허를 찌르는 사건이 벌어졌는데, 그녀 자신도 이해하기 어렵지만 이 참담한 소식이 귀에 들어온 순간, 중독, 폐하, 아버님, 그녀는 배운 대로 의연하고 침착하게 대처하지도 못하고, 그렇다고 등뒤에 모여들어 불안한 목소리로 징징거리는 시녀들의 품에 쓰러져 울음을 터뜨리지도 않고, 하필 뜬금없이 제로니모 마네제스에게, 이 배은망덕한 정원사에게, 한낱 인간에게 덥석 안겨버렸다. 한편 한평생 보았던 그 어떤 여자보다 아름다운 존재를 얼떨결에 품에 안은 정원사는 죽은 아내를 저버리고 이 마계 공주에게 끌리는 동시에 어느덧 마계에 도취되어 자기 세계의 자기 도시에서 두 발이 지면을 떠났을 때보다 더 높이 붕 뜨는 기분이었는데, 그야말로 실존적 혼란이랄까, 마치 낱말도 문법도 모르는 낯선 언어로 말해야 하는 상황이랄까, 도대체 무엇이 옳은 행동이고 무엇이 잘못된 행동인지 종잡을 길이 없고, 어쨌든 그녀가 이렇게 슬퍼하며 가슴에 폭 안겨 있으니 자못 흐뭇하다는 사실만은 부정할 수 없었다. 그때 그녀의 등뒤에 놓인 긴 의자 밑으로 쏜살같이 기어가는 바퀴벌레 한 마리와 허공에서 너울거리는 나비 한 마리가 눈에 띄었고, 이건 내 기억이잖아, 하는 생각이 들었다. 틀림없이 예전에 다른 곳에서, 즉 잃어버린 모국에서 바로 저 바퀴벌레와 바로 저 나비를 본 적이 있는데, 페리스탄이 이렇게 내 마음을 읽어내고 깊이 감춰둔 기억을 눈앞에 되살리는 능력이 있는 곳이라면 자칫 미쳐버릴 수 있겠구나. 그래서 그는 다짐했다. 내면에서 눈을 돌려 바깥세상을 바라보자. 내면세계의 문제는 자연스럽게 해결되도록 내버려두자. 이곳에 중독된 왕이 있고, 겁먹은 밀정이 있고, 충격을 받고 슬퍼하는 공주가 있고, 찬합이 있으니까.

그는 밀정에게 물었다. 그 찬합에는 뭐가 들었소?

오마르가 대답했다. 폐하께서 쓰러질 때 떨어뜨리셨습니다. 아마 독약이 들었을 겁니다.

어떤 독약이오?

언어 독약입니다. 마왕을 중독시킬 만한 독약은 무시무시하고 강력한 주문뿐이니.

그러자 두니아가 말했다. 찬합을 열어보아라.

찬합
속에는,

WITHIN
THE
CHINESE
BOX,

직사각형 껍질처럼 겹겹이 담긴 수많은 상자가 차례차례 포개지며 마치 심연 속으로 빠져들듯이 안쪽으로 점점 더 깊이 들어갔다. 제일 바깥쪽, 즉 다른 상자를 모두 담은 상자는 실제로 살아 움직이는 것처럼 보였고, 그래서 제로니모는 이 찬합과 그 속에 담긴 모든 것이 정말 생물의, 어쩌면 인간의 가죽이 아닐까 싶어 혐오감에 가볍게 진저리를 쳤다. 그렇게 역겨운 물건을 만지다니 그로서는 생각조차 하기 어려운 일이지만 공주는 거리낌없이 만지는 것을 보니 이렇게 가죽 양파처럼 겹쳐진 상자를 오래전부터 사용한 모양이었다. 찬합의 여섯 면에는 각각 정교한 그림을—제로니모의 머릿속에 떠오른 단어는 문신이었다—새겨놓았는데 산을 그린 풍경화나 졸졸 흐르는 개울가에 서 있는 화려한 정자 따위였다.

　두 세계 사이의 왕래가 다시 가능해진 후 밀정들이 하계의 여러 모습, 즉 인간의 실상을 자세히 기록한 후 그런 상자에 담아 마왕에게 보내주었고 그때마다 샤흐팔은 끝없는 매혹에 빠져들었다. 두 세계가 격리되었던 수백 년 동안 카프산의 지배자는 극심한 상실감에 잠자리를 벗어나기조차 힘겨운 날이 많았는데, 그럴 때는 마족 후궁조차 마왕을 흥분시키지 못하였으니 성행위가 유일하고 끊임없는 오락거리인 마계에서는 실로 충격적인 일이 아닐 수 없었다. 샤흐팔은 힌두교의 신 인드라가 천계의 따분한 일상을 견디다못해 극장을 고안하고 연극을 공연해 할일 없는 신들에게 즐거움을 주었다는 이야기를 떠올렸고, 페리스탄에도 극예술을 도입해볼까 잠시 고민했지만 누구에게 물어보아도 한결같이 거부반응을 보여 결국 포기하고 말았다. 가상의 인간이 이런저런 가상의 행동을 하는 꼴을 멍하니 구경하다니, 더구나 성관계로 끝나지도 않는다니! 그나마 몇몇은 연기와 불이 뒤엉키는 성생활을 다채롭게 하는 용도라면 그런 상상놀이도 제법 쓸모가 있겠다고 인정했지만 그 정도가 고작이었다. 샤흐팔은 마족의 현실생활이 아무리 따분해도 다들 허구에는 전혀 관심이 없고 사실주의에만 집착한다는 결론을 내렸다. 불은 종이를 태운다. 마계에는 책이 없다.

최근에 이프리트 즉 흑마족은 자기들의 야만적인 세력권과 카프산 사이의 이른바 통제선에서 멀찌감치 물러나 인간세계를 공략하느라 바빴다. 지구를 사랑하는 하계 애호가 샤흐팔에게는 가슴 아픈 일이었다. 그들이 카프산 변경에서 자행하던 적대행위를 전면 중단하다시피 한 것은 물론 반가운 일이지만 이런저런 소일거리도 덩달아 줄어들어 하루하루가 더욱더 따분해졌다. 샤흐팔은 딸이 누리는 자유가 부럽기만 했다. 번개공주는 이미 방어벽을 설

치해놓았으니 오랫동안 카프산을 떠나 하계에서 마음껏 즐겨도 되
는데다 그곳에서 흑마신과 싸울 수도 있다. 마왕은 어좌를 지켜야
한다. 어쩔 수 없는 일이다. 왕좌가 곧 감옥이다. 왕궁은 쇠창살이
없어도 주인을 꼼짝 못하게 가두는 곳이다.

우리는 수없이 되풀이되며 입에서 귀로, 귀에서 입으로, 그렇게 우리
에게 전해진 이야기를 하는 중이다. 독약 찬합에 대한 이야기도 그렇고
그 속에 담긴 이야기 즉 독약을 품은 이야기도 그렇다. 이야기는 수많은
사람이 몇 번이고 되풀이하는 경험담이지만 때로는 한 사람의 작품으로
여기기도 한다. 호메로스, 발미키,* 비아사,** 셰에라자드. 그러나 우리
는 우리를 간단히 '우리'라고 칭할 뿐이다. '우리'는 자신이 어떤 생물인
지 이해하기 위해 스스로에게 이야기를 들려주는 생물이다. 우리에게 전
해진 이야기는 시간과 공간을 벗어나면서 처음에 지녔던 특수성을 잃어
버리는 대신에 본질적 순수성을 얻어 이야기 자체만 오롯이 남는다. 그
리고 더 나아가, 혹은 우리가 선호하는 표현으로는 그러한 이유로, 비
록 그 이유가 무엇인지 무엇이었는지 우리 스스로는 알 수 없지만 비로
소 우리가 아는 이야기가 되고, 우리가 이해하는 이야기가 되고, 우리에
대한 이야기가 된다. 우리의 현재에 대한 이야기, 어쩌면 우리의 미래에
대한 이야기라고 해야 할지도 모른다.

---

* 기원전 3세기경의 인도 시인. 고대 인도의 서사시 『라마야나』의 저자 또는 편자로
유명하다.
** 『마하바라타』와 여러 힌두교 경전의 저자로 알려진 인도의 전설적 현인.

밀정 오마르가 폭탄을 해체하는 공병처럼 조심스럽게 찬합의 겉껍질을 벗겨내는 순간, 펑! 양파껍질이 사라지면서 곧바로 이야기가 흘러나왔다. 종잇장처럼 얇고 네모난 공간에 담긴 이야기가 풀려나오기 시작한 것이다. 처음에는 웅얼거리다가 이내 감미로운 여자 목소리로 변했는데, 전갈을 보내는 사람이 임의로 선택할 수 있도록 찬합에 내장된 수많은 목소리 가운데 하나였다. 조금 걸걸한 목소리였지만 나지막하고 편안해서 미스터 제로니모는 블루 야스민을, 그녀가 사는 h-빠진-바그다드를, 그리고 그가 쫓겨날 때까지 살았던 집을 떠올렸다. 우울한 기분이 밀려들었다가 밀려나갔다. 이야기가 그에게 낚싯바늘을 던지자 귓불 없는 귀에 바늘이 꽂혀 그의 관심을 끌었다.

"위대하신 마왕님, 머나먼 B시에 아이라가이라는 자가 있었는데, 총선 다음날 아침에 모든 사람이 그랬듯이 그 역시 시끄러운 사이렌소리에 이어 깃발을 휘날리며 지나가는 흰색 승합차의 확성기 소리에 잠이 깼습니다. 이제 모든 것이 달라집니다! 국민 여러분이 요구하셨기 때문입니다! 확성기가 외쳤습니다. 이 나라 국민은 무능한 정치와 부정부패에 지쳤는데, 오랫동안 권력을 틀어쥐고 있던 한 가문 때문에 무엇보다 진절머리를 냈사옵니다. 누구나싫어해 제발 방에서 나가주기만 학수고대하는 친척 같은 자들이었지요. 확성기는 또 말했습니다. 이제 그 일가도 물러났고, 우리 나라는 드디어 지긋지긋한 '국정 친인척' 없이 성장하게 됐습니다! 또한 확성기는 온 국민이 현재의 직장에서 하던 일을 중단하고—

사실 아이라가이라는 자기 직업을 좋아했는데, 그 도시의 유명 출판사에서 청소년도서를 만드는 편집자였지요─하룻밤 사이에 뚝딱 신설된 배정 관리소에 출두해 새 직업에 대한 안내를 받으라고 했습니다. 이번에 새로 수립한 원대한 국책사업에 동참해 미래기계를 제작하는 일이었습니다.

그는 재빨리 옷을 입고 아래로 내려가서 확성기를 든 공무원에게 자신은 과학 분야가 아니라 예술 분야에 종사하는 사람이라 그런 일에 필요한 공학기술도 모르고 기계에 대한 적성도 없거니와 현재 상태에 충분히 만족하고 이미 직업을 선택했으며 돈벌이보다 직업 만족도를 중요시한다고 설명했습니다. 나이도 지긋하고 확고한 독신주의자이니 지금도 먹고살기는 충분한데다 지적 자극과 재미를 통해 젊은이의 정신을 다듬어가는 일도 보람 있다고 말했지요. 그러나 확성기를 든 공무원은 냉담하게 어깨를 으쓱하며 무례하고 퉁명스럽게 대꾸했습니다. '그래서 어쩌라고요? 새로운 나라가 시키는 대로 하지 않으면 불순분자로 분류돼요. 우리가 가진 주기율표에 그런 분자는 낄 자리가 없단 말입니다. 프랑스어로 말하자면, 저야 우리 전통에 어긋나니까 배울 필요도 없다고 생각해서 프랑스어를 잘 모르지만, "오르 드 클라시피카시옹"*이라고요. 곧 트럭이 올 겁니다. 굳이 이의를 달아야겠다면 수송 책임자한테 따지세요.'

출판사 동료들은 아이라가이라가 너무 순진하다고 평가합니다.

---

* hors de classification. '분류 불가'라는 뜻.

이 말은 칭찬이 아닐 때가 많은데, 대부분의 아이들이 아는 체하며 비꼬는 버릇이 있건만 순진함 따위는 이미 오래전에 잃어버린 이 세대가 실망해서 내뱉는 냉소를 아이라가이라는 제대로 알아차리지 못한다는 뜻이기 때문입니다. 점잖고 안경을 낀 아이라가이라는 좀 당황했지만 잠자코 곧 온다는 트럭을 기다렸습니다. 만약 르네 마그리트가 연갈색으로 스탠 로럴*을 그렸다면 지금의 아이라가이라를 쏙 빼닮은 초상화가 나왔을 텐데, 그곳에 모인 군중을 둘러보며 희미하고 어리벙벙한 미소를 짓고, 이마에 주황색 점을 찍은 채 긴 막대기로 사람들을 이리저리 몰아대는 몰이꾼을 바라보며 근시안을 껌벅거리는 모습이 영락없는 홀쭉이였으니까요. 트럭 행렬은 낡은 그림에서 흘러내리는 잉크 얼룩처럼 오래된 해변 산책로를 따라 구불구불 달려 제시간에 도착했고, 아이라가이라는 마침내 수송 책임자를 대면했는데, 근육이 불거진 팔과 떡 벌어진 가슴을 자랑스러워하는 기색이 역력한 이 건장한 털북숭이 청년을 보고 그는 이제 곧 오해가 풀리려니 생각했습니다. 그러나 입을 열기가 무섭게 책임자가 말을 가로막더니 이름부터 대라고 했습니다. 아이라가이라가 이름을 밝히자 책임자는 손에 든 클립보드에 끼운 서류다발을 뒤적거렸습니다. '여기 있네요.' 책임자가 아이라가이라에게 서류를 보여줬습니다. '회사에서 해고되셨군요.' 아이라가이라는 고개를 저으며 차근차근 설명했습니다. '그럴 리가 없

---

* 올리버 하디와 함께 이인조 슬랩스틱 코미디 〈로럴 앤드 하디〉로 유명한 코미디언으로, 국내에 소개된 제목 〈홀쭉이와 뚱뚱이〉 중 홀쭉이.

소. 첫째, 나는 회사에서 중요시하는 직원이고, 둘째, 만에 하나 그게 사실이더라도 우선 구두로 통보하고 다시 서면으로 예고한 다음에 마지막으로 해고 통지를 하는 게 올바른 순서인데 그런 절차도 안 밟았소. 게다가 다시 말하지만 나는 직장에서 인정받는 직원이라고 믿을 만한 근거가 충분해서 해고가 아니라 오히려 승진을 기대했단 말이오.' 그러자 수송 책임자가 서류 하단의 서명란을 가리켰습니다. '알아보시겠어요?' 아이라가이라는 사장이 한 게 분명한 서명을 보고 깜짝 놀랐습니다. 수송 책임자가 말했습니다. '그럼 됐네요. 해고되신 걸 보니 뭔가 큰 잘못을 하셨군요. 그렇게 떳떳한 체해도 얼굴에서 죄의식이 다 드러나요. 방금 확인하신 이 서명이 증거죠. 어서 트럭에 타세요.'

아이라가이라는 불만을 털어놓았습니다. '설마 사랑하는 내 고향 B시에서 이런 일을 당할 줄은 몰랐소.'

수송 책임자가 말했습니다. '도시 이름도 바뀌었어요. 앞으로는 고대에 신들께서 내려주신 옛날 지명을 다시 쓰게 됐습니다. 해방시.'

위대하신 마왕님, 아이라가이라는 그런 지명을 들어본 적도 없거니와 고대의 신들이 도시 이름을 짓는 일까지 관여했다는 이야기도 금시초문이고, 더구나 이 도시는 이 나라에서도 비교적 최근에 생겼으니 고대에는 존재하지도 않았지만, 가령 북쪽에 있는 D시 같은 고대도시가 아니라 현대적인 광역도시였지만, 그는 더이상 이의를 제기하지 않고 남들처럼 순순히 트럭에 올라 미래기계를 만드는 새 공장이 있다는 북쪽으로 달려갔습니다. 그로부터 몇 주가 흐르고 몇 달이 흐르는 동안 그는 점점 더 어리둥절할 수밖에 없었습니다. 새 일터에서, 무시무시하게 쿵쿵거리는 터빈 소리와 스타카토로 윙윙거리는 드릴 소리 속에서, 조용한 수수께끼 같은 컨베이어벨트가 매끄럽게 돌며 각종 볼트, 너트, 연결 조인트, 톱니바퀴 따위를 품질관리 지점을 지나 어디론가 실어나르는 그곳에서, 그는 자신보다 더 서툰 일꾼까지 이 중차대한 사업에 동원되었다는 사실을 알고 놀랐는데, 어린아이들이 나무와 종이를 접착제로 붙여 조립한 장치도 어떻게든 거대한 전체의 일부가 되었고, 마치 시골마을 토담집에 소똥을 바르듯이 요리사들이 패티를 빚어 기계 측면에 처덕처덕 붙였습니다. 아이라가이라는 궁금했습니다. 도대체 어떤 기계이기에 이렇게 온 나라가 매달려 만들어야 할까? 뱃사람은 이 기계 속에 배를 통째로 밀어넣고 농부는 쟁기를 집어넣어야 했습니다. 기계를 만드는 거대한 공장에서 이리저리 끌려다니는 동안 그는 기계 속에 호텔을 짓는 호텔 경영자도 보고 영화촬영용 카메라와 방직기도 보았지만 호텔에는 손님도 없고 카메라에는 필름도 없고 방직기에는 헝겊 쪼가리도 없었습니다. 기계가 커질수록 의문도 점점 커져만 갔습니다. 여기저기서 기계를 만들 공간을 마련하느라 동네를 송두리째 밀어버렸는데, 아이라가이라가 보기에는 기계와 나라가 이미 동의어가 되어버린 듯했습니다. 이제 나라 안에는 그 기계 말고는 남은 공간이 전혀 없었으니까요.

그때쯤에는 벌써 식량과 식수 배급제를 실시했고, 병원마다 의약품이 다 떨어졌고, 가게마다 판매할 물건이 하나도 없었고, 이제 남은 것이라고는 기계뿐, 방방곡곡 온통 기계뿐, 그래서 사람들은 누구나 정해진 근무지에 가서 주어진 일을 해야 했는데, 나사를 돌리고 구멍을 뚫고 리벳을 박고 망치질을 하고, 그러다가 밤이 되어 집으로 돌아가면 너무 고단해서 말할 기운도 없었습니다. 섹스는 너무 힘들어 엄두조차 못 내니 출산율이 급감하기 시작했는데, 라디오와 텔레비전과 확성기는 오히려 나라에 보탬이 되는 일이라고 말했습니다. 아이라가이라는 이 건조사업의 간부, 그러니까 명령꾼과 질책꾼과 몰이꾼이 모두 온종일 화만 내고 참을성도 없다는 사실을 잘 알게 됐는데, 특히 아이라가이라 같은 사람, 즉 예전에는 조용히 자신의 삶을 살면서 남들도 그렇게 살도록 내버려두었던 사람한테 유난히 더 심했습니다. 허약한 동시에 위험한 사람, 쓸모없는 동시에 파괴적인 사람으로 여겨 무거운 징계가 필수라고 생각했는지, 언제 어디서든 필요할 때마다 반드시 징계할 테니 명심하라는 말이 확성기에서 흘러나왔고, 아이라가이라는 이 새로운 체제에서는 위에 있는 사람이 밑에 있는 사람보다 더 많이 화를 내니 참 이상하다고 생각했습니다.

그러던 어느 날, 위대하신 마왕님, 아이라가이라는 무서운 광경을 보았습니다. 금속 쟁반을 머리에 이고 공사자재를 나르는 남자들과 여자들이 있었는데, 그거야 예사로운 일이지만 그들의 자세가 좀 이상했습니다. 마치―아이라가이라는 적당한 말을 찾느라고 고민했습니다―찌부러진 듯, 마치 그들이 이고 가는 공사자재보다 훨씬 더 무거운 무엇이 짓누르는 듯, 마치 그들의 지근거리에서 중력이 증가해 말 그대로 그들을 땅바닥에 찍어누르는 듯한 모습이었습니다. 저게 가능한 일일까, 그는 자신에게 배정된 품질관

리 벨트에서 함께 일하는 사람들에게 물어보았는데, 혹시 고문을
당했을까, 그랬더니 대답하는 사람마다 한결같이 입으로는 사실이
아니라면서 눈으로는 사실이라고 말하는데, 아니지, 터무니없는
소리, 우리 나라는 자유국가야, 혀로는 그렇게 말하지만 눈빛은,
바보짓 하지 말게, 그런 생각을 입 밖에 내다니 겁도 없구먼. 이튿
날 찌부러진 사람들은 나타나지 않고 다른 운반꾼들이 공사자재
쟁반을 날랐는데, 그들도 조금 짓눌린 기미가 보이는 듯했지만 아
이라가이라는 입을 다문 채 눈으로만 동료 일꾼들에게 말을 건네
고 그들도 말없이 눈으로 대답했습니다. 그러나 내뱉어야 할 말이
있는데 입을 다물면 소화에 지장이 생기기 마련이라 아이라가이라
는 집으로 돌아갈 때 속이 메스꺼워 하마터면 수송트럭 안에서 왈
칵 토해버릴 뻔했지만, 당시 유행하던 표현을 빌리자면 현명하지
않은 짓이었습니다.

　　그날 밤 마족이 아이라가이라를 찾아가 만났거나 아예 빙의해버
린 듯합니다. 왜냐하면 이튿날 아침 생산라인에서 그는 딴사람처
럼 보였고 귓가에서 정전기 같은 것이 지지직거렸으니까요. 그는
자기 자리로 향하지 않고 공사관리팀 쪽으로 곧장 걸어가더니 제
일 높은 명령꾼에게 동료 일꾼들이 일제히 돌아볼 만큼 큰 소리로
말했습니다. '실례합니다, 기계 문제로 중요한 질문이 있습니다.'

　　'질문 안 받아.' 명령꾼이 말했습니다. '시키는 일이나 해.'

　　'질문은 이겁니다.' 아이라가이라는 아랑곳하지 않고 말을 이었
습니다. 온순하고 어리둥절한 근시안 같은 목소리가 아니라 아주
우렁찬, 그야말로 확성기 같은 목소리였습니다. '미래기계는 뭘 생

산합니까?'

이제 많은 사람이 듣고 있었습니다. 웅성거리며 찬동하는 소리가 퍼져갔습니다. 그래, 도대체 뭘 생산하는 거냐. 명령꾼이 눈을 가늘게 뜨자 몰이꾼 여럿이 아이라가이라에게 다가갔습니다. '뻔하잖아.' 명령꾼이 대답했습니다. '당연히 미래를 생산하지.'

'미래는 제품이 아닙니다!' 아이라가이라가 소리쳤습니다. '오히려 수수께끼죠. 이 기계가 실제로 만드는 게 뭡니까?'

몰이꾼들은 이제 아이라가이라를 붙잡을 수 있을 만큼 가까이 다가갔지만 일꾼들이 잔뜩 모여들자 어찌해야 좋을지 몰라 쩔쩔매는 기색이 역력했습니다. 그들은 명령꾼을 돌아보며 지시를 기다렸습니다.

'뭘 만드냐고?' 명령꾼이 고래고래 외쳤습니다. '영광을 만든다! 영광은 제품이야. 영광, 명예, 긍지. 영광이 곧 미래라고. 그런데 방금 너는 그 미래에 네 자리는 없다는 걸 보여줬지. 저 테러범을 끌고 가. 저렇게 썩어빠진 정신상태로 이 구역을 오염시키는 일은 용납할 수 없다. 저런 정신머리가 전염병을 옮긴다고.'

몰이꾼들이 아이라가이라를 붙잡으려 하자 다들 못마땅해했는데, 그때 사람들이 비명을 지르기 시작했습니다. 왜냐하면 아까부터 전직 청소년도서 편집자의 귓가에서 지지직거리던 전기가 목과 팔을 거쳐 손가락 끝까지 내려가더니 손에서 고압전류가 힘차게 뻗어나가 명령꾼을 순식간에 죽여버렸고, 그 바람에 몰이꾼들이 뿔뿔이 도망쳤고, 또 미래기계를 맹렬히 후려갈겨 이 어마어마한 괴물기계의 커다란 구역 하나가 마구 뒤틀리다가 결국 터져버렸기 때문입니다."

그때 공주의 손에서 상자가 움직이기 시작했다. 직사각형 양파 껍질 한 장이 벗겨져 처음처럼 연기가 되어 사라지더니 또다른 목소리가, 이번에는 근사한 바리톤 음성이 말했다. "전염병이라는 말을 들으니 폐하께서 듣고 싶어하실 만한 다른 이야기가 생각났습니다." 그러나 이야기가 더 진행되기 전에 두니아가 깜짝 놀라 작게 외마디 소리를 질렀다. 그러더니 상자를 놓아버리고 두 손으로 귀를 막았다. 오마르도 소리를 지르며 역시 두 손으로 귀를 막았고, 미스터 제로니모는 상자가 바닥에 떨어지기 전에 낚아채고는 두 페리스탄 마족을 걱정스레 바라보았다.

두니아가 말했다. "방금 그 소리는 뭐지?" 그러나 제로니모 마네제스는 아무 소리도 못 들은 터였다. 두니아가 말했다. "휘파람 소리 같았어. 마족은 주파수가 높은 소리도 개보다 잘 들으니까 인간은 비교도 안 되지. 어쨌든 그냥 소음이었어."

그러자 오마르가 말했다. "소음에 주술을 숨겨놨을 수도 있습니다. 찬합을 닫아야 합니다, 공주님. 폐하뿐만 아니라 공주님과 제게도 해로울지 모릅니다."

"아니야." 그녀의 얼굴이 보기 드물게 어두워졌다. "계속해. 어떤 주술인지 알아내지 못하면 해독 주술도 못 찾고 폐하는 돌아가실 테니까."

미스터 제로니모가 상아 체스판을 상감한 작은 호두나무 탁자에 상자를 내려놓자 다시 이야기가 시작되었다. 새로운 남자 목소리로 상자가 말했다. "온갖 전염병이 창궐하던 시대에 I마을에서 존이라는 남자가 침묵병을 퍼뜨린 장본인으로 지목되었습니다. '잠잠이' 존은 키는 작지만 팔뚝이 아주 튼실한 대장장이였습니다. I마을은 전원 풍경에 폭 파묻혀 누가 보아도 그림처럼 아름다운 시골마을로, 푸른 들판도 있고 나지막한 언덕도 있고 돌담길도 있고 초가지붕도 있고 참견하기 좋아하는 이웃들도 있었습니다. 존은 근처 학교에 근무하는 교사와 결혼했는데 남편보다 많이 배우고 몸가짐도 세련된 여자였습니다. 그런데 그때부터 존은 술만 몇 잔 들어가면 밤마다 아내에게 버럭버럭 고함을 질러 동네방네 모르는 사람이 없을 지경이 되었습니다. 이 마을에서는 아무도 못 들어봤을 만큼 무시무시한 욕지거리를 마구 내뱉으니 아내에게는 설움도 무럭무럭, 어휘력도 무럭무럭 자라났습니다. 그런 일이 오래도록 이어졌습니다. 낮에는 불과 연기가 가득한 대장간에서 부지런히 일하고 아내에게도 친구들에게도 좋은 말동무였지만 밤만 되면 그런 괴물이 튀어나왔습니다. 그러던 어느 날 밤, 아들 잭이 열여섯 살이 되어 아버지보다 키가 커졌을 때 존에게 마구 대들며 조용히 좀 하라고 윽박질렀습니다. 마을에서 몇몇 사람은 이 아이가 주먹을 부르쥐고 아버지의 면상을 후려쳤다고도 했는데, 그날부터 며칠 동안 한쪽 뺨이 퉁퉁 부었던 탓이지만 또 어떤 사람들은 치통 때문이라고도 말했습니다.

　부은 원인이야 무엇이었든 간에 두 가지 사항에 대해서는 두루 의견이 일치했는데, 첫째, 아버지는 아들에게 반격도 못하고 부끄러워 자기 방으로 피해버렸다는 것, 둘째, 그 순간부터—밤중에 욕설을 마구 쏟아낼 때 말고는 늘 말수는 적고 침묵은 길었던 사람이—말을 뚝 끊어버리고 아예 입을 열지 않았다는 것. 그의 혀와 그것으로 내뱉는 말 사이의 간격이 벌어질수록 그는 점점 더 차분해지는 듯했습니다. 술도 아주 끊거나 적당한 수준으로 줄였습니다. 사람들은 그가 잠잠이 존일 때는 더없이 착해져 예절바르고 너그럽고 명예롭고 친절한 사람이라면서 틀림없이 언어가 문제라고, 언어의 독성이 본래의 훌륭한 성품을 망쳐놓았다고, 그러다가 남들이 담배와 자위행위를 끊듯이 말을 끊어버리자 드디어 참모습을 되찾아 좋은 사람이 되었다고 말했습니다.

그의 변화를 눈여겨본 이웃들도 스스로 묵언을 시험해보기 시작했는데, 아니나 다를까, 말을 적게 할수록 마음이 밝아지고 성격도 좋아졌습니다. 언어는 인류가 치료해야 하는 전염병이라는 생각, 말이야말로 온갖 불화와 범죄와 성격파탄의 근원이라는 생각, 흔히들 하는 소리와 달리 말은 자유의 밑바탕이 아니라 폭력의 온상이라는 생각이 I마을 오두막집마다 급속히 퍼져갔고, 머지않아 아이들에게 놀이터에서 동요를 부르지 말라고 타이르거나 노인들에게 마을광장 나무 밑 벤치에 앉아 소싯적 활약상을 회상하지 말라고 설득했습니다. 그러나 예전에는 화목했던 이 마을에 분열이 생겨 골이 점점 더 깊어졌는데, 말을 안 하기 시작한 사람들은 마을 학교에 새로 부임한 이본이라는 젊은 교사가 진짜 질병은 말이 아니라 묵언이라는 경고문을 사방에 붙여놓은 탓이라고 했습니다. 경고문은 이런 내용이었습니다. '여러분은 선택일 뿐이라고 생각하지만 머지않아 말을 하고 싶어도 못하게 될 겁니다. 말하는 사람이야말로 대화하든 입을 다물든 마음대로 선택할 수 있습니다.'

처음에는 다들 이 교사에게 화를 냈습니다. 예쁘장하고 수다스러운데 말할 때마다 고개를 왼쪽으로 갸우뚱하는 짜증스러운 버릇이 있는 여자였습니다. 아무튼 호전적인 사람들은 학교를 아예 닫아버리고 싶어했지만 곧 그녀의 말이 옳았다는 사실을 깨달았습니다. 이제 말을 하고 싶어도, 심지어 사랑하는 사람에게 달려오는 트럭을 피하라고 알려주고 싶어도 소리가 전혀 나오지 않았습니다. 그러자 사람들의 분노는 이본 선생을 떠나 잠잠이 존에게 집중되었습니다. 그의 결심 때문에 마을 사람들까지 묵언에 말려들어 빼도 박도 못하게 되었으니까요. 마을 사람들은 말도 못하고 묵묵히 대장간 앞으로 모였지만 대장장이의 괴력과 뜨겁게 달아오른 편자가 무서워 감히 덤벼들지 못하고……"

—이때 밀정 오마르가 불쑥 끼어들어, 아니, 이건 작곡가 캐스터브리지와 전도사 유수프 이프리트에 대한 이야기와 똑같은데요, 둘 다 상대방이 전염병 같은 존재라며 헐뜯었고, 어쩌면 인간이 병들었는지 건강한지조차 모르게 만드는 새로운 질병인지도,

—그러나 마계 공주는 이런 이야기 속에 자신에 대한 이야기가 숨겨진 것을 발견했다. 그녀는 중독된 아버지를, 그리고 대장장이와 아내 혹은 작곡가와 전도사의 이야기보다 더욱 고통스러운 부녀간의 사연을 떠올렸고, 그런 생각이 자기도 모르게 입 밖으로 흘러나왔는데, 아버지는 나를 사랑한 적이 없어, 나는 늘 아버지를 흠모했지만 아버지가 원하신 아들이 아니니까. 나는 원래 철학을 좋아해서 내 뜻대로 할 수만 있었다면 도서관에 틀어박혀 언어와 사상의 미궁 속을 헤매며 행복하게 살았겠지만 아버지에게는 전사

가 필요했기에 전사가 됐지. 방어벽을 세워 어둠을 물리치고 카프산을 지키는 번개공주. 흑마족은 겁나지 않았어. 어렸을 때부터 그들과 함께 놀았으니까. 주무루드, 자바르다스트, 발광마 루비, 라임. 그때만 해도 라임은 피를 마시지 않았지. 우리는 마계 뒷골목에서 카바디*도 하고 라고리**도 하며 놀았는데, 넷 중 아무도 나를 상대하지 못했어. 아들을 바라는 아버지의 딸로서 슈퍼보이걸이 되는 데 열중했으니까. 끼니때마다 아버지의 눈에서 실망이 이글이글 타올라 우유가 응고될 정도였지. 벼락술을 연마한다고 말씀드렸을 때 아버지는 그저 흠 하며 여마법사보다 남자 검객을 원하는 속내를 내비치셨지. 내가 검술을 배울 때는 이제 연세 때문에 페리스탄의 복잡한 정치판을 헤쳐나갈 책략가가 필요하다고 한탄하셨어. 마족 법학을 공부할 때는 같이 사냥할 아들이 있으면 참 좋겠다고 하셨지. 그렇게 나에게 실망만 하시니까 결국 나도 아버지에게 환멸을 느꼈고 우리 사이는 멀어져버렸어. 그래도, 내 입으로 말한 적은 없지만, 내가 기쁘게 해드리고 싶은 분은 두 세계를 통틀어 아버지뿐이었지. 한동안은 아버지 곁을 떠나 다른 세상으로 건너가서 가문을 일으켰고 그게 내 운명이 됐어. 그러다가 카프산으로 돌아왔을 때 두 세계 사이의 문이 닫혀버렸고, 인간의 시간으로 몇 세기가 지나는 동안 아버지는 점점 더 멀어지고 나를 향한 감정도 불만을 넘어 불신으로 악화되고 말았지. 이렇게 말씀하

---

* 격투기와 술래잡기를 결합시킨 형태의 단체경기로 고대 인도의 병법에서 기원했다.
** 한 팀이 평평한 돌 일곱 개를 쌓으면 상대팀이 공으로 맞혀 쓰러뜨리는 인도의 놀이.

셨어. 너는 이제 네 동족이 누구인지도 잊었구나, 이곳 페리스탄에 살면서도 이미 잃어버린 세계, 네 인간 후손이 있는 세계만 그리워하다니. 그 말, 인간 후손, 혐오감이 짙게 깔린 말투였지. 아버지의 꾸지람이 무겁게 짓누를수록 지상의 가족을, 이븐루시드가 두니아자트라고 명명했던 그들을 다시 만나고 싶다는 소망이 점점 더 간절해졌어.

그게 바로 나야! 그녀가 외쳤다. 나야말로 아무런 목적도 없는, 고작 영광처럼 허무맹랑한 목적을 내세운 기계를 만드느라 고생고생하며 기나긴 세월을 허비했어. 그런 노력이 자멸의 길인 줄도 모르고 내가 만들려 했던 기계는 바로 내 삶이고, 기계 따위로는 결코 이룰 수 없는 목적이 바로 아버지의 사랑이라는 영광을 차지하는 일이었어. 나야말로, 대장장이나 선생이나 철학자가 아니라 나야말로 질병과 건강의 차이를, 전염병과 치료법의 차이를 깨닫지 못했던 거야. 너무 비참해서 나는 아버지가 딸을 멸시하는 게 자연스러운 현상이라고, 건강한 상태라고, 오히려 내가 여자로 태어난 게 재앙이라고 믿었어. 그런데 이제야 진실이 드러난 거야. 아버지는 탈이 나셨고 나는 멀쩡해. 아버지를 중독시킨 독이 뭐냐고? 아버지 자신이겠지.

이때 그녀는 흐느끼고 있었다. 정원사 제로니모는 그녀를 안아주며 인간이 비인간 연인에게 해줄 수 있는 보잘것없는 위로를 건넸지만 실은 그 역시 심각한 실존적 고민에 빠진 터였다. 도대체 의미가 무엇일까? 자신의 뜻과는 무관하게 허공으로 떠올랐다가 살포시 도로 내려앉은 일—지구가 불가사의하게 그를 거부했다가 다시 불가사의하게 받아준 일—그리고 이렇게 그에게는 아무 의미도 없는 세계로 건너온 일. 의미란 여러 조각이 없어져버린 퍼즐과 같아서 인간이 친밀도를 바탕으로, 즉 자기가 잘 아는 파편들을 가지고 형성해가는 것이다. 그러므로 의미는 인간이 삶의 혼란을 담아 모양을 잡는 틀과 같은데, 지금 그는 자신의 틀 속에 가둘 수 없는 세계에서 낯선 초자연적 존재를 안고 있었다. 그는 한동안 자신의 죽은 아내 행세를 했던 그녀를 필사적으로 부둥켜안고, 지금 그녀도 오래전에 죽은 철학자를 닮았다는 이유로 그를 얼싸안고, 그렇게 죽은 사람의 화신을 포옹하며 그들은 서로를 통해 세상이 좋은 곳이라고 믿게 되기를 바랐다. 이 세계든 저 세계든 살아 있는 두 생명이 이렇게 마주 안고 마법의 주문을 외울 수 있는 세계라면.

사랑하오. 제로니모가 말했다.

나도 사랑해. 번개공주가 대답하고.

—도무지 만족할 줄 모르는 아버지, 시무르그 왕관을 쓰고 왕권에 너무 집착해 친딸마저 폐하라고 불러야 했던 왕, 사랑하는 법을 잊어버린 왕에 대한 근심에 그녀는 첫사랑의 기억을, 적어도 그녀를 처음 사랑했던 소년들의 기억을 포개어보는데, 그들도 처음에는 무시무시한 흑마신도 아니고 아버지의 적도 아니었다. 그 시절 자바르다스트는 귀엽고 진지한 소년 마법사였는데, 지극히 엄숙한 표정으로 각양각색의 우스꽝스러운 어릿광대 모자에서 정말 터무니없는 토끼를—실제로 존재한 적도 없는 괴상망측한 키메라 토끼와 그리핀 토끼를—끄집어내곤 했다. 끊임없이 재잘거리며 농

담을 던지고 잘 웃던 자바르다스트는 그녀가 제일 좋아하는 아이였다. 주무루드 샤는 늘 자바르다스트와 정반대였는데, 근육이 울퉁불퉁하고, 말주변이 없어 웅얼거리기만 하고, 그렇게 말을 못해서 늘 심술궂었지만 둘 중에서 더 잘생겼다는 사실만은 부인할 수 없었다. 부루퉁한 백치미를 지녔다고나 할까, 아무튼 거대하고 멍청한 꽃미남을 좋아한다면.

둘 다 당연히 그녀에게 푹 빠졌는데, 마족은 일부일처제를 경멸하므로 지상에 비해 마계에서는 별 문제도 아니었건만 그들은 늘 그녀의 애정을 독차지하려고 경쟁을 벌였다. 주무루드는 거인의 보물창고에서 커다란 보석을 잔뜩 가져다주었고(그의 가문은 왕궁과 수로, 전망대와 계단식 정원 등을 건설해 페리스탄을 지금의 모습으로 바꿔놓으며 마계 제일의 부자 가문으로 발돋움했다), 마법의 귀재이며 비술의 대가인 자바르다스트는 익살맞은 성격으로 그녀를 자주 웃겨주었고, 지금은 기억도 안 나지만 아마도 둘 모두와 섹스를 했을 텐데, 어쨌든 그리 대단한 감명을 받지는 못했고, 그녀는 성에 안 차는 이 마신들의 구애를 외면하고 더 애처로운 인간에게 관심을 돌리기 시작했다. 그녀가 그들을 버리고 매혹의 삼각관계를 끊어버렸을 때, 미련 없이 내팽개쳐버렸을 때, 그때부터 주무루드와 자바르다스트는 달라지기 시작했다. 자바르다스트는 서서히 어둡고 냉혹한 성격으로 변해갔다. 아마도 그가 제일 많이 사랑한 듯싶으니 그녀를 잃은 상실감도 그만큼 컸으리라. 그녀에게는 놀라운 일이었지만 그의 마음속에 집요한 무엇이, 모질고 독한 무엇이 슬금슬금 스며들었다. 그런 반면에 주무루드는 사랑을 포기하고 더 남성적인 분야로 돌아섰다. 수염이 길어질수록 여자와 보석에 대한 관심을 끊고 권력에 집착했다. 주무루드가 앞장서고 자바르다스트는 따라다녔다. 두뇌 회전은 여전히 자바르다스트가 빨랐는데, 애당초 주무루드보다 느리기는 쉽지 않은 일이기도 했다. 그리하여 둘은 예전처럼 친구로 지내다가 이계전쟁 때 다시 갈라서게 되었다.

주무루드, 자바르다스트, 번개공주 아스만 페리. 그들의 정분은 얼마 동안 지속되었을까? 마족은 기간을 판단하는 데 서툴다. 마계에서 시간은 흐른다기보다 멈춘 듯하기 때문이다. 반면에 인간은 시계의 포로다. 주어진 시간이 지독하게 짧기 때문이다. 인간은 구름의 그림자처럼 빠르게 움직이다가 바람과 함께 사라진다. 그래서 두니아가 두니아라는 이름을 선택하고 이름과 더불어 인간 연인을, 게다가 젊지도 않은 철학자 이븐루시드를 선택했을 때 자바르다스트와 주무루드는 정말 어처구니가 없었다. 그녀가 걱정되어 둘이서 마지막으로 한번 더 찾아갔다. 자바르다스트가 말했다. "지성에 매력을 느껴서 그러는 거라면 페리스탄을 통틀어 마법을 나보다 잘 아는 마족은 없다는 사실을 상기해봐." 그러자 그녀가 되물었다. "마법이 윤리학의 갈래였나? 주술이 이성으로 하는 일이었어?" 자바르다스트가 대답했다. "옳고 그름, 그리고 합리성에 대한 관심은 인간의 불행이야. 벼룩이 개의 불행이듯이. 마족은 자기가 원하는 대로 행동할 뿐, 선이니 악이니 하는 진부한 문제로 고민하지 않아. 그리고 마족이라면 누구나 알듯이 우주는 원래 비합리적이라고." 그녀가 그 자리에서 영원한 절교를 선언하자 자바

288

르다스트의 마음속에서 자라나던 울분이 성난 파도처럼 그를 휘감았다. 그때 주무루드가 코웃음을 치며 말했다. "그 인간, 그 철학자, 그 똑똑한 명청이. 너도 알다시피 그놈은 금방 죽어. 반면에 나는 영원히 살지는 못하더라도 영겁에 버금갈 만큼 오래오래 살 거라고." 그러자 그녀가 대답했다. "대단한 일이라는 듯이 말하는구나. 하지만 내게는 이븐루시드와 사는 일 년이 너랑 사는 영원보다 더 소중해."

그날부터 그들은 그녀의 적이 되었고, 하루살이처럼 고작 하루를 살고 죽어버리는 인간에게 밀려 퇴짜를 맞았다는 굴욕감 때문에 인류를 증오할 이유가 하나 더 늘어났고,

─두니아가 어린 시절을 회상하는 동안 그녀의 풋사랑 이야기를 들으며 미스터 제로니모도 유일한 참사랑의 추억에 빠져들었는데, 아름다운 수다쟁이 엘라 엘펜바인, 누구에게나 상냥하고 자신의 몸을 자랑스러워했던 그녀는 때때로 제로니모보다 아버지 벤토를 더 깊이 사랑하는 듯 보였다. 벤토 엘펜바인이 죽는 날까지 매일 매시간 대여섯 번씩 전화를 걸었고, 그때마다 첫인사와 끝인사 대신 사랑해요 하고 말했다. 벤토가 죽은 뒤에야 비로소 제로니모에게 전화를 걸 때도 똑같이 하기 시작했는데, 당신은 내 전부예요라고 되풀이하는 버릇은 그전에는 없던 일이었다. 딸이 아버지를, 끊임없이 배트맨을 골탕 먹이는 조커처럼 유쾌한 악당 같은 미소를 짓는 아버지를, 똑똑하고 방탕하고 조금 불량스러운 아버지를 사랑한다고 질투하다니, 우스꽝스러운 일이지만 때로는 어쩔 수 없이 그런 감정을 느꼈고, 스스로 인정할 수밖에 없었고, 그것은

지금까지도 어쩔 수 없는 일인데, 도대체 무슨 수를 썼는지 그녀도 하필 벤토와 똑같은 방식으로, 즉 아버지처럼 벼락에 맞아 죽어버렸기 때문이다.

그는 자문했다. 내가 지금 뭘 하는 거지, 이렇게 초자연적 존재를 안고 있다니, 벼락을 부리는 마계의 여왕을 품에 안다니, 사랑하는 아내를 죽인 힘을 마음대로 조종하는, 그야말로 벼락의 화신 같은 존재에게 마치 아내를 죽인 흉기를 사랑할 수 있다는 듯이 사랑의 밀어를 속삭이다니, 엘라를 살해한 힘의 주인에게 첫인사와 끝인사 대신 사랑하라고 속삭이다니, 어떻게 생겨먹은 놈이냐, 이건 무슨 뜻이냐, 도대체 나는 뭐냐. 그건 그렇고, 나처럼 여왕의 귀도 귓불이 없구나. 그는 이렇게 자신을 타일렀다. 공상 같은 태곳적 존재가 내 먼 조상이라고 하는데, 정신 바짝 차려라, 넌 환상에 빠진 거야, 지금 두 발은 멀쩡히 지면을 딛고 있지만 머리는 까마득한 구름 속을 헤매는지도 몰라. 그러나 그렇게 자신을 꾸짖는 와중에도 그는 엘라가 점점 희미해지며 서서히 무로 돌아가는 것을 느꼈고, 반대로 그의 품에 안긴 따뜻한 육체는 연기로 이루어졌다는 사실을 뻔히 아는데도 점점 더 확고한 현실이 되어갔다.

그는 문득 몸이 불편하다는 사실을 깨달았다. 가슴속에서 심장이 마구 두근거리고 카프산의 희박한 공기 때문에 현기증이 났다. 고산병 증상 같은 두통도 느껴졌다. 포기해버린 생업이 생각났는데 점점 더 자신을 포기해버린 듯한 기분이 들었다. 대홍수 전에는 그토록 아름다웠던 라 인코에렌차도 생각나고, 땅을 일구고 잡초를 뽑고 씨앗을 뿌리고 산울타리를 다듬던 일도 생각나고, 진달래

를 먹어치우는 마멋과 싸우던 일, 나무 기생충을 퇴치한 일, 돌을
하나하나 쌓아가며 미궁을 만들던 일, 이마에는 땀이 뻘뻘 흐르고,
모든 근육이 기분좋게 뻐근해지고, 햇빛이 나든 비가 오든 서리가
내리든, 여름이든 겨울이든, 더위에 또 더위가 닥쳐오든, 눈에 또
눈이 쏟아지든 계속되던 보람찬 노동의 나날, 1000에이커 하고도
1에이커에 달하는 땅, 가라앉은 강, 일렁이는 풀밭 아래 아내가 누
운 언덕. 지금이라도 시계를 거꾸로 돌려 아무것도 몰랐던 그 시절
로, 벼락과 온갖 괴사가 온 세상을 망가뜨리기 전으로 돌아가고 싶
었다. 그는 자신의 괴로움이 향수병 때문이라는 사실을 깨달았다.

시간적으로도 공간적으로도 잃어버린 고향이 못 견디게 그리웠
다. 이제 집마저 서먹서먹해졌으니 어떻게든 해결해야 했다. h-빠
진-바그다드의 계단통에 둥둥 떠 있는 블루 야스민과 시스터 올
비, 올리버 올드캐슬과 철학녀를 그대로 두고 떠나왔는데, 멈춰버
린 동영상 같은 이 장면도 다시 움직이게 해줘야 했다. 네 명 중 둘
은 그가 좋아하는 사람이고 둘은 적이지만 마땅히 괴사를 바로잡
아 넷 다 고쳐줘야 했다. 도시도, 나라도, 인류가 사는 전 세계도
마찬가지였다. 마계, 둥글게 휘어진 궁전, 그곳을 지키는 번개장
막, 상사병에 걸린 마신, 죽어가는 마왕, 밀정의 교묘한 손길에 이
야기를 풀어놓는 마법의 찬합, 이렇게 황당무계한 세계는 그의 몫
이 아니었다. 그는 하계의 주민이었고, 이 높고 터무니없는 곳은
이제 지긋지긋했다.

지금 우리가 그를 돌이켜보면, 마치 머나먼 거리에서 보듯이 정지된

그림 같은 세 명 가운데 한 명인, 그러나 이미 환상 속으로 사라져버린 그를 바라보면, 구름에 뒤덮인 탑에 에워싸여 화려한 궁전에 서 있는 그의 모습을 또렷하게 보기는 우리에게도 어려운 일이다. 지상에 있는 우리에게도 그가 필요하고, 마신일망정 그의 새 연인도 필요하다. 그들의 사랑 이야기는, 비록 짧았으나 분명 사랑이었으니, 그들의 사랑 이야기는 이 아래에서만 의미가 있다. 저 위는 온통 허허롭고 꿈처럼 비현실적인 세계이기 때문이다. 그들의 진정한 사랑 이야기는, 우리에게 의미 있고 중요한 이야기는 전쟁과 더불어 시작되었다. 왜냐하면 과거의 그 시대에 미래의 우리가 살 곳도 괴이해졌기 때문이다. 우리는, 나중에 태어나서 그때를 돌이켜보는 우리는 이미 잘 안다. 만약 그 둘이 지상으로 돌아와 상황을 바로잡지 않았다면, 어쨌든 최대한 정상으로 돌려놓지 않았다면, 우리는 지금의 우리가 될 수 없었고 지금처럼 살아갈 수도 없었으리라. 우리 시대가 정말 우리가 말하듯이 정상인지, 아니면 그저 그때와는 또다른 비정상인지는 모르겠지만.

이제 찬합의 껍질이 미친듯이 벗겨지는데, 한 장 한 장 떨어져나갈 때마다 새로운 목소리가 새로운 이야기를 들려주지만 그중 하나도 끝을 맺지 못하고, 왜냐하면 아직 끝나지 않은 이야기 속에서 번번이 새로운 이야기가 나타나기 때문이고, 그래서 나중에는 그런 탈선이야말로 우주의 진정한 원리인 듯싶고, 진정한 주제는 그렇게 계속 주제가 바뀐다는 사실뿐인 듯싶고, 단 오 분이라도 그대로 유지되는 것이 아무것도 없고 결말까지 가는 이야기는 하나도 없으니 이렇게 정신없는 상황을 도대체 누가 견딜 수 있을까 싶고, 그런 환경에 무슨 의미가 있을 리 없으니 온통 부조리뿐이고, 거기서 붙잡을 만한 의미는 무의미뿐이다. 그러니까 어느 순간 어떤 도시에 대한 이야기가 나오는데, 그곳 사람들은 돈을 믿지 못하게 되었지만 하느님과 국가는 계속 믿었고, 왜냐하면 종이쪼가리와 플라스틱 카드는 명백히 아무 가치도 없지만 하느님과 국가가 하시는 말씀은 앞뒤가 맞으니까, 그러더니 다음 순간 그 이야기 속에서 느닷없이 다른 이야기가 시작되고(그러나 끝맺지는 못하고), 어느 날 미스터 X가 잠에서 깨어나더니 아무런 이유도 없이 아무도 모르는 새 언어로 말하기 시작했고, 그 언어는 그의 성격을 바꿔놓기 시작했고, 원래는 늘 무뚝뚝한 사람이었지만 도무지 이해할 수 없는 말을 하면서 점점 말이 많아져 손짓 발짓까지 하며 웃어댔고, 그래서 사람들은 그의 말을 알아듣던 때보다 지금의 그를 더 좋아하게 되었는데, 그리하여 이야기가 막 재미있어지려는 찰나 다시 껍질 한 장이 벗겨지면서 또다른 이야기로 넘어가버리고,

그 순간을 떠올리며 우리는 다시 움직이기 시작한 그림을 마음의 눈으로 지켜보는데, 대리석 안뜰 가장자리의 발코니에서 앵무새가 폭죽 터지듯 일제히 날아오르고, 바람을 타고 날아든 백합 향기가 공주의 옷자락을 살랑살랑 흔들고, 멀리 어딘가에서 나무피리의 감미롭고 구슬픈 곡조가 들려온다. 공주가 갑자기 미스터 제로니모를 뿌리치고 탁자 위에서 주절주절 떠드는 찬합을 가리키더니 두 손으로 귀를 막으며 바닥에 쓰러지고, 곧 밀정 오마르도 쓰러져 격렬한 경련을 일으키며 마구 꿈틀거리고, 제로니모 마네제스는 마치 아무 소리도 못 듣고 아무 느낌도 없

는 듯 그저 바닥에서 경련하는 남녀 마족만 멍하니 내려다보는데, 우리 역사에 따르면 바로 그 순간 그가 보여준 이 침착성에 미래가 갈렸으니, 그의 미래뿐만 아니라 우리의 미래도 함께 갈렸던바, 그는 재빨리 찬합을 집어들고 카프산의 비탈이 내려다보이는 발코니로 달려가서 그 치명적인 물건을 있는 힘껏 하늘 높이 던져버린다.

잠시 후 두니아와 오마르가 정신을 차리고 바닥에서 일어났다. 고마워요. 두니아가 제로니모에게 말했다. 그대가 우리 목숨을 구했어요. 은혜를 입었네요.

이럴 때는 마족도 꽤나 정중하다. 그들의 관례이기 때문이다. 마족에게 어떤 도움을 베풀면 마족도 도움으로 보답해야 한다. 연인 사이일지라도 이런 일이 생기면 마족은 철저히 곧이곧대로 행동한다. 두니아와 오마르는 정해진 절차에 따라 제로니모 마네제스에게 고개까지 숙였을지 모르지만 이에 대해서는 아무 기록도 남아 있지 않다. 그들이 정말 그랬다면 제로니모처럼 강인하고 과묵한 사람은 유난스러운 감사 표시에 당황했으리라.

어떤 주문을 썼는지 알아냈어. 두니아가 말했다. 빨리 아버지께 가서 어떻게든 주술을 풀어봐야겠어.

그 말이 끝나기가 무섭게 엄청난 굉음이 들려왔다.

카프산의 왕이 생애 마지막 순간에 눈을 뜨더니 최후의 착란상태에서 뜬금없이 세상에 존재하지도 않는 어떤 책을 가져오라 명령했고, 그러자마자 마치 그 책을 큰 소리로 낭독하듯이 눈에 보이지도 않는 내용을 줄줄 읊어대기 시작했다. 가잘리와 이븐루시 드라는 두 철학자의 사후 논쟁에 관한 이야기였는데, 죽은 지 이미 오래된 그들을 되살려 묵은 논쟁에 다시 불을 붙인 자들이 바로 마신 주무루드, 그리고 샤흐팔의 딸 아스만 페리, 일명 하늘요정, 두니아, 번개공주였다. 무덤 속의 가잘리를 깨운 막강한 흑마신 주무루드는 샤흐팔의 적인데다 마왕의 힘조차 미치지 못하는 곳에 있지만 자신의 딸마저 삶과 죽음의 문제에 함부로 개입하다니, 자기입에서 마법처럼 쏟아져나온 말을 통해 이 사실을 알게 되자 죽음을 앞둔 늙은 왕은 노발대발하며 엄청난 대갈일성을 터뜨렸고, 그 서슬에 침전 벽에 걸린 태피스트리가 우수수 떨어지고 대리석 바닥이 쩍 갈라지며 그의 침대에서 공주의 발치까지 뱀이 꿈틀꿈틀 기어간 듯한 균열이 생겼고, 그 순간 공주는 최후의 순간이 닥쳤음을 알았다. 그녀는 전속력으로 균열을 따라 아버지에게 날아갔고, 멀찌감치 홀로 남아 있던 제로니모 마네제스가 마왕의 침소에 당도했을 때 그녀는 아버지의 귀에 대고 비명을 지르듯이 해독 주문을 목청껏 외치고 있었지만 이미 늦어버린 뒤였다.

카프산의 주인은 페리스탄을 영원히 떠났다. 시무르그가 마왕의 침대 기둥에서 날아오르더니 순식간에 화르르 타버렸다. 임종의 방에 모인 조신들은 단 한 명도 마족의 죽음을 목격한 적이 없으니 하물며 왕의 죽음을 겪어봤을 리 없었다. 그들은 일제히 엎드려 애도하며 당연히 격하게 옷을 찢거나 머리카락을 잡아 뜯었지만, 저마다 성심성의껏 호곡을 하고 가슴을 치는 데 열중하면서도 샤흐팔이 딸의 범행을 알게 되는 바람에 상심해 절명했다는 사실을 잊지 않고 새 여왕을 질책했다. 그녀가 무덤 속의 망령을 부활시킨 것은 마족에게 허용되는 행동의 범위를 훌쩍 뛰어넘은 만행으로, 그녀가 보기 드물게 뛰어난 능력을 지닌 여마신이라는 사실을 입증하는 일이기도 하지만 누가 보아도 중대한 잘못이니, 결국 딸의 크나큰 죄상을 알게 된 충격으로 샤흐팔의 숨이 끊어졌다는 이야기였다. 그러므로 마왕의 죽음에는 그녀에게도 일말의 책임이 있음을 부디 명심하시라고, 저 대리석 바닥에 끊김 없이 그녀의 죄스러운 발치까지 단숨에 뻗어나간 균열이 바로 그 책임의 증거라고―물론 공손하게 굽실거리면서, 무릎을 꿇으면서, 이마를 바닥에 조아리면서, 한마디로 새 지배자 앞에서 지켜야 할 예법을 빠짐없이 준수하면서―조신들이 아뢰었다.

밀정 오마르가 그녀를 감싸주려고 찬합에 걸린 주술의 정체를 알아내기 위해 그녀가 목숨까지 걸었으며 부왕의 목숨을 살리려고 황급히 달려왔다는 사실을 지적했고, 당연히 모두가 동의했고, 옳소, 용감한 행동이었소, 그러나 눈동자가 갈팡질팡하고 몸짓도 어색하여 다들 반신반의하는 기색이 역력했는데, 왜냐하면 마왕은 결국 목숨을 잃었으니 그녀의 노력은 실패로 끝나버렸고, 그것이 최종 결말이고, 이번에도 그녀는 기대에 못 미쳤기 때문이다. 그리고 마왕이 승하하셨다는 소식이 임종의 방을 떠나 길거리로, 카프산의 골짜기로 퍼져나갈 때, 이 산악왕국의 산비탈을 타고 구석구석 전해질 때 그녀의 잘못에 대한 험담도 따라붙었는데, 물론 왕위를 계승할 자격에 조금이라도 의혹을 표시하는 자는 아무도 없었지만 이런 험담은 그녀의 명예에 오점을 남겼으니, 험담이란 말로 빚은 진흙 같은 것, 진흙이 으레 그렇듯이 찰싹 달라붙기 때문이다. 그리고 그녀의 아버지를 그녀 못지않게 사랑했던 신민들이 궁전 담장을 둘러쌌을 때 두니아는 통곡하며 흐느끼는 백성들 속에서 비록 소수지만 무시할 수 없는 숫자가 야유하는 소리를 마신의 뛰어난 청력으로 들을 수 있었다는 사실도 유감스럽지만 인정할 수밖에 없다.

그녀는 침착했다. 약해지지도 않고 울지도 않았다. 아버지의 마지막 순간에 대해 어떤 생각을 했든 간에 아무에게도 드러내지 않고 혼자 간직했다. 그녀는 궁전 발코니에서 카프산의 백성들에게 윤음을 내렸다. 시무르그의 재를 모아 두 손에 담고 군중을 향해 입으로 훅 불자 잿가루가 커다란 새의 모습으로 뭉치더니 펑 소리와 함께 화려하게 되살아나 길게 울부짖었다. 마법의 새가 그녀의 어깨에 내려앉고 시무르그 왕관이 머리에 놓이자 모든 백성이 우러러보았고, 험담은 쏙 들어갔다. 그녀는 백성 앞에서 맹세했다. 페리스탄에 죽음이 찾아왔으니 기필코 죽음으로 갚으리라. 선왕을 암살한 자들을 처단할 때까지 한시도 쉬지 않으리라. 주무루드 샤와 그 일당 자바르다스트, 흡혈마 라임, 발광마 루비를 두 세계에서 영원히 제거하리라. 그리하여 이계전쟁을 끝내고 상계와 하계의 평화를 되찾으리라.

그녀는 그렇게 맹세했다. 그러더니 목청껏 절규했다.

그 절규를 듣는 순간 제로니모 마네제스는 망치로 머리를 후려갈기는 듯한 충격에 그대로 기절해버렸다. 지난 수천 년 동안 하늘 요정의 절규를 들어본 자는 두 세계 어디에도 없었다. 그 소리가 어찌나 큰지 마계 전체를 뒤덮고도 남아 하계까지 울려퍼졌고, 그 소리를 들은 주무루드와 세 동료는 그것이 전쟁선포라는 사실을 알았다. 죽음이 마계를 침범했으니 이 전쟁이 끝나기 전에 더 많은 마족이 죽을 터였다.

두니아는 아버지의 침소로 돌아가 한참 동안 차마 떠나지 못했다. 그녀는 아버지 곁의 바닥에 앉아 말을 건넸다. 제로니모 마네제스는 의식을 되찾았지만 양쪽 귀가 계속 윙윙거리는 바람에 조금 떨어진 브로케이드 의자에 앉아 눈을 감고 생애 최악의 두통을 살살 달래야 했는데, 아직도 충격이 가시지 않고 아직도 온몸이 후들거려 다시 의식을 잃고 깊은 잠에 빠져들어 죽음과 천둥에 대한 꿈을 연거푸 꾸었다. 제로니모가 자는 동안 죽은 왕의 딸은 아버지가 살아생전에 들어주지 않았던 은밀한 생각을 빠짐없이 털어놓았는데, 아버지가 처음으로 귀담아들어준다는 느낌을 받았다. 조신들은 하나둘 흩어지고 밀정 오마르만 남아 임종의 방 출입구를 지켰고, 제로니모는 잠을 잤다. 두니아는 사랑과 분노와 후회가 담긴 말을 끊임없이 쏟아냈고, 그렇게 속내를 다 털어놓은 다음에는 복수에 대한 계획을 선왕에게 밝혔고, 선왕도 굳이 만류하려 하지 않았는데, 이미 죽었기 때문만이 아니라 원래 마족은 억울한 일을 당하면 다른 뺨을 내주기보다 당한 만큼 갚아주기 때문이었다.

주무루드와 자바르다스트와 부하들도 두니아가 곧 자기들을 뒤쫓을 것을 알았고, 그녀가 절규하기 전에 이미 공격을 예상했겠지만, 그녀는 조금도 망설이지 않고 마음껏 절규했다. 그들은 그녀가 여마신이라는 이유로 만만히 보았는데, 이미 그 사실을 아는 그녀는 이제부터 따끔하게 본때를 보일 생각이었다. 그들의 예상을 훌쩍 뛰어넘는 혹독한 보복을 가하리라. 그녀는 아버지의 원수를 반드시 갚겠다고 거듭 다짐했고 마침내 아버지도 그녀의 약속을 믿어주었다. 그러자 그의 시신이 변화를 일으켰는데, 드물게나마 마족이 목숨을 잃으면 시신의 물질적 형태가 허물어지면서 불길이 허공으로 솟구쳤다 사라져버린다. 그러고 나자 침상은 텅 비었지만 아버지가 누웠던 자리에 침대보가 눌린 자국이 보였고, 아버지가 좋아하던 낡은 슬리퍼는 침상 옆 바닥에 놓인 채 마치 금방이라도 아버지가 방안으로 돌아와 다시 신어주기를 기다리는 듯했다.

(그날부터 며칠 동안 두니아는 아버지가 자주 나타난다고 제로니모에게 말했다. 주로 마족의 잠에 해당하는 휴식상태에 있을 때였는데, 그렇게 나타날 때마다 아버지는 그녀에 대해 궁금해하고 그녀가 하는 모든 일에 관심을 보였으며 늘 따뜻하게 대해주고 다정하게 안아주었다. 간단히 말해서 아버지가 살아 있을 때보다 세상을 떠난 뒤에 부녀관계가 훨씬 더 좋아졌다. 그녀는 제로니모 마네제스에게 말했다. 아버지는 여전히 내 곁에 계시고 나는 예전보다 지금의 아버지가 더 좋아.)

마침내 일어섰을 때 그녀는 다시 변모했다. 이제 공주도 딸도 아니고 무시무시한 분노에 불타는 어둠의 여왕이었다. 황금빛 눈동자, 머리카락 대신 머리의 움직임에 따라 길게 나부끼는 연기구름. 이윽고 안락의자에서 눈을 뜬 제로니모 마네제스는 처음부터 이런 삶이 자신을 기다렸음을 깨달았다. 불확실한 삶, 당혹스러운 변화. 이 현실에서 잠이 들었는데 깨어나보니 전혀 다른 현실이었다. 일찍이 엘라 엘펜바인이 돌아온 듯한 착각에 놀라기도 하고 기쁘기도 했지만 그런 환상을 차츰 믿게 되기까지는 그리 어렵지 않았다. 그러나 페리스탄으로 건너온 후 환상은 돌이킬 수 없이 무너졌는데, 이제 성난 아름다움을 고스란히 드러낸 카프산의 여왕을 보자 엘라의 망령은 깨끗이 사라져버렸다. 두니아에게도, 번개여왕 하늘요정에게도 심경의 변화가 생겼다. 그녀는 제로니모를 이븐루시드의 환생으로 여겼지만 사실은 그 늙은 철학자를 드디어 떠나보내는 중이었다. 옛사랑은 이미 티끌로 돌아갔다는 사실을 깨달았고, 그의 환생도 마음에 들긴 하지만 일시적인 감정일 뿐, 예전의 열정을 되살리지는 못했기 때문이다. 한동안 그에게 집착했지만 이제 할일이 생겼고, 그 일을 어떻게 해결해야 좋을지도 알고 있었다.

너. 그녀가 제로니모 마네제스에게 말했다. 연인이 연인을 부르는 목소리가 아니라 위엄이 넘치는 지배자의 목소리, 예컨대 턱밑 사마귀에 털이 돋아난 할머니가 가문의 어린아이를 부르는 듯한 목소리였다. 그래. 너부터 시작하자.

제로니모는 마치 반바지 차림으로 할머니에게 꾸중을 듣고 발바닥을 비비며 중얼중얼 대답하는 소년 같았다. 안 들린다. 그녀가 말했다. 더 크게 말해.

배가 고파서요. 밥부터 먹으면 안 될까요.

전세
역전

In Which the Tide Begins to Turn

우리에 대하여 몇 마디. 과거를 돌이켜보며 선조들의 입장에서 생각해보기란 그리 쉽지 않은데, 일상생활을 영위하는 와중에 느닷없이 변신능력을 지닌 무자비한 세력이 들이닥쳤으니, 둔갑술을 부리는 아바타가 내려왔으니 선조들에게는 현실을 뿌리째 뒤흔드는 충격적인 사건이었으리라. 그러나 우리 시대에는 그런 일이 이미 평범한 일상이다. 인간 게놈을 완벽하게 제어할 수 있게 되어 선조들과 달리 카멜레온 같은 능력을 얻었다. 가령 성별을 바꾸고 싶다면, 아무렴, 간단한 유전자조작 과정을 거쳐 얼마든지 바꿀 수 있다. 곧 분통이 터질 듯싶으면 팔뚝에 내장된 터치패드로 세로토닌 수치를 조절해 기분전환을 한다. 피부색도 태어날 때 정해지지 않는다. 원하는 색상을 선택할 수 있다. 예컨대 축구 열성팬이라면 알비셀레스테든 로소네로든* 자기가 좋아하는 팀의 상징색을 마음대로 골라잡고, 짜잔! 하양 파랑 줄무늬 혹은 인상적인 빨강 까망 줄무늬로 온몸을 물들인다. 오래전 브라질의 한 여성 예술가는 자국민에게 각자 자기 피부색의 이름을 지어보라고 청한 후 각각의 피부색을 구현한 물감 튜브를 생산하고 색상마다 그 피부색인 사람이 지은 이름을 붙였다. '크고 시꺼먼 사나이 색', '백열전구 색', 기타 등등. 요즘은 그녀가 생산하는 색상이 어찌나 다채로운지 튜브가 모자랄 지경인데, 우리 모두는 이런 현실이 매우 바람직하다고 널리 믿으며 두루 인정한다.

이것은 우리 인류의 과거에 대한 이야기인데, 까마득한 옛날의 이야기라서 때로는 이것이 역사인지 신화인지를 놓고 논쟁이 벌어진다. 어떤 이들은 지어낸 이야기라고 말하기도 한다. 그러나 한 가지만은 누구나 동의하는데, 과거에 대한 이야기가 곧 현재에 대한 이야기라는 사실이다. 환상적인 이야기, 상상을 다룬 이야기는 곧 현실을 이야기하는 다른 방법이기도 하다. 만약 그렇지 않다면 이야기하는 일 자체가 무의미할 텐데, 일상생활에서 우리는 무의미한 일을 가급적 피하려고 노력하기 마련이다.

우리가 역사를 탐구하고 서술할 때 자문해보는 질문이 바로 이거다. 거기서 여기까지 어떻게 왔을까?

번개에 대해서도 몇 마디. 하늘에서 떨어지는 불 즉 벼락은 역사적으로 대개 막강한 남성 신 인드라, 제우스, 토르 등의 무기로

---

* 알비셀레스테는 흰색과 하늘색 줄무늬 유니폼을 입는 아르헨티나 축구 국가대표팀의 별칭, 로소네로는 빨간색과 검은색 줄무늬 유니폼을 입는 이탈리아 프로축구팀 AC밀란의 별칭.

여겨졌다. 이 강력한 무기를 휘둘렀던 몇몇 여성 신 가운데 한 명이 바로 요루바족*의 여신 오야인데, 이 위대한 주술사는 기분이 나쁠 때마다—흔한 일이었다—회오리바람과 천불을 쏟아냈고, 흔히 변화의 여신이라고 믿었으므로 큰 변혁의 시기에, 즉 세상이 어떤 상태에서 다른 상태로 급격히 변해갈 때 그녀에게 빌었다. 그녀는 강의 여신이기도 했다. 요루바 땅에서는 니제르강을 '오도-오야'라고 부른다.

오야에 대한 전설의 기원은 먼 옛날—아마도 수천 년 전에—하늘요정이라는 여마신이 인간사에 개입했을 때부터일 수도 있고 우리도 개연성이 충분하다고 보는데, 지금 이 글에서 그녀가 나중에 지은 이름대로 두니아라고 주로 칭하는 바로 그 마신이다. 고대에는 오야에게 폭풍 마왕 샹고라는 남편이 있다고 믿었지만 그는 결국 사람들의 시야에서 사라져버렸다. 두니아에게 정말 남편이 있었다면, 그리고 역사에 기록되지 않은 마족의 옛 전투에서 그가 사망했다면, 아내를 잃은 제로니모에게 그녀가 보여준 애정도 납득할 만하다. 그것도 한 가지 가설이다.

두니아에게는 불뿐만 아니라 물을 다스리는 능력도 있었다는데, 그 말이 사실일지도 모르지만 지금 이 글에서는 굳이 거론할 필요도 없거니와 어차피 정보도 별로 없다. 그러나 괴사의 시대와 마신들의 만행, 그리고 이계전쟁 당시 지구상의 인류가 겪어야 했던 대부분의 일은 그녀에게도 조금이나마 책임이 있는데, 그 이유

---

* 나이지리아 남부 기니만 부근에 사는 종족.

는 이 글이 끝나기 전에 밝혀질 것이다.

아프리카의 전통신앙이 노예선을 타고 신세계로 건너갈 때 오야도 동승했다. 브라질의 칸돔블레* 의식에서 그녀는 얀사가 되었다. 카리브해의 혼성종교 산테리아**에서는 그리스도교의 검은 마돈나 즉 칸델라리아의 성모와 융합되기도 했다.

그러나 여마족이 다 그렇듯이 두니아도 순결과는 거리가 멀었다. 그녀는 수많은 두니아자트를 낳은 어머니였다. 그리고 이제 우리 모두가 잘 알다시피 그녀의 후손도 손끝에서 번개를 뿜어내는 능력을 물려받았는데, 다만 온갖 괴사가 일어나 그런 일도 가능하다고 생각하기 전에는 그 사실을 아는 사람이 거의 없었을 뿐이다. 흑마신과의 싸움에서 번개는 결정적인 무기가 되었다. 그리고 이런 번개인간은 엄청난 공포를 불러일으켰던 이른바 괴사의 시대 당시 온갖 소란의 원흉으로 지목되었지만, 사실 흑마신 주무루드 일당이 지구를 식민지로 만들고 더 나아가 인류를 노예로 삼으려 했을 때 저항의 최전선에서 맹활약해 마침내 전설적 영웅으로 떠오른 무리가 바로 그들이었다.

그리고 주무루드의 흉계에 대해서도 아주 짧게 몇 마디. 마족에게 정복은 완전히 새로운 개념이다. 그들에게는 제국이 낯설기 때문이다. 마족은 말썽꾼이다. 간섭하기 좋아해서 이놈은 들어올리

---

* 아프리카계 브라질인의 종교.
** 스페인 식민시대의 쿠바에서 가톨릭과 아프리카 종교의 결합으로 탄생한 민간신앙.

고 저놈은 끌어내리고, 보석동굴을 약탈하거나 부자가 이룩한 사업을 마법의 스패너로 때려부수기도 한다. 그들은 장난과 폭력과 무질서를 좋아한다. 그리고 전통적으로 경영기술이 부족하다. 그러나 공포정치도 공포만으로는 효율이 떨어진다. 가장 효과적인 전제정치의 특징은 탁월한 조직력이다. 그런데 예나 지금이나 능률성은 거마 주무루드의 특기가 아니다. 그의 수법은 남을 윽박지르는 것뿐이다. 그러나 주술마 자바르다스트는 매우 치밀한 일면을 보여주었다. 다만 그 역시 완벽하지 않았고, 부하들도 마찬가지였고, 그래서 그들이 세운 계획에는 (다행히) 여기저기 구멍이 많았다.

흑마신이 하계로 돌아오기 전에 두니아는 미스터 제로니모의 머릿속에 있는 비밀 문을 열어 그에게 내재된 마족의 본성을 되찾게 했다. 그녀가 말했다. 너는 네 정체를 모를 때도 무중력 병을 스스로 치료하여 지면으로 내려왔으니 앞으로 어떤 일을 할 수 있을지 상상해보아라. 그러더니 처음에는 왼쪽, 다음에는 오른쪽 관자놀이에 입술을 대고 소곤거렸다. "열려라." 그러자 마치 우주가 활짝 열린 듯 그가 존재하는지조차 몰랐던 공간차원이 가시화되면서 들어갈 수도 있게 되었고, 능력의 한계도 대폭 넓어져 예전에는 불가능했던 많은 일이 가능해졌다.

마치 말을 배우는 아이가 된 듯한 기분이었다. 처음에는 낱말만 익혀 쓰다가 구절을 배우고 문장으로 넘어간다. 그렇게 언어라는 선물을 받고 나면 생각을 표현할 뿐만 아니라 형성할 수도 있게 되어 비로소 사고행위가 가능해지는데, 두니아가 그에게 열어주고 그의 내면에 심어준 언어가 예전에는 미지의 구름에 가려져 눈에 보이지도 않고 건져낼 수도 없었던 여러 표현방식을 허락해주었다. 그는 물체를 움직이거나 방향을 바꾸거나 속력을 높이거나 움직임을 멈추게 하는 등 자연계에 변화를 일으키는 일이 얼마나 쉬운지 알게 되었다. 눈을 빠르게 세 번 깜빡거리면 마음의 눈 앞에 마족의 놀라운 통신시스템이 좌르르 펼쳐지는데, 인간 두뇌의 신경회로만큼이나 복잡하지만 작동 방법은 확성기만큼이나 간단했다. 어디서 어디로든 손뼉만 치면 거의 순식간에 이동하고, 코만 한번 찡긋하면 무엇이든—음식 접시, 무기, 자동차, 담배 등등—나타났다. 시간도 새로운 방식으로 이해하게 되었는데, 인간 자아는 모래시계에서 흘러내리는 모래를 주시하며 늘 다급하고 덧없는 삶을 살았던 반면에 새로 발견한 마족 자아는 시간을 가볍게 무시해버리고 연대표 따위는 그저 생각의 폭이 좁아서 생긴 병폐 정도로 여겼다. 외부세계와 자신을 지배하는 변화의 원리도 깨우쳤다. 별, 귀금속, 각종 보석 등 반짝이는 것이 점점 더 좋아졌다. 하렘바지의 매력이 무엇인지도 이해하기 시작했다. 그리고 이제야 마족의 변방에 겨우 들어섰다는 사실도 알았다. 날이 갈수록 이 언어가 아직 허락하지 않은 깨달음과 표현방식을 통해 더욱더 놀라운 일을 보게 될 터였다. 그가 엄숙하게 말했다. "우주는 10차원까지 있군요." 그러자 두니아는 똑똑한 아이를 바라보는 부모 같은 표정으로 빙그레 웃으며 대답했다. "그렇게 볼 수도 있지."

그러나 정작 두니아의 삶은 오히려 좁아졌다. 마족의 정신은 다중적이므로 여러 일을 동시에 처리할 수 있지만 두니아의 여러 의식은 모두 한 가지 목표에 집중된 상태였다. 아버지를 암살한 자들을 섬멸하는 일. 그리고 아버지의 죽음 때문에 그녀는 극단적 비리까지 저질렀는데, 일반적으로 신들에게만 있다는 축복과 사면의 권능을 행사했던 것이다. 두니아는 흑마족을 대적하는 이 전쟁에서 자기가 후손에게 명하는 모든 행동은 자신이 허락했으므로 결코 부당하거나 부도덕할 수 없다고 선포했다. 두니아가 이 싸움을 위해 부관으로 임명한 제로니모 마네제스는 날이 갈수록 그녀를 만류해야 할 때가 많아졌다. 두니아가 형언할 수 없는 슬픔 때문에 어마어마한 힘을 휘두를 때마다 마치 어깨 위에 올라앉은 귀뚜라미*처럼 그녀의 경솔한 확신에 의문을 제기하고 그녀를 사로잡은 절대주의를 걱정해야 했기 때문이다.

그녀가 미스터 제로니모에게 분부했다. "가자, 곧 회의를 시작해야지."

페리스탄에 사는 진(남성)과 진니아(여성)가 모두 몇 명이냐는 문제에 대해서는 학자들 사이에서 여전히 의견이 분분하다. 논쟁의 한 진영에 속하는 저명한 학자들은 첫째, 남녀 마족의 수는 일정하며, 둘째, 마족은 불임이므로 번식하지 못하며, 셋째, 남성이

---

* 월트 디즈니 만화영화 〈피노키오〉 등에서 양심의 소리를 대변하는 귀뚜라미 지미니 크리켓에 대한 언급.

든 여성이든 불멸의 존재이므로 죽지 않는다고 아직도 주장한다. 토론장 맞은편에는 우리처럼 번개공주를 비롯한 여마신의 능력에 대해 알게 된 정보를 바탕으로, 그들도 번식할 뿐만 아니라 대량으로 번식하기도 하며 마족도 (극단적 상황에서만 가능한 일이지만) 죽는다는 사실을 인정하는 학자도 있다. 곧 알겠지만, 아주 금방 알게 되겠지만, 이 문제와 관련해 우리가 확보한 최고의 증거는 바로 이계전쟁의 역사다. 결과적으로 우리는 남녀 마족의 수가 영원 불변이라는 생각을 받아들일 수 없다.

전통주의자는 마족의 총수도 마법의 숫자, 즉 천 명 하고도 한 명이 분명하다고 주장한다. 혹은 남성 천 명 하고도 한 명, 여성 천 명 하고도 한 명이라고 말하기도 한다. 마땅히 그래야 하므로 그럴 수밖에 없다는 것이 그들의 논리다. 마족의 수가 그리 많지 않다는 점에는 우리도 동의하고, 또한 전통주의자가 제시한 숫자가 진실에 가까울 수도 있다고 생각하지만, 우리는 어떤 시점에서 마족의 정확한 총수를 알아내는 방법은 전혀 없다는 사실을 인정하며, 따라서 당위성을 내세우는 가설을 근거로 임의의 숫자를 결정해버리는 것은 미신과 다를 바 없다고 믿는다. 게다가 어차피 예나 지금이나 마계에는 마족뿐만 아니라 더 열등한 생명체 '데브'도 있고 '부트'도 있다. 이계전쟁 당시 부트와 데브도 대거 동원되어 하계를 침공한 4대 흑마신의 군대에 합류했다.

지니리에 대하여. 이제 양친을 여읜 번개공주가 카프산의 넓은 연회장에 소집한 역사적인 여마신 모임에 거의 모든 여마신이 참석해 이런 모임의 최고기록을 세웠다. 카프산의 마왕이 암살당했다는 충격적인 소식이 마계 전역에 급속도로 퍼지자 거의 모두가 연민과 분노를 느꼈으므로, 고아가 된 번개공주의 초청을 무시해 버린 여마신은 극소수에 불과했다.

그러나 두니아가 즉시 광범위한 섹스 보이콧을 실행해 샤흐팔을 암살한 흑마신을 징계하고 아울러 하계를 정복하려는 그릇된 계획을 중단하도록 압박하자고 요구했을 때, 그 자리에 모인 여마신들은 그녀의 슬픔에 연민을 느끼면서도 깜짝 놀라 반대 의사를 표시했다. 어린 시절부터 두니아의 친구였던 광야공주 실라가 모두의 반감을 대변했다. "적어도 하루에 열두 번씩 섹스를 못할 바에는 차라리 수녀가 되는 게 낫겠다, 얘. 너야 옛날부터 책을 좋아했고 솔직히 말하자면 인간도 사알짝 지나치게 좋아했으니, 물론 나야 널 사랑하지만 사실은 사실이니까, 그래서 너는 섹스를 안 해도 우리보다 잘 견딜 테고 그냥 책이나 읽으면 되겠지만 우리는, 얘, 우리 대부분은 그게 생활이잖니."

그러자 다들 동감이라는 듯이 못마땅한 목소리로 웅성거렸다. 어둠공주 라일라가 두번째로 나섰는데, 남녀 마족이 오랫동안 성관계를 하지 않으면 마계가 통째로 무너져 모두가 파멸한다는 오래된 풍문을 들먹이며 마족의 옛 속담까지 인용했다. "불 없는 연기 없고 연기 없는 불 없다고, 둘이 합쳐지지 않으면 불꽃이 꺼질 수밖에 없죠." 그러자 그녀의 사촌인 불꽃공주 베탈라가 겁에 질려 섬뜩한 소리로 울부짖었다. 그러나 두니아는 물러서지 않고 말했다. "주무루드 일당은 분별력을 잃었어요. 마족과 인간 사이의 규칙뿐만 아니라 마족과 마족 사이에서 올바른 행동을 정해놓은 율법까지 모조리 어겼어요. 이미 아버지가 돌아가셨죠. 여러분의 왕국은, 여러분의 아버지, 남편, 아들, 그리고 여러분 자신은 안전하다고 믿나요?" 그러자 그 자리에 모인 광야, 물, 구름, 정원, 어둠, 불꽃 등 왕비와 공주 모두가 비로소 성욕에 대한 불평을 멈추고 주목했다. 그들을 모시고 온 시녀들도 마찬가지였다.

그러나 우리가 알다시피 거마 주무루드와 추종자를 굴복시키려고 마계의 여성 전체가 흑마신과의 성관계를 거절한 일은 기이한 역효과를 낳았는데―성관계를 중단하고 자제하는 일은 이 계획을 진행한 여마신들에게도 여느 중독자 못지않게 고달픈 일이었고 신경질, 수전증, 불면증 등의 금단증상도 나타났다. 왜냐하면 연기와 불의 결합은 마족의 남녀 모두에게 필요한 존재론적 욕구였기 때문이다. 미칠 지경이 된 실라가 두니아에게 말했다. "이대로 가면 정말 마계가 통째로 무너질 거야."

어렵게 얻은 정보를 바탕으로 당시의 사건을 돌이켜보며 우리는 테러라는 두루뭉술하고 종종 부정확한 용어로 통칭되는 극단적 폭력행위에 주로 섹스 파트너를 찾지 못한 남자나 숫총각이 나서는 이유를 이해할 수 있었다. 이는 심리적 변화를 일으키는 욕구 불만과 그로 인해 자존심에 입은 상처를 분노와 폭행으로 해소하려는 행동이다. 그렇게 외롭고 희망 없는 청년에게 그를 사랑하는, 적어도 육체관계를 원하는, 하다못해 받아주기라도 하는 섹스 파트너를 만나게 해주면 자살용 폭탄벨트를 비롯한 폭발물이나 천국의 처녀에 대한 흥미를 잃고 삶을 선호하기 마련이다. 모든 마족이 좋아하는 오락을 즐길 수 없을 때 인간 남성은 오르가슴 같은 최후를 떠올리기 쉽다. 죽음은 어디서든 쉽게 찾을 수 있으니 좀처럼 찾기 어려운 섹스의 대안으로 선택하는 경우가 많다.

인간의 경우는 그랬다. 그러나 흑마족은 자기희생 따위는 상상도 하지 않았다. 섹스 보이콧에 대한 대응으로 그들은 예전의 섹스 파트너였던 여마신의 요구에 따르기보다 섹스 이외의 격렬한 활동을 대폭 확대했다. 흡혈마 라임과 발광마 루비는 육체적 쾌락을 거절당한 데 격분해 하계 정벌을 목표로 무자비한 학살에 돌입했다. 그들의 무차별 만행은 주무루드와 자바르다스트마저 처음에는 놀랄 정도였다. 그러나 얼마 지나지 않아 두 선배 마신의 눈빛도 똑같은 광기로 붉게 물들었고, 여마신이 흑마신을 징계한 대가로 애꿎은 인류가 재앙을 치러야 했다. 전쟁은 다시 새로운 국면으로 접어들었다. 이제 두니아와 제로니모 마네제스가 지상으로 돌아갈 때가 되었다.

두니아는 자기가 그랬듯이 제로니모에게도 엄숙한 맹세를 시켰다. "내가 네 눈을 열어 참다운 본성을 깨닫게 하고 그 본성을 이용하는 능력도 주었으니 우리가 할일을 끝마치거나 도중에 숨이 끊어질 때까지 내 곁에서 함께 싸우겠다고 약속해야 한다." 그녀의 눈빛이 이글거렸다. 저항할 엄두도 못 낼 만큼 강렬한 결의였다. 제로니모가 대답했다. "알았소, 맹세하겠소."

두니아는 칭찬의 표시로 그의 뺨에 입맞춤하고 말했다. "네가 만나봐야 할 남자애가 있어. 지미 카푸르, 나트라지 히어로라는 이름도 쓰지. 용감한 녀석인데 네 사촌이기도 해. 사촌 얘기가 나왔으니 말인데 제법 만만찮은 여자애도 있어."

테리사 사카라는 본명은 무용지물이었다. 한 남자를 죽이는 바람에 이제 그녀의 명의는 아무 가치도 없었다. 그래서 쓸모없는 플라스틱 카드처럼 자기 이름을 싹둑 잘라 쓰레기통에 던져버렸다. 씹던 껌처럼 뱉어버렸다. 씨팔, 이름이 별거냐. 도피생활을 하면서 수많은 가명을 썼다. 훔친 직불 카드에 찍힌 이름, 길거리 위조꾼에게 구입한 가짜 신분증에 적힌 이름, 하룻밤 묵어가는 싸구려 호텔의 얼룩진 숙박부에 휘갈긴 이름 따위였다. 그녀는 이런 밑바닥 생활에 서툴렀다. 서비스업이 절실했다. 한창 잘나갈 때는 단 하루라도 헬스클럽이나 요가센터에 못 가면 하루를 헛살았다고 느꼈다. 그러나 그 시절은 지나갔고 이제 임시변통으로 근근이 살아야 했다. 염병할. 게다가 대학도 다니다 말았다. 그러나 다행히 온 세상이 엉망진창이라 사법기관도 예전 같지 않았고, 그런 시대적 혼란 덕분에 요리조리 법망을 피해 다닐 수 있었다. 어쨌든 아직은 무사했다. 어쩌면 이미 잊혔는지도 모른다. 이제 사람들의 관심은 다른 곳으로 옮겨갔고 그녀는 이미 묵은 뉴스가 되었으니까.

그리하여 그날 저녁 그녀의 이름이 테리사였든 메르세데스였든 실비아였든 파트리치아였든 뭐였든 간에, 그녀는 테네시주 피전포지의 스포츠 바*에 홀로 앉아 군대식으로 머리를 깎은 근육질 남자들의 유혹을 물리치며 테킬라를 연거푸 들이켜고 초대형 평판 고화질 텔레비전으로 최근 발생한 교내 학살사건에 대한 보도를 보

---

* 텔레비전으로 스포츠 경기를 시청할 수 있는 술집.

왔다. 아, 쥐랄. 술기운에 뭉개진 발음으로 중얼거렸다. 쥐금은 죽음의 시대야. 근데 말이쥐, 난 상관없어. 저 바깥은 무슨 도살장 같은데 당신도 한몫 거드는 듯싶네. 당신 말이야, 신, 이름이 뭔쥐 모르겠쥐만, 어떻게 이름이 나보다 더 많은쥐 원. 그래, 거기 신, 당신한테 하는 소리야. 이 나라 저 나라에서 이런 이름 저런 이름 다 쓰는 당신, 살인에는 늘 관대하셔서 누가 페이스북에 올린 글 때문에 사람을 죽여도, 할례 안 받았다고 죽여도, 엉뚱한 놈이랑 잤다고 죽여도 그저 오냐오냐 넘어가시쥐. 그래도 난 상관없어. 왜냐면 말이쥐, 신 나리, 나도 살인자거덩. 여기 이 몸도. 이년도 한바탕 놀아봤다 이 말씀이쥐.

    낙뢰 생존자를 백안시하던 시기였으므로 더러는 여기저기 남몰래 모여 신세 한탄을 하기도 했다. 그녀도 그들의 이야기를 들어보고 싶어 일부러 찾아다녔는데, 혹시 그중에 단순한 희생자가 아니라 자기처럼 벼락을 마음대로 부리는 사람이 있지 않을까 싶어서였다. 괴물이 되고 보니 혼자가 아니라는 사실만 확인해도 기쁠 듯싶었다. 그러나 이곳 '스모키산맥의 놀이 중심지'*에 모인 생존자들은 모두 한심한 얼간이였다. 그들은 스포츠 바 안쪽의 작은 골방에 옹기종기 모여 있었는데, 조명도 침침한 이 방은 중심가에서 조금 떨어진 좁은 골목에 있었다. 예전에는 이 도시의 중심가에 관광객이 몰려들어 관광객이 좋아하는 일을 했는데, 가령 관광객용 음식을 먹거나 관광객용 범퍼카를 타거나 돌리 파턴** 사진을 배경

---

* 테네시주 피전포지의 표어.

으로 관광객용 사진을 찍거나 관광객용 금광에서 관광객용 황금을 캐기도 했다. 취향이 좀 엽기적인 사람들은 타이타닉 박물관*** 특별전에 가서 선상밴드의 리더 월리스 하틀리가 사용했던 바이올린도 보고 배와 함께 가라앉은 백서른세 명의 아이, 이른바 '어린 영웅들'을 기리는 전시물도 구경했다. 그러나 이제 세상이 발칵 뒤집혀 모든 곳이 문을 닫았고 지금은 온 세계가 타이타닉호가 되어 모두가 침몰하는 중이었다. 이 스포츠 바가 여전히 영업을 하는 이유는 아무리 어려운 시기에도 사람들은 술을 마시기 때문인데, 이 사실만은 변하지 않았지만 화면에 나오는 경기는 재방송뿐이었으니, 그 유명한 MLB, NBA, NFL 등등 모두가 활동을 중단해버린 탓이었다. 그래서 초대형 화면에는 유령들만 뛰어다니고 이따금씩 뉴스 보도가 나올 뿐이었는데, 그나마도 위성으로 전송하는 방법을 아는 몇몇 용감한 현장기자 덕분에 깜박거리는 화면일망정 잠깐잠깐 방송되는 정도가 고작이었다.

벼락을 맞고 살아남은 사람의 유형은 두 가지였다. 첫번째 유형은 말이 많았다. 어떤 사람은 벼락을 네 번이나 맞고 또 어떤 사람은 일곱 번이나 맞는 기록을 세웠다. 어리둥절하거나 두통과 공포를 느꼈다는 사람이 많았다. 땀을 너무 많이 흘리거나 잠을 못 자거나 한쪽 다리가 이유 없이 오그라들었다. 울 만한 일도 없는데 눈물이 흐르고, 걸어가다가 문짝을 들이받거나 가구에 부딪히기

** 테네시주 태생의 미국 가수, 영화배우로 피전포지 일대에서 놀이공원 등의 사업을 한다.

*** 타이타닉호를 절반 크기로 축소한 형태로 지은 박물관.

일쑤였다. 벼락을 맞아 말 그대로 날아가는 서슬에 신발이 벗겨지고 옷도 순식간에 터져버려 알몸이 된 채 기절해버렸다. 그러나 화상의 흔적은 없었으므로 남들은 너무 심하게 또는 너무 오래 엄살을 부린다고 나무랐다. 생존자들은 청천벽력에 대한 두려움을 드러냈다. 종교적 체험이었다고 말하는 사람도 많았다. 악마의 소행을 직접 목격했으니까.

두번째 유형은 침묵을 지켰다. 그런 생존자는 자기만의 세계에 갇혀 홀로 방구석에 틀어박혔다. 벼락을 맞는 순간 어딘가 머나먼 곳으로 날아갔지만 자기가 겪은 불가사의한 경험을 말하지 않거나 말하지 못했다. 테리사인지 메르세데스인지 아니면 또 누구인지가 말을 걸어보았지만 다들 겁먹은 표정으로 피해버리거나 별안간 극도의 적개심을 보이며 이빨을 드러내고 손톱으로 할퀴려 들었다.

그녀에게는 아무 도움도 되지 않았다. 이 사람들은 나약하고 이미 기가 꺾였다. 그녀는 모임에서 나와 테킬라를 마시기 시작했는데, 술병이 바닥날 무렵 머릿속에서 어떤 목소리가 말을 걸었고, 그래서 아무래도 그만 마셔야겠다고 생각했다. 조용하고 침착한 여자 목소리였는데, 주위에는 말을 거는 사람이 한 명도 없건만 아주 또렷하게 들렸다. 나는 네 어미다. 목소리가 말했다. 그 말을 듣고 그녀가 입을 열기도 전에, 그럴 리 없어, 우리 엄마는 씨팔, 내 생일에도 연락을 안 하니까, 혹시 암에 걸린다면 또 모를까, 그때는 병원비 좀 내달라고, 그것도 씨팔, 문자로 보낼 테니까, 그렇게 대꾸하기도 전에 목소리가 다시 말했다. 아니, 그 어미 말고 얼추 구백 년 전의 어미, 네 몸에 마력을 심어준 어미 말이다. 이제부터

전세 역전 317

너는 그 힘을 잘 써먹게 될 거다. 테킬라 효과가 끝내주네, 그렇게 감탄하며 소리 내어 말해보았지만 머릿속에서 어미라고 주장하는 목소리는 아랑곳하지도 않았다. 때가 되면 내가 네 앞에 나타나겠지만 지금 당장은 내 말을 믿는 데 도움이 될까 싶어 말해두는데, 나는 네가 훔친 카드에 찍힌 이름과 번호는 물론이고 네가 이른바 귀중품을 보관해둔 그 한심스러운 대여금고 위치와 비밀번호까지 불러줄 수 있단다. 원한다면 네가 영문학을 공부하고 싶다고 말했을 때 네 아비가 뭐라고 했는지도 말해줄 수 있는데, 영문학 따위를 어디다 써먹겠냐, 기껏해야 변호사 똘마니나 비서 노릇일텐데, 그랬지. 그게 아니면 네가 열일곱 살 때 빨간색 컨버터블 중고차를 훔쳐 타고 애번투라에서 플라밍고까지 서쪽으로 남쪽으로, 죽든 살든 나 몰라라 전속력으로 달려갔던 이야기를 해볼까. 내가 모르는 비밀은 하나도 없지만 다행히 내 딸이니까 무슨 짓을 저질렀건 나는 너를 사랑하고 네가 그 남자를 죽였어도 상관없는데, 어차피 지금은 전쟁중이니 너를 내 전사로 쓰려 하는데 너는 벌써 내가 시키려는 일에 적합하다는 증거를 보여준 셈이니까.

사람을 죽여도 상관없다는 말씀이군요. 테리사 사카는 소리 없이 말하고는 자문했다. 지금 내가 뭐하는 거지? 머릿속에서 들리는 목소리한테 말을 걸다니. 내가 무슨 잔 다르크야? 텔레비전에서 봤어. 불태워 죽이더군.

아니지. 머릿속의 목소리가 말했다. 너는 성자가 아니고 나도 마찬가지다.

사람을 죽이는 일을 시키려고요? 그녀는 다시, 소리 없이, 머릿속에서 물었다. 이 정도면 술주정이 아니라 미친 짓인 줄 알면서도.

사람 말고. 목소리가 대답했다. 우리는 더 큰 놈들을 사냥한단다.

미스터 제로니모가 다시 바그다드 출입문 앞에 섰을 때 그는 이 세상뿐만 아니라 자신에 대해서도, 그리고 자신의 직분에 대해서도 그날까지 전혀 몰랐던 새로운 정보를 확보한 뒤였다. 이제야 조금은 알게 되었다. 다 알지는 못해도 시작이 반이니까. 이제 새 출발을 해야 했고 그는 어디서부터 시작하면 좋을지 깨달았다. 그래서 첫 치유활동을 시도하려고 두니아에게 이곳으로 돌려보내달라고 부탁했다. 그녀는 그를 이곳에 데려다놓고 볼일을 보러 가버렸지만 이제 제로니모도 마족 통신망에 접속해 그 놀라운 위치확인 시스템으로 언제든지 그녀의 위치를 정확히 알아낼 수 있으므로 물리적으로 떨어져 있더라도 아무 문제 없었다. 그는 초인종을 누르고 잠시 기다렸다. 그러다가 아직 열쇠를 갖고 있다는 사실을 상기했다. 열쇠를 돌리자 자물쇠가 열렸다. 마치 아무 일도 없었다는 듯이, 무시무시한 전염병을 옮겼다는 이유로 여기서 쫓겨난 일도 없었다는 듯이.

페리스탄에 얼마나 오래 머물렀을까? 하루나 하루 반? 그러나 이곳 하계에서는 일 년 반이나 그 이상이 훌쩍 지나가버렸다. 그 일 년 반 사이에 지상에는 많은 변화가 일어났다. 새천년으로 넘어갈 무렵부터 시작된 가속화 시대가 오늘날까지 이어졌기 때문이다. 이제 모든 이야기가 더 빠르게 지나간다. 우리는 가속화에 중독되어 느림, 여유, 한가로움의 즐거움을 망각했고, 세 권짜리 소설도, 네 시간짜리 영화도, 열세 편짜리 연속극도, 끈기와 머무름의 즐거움도 잊어버렸다. 할일 있으면 어서 하고, 할 이야기가 있으면 털어놓고, 살 만큼 살았으면 꺼져버려라, 빨리빨리. 바그다드의 현관 계단에 선 그의 눈앞에서도 그가 살던 이 도시의 지난 일 년 반이 빠르게 지나가는 듯했다. 공중부양이 급증하면서 경악과 공포가 퍼져가고, 정반대로 중력이 국지적으로 증가하는 지면압박 현상도 발생해 사람들이 납작하게 찌그러지고—제로니모는 찬합이 들려준 이야기를 떠올렸다—비행 항아리에 걸터앉은 흑마신들이 시민들을 덮쳐 무차별 공격을 퍼부었는데, 흑마신들은 남자든 여자든 귓불 없는 사람을 고발하는 자에게 보석을 담은 커다란 상자를 포상으로 내걸기도 했다. 계엄령이 선포되고 각종 긴급 구조대가 놀라운 활약을 펼쳤는데, 소방대의 사다리차 대원들은 떠다니는 사람들을 보살피고 경찰은 주州 방위군과 협력해 길거리에서 조금이나마 질서를 유지했다.

종교집단이 시내를 배회하며 비난할 사람들을 찾아다녔다. 폭도의 일부는 이 도시의 시장을 표적으로 삼고 그녀가 입양한 스톰을, 청렴결백을 증명하는 기적의 아기를 악마의 종자라고 헐뜯었다. 그들은 신앙심의 필수 요소는 적개심이라고 믿었는데, 홀쭉이 옆에 뚱뚱이라고나 할까, 그중 한 무리가 여객선터미널, 이스트 엔드 애비뉴, FDR 드라이브 등 세 방향에서 모여들어 시장 관저 앞에 집결하더니 이 역사적인 건물을 습격해 불을 지르는 충격적 만행을 저질렀다. 그레이시 맨션을 폭도에게 빼앗긴 사건이 그런 혼란기에도 화제가 된 까닭은 당시 공격의 선봉대가 공격용 무기로 중무장한 기동경찰대와 충돌했을 때 몸통뿐만 아니라 머리에까지 여러 발을 맞고도 쓰러지지 않았다나, 어쨌든 소문에 의하면 그랬다는데, 통신환경이 엉망이었는데도 이 소문은 급속히 퍼져나갔기 때문이다. 그 밖에도 온갖 괴이한 사건이 잇따랐다. 어느 시위대가 몇몇 차량을 공격할 때 한 생선장수의 화물차도 있었는데, 뒷문을 열어보니 얼음에 재워둔 죽은 생선이─날개다랑어, 홍연어, 치누크연어, 은연어, 곱사연어, 명태, 대구, 볼락, 가자미 등등─피투성이가 된 시위대를 흐리멍덩한 눈으로 쳐다보았고 그중 몇 마리가 이미 죽었으면서도 소란스럽게 깔깔 웃었다는 소문도 들렸다. 기생마족 애호가들이 환장하는 이 이야기를 듣자마자 제로니모는 블루 야스민이 들려주었던 웃는 생선 이야기를 떠올렸고, 역시 예전에는 터무니없다고만 생각했던 많은 일이 이제 일상다반사가 되었음을 새삼 깨달았다.

두니아의 미혹술 덕분에 눈을 뜨고 마족의 능력을 물려받았다는 사실을 깨닫기 전에는 기생마족에 대해서도 전혀 몰랐다. 기생마족의 우두머리는 흑마신 중 발광마 루비로, 일찍이 재계의 거물 대니얼 아로니를 사로잡아 세상을 놀라게 할 때 보여주었듯이 그는 한동안 남의 몸을 빼앗았다 산 채로 풀어주는 재간이 있었고, 그보다 낮은 기생마족은 루비 장군이 지휘하는 졸병이었다. 발광마 루비는 생명체의 몸을 빼앗지 않아도 활동할 수 있는 반면에 그를 따르는 기생마족은 힘도 약하고 재주도 보잘것없었다. 지상에 내려올 때는 반드시 숙주가 필요했고─개, 뱀, 흡혈박쥐, 인간 등등─그들이 임시 거처를 떠나면 숙주는 죽어버리기 일쑤였다.

제로니모는 주무루드 일당이 한꺼번에 여러 전선에서 전쟁을 벌이는 것이 분명하다고 판단했다. 그들을 물리치기는 쉽지 않을 터였다.

시장과 어린 딸 스톰은 불타는 건물에서 무사히 탈출했다. 그들의 탈출과정에 대한 이야기에도 어김없이 초자연적 설명이 따라붙었다. 이 이야기에 따르면(좀더 그럴싸한 이야기는 따로 전해진 바 없다) 스톰 베이비의 친엄마는 신원 미상의 마족인데, 인간의 피가 섞인 사생아를 키우기 싫어 시장실에 버리기는 했지만 늘 멀리서 지켜보았고, 아기의 목숨이 위태로워지자 불타는 저택에 뛰어들어 로사 패스트와 어린 스톰을 보호막으로 감싼 채 안전하게 빠져나갈 때까지 도와주었다. 우리가 들은 이야기는 그 정도가 고작이다.

역사는 얼마나 불완전한가! 반쪽뿐인 진실, 무지, 속임수, 가짜 단서, 착오, 거짓말 등의 오리무중 어딘가에 진실이 묻혀 있으련만 우리는 믿음을 잃어버리기 쉽고, 그래서 다 허깨비다. 진실 따위는 없다, 모든 것은 상대적이다, 누군가의 절대적 신념이 또 누군가에게는 망언에 불과하다, 그렇게 말하기 쉽다. 그러나 우리는 진실이란 한낱 상대주의 궤변가의 주장만 듣고 포기하기에는 너무 중요한 것이라고 강력히, 정말 강력히 강조한다. 진실은 반드시 존재한다. 당시 걸음마를 시작한 스톰의 신기한 능력도 진실을 눈으로 확인하게 해주는 뚜렷한 증거였다. 스톰의 빛나는 업적을 기리며 우리는 진실이 '진실'로 탈바꿈하는 것을 용납하지 않는다. 우리가 알지 못하더라도 진실은 분명히 존재한다. 로사 패스트와 스톰이 불타는 시장 관저에서 어떻게 탈출했는지는 확인할 길이 없지만 이제 우리도 미지의 영역을 인정하게 되었고, 이미 아는 것을 굳게 지킬 줄도 안다. 그들은 탈출했다. 그후 시장은 보안기관의 권고에 따라 모처로 대피했고, 이 극비시설에서 도시를 이끌었다. 그곳의 위치는 알려지지 않았고, 그녀의 영웅적 활약상만 널리 알려졌다. 패스트 시장은 흑마신이 일으킨 혼란에 대항하는 싸움을 지휘했다. 가능한 수단을 총동원해 사람들을 돕는 중이라고, 머지않아 더 많은 일을 하겠다고 방송을 내보내 시민들을 안심시켰다. 그녀는 저항의 얼굴과 목소리가 되었고, 보이지 않는 손가락으로 도시의 맥박을 감지했다. 여기까지는 알려진 사실이고, 알려지지 않은 사실 따위는 그런 업적을 깎아내리지 못한다. 이것이 과학적 방법이다. 정보의 한계를 솔직히 인정하면서 이미 아는 사실만 이야기할 때 비로소 대중은 더 신뢰하기 마련이다.

도시는 전쟁터가 되었고, 전쟁의 여파는 바그다드에도 밀려들었다. 그래피티, 외설적인 낙서, 배설물 등 안팎이 두루 엉망진창이었다. 창문마다 널빤지로 막아놓았다. 오래전에 유리가 깨져버린 곳이 너무 많았기 때문이다. 어두컴컴한 로비에 들어서자마자 관자놀이에 쇠붙이가 와닿으며 흥분한 듯 날카로운 목소리가 목숨을 위협하는데, 이 집은 출입금지다, 씹새꺄, 셔츠 좀 풀어봐, 염병할, 빨리 풀어보라니까, 그래서 수류탄벨트 따위는 없다는 사실을, 건물 대청소를 하라는 명령을 받고 들어온 인간폭탄이 아니라는 사실을 확인시켜줘야 했고, 누가 보냈냐, 씹새꺄, 어떤 새끼가 보냈냐고. 제로니모는 평소처럼 느긋하게 움직이는 것만으로 주변의 모든 것을 느려지게 만들 수 있다니 참 흥미롭다는 생각을 했고, 지금 권총을 든 사내의 목소리도 길게 늘어져 슬로모션 속의 목소리처럼 낮게 깔리고, 언제든 마음만 먹으면 사물의 움직임을 늦출 수 있으니까, 이렇게, 그러자 로비의 어둠 속에 숨어 있던 험악한 사내들이 돌연 석상처럼 굳어버리고, 권총의 총구를 두 손가락으로 잡고 살짝 힘을 주자, 요렇게, 총구가 찰흙 장난감처럼 찌그러지고, 이거 꽤 재미있군. 이런 일도 할 수 있지, 그러자 무단점유자들이 소지한 무기가 모조리 당근이나 오이로 변해버렸다. 아, 이런 일도 할 수 있고, 그러자 모두 벌거숭이가 되어버렸다. 그는 그들의 움직임을 다시 빠르게 해주고—혹은 자신의 속도를 늦추고—또다른 변신과정을 흐뭇하게 바라보는데, 깡패들이 겁먹은 아이로 돌변하더니, 누가 이런 도대체 무슨 빨리 도망치자. 그들이 사타구니를 움켜쥐고 뒷걸음칠 때 그가 질문을 던졌다. 시스터 올비, 블루 야스민, 혹시 아는 이름인가? 그러자 방금 그의 머리에 권총을 들이댔던 사내가 그의 심장에 비수를 꽂았다. 떠다니던 여자들 말이오? 그 풍선들? 사내가 성기에서 손을 떼고 두 팔을 벌렸다. 콰앙, 했소. 난장판이었지. 그게 무슨 소린가. 제로니모는 무슨 뜻인지 알면서도 물었다. 씨팔, 수박 터지는 줄 알았소. 벌거벗은 사내가 대답했다. 펑. 정말 처참했지.

이야기가 이렇게 흘러가면 안 되었다. 원래는 마계에서 돌아와 초자연적 능력으로 야스민과 시스터를 구해줘야 했다. 새로 얻은 재간으로 그들을 살포시 지상으로 내려놓고, 불평을 들어주고, 책임을 인정하고, 사과하고, 포용하고, 평범한 일상을 돌려주고, 그렇게 이 광기 속에서 그들을 구조하고 친구가 되어 함께 기뻐해야 했다. 바로 그 순간을 이 세상에 상식을 회복하는 신호탄으로 삼아야 했고, 다른 사람들과 함께 제로니모 자신도 상식을 되찾는 일을 해야만 했다. 광기가 너무 오랫동안 세상을 뒤흔들었다. 이제 분별력을 되살릴 때가 되었고, 그는 이곳에서 그 일을 시작하고 싶었다. 그런데 그들이 죽어버리다니—굶어죽었을까, 살해당했을까, 광기에 재미삼아 사살당했을까, 아까 그 벌거벗은 놈들이 광기에 사로잡혀 저지른 짓일까, 시신이 계단통에 둥둥 떠 있다 죽음의 가스가 차오르자 결국 터져버려 끈적끈적한 비처럼 내장이 쏟아졌을까—터무니없는 일이었다.

건물 내부를 수색해보니 폐허나 다름없었다. 벽마다 피범벅이었다. 더러는 시스터와 야스민의 시신이 폭발할 때 튀었는지도 모른다. 어떤 방은 노출된 전선에서 불똥이 튀어 언제 불이 날지 모르는 상황이었다. 변기는 거의 다 막혔다. 의자도 거의 다 부서졌고 몇 집은 찢어진 매트리스가 방바닥에 나뒹굴었다. 그가 살던 집도 샅샅이 약탈당했다. 이제 가진 것이라곤 지금 입은 옷 한 벌이 전부였다. 건물 앞에 세워둔 트럭이 그대로 있으리라고는 기대조차 하지 않았기에 사라진 것을 확인하고도 놀라지 않았다. 그런 것은 중요하지 않다. 바그다드를 떠날 때 그는 새로운 힘에 사로잡힌 상태였다. 분노였다. 부왕이 암살된 후 두니아가 느꼈던 격렬한 분노를 이제야 이해할 수 있었다. 방금 이 전쟁에 사사로운 원한이 추가되었다.

죽을 때까지, 그 말이 뇌리에 떠오른 순간 진심이라는 사실을 깨닫고 조금 놀랐다.

철학녀와 올리버 올드캐슬의 모습은 어디에도 보이지 않았다. 어쩌면 아직 살아 있을지도 모른다. 집으로 돌아갔을지도 모른다. 당장 라 인코에렌차에 가봐야 한다. 그것이 무엇보다 급선무다. 초록색 픽업트럭은 필요 없다. 이제 돌아다닐 방법이 새로 생겼으니까.

그는 자신의 삶이 얼마나 변했는지 서서히 깨닫는 중이었다. 공중부양을 겪었다는 것까지는 충분히 알고 있었다. 그런 상황도 견뎌내고 받아들였다. 하강은 무심결에 해낸 일로 떠오를 때만큼이나 뜻밖이었지만 자신의 내면에서 일찍이 상상조차 못했던 비밀 자아가 눈을 뜬 결과라는 것도 이해했다. 그러나 지상으로 다시 내려오는 데 어쩌면 인간적 측면도 함께 작용했는지 모른다. 아무래도 잘못했다는, 자기가 잘못한 탓이라는 생각을 극복했기 때문이다. 허공에 떠 있던 외로운 시간 동안 그는 일생의 온갖 어두운 기억을 직시했다. 예전의 인생과 결별하는 아픔, 그를 외면하고 그 역시 외면했던 인생행로에 대한 번뇌. 그는 이 깊은 상처를 인정하고 자신에게 보여줌으로써 고통보다 강해졌다. 그리하여 중력을 되찾아 지상으로 내려왔다. 최초 감염자가 질병의 근원으로 끝나지 않고 치유의 근원이 되었다.

마치 남의 살가죽 속으로 들어간 듯한 기분이었다. 혹은 낯선 사람이 그의 낯선 몸을 차지한 듯싶기도 했다. 나이 따위는 생각에서 멀어지고 이제 내면의 눈 앞에 드넓은 가능성의 들판이 펼쳐졌다. 그곳에는 하얀 꽃이 만발했는데 하나하나가 모두 기적을 일으키는 힘이었다. 새하얀 아스포델*은 원래 저승의 꽃이지만 살아 있음을 이토록 실감하기는 처음이었다. 공중부양의 저주와 지금의 상태에는 공통점도 있다는 생각이 들었다. 이런 국지적 현상이 자연법칙을 초월한다는 사실이었다. 예컨대 세상이 멈춰버린 듯할 때 혼자만 매우 빠르게 움직이는 능력, 상대운동을 지배하는 이 힘도 그렇다. 원리는 조금도 이해할 수 없지만 정작 이용하기는 놀랍도록 쉬웠다. 내연기관의 비밀을 몰라도 자동차를 운전할 수 있잖아, 그렇게 생각했다. 이런 국지적 마법이야말로 마족의 본질이라는 사실을 깨달았다. 여전히 피와 살로 이루어진 몸이라 속도는 조금 떨어졌지만—번개공주의 이동속도를 따라잡기는 어림도 없으니까—그녀가 그의 몸속에 연기와 불의 비밀을 심어준 다음부터 꽤나 빠르게 움직일 수 있었다.

그래서 잠깐 동안 공간이 흐릿해지고 시간이 변경된 후 그는 라인코에렌차의 황폐해진 잔디밭에 다시 섰고, 정원사의 본능에 따라 그곳에서 작은 승리 하나쯤은 거머쥘 수 있음을 알아차렸다. 마족에 대해 누구나 아는 이야기가 있다면 아마도 알라딘에게 아름다운 대지가 딸린 궁전을 선물하여 아름다운 연인 바드랄부두르 공주와 알콩달콩 살게 해준 램프의 마족에 대한 이야기일 텐데, 비록 어느 프랑스인이 지어낸 가짜일 가능성이 높지만** 제구실을 하는 마족이라면 손가락을 튕기거나 손뼉을 치는 것보다 빠르게 어

---

* 그리스신화에 나오는 시들지 않는 꽃.
** 프랑스의 동양학자 앙투안 갈랑에 대한 언급. 유럽 최초로『천일야화』를 번안해 소개할 때 원본에 없는 알라딘 이야기를 덧붙였다.

지간한 궁전과 대지 정도는 뚝딱 만들어낼 수 있다는 것은 엄연한 사실이다. 미스터 제로니모가 지그시 눈을 감자 새하얀 아스포델이 만발한 들판이 나타났다. 황홀한 꽃향기를 맡으려고 고개를 숙이는 순간 대홍수 이전의 모습이 고스란히 남아 있는 라 인코에렌차의 영내를 통째로 축소한 풍경이 떠올랐고, 그가 거인처럼 이 풍경 앞에 무릎을 꿇고 새 생명의 입김을 내뱉자 역시 조그마한 집과 대지에 비해 너무 커 보이는 흰색 꽃이 일제히 살랑살랑 흔들렸다.

이윽고 눈을 떠보니 벌써 마법이 이루어진 뒤였다. 라 인코에렌차는 과거의 아름다움을 되찾았다. 강물이 남겨놓았던 진흙과 쓰레기는 흔적도 없고, 과거의 막강한 배설물도 사라져버리고, 뿌리째 뽑혔던 거목도 언제 검은 진흙에 뒤덮인 채 뿌리로 허공을 긁어댔느냐는 듯 다시 멀쩡히 서 있고, 나선무늬 석조물도, 침상원도, 아날렘마 해시계도, 진달래 군락도, 미노스의 미궁도, 산울타리로 감춰놓은 아늑한 은신처도, 오랜 세월에 걸쳐 그가 이룩한 것들이 고스란히 되살아나고, 그때 황금빛 숲에서 들려오는 기쁨에 겨워 목청껏 외치는 소리가 철학녀가 무사히 살아남았음을 알려주었는데, 그녀는 바야흐로 세상을 바라보는 방법은 비관주의만이 아님을, 상황이 나빠지기도 하지만 좋아지기도 한다는 점을, 가끔은 기적도 일어난다는 것을 비로소 실감하는 중이었다.

알렉산드라와 올드캐슬은 새처럼 살고 있었다. 처음에는 빈방에서 파닥거리며 지냈지만 점점 더 높이 떠오르자 결국 집을 떠나 나뭇잎 밑에서 이리저리 떠다니는 수밖에 없었다. 그래도 돈 하나는 넉넉한 새였다. 알렉산드라 파리냐는 피렌체양식의 그림 뒤에 숨겨진 금고에 터무니없는 거액을 보관하던 아버지의 버릇을 그대로 유지했고 그 돈으로 집사와 함께 생존할 수 있었다. 현금은 어느 정도의 안전을 보장해주었는데, 비록 몇 차례 강도가 들어 많은 돈을 빼앗아갔고 어쩌면 오히려 경비원이 훔쳐갔는지도 모르지만, 몇 달째 무법천지가 계속되는 상황에서 그나마 신체적 폭력이나 성적 폭력은 없었고, 영내는 그럭저럭 지켜지다 가끔 한 번씩 침입자가 들어오는 정도였는데, 그때마다 금품을 빼앗겼지만 누가 죽거나 강간을 당한 적은 없으니 천만다행이었다. 현금 덕분에 정기적으로 긴급 구조대가 찾아와 신선한 식품과 물, 기타 생필품을 전달했다. 이제 그들은 4미터 가까이 떠올랐고, 모든 물품은 숲속에 길게 뻗은 나뭇가지마다 정교하게 매달아 망을 형성한 상자와 바구니에 보관했는데, 인근 인부들을 시켜 만들었고 물론 현금을 지불했다. 이 숲 덕분에 볼일을 볼 때도 남의 눈에 띄어 망신당할 일은 없었고 때로는 그럭저럭 즐겁기도 했다.

그러나 슬픔은 점점 더 깊어졌고, 지난 몇 달 동안 알렉산드라 블리스 파리냐는 이런 상황이 어떻게든 끝나기를, 부디 빨리 끝나기를, 가능하다면 고통스럽지 않기를 기원했다. 그런 소망을 실현해줄 약물을 사는 데 돈을 쓴 적은 아직 없었지만 생각은 자주 했다. 그런데 느닷없이 죽음이 아니라 미스터 제로니모가 나타났고, 잃어버린 세계가 기적처럼 되살아났고, 지나갔던 시간이 되돌아왔고, 그리하여 희망이 생겼으니, 마치 일 년 반 전에 잃어버렸던 소중한 반지를 오랫동안 열어보지 않은 서랍 속에서 발견하듯이 잃어버렸던 희망을 거짓말처럼 되찾았으니, 모든 것이 예전으로 돌아가지 않을까 하는 희망이었다. 그녀는 터무니없는 희망에 부푼 목소리로 외쳤다. 여기예요. 이쪽이에요. 우리 여기 있어요. 그러더니 거의 애원하듯이, 혹시 부정적인 대답을 듣기라도 하면 이 조그마한 풍선 같은 낙관주의가 터져버리지 않을까 두려워하며, 우리 좀 내려줄 수 있어요?

할 수 있소. 그가 눈을 감고 그들의 조그마한 몸뚱이가 이 되살아난 영내의 복원된 잔디밭으로 스르르 내려오는 장면을 상상하자 다음 순간 그녀가 쏜살같이 달려와 그를 부둥켜안고, 한때는 죽여버린다며 위협하던 올리버 올드캐슬도 모자를 손에 쥐고 고개를 숙이며 감사 표시를 하고, 철학녀가 제로니모의 얼굴에 마구 입을 맞추는데도 전혀 반대하지 않았다. 정말 고맙소. 올드캐슬이 중얼거렸다. 도대체 어떻게 했는지 모르겠지만, 아무튼 정말 고맙구려.

그리고 이거, 이 모든 일! 알렉산드라가 빙글빙글 돌며 소리쳤다. 당신은 기적을 일으키는 사람이군요, 제로니모 마네제스, 정말 그래요.

그때 만약 마족 자아에게 굴복했다면 그는 올리버 올드캐슬이 보든 말든 그 자리에서, 마법으로 되살린 잔디밭에서 당장 그녀와 사랑을 나눴겠지만, 물론 그러고 싶다는 욕망도 분명히 느꼈지만 이미 큰 뜻을 받들기로 맹세했으니 새로 즉위한 카프산의 여왕 두니아를 따라야 했고, 그의 인간 자아도 그 맹세를 잊지 말라고 다그쳤다. 삶을, 자신의 삶을, 인간으로서의 삶을 오롯이 되찾으려면 먼저 전쟁터에 승리의 깃발을 꽂아야 했다.

가야겠소. 그가 말하는 순간 알렉산드라 블리스 파리냐는 실망해 입술을 삐죽 내밀었는데 올리버 올드캐슬의 심술궂은 미소와 완벽한 대조를 이뤘다.

옛날 머나먼 A나라에 모든 신민이 국부國父로 떠받드는 너그러운 왕이 살았다. 진보적 성향이었던지라 자유선거를 도입하고 여성의 인권을 수호하고 대학을 세우는 등 나라를 현대화하려고 노력했다. 재산이 넉넉하지 않았으므로 왕궁의 절반을 호텔로 쓰게 하여 국고를 충당하고 종종 그곳에서 손님들과 함께 차를 마셨다. 그는 해시시의 생산과 판매를 합법화하여 국내는 물론이고 서방세계 젊은이들의 사랑까지 한몸에 받았는데, 품질을 철저히 관리하고 순도와 가격에 따라 등급을 매겨 정부가 보증하는 금, 은, 동 인장을 찍어주었다. 치세는 태평성대였지만 안타깝게도 왕은 그리 건강하지 않았다. 늘 허리가 아팠고 시력도 좋지 않았다. 그래서 수술을 받으려고 이탈리아로 건너갔는데 왕이 해외로 나간 사이에 전직 총리도 일련의 수술을 감행해 왕을 잘라내고 왕국을 차지해버렸다. 그때부터 삼십 년 동안 망명생활을 하면서 왕은 성격대로 체스와 골프와 정원손질에 만족하며 조용히 살았지만 왕국은 아수라장이 되고 말았다. 총리는 오래 집권하지 못했고 한동안 파벌싸움이 잇따라 A나라의 이웃 강대국 중 적어도 한 나라는 이 왕국을 빼앗을 시기가 무르익었다고 생각했다.

그래서 외국의 침략이 시작되었다. 그러나 그것은—즉 A나라를 정복하려는 것은—외국인들이 되풀이해 저지르는 실수였고, 그때마다 꼬리를 말고 도망치거나 전쟁터에서 목숨을 잃고 들개의 먹이가 되기 일쑤였다. 들개는 먹이를 까다롭게 가리지 않았고 이렇게 맛없는 외국산 식품도 기꺼이 먹고 소화시켰다. 그러나 외국의 침략을 물리친 후 새로 등장한 세력은 훨씬 더 악질이었다. 이 흉악한 패거리는 불학무식인 주제에 마치 낱말 하나로 진정한 학자의 위상을 차지할 수 있다는 듯이 가당찮게 자칭 '면학도'라는 이름을 내세웠다. 그러나 이 '면학도'가 깊이 공부한 것이라곤 이것저것 금지하는 기술뿐이었고, 아주 짧은 기간에 그림, 조각, 음악, 연극, 영화, 언론, 해시시, 투표, 선거, 개인주의, 반론, 쾌락, 행복, 당구대, 깨끗이 면도한 턱(남성), 여자의 얼굴, 여자의 몸, 여성 교육, 여성 스포츠, 여성 인권 등등을 모조리 금지해버렸다. 그들은 아예 여성을 송두리째 금지하고 싶었겠지만 절대 가능하지 않다는 것쯤은 알았으므로 여자들의 삶을 최대한 비참하게 만드는 선에서 만족하는 수밖에 없었다. 이계전쟁 초기에 A나라를 찾은 거마 주무루드는 근거지로 삼기에 이상적인 곳이라는 사실을 즉각 알아차렸다. 잘 알려지지 않은 일이지만 흥미롭게도 거마 주무루드는 과학소설 황금기에 과학소설의 열혈독자였고, 만약 그가 친구를 사귀기라도 했다면 말인데 시먹, 블리시, 헨더슨, 밴 보트, 폴, 콘블루스, 렘, 베스터, 젤라즈니, 클라크, L. 스프레이그 드캠프 등등 과학소설 거장들의 작품에 대해 토론할 수도 있었을 것이다. 그가 좋아했던 작품 중에는 아이작 아시모프의 1950년대 고전소설 『파운데이션』도 있었는데, A나라에서 실행할 작전의 이름도 그 소설 제목을 따서 지었다. 주무루드가 설립하고—처음에는 주술마 자바르다스트도 거들었지만 둘이 싸운 뒤에는 혼자서—운영한 '파운데이션'은 A나라의 새 지배자들을 매수하는 간단한 방법으로 신속하게 발판을 구축했다.

"이 나라를 사버렸다." 그는 졸개들에게 자랑했다. "이제 우리차지다."

그리 어려운 일도 아니었다. 거마 주무루드의 지하 보석동굴은 마족의 전설에도 등장할 만큼 유명하다. 우리는 충분히 가능한 일이라고 믿는데, 어쩌면 그 동굴 중 적어도 하나는 A나라 동쪽 국경 부근의 험준한 산악지대에, 아마도 산속 깊숙이, 돌문으로 가려져 인간의 눈이 닿지 않는 곳에 숨어 있을지도 모른다. 주무루드가 '면학도'의 수뇌부 앞에 나타났을 때 그들은 우선 그의 거대한 몸집에 놀라고 불에서 태어난 마신의 위세에 질려 얼이 쑥 빠지도록 두려워했다. 그러나 주무루드가 마치 아무것도 아니라는 듯 태연하게 거대한 두 손에 하나씩 들고 있는 황금 그릇과 그 속에 가득한 다이아몬드와 에메랄드를 보더니 욕심 때문에 다들 미쳐버릴 지경이었다. 코이누르*보다 더 큰 다이아몬드 몇 개가 그릇에서 떨어져 바닥을 구르다가 부들부들 떨리는 면학도의 발 앞에 멈추었다. "이따위 보석 부스러기는 얼마든지 주겠다." 주무루드가 거마다운 목소리로 말했다. "이 썩어빠진 땅덩어리도 마음대로 주물러라. 바람을 금지해도 좋고, 구름한테 비를 내리지 마라, 태양한테 빛나지 마라 한대도 간섭하지 않겠다. 다만 지금 이 순간부터 너희 면학도는 우리 파운데이션의 소유니까 나를 즐겁게 해줄 방법만

---

* 1849년부터 영국 왕실이 소장한 106캐럿짜리 인도산 다이아몬드.

죽어라 열심히 연구해라. 안 그랬다가는 나쁜 일이 벌어질 텐데, 바로 이런 일이다." 그가 손가락을 딱 튕기자 순식간에 면학도 한 명이—깡마르고 구부정하고 즐비한 충치에 댄스음악을 몹시 싫어하는 자였다—연기가 모락모락 피어오르는 잿더미로 변해버렸다. "시범을 보였을 뿐이다." 거마 주무루드가 보석 그릇을 내려놓으며 중얼거렸다. 그것이 전부였다.

두니아와 제로니모가 마계에 머무는 동안 주무루드 일당은 여기저기서 그런 '시범'을 보였는데, 그때는 인류를 윽박질러 얌전히 굴복하게 만들 목적이었으므로 그 규모가 꽤 컸다. 우리가 '주무루드 일당'이라고 말한 이유는 앞에서도 언급했듯이 흑마신은 타고나길 만만찮게 게을러서 궂은일은 남에게 밀어버리고 자기는 정자에 드러누워 전속 여마족의 시중을 받으며 술을 마시고 포도나 따먹고 텔레비전으로 포르노를 보기 일쑤였기 때문이다. 그는 상계에서 내려올 때 열등한 마족으로 이루어진 소규모 병력을 데려왔는데, 자기가 원하는 방향을 가리키기만 하면 그들이 가서 요인을 암살하고, 배를 침몰시키고, 여객기를 추락시키고, 주식시장의 컴퓨터 작동을 방해하고, 어떤 사람에게는 공중부양의 저주를, 또 어떤 사람에게는 지면압박의 저주를 걸고, 넘쳐나는 보석을 이용해 정부에 뇌물을 먹이는 등 온갖 방법으로 여러 나라를 그의 영향권 안으로 끌어들였다. 그러나 하계로 내려온 흑마족다운 흑마족은 모두 합쳐도 백 명을 넘지 않았던 것이 거의 확실하고, 거기에 열등한 기생마족의 수를 더해야 한다. 그렇다면 칠십억 명이 사는 행성에 도합 이삼백 명의 침략군이 쳐들어온 셈이다. 일찍이 인도에서 대영제국의 힘이 절정에 이르렀을 때는 고작 이만 명에 불과한 영국인이 이 광대한 땅에서 삼억 명도 넘는 인도인을 거뜬히 지배하기도 했지만, 이렇게 인상적인 위업조차도 흑마족의 발흥에 비하면 아무것도 아니었다. 흑마신은 마족이 모든 면에서 인류보다 우월하다고 믿어 의심치 않았다. 인간이 문명과 발전을 내세우며 우쭐거려도 실상은 활과 화살로 무장한 원시인보다 나을 게 없고, 그런 하등동물은 차라리 우월한 종족의 노예가 되어 몇천 년 열심히 배우는 것이 최고의 행운이리라 생각했다. 자바르다스트는 그것이야말로 흑마족이 스스로 짊어진 사명이라고 말하기까지 했다. 그들은 이 거룩한 임무를 기필코 완수할 작정이었다.

흑마신은 처음부터 점령국 백성을 멸시했지만 새 제국을 경영하는 데 필요한 인간을 모으기가 너무 쉬우니 점점 더 경멸할 수밖에 없었다. "탐욕과 공포." 늘 그랬듯이 적도 부근에서 지구 상공을 도는 먹구름에 올라앉아 동료 우두머리 세 명과 함께 저 아래 보잘것없는 인간을 내려다보며 흉볼 때 주무루드가 말했다. "공포와 탐욕, 그것만 있으면 저 버러지들을 다스리기는 우스꽝스러울 만큼 쉽지." 그 말을 듣고 주술마 자바르다스트가 폭소를 터뜨렸다. 주무루드는 유머감각 비슷한 것조차 전혀 없기로 유명했기 때문이다. 주무루드가 공공연히 적개심을 드러내며 자바르다스트를 노려보았다. 두 선배 흑마신의 갈등은 날이 갈수록 깊어졌다. 그럭저럭 싸움을 멈추고 휴전상태에서 다시 힘을 합치기는 했지만 여전히 불씨가 남아 걸핏하면 으르렁거렸다. 그들은 서로를 너무 오래 알고 지냈는데 이제 그들의 우정도 막바지로 치닫고 있었다.

구름 한복판에서 번개가 따다닥거렸다. 흡혈마 라임과 발광마 루비는 기를 쓰고 화제를 돌렸다. 흡혈마가 말했다. "종교 문제는 어떻소? 우리가 어떻게 하면 좋을까? 저 밑에서는 신자가 전보다 몇 배나 빠르게 늘어나는데." 그러나 '영혼 조종사'를 자처하는 발광마 루비는 하느님이나 천국 따위에는 관심도 없었다. 마계도 충분히 극락 같은데 더 높고 더 향기로운 낙원이 존재한다고 믿을 이유는 하나도 없으니까. 그는 면학도처럼 금지를 좋아하는 성향을 드러냈다. "당장 금지해야 해. 종교는 서커스야."

그 말에 거마 주무르드와 주술마 자바르다스트가 벌컥 화를 내며 실제로 지글지글 타올랐다. 달걀 백 개를 한꺼번에 프라이팬에 넣고 익히듯 지글거리는 소리가 울려퍼지자 발광마 루비와 흡혈마 라임은 두 선배 흑마신이 어딘가 달라졌다는 사실을 알아차렸다. 흡혈마가 물었다. "두 형님은 왜 또 그러시오? 언제부터 후광 달고 다니는 패거리에 끼었소?"

그러자 자바르다스트가 음흉하게 말했다. "바보 같은 소리 마라. 우리는 지금 지상에서 공포정치를 펼치려는 참인데, 저 미개한 놈들한테 그걸 정당화하는 방법은 딱 하나야. 이런저런 신의 말씀. 그러니까 신의 이름으로 뭐든지 우리 뜻대로 할 수 있고 저 아래 얼간이들은 쓴 약 삼키듯 냉큼 받아먹는 수밖에 없다는 거지."

"그럼 전략이네, 속임수." 발광마 루비가 말했다. "그렇다면야 이해할 만하지."

그러나 이때 거마 주무르드가 버럭 화를 내며 벌떡 일어섰다. 거대한 마신의 분노는 동료 마신까지 조금은 겁먹게 할 정도였다.

"불경한 소리들 그만해라! 하느님 말씀을 두려워해야지, 안 그러면 네놈들도 적으로 간주하겠다."

다른 세 마신은 모두 놀랐다. "어, 생전 안 하던 말씀을 하시네." 흡혈마가 감탄한 기색을 감추며 말했다. "누구한테 배웠소?"

그러자 발광마 루비도 거들었다. "형님은 한평생 퍼마시고 죽이고 놀음하고 흘레붙다가 쿨쿨 잠이나 자면서 살았잖소. 그래놓고 뜬금없이 성자 노릇이라니, 그놈의 금관처럼 어울리지도 않는구려. 그건 그렇고, 그 금관도 인간 대갈통에 맞춘 거라 형님한테는 작아도 너무 작지. 게다가 이유도 없이 남의 모가지를 뎅강 자르다니 좀 너무하셨소."

거마가 중얼거렸다. "요즘 내가 철학 공부를 하거든." 그 사실을 털어놓기가 적잖이 쑥스러운지 얼굴까지 시뻘게졌다. "배움은 언제든 늦는 법이 없다잖아."

의심 많은 거마 주무루드를 다독거려 더 높은 신의 병사로 탈바꿈시킨 일이 투스 출신의 죽은 철학자가 이룩한 마지막 업적이었다. 가잘리는 티끌이고 마신은 불이었지만 무덤 속의 사상가는 아직 한두 가지 재간을 감추고 있었다. 아니, 다른 말로 표현하자면, 어떤 존재가 한평생 행동을 중심으로 자신을 정의하다가 마침내 남의 말에 귀를 기울이기 시작했을 때, 귀에 들어오는 말을 모조리 받아들이도록 만들기는 그리 어렵지 않다. 주무루드가 그를 찾아왔다. 죽은 남자가 하는 말을 기꺼이 듣겠다는 자세였다.

가잘리가 말했다. "시작이 있는 모든 존재에게는 반드시 그 시작의 원인이 있는데 이 세상에도 그렇게 시작이 있었소. 그러니까 시작된 원인도 있다는 거요."

"마족은 달라." 주무루드가 말했다. "우리는 원인 같은 거 필요 없어."

가잘리가 말했다. "그대에게도 어머니와 아버지가 있었잖소. 그래서 그대가 시작된 거요. 그러니까 마족도 시작이 있는 존재요. 따라서 원인이 있을 수밖에 없소. 이건 언어 문제요. 언어가 요구하면 우리는 따를 수밖에 없소."

"언어라." 주무루드가 천천히 되뇌었다.

"모든 것이 결국 말로 귀결되기 마련이오." 가잘리가 말했다.

다음에 만났을 때 주무루드가 정말 알쏭달쏭하다는 표정으로 물었다. "그럼 하느님은? 하느님에게도 시작은 있었잖아? 아니면 난데없이 어디서 튀어나왔겠어? 그렇다면 하느님의 원인은 뭐지? 하느님을 만든 하느님이 있고, 또다른 하느님이 있고, 뭐 그렇게 거꾸로 끝없이 더듬어가야 하나?"

"그대는 보기보다 멍청하지 않구려." 가잘리가 인정했다. "그렇지만 이번에도 언어 문제로 겪는 혼란이라는 사실을 아셔야지. 시작이라는 말은 직선적 시간이 존재한다는 가정에서 나왔소. 인류와 마족 모두가 그 시간 속에서 살기 때문에 출생과 삶과 죽음이 있고 시작과 중간과 끝이 있지. 그런데 하느님은 전혀 다른 시간 속에서 사는 분이오."

"시간도 여러 종류가 있어?"

"우리는 이른바 '생성의 시간' 속에서 살지. 우리는 태어나서 우리가 되고 저승사자가 찾아오면 소멸해 티끌만 남잖소. 내 경우엔 말 많은 티끌이지만 어쨌든 티끌이지. 그런데 하느님의 시간은 영원하니 그냥 '존재의 시간'이오. 하느님에게는 과거, 현재, 미래가 모두 동시에 공존하고, 따라서 과거, 현재, 미래 같은 말은 의미가 없소. 영원한 시간은 시작도 없고 끝도 없으니까. 움직이지 않는단 말이오. 아무것도 시작되지 않소. 아무것도 끝나지 않고. 그런 시간 속에 계신 하느님에게는 티끌로 흩어지는 끝도 없고, 굵고 찬란한 중간도 없고, 앙앙거리는 시작도 없소. 하느님은 그냥 존재하실 뿐이오."

"그냥 존재한다." 주무루드가 미심쩍다는 듯이 되풀이했다.

"그렇소." 가잘리가 확언했다.

"그럼 하느님은 시간 여행자였군." 주무루드가 의견을 내놓았다. "자기 시간에서 우리 시간으로 건너옴으로써 무한한 권능을 가진 하느님이 된 거네."

"그렇게 볼 수도 있겠구려." 가잘리도 동의했다. "다만 하느님은 무엇이 되는 분이 아니오. 그냥 존재하실 뿐이오. 말은 늘 신중하게 해야지."

"알았어." 그러나 주무루드는 여전히 혼란스러웠다.

"잘 생각해보시오." 가잘리가 말했다.

세번째로 만났을 때 주무루드가 그동안 생각해본 결과를 내놓았다. "그 신, '그냥-존재'라는 신 말이야, 누가 논쟁하자고 덤비면 좋아하지 않겠어, 맞지?"

가잘리가 설명했다. "하느님은 본질적이고, 즉 순수한 본질이고,

따라서 논쟁 불가요. 두번째 명제는 첫번째 명제의 불가피한 귀결이지. 하느님의 본질을 부정한다면 하느님이 비본질적이라고 말하는 셈인데, 이 말은 의미상 논쟁 불가인 하느님에 대해 논쟁하는 짓이오. 그러므로 논쟁 불가의 본성에 대해 논쟁하는 것은 당연히 언어를 오용하는 일인데, 일전에 말했듯이 말을 할 때는 어떤 말을 어떻게 쓸지 늘 신중하게 판단해야 하는 법이오. 언어를 잘못 쓰면 면전에서 터져버리니까."

"폭탄처럼." 주무루드가 말했다.

"더 무섭지." 가잘리가 말했다. "그래서 틀린 말은 용납하지 말아야 한다는 거요."

그러자 주무루드가 곰곰이 생각하며 말했다. "내가 보기에 언어에 대해서는 하계에 사는 저 한심한 인간들이 나보다 더 혼란스러워하는 듯싶어."

"그럼 가르쳐주시오." 가잘리가 말했다. "거룩하신 '그냥-존재'의 말씀을 전하시오. 가르침을 내릴 때는 강하고 엄하게, 때로는 무시무시하게 해도 좋겠소. 두려움에 대해 내가 했던 말을 잊지 마시오. 두려움은 인간의 운명이오. 인간은 태어날 때부터 어둠을 두려워하고 미지의 세계를, 낯선 사람을, 실패를, 여자를 두려워하지. 두려움은 인간을 신앙으로 이끄는데, 이 신앙은 두려움을 없애는 묘약이 아니라 하느님에 대한 두려움이야말로 인간의 자연스럽고 올바른 숙명이라는 사실을 받아들이는 것이오. 바르지 않은 말을 두려워하라고 가르치시오. 전능하신 하느님이 결코 용서하지 않는 죄 가운데 단연 으뜸이 바로 그거요."

"그 정도는 할 수 있지." 거마 주무루드가 말했다. "머지않아 다들 나처럼 말하게 될 거야."

"그대처럼은 아니고." 가잘리가 질책했지만 매우 조심스러운 어조였다. 흑마신을 상대할 때는 엄청난 자기중심주의를 감안해야 하니까.

"알아들었어." 거마 주무루드가 말했다. "이제 쉬어라. 더는 말이 필요 없겠다."

그것으로 수업은 끝났다. 가잘리도 곧 알게 될 테지만, 가장 막강한 흑마신을 극도의 폭력을 쓰는 길로 내보내면 보낸 사람마저 경악할 결과가 빚어지기도 한다. 제자는 곧 스승을 뛰어넘었다.

두니아도 무덤 속의 이븐루시드를 마지막으로 깨웠다. 작별인사를 하러 왔어. 오늘 이후 다시는 찾아오지 않을 거야.

나 대신 누가 당신의 애정을 차지했을까? 몹시 빈정거리는 말투로 그가 물었다. 티끌더미도 자신의 한계를 안다.

그녀는 전쟁에 대해 이야기했다. 적이 너무 강해.

멍청한 적이지. 그가 대답했다. 그래서 희망이 있소. 폭군은 독창성도 없고 선왕들의 죽음에서 아무것도 배우지 못하거든. 그들은 잔인하고 가혹해서 증오를 불러일으킬 거요. 인간이 사랑하는 것을 파괴할 테고, 그래서 결국 패배할 거요. 모든 중요한 전쟁은 결국 증오와 사랑의 갈등이고, 우리는 사랑이 증오보다 강하다는 믿음을 지켜야 하오.

내가 해낼 수 있을지 모르겠어. 그녀가 말했다. 지금은 마음속에 증오심만 가득해. 마계를 보면 돌아가신 아버지가 보이지만 나머지는 다 천박해 보일 뿐이야. 번지르르한 물건에 집착하고, 부도덕하고, 게다가 인간을 경멸하는데, 정확히 말하자면 종족차별이잖아. 흑마족의 자기중심적인 악의를 보면 내게도 그런 일면이 있다는 걸 알겠어. 빛도 있지만 어둠도 늘 있는 법이지. 이제 흑마족에게선 어떤 빛도 보이지 않지만 내 안에 깃든 어둠은 느낄 수 있어. 증오심도 거기서 나와. 그러니까 내 세계뿐 아니라 나 자신에 대해서도 의구심이 생겼어. 하지만 지금은 고민할 때가 아니라는 것도 알아. 이건 전쟁이니까. 전시에는 따지기보다 행동해야 하니까. 그래서 우리 얘기도 여기서 끝내야겠어. 해야만 하는 일을 해야지.

쓸쓸한 말을 하는군. 그가 말했다. 다시 생각해보시오. 지금 내 도움이 필요하잖소.

잘 있어. 그녀가 대답했다.

나를 버리는군.

당신이 먼저 버렸어.

그럼 이건 보복인가. 이렇게 의식이 남은 채로 무덤 속에서 영원히 무력하게 지내라고?

아니지. 그녀가 상냥하게 말했다. 보복이 아니야. 그냥 작별인사지. 잘 자.

나트라지 히어로, 파괴의 춤을 추다. 네 안에 깃든 마족의 힘을 찾아라. 섹시한 여자, 할머니의 할머니의 할머니의 할머니의 할머니

의 할머니인지 그 이상인지 아무튼 그의 할머니라고 주장하는 깡마른 여자가 말했다. 집은 다 타버렸고 어머니도 오래 버티지 못했다. 지금까지 살면서 진심으로 사랑했던 여인은 어머니뿐이었건만. 어머니는 거인과 불타는 집을 보았던 그날 밤의 충격을 이겨내지 못했다. 장례를 치른 후 그는 사촌형 노멀의 소파에 눌러앉아 시시각각 어머니를 그리워했다. 형은, 씨팔, 시시각각 더 미워지기만 했다. 내 안에 깃든 도깨비를 다스리게 되기만 하면, 노멀, 제일 먼저 날려버릴 개새끼가 바로 너일 거다. 어디 두고 보자, 두고 보자고.

전 세계가 통째로 불구덩이에 떨어졌건만 지미 카푸르는 워낙 익살맞은 성격인지라 해리 포터처럼 이마빡에 번개 그림을 그린 채 밤마다 공동묘지를 덮쳤다. 주로 세인트마이클스 공원묘지를 애용했는데, 브루클린-퀸스 고속도로BQE의 길게 뻗은 두 팔에 폭 안긴―혹은 그가 생각하는 방식대로 엿 먹으라는 V자 표시 같은 BQE에 콕 박힌―그곳에는 묘석이 수두룩하고 그 위에 올라앉은 여자 천사가 저마다 슬픈 표정으로 고인을 굽어본다. 그 섹시한 할머니가 처음에는 양쪽 관자놀이에, 다음에는 심장에 뭐라고 소곤거린 후 그는 이제 완전히 변해버렸다. 참말이라니까 형씨 그 여자가 정말 내 가슴에 입을 대고 호그와트 마법을 걸었다니까. 콰앙! 큐브릭 영화에서처럼 머리통이 샤샤샥 열리더니 정말 기똥찬 곳으로 날아가는 기분이 들고 꿈도 못 꿔본 것들이 막 보이는데, 그게 바로 마족의 정보망이랑 이런저런 능력이더라고. 그래서 얼이 쑥 빠질 지경인데, 씨팔, 정말 얼이고 뭐고 천리만리 날아갔는데, 어이, 요상하게도 미쳐버리진 않았단 말씀이야. 이유가 뭔지 맞혀봐. 내 안에 있던 도깨비가 깨어나 이런 상황을 다 감당하는 거지. 흔히 하는 말로 딴사람이 된 기분이다, 새로 태어난 기분이다, 그게 바로 이런 기분일 거야.

그리하여 그는 이제 딴사람이 되었지만 이름은 여전히 그의 이름이었다. 딴사람이 곧 그였으니까.

처음에는 웜홀이 열리고 거인이 나타나 만화 캐릭터인 체하며 헷갈리게 하더니 이번에는 화끈한 할머니가 나타나 정말 화끈하게 머릿속을 뒤집어놓았는데, 이게 웬일, 슈퍼히어로가 되어버렸다. 마법의 춤을 추는 왕. 내 인생 최고의 시간이로다.

그리고, 신난다. 점점 더 익숙해진다. 정말 빠르게 움직일 수 있고, 세상을 느리게 만들어놓고 혼자만 빠르게 움직이는데, 이거 대박이다. 이것을 저것으로 바꿔놓을 수도 있다. 조약돌을 한 줌 쥐면, 짜잔, 보석이 된다. 떨어진 나뭇가지를 꽉 쥐면 금덩어리로 변하니 노멀도 필요 없고 지저분한 소파도 필요 없고 야호 나는 벼락부자다. 그런데 그때, 마치 그의 생각을 엿들은 듯이 머릿속에서 두니아의 목소리가 들린다. 싸움에 집중하지 않으면 제 명에 못 죽는다. 그러자 어머니가 생각나 화가 치민다. 분노가 들끓는다. 두니아가 군사를 모으는 중이라고 말한다. 도시마다 지미 같은 이들이 있단다. 새로 얻은 두뇌 속을 들여다보면 연락망이 나타난다. 손을 내밀자 전류가 뻗어나가 쾅, 벼락이 치고 슬픈 표정의 천사가 하나 줄었다. 도저히 믿을 수 없는 일이다. 꿈속이 분명하다.

누군가 이 최후의 안식처에 호박 몇 개를 두고 갔는데, 이러시면 어떻게 참으라고, 미안하게 됐수다. 펑. 호박죽이다.

막상 겪어보니 그의 취향은 번갯불이 아니었다. 변환술이었다. 물론 천사 석상의 머리통을 몇 개나 날려버렸고, 그 일도 꽤 재미있었고, 그래서 수정헌법 제2조에 따라 무기arms 소유의 권리를 마음껏 행사했지만—물론 헌법 제정자들이 진짜 팔arms을 휘두르라는 뜻으로 한 말은 아닐 테지—오래지 않아 그것보다 변환술을 더 잘 쓴다는 사실을 알게 되었다. 보석에서 그칠 필요가 없다는 깨달음이 열쇠였다. 조약돌을 루비로 바꾸는 일만 할 수 있는 게 아니다. 그가 더러 생물을 가지고 능력을 시험해보기도 했다는 사실을 인정하고 넘어가야겠다. 새. 길고양이들. 지저분한 똥개. 쥐새끼. 글쎄, 쥐는 쥐똥이나 쥐살 소시지로 만들건 말건 아무도 신경쓰지 않겠지만 새나 고양이나 개는 좋아하는 사람도 많으니, 우선 돌아가신 어머니부터 새를 돌보셨고, 그러니 죄송합니다, 여러분, 미안해요, 엄마.

최고의 순간은 목표물을 예컨대 소리로도 변환할 수 있다는 사실을 알았을 때였다. 우와. 새를 새소리로 바꿔놓으면 새는 사라지고 허공에서 새소리만 들려오고, 고양이를 야옹 소리로 바꿔놓을 수도 있었다. 요령을 터득한 뒤에는 장난기가 발동해 묘석 하나에 마법을 걸자 흐느끼는 소리가 들렸고, 좋았어, 그때부터 괴상망측한 실험을 이어갔는데, 모든 세무사의 내면에는 그렇게 정신 나간 슈퍼히어로가 도사리고 있는 것일까, 아무튼, 어이, 색깔은 어떨까, 바퀴벌레나 깃발이나 치즈버거를 색깔로 바꿔 허공에 둥둥 떠있다가, 그래, 흩어져버리게 할 수 있을까. 좀더 큰 동물로 연습해

보고 싶었다. 혹시 이 근처에 양이 있을까? 양 몇 마리쯤 없어져도 아쉬워할 사람은 없겠지? 어쩌면 이 변환술로 되돌릴 수 있을지도 모르는데, 정말 그렇다면, 어이, 이 초능력을 익히는 과정에서 양을 괴롭히진 않았답니다. 그렇지만 양떼는 뉴욕 북부 목장지대에 사는데, 목장이 죄다 무너져 동물이 마음대로 돌아다닌다면 모를까, 게다가 거기까지는 또 누가 데려다주지, 아시아한테 차가 있긴 한데, 어쩌면 휘발유를 어디서 구할 수 있는지도 알 텐데, 매력 넘치는 아시아, 에-이-샤가 아니라 아-시-아Ah-see-ah, 갈색 인종이 아니라 이탈리아계 시뇨리나, 댄서, 아니, 짜샤, 스트리퍼가 아니라 고상한 발레리나, 보나마나 남자들이 1킬로미터도 넘게 늘어서서 꽉 찬 휘발유통을 양손에 들고 그녀를 기다리겠지. 이제 여자를 구워삶는 말재주만 배우면 그거야말로 끝내주는 초능력일 텐데.

그래도 말재주가 전혀 없지는 않았던 모양이다. 그는 발레리나 아가씨에게 전화를 걸어 그럭저럭 생각해낸 몇 마디로 자신이 겪은 일을 모두 설명했고, 화끈한 할머니, 속닥속닥, 콰앙, 스탠리 큐브릭의 〈스페이스 오디세이〉 특수효과, 기타 등등, 그녀는 진짜진짜 정말로 믿지는 않아도 웬만큼은 믿었는지 공동묘지까지 따라왔고, 그곳에서 그는, 아싸, 실력을 보여주었다. 그녀 앞이라서 그런지 정말 기똥찬 공연을 펼쳤다. 소리 변환 색깔 변환 번갯불.

그리고 바로 그곳에서, 세인트마이클스 공원묘지에서 그의 공연이 끝난 후 이번에는 그녀가 춤을 선보였다. 하이고, 좋아라. 그래서 어떻게 됐는지 알아? 양떼를 찾아 허드슨강을 따라 올라가줄 운전기사를 구하는 정도로 끝나지 않았다. 여자친구, 자그마치 여자친구까지 생겼다. 하이고, 좋아라.

그렇게 대략 일 년 반이 흘러갔다. 이 기나긴 자아 재발견의 기간 동안, 마족으로서 뛰거나 날기 전에 걸음마부터 배우는 동안, 제로니모 마네제스도 경험했듯이 속성으로 끝나는 제2의 어린 시절을 보내는 동안 지미 카푸르는 자신의 일부가 늘 이런 삶을 기다렸음을 깨달았다. 세상에는 꿈과 상상의 세계가 생시에도 펼쳐지길 열망하는 사람들이 있고 지미 자신도 그중 하나였다. 그들 모두는 그 멋진 세계의 일원이 되고 싶어했고, 범속의 먼지를 박차고 날아올라 놀라운 진짜 본성을 발견하길, 그렇게 다시 태어나길 바라고 또한 그렇게 되리라 믿었다. 내심 그는 늘 그의 창작물 나트라지 히어로가 자신을 끌어올려 무가치한 삶에서 탈출시켜주기에는 아무래도 미흡하다는 사실을 알았고, 그래서 허구의 힘을 빌리지 않고 스스로의 힘으로 빛을 향해 나아갈 수 있음을 깨달았을 때 더욱더 기뻤다. 그는 생각했다. 이제 나야말로 허구적 인물이다. 아니, 허구보다 더 좋은 진짜, 더 나아가 마침내, 감히 바랄 수도 없었건만, 비범한 인물이 되었구나. 어쩌면 그래서 새로 드러난 마족 자아에 그토록 쉽게, 그토록 자연스럽게 적응했는지도 모른다. 그는 예전부터 자신의 내면에 그런 일면이 존재한다는 사실을 알면서도 스스로 믿지 못했다. 두니아가 그의 심장에 대고 소곤거리기 전에는.

그는 번개공주의 기별을 기다리고 있었다. 때로는 여느 때와 달리 남쪽의 캘버리 공원묘지나 마운트자이언 공원묘지로 내려가 사자 석상의 머리를 날려버리기도 했고, 새로운 변화를 선보일 작정으로 고체를 냄새로 변환하기도 했는데, 멀쩡한 벤치가 다음 순간 방귀 냄새로 변해버렸으니, 남녀 불문하고 온갖 얼간이가 이 벤치에 앉아 다른 얼간이를 회상하며—그 방귀쟁이, 이젠 방귀도 못 뀌겠네—뀌었던 방귀가 모두 합쳐진 냄새였다.

그는 자신이 모았던 고전 만화책을 떠올렸고, 집에 불이 났을 때 모두 홀라당 타버렸지만 그중 오래된 DC 만화책에 나왔던 현실 속의 슈퍼맨 찰스 애틀러스가 생각났다. 표범가죽 브리프 하나만 입은 애틀러스는 다이내믹 텐션 테크닉을 이용해 '세계 최고의 완벽한 근육질 사나이'로 탈바꿈했다. 이제 등뒤에서 킥킥거리는 여자들은 없다. 나도 예전의 지미가 아니다. 45킬로그램의 약골 지미가 아니다. 애틀러스가 말했듯이 나야말로 진짜 히맨He-Man 이다. 늘씬한 아-시-아와 팔짱을 끼고 가는 히맨 지미. 이제 아무도 나를 못 건드린다.

세인트마이클스 공원묘지의 묘석 사이에 있을 때 드디어 두니아가 나타났다. 이제 공주가 아니라 여왕이었다. 한밤의 공동묘지에서 그녀는 어머니를 잃은 지미에게 조의를 표했다. 그녀도 아버지를 잃었다고 했다. 준비는 되었느냐? 그녀가 물었다. 아, 되고말고요.

그녀가 지미의 귓가에 속닥거리며 죽어 마땅한 악종들을 가르쳐주었다.

이계전쟁 당시 지구상에 나타난 기생마족은 사실 별 볼 일 없는 놈들이었다. 우선 사고력이 극도로 제한적이었다. 시장 관저를 습격할 때 그랬듯이 마족 상관이 손가락질로 명령을 내리면 그쪽으로 달려가 시키는 대로 때려부수는 정도가 고작이었다. 그러고 나면 기생할 육체를 찾아다니며 시간을 보냈다. 인간 숙주가 없으면 하계에서 생존할 수 없기 때문이다. 일단 누군가의 몸에 달라붙어 생기를 쪽쪽 빨아먹다가 빈껍데기만 남으면 짧은 시간 안에 새 숙주를 찾아야 한다. 오늘날 어떤 이들은 이 생물을 진정한 마족으로 분류할 수 없다고 하는데, 지각력이 거의 없는 노예계급의 열등한 생명체이기 때문이다. 그런 주장에도 충분히 일리가 있지만 우리는 전통적으로 그들을 마족분류학에 포함시키는데, 우리에게 전해진 이야기에서도 알 수 있듯이 인간이—더 정확히 말하자면 인간이라기보다 혼혈종이라고나 할까, 대체로 인간이지만 마족의 피가 많이 섞이고 마계 여왕이 마성을 해방시켜준 자들이다—제일 먼저 척살한 마족이 바로 그들이었기 때문이다.

과거의 싸움을 촬영한 이미지가 더러 남아 있는데, 동영상이든 스틸사진이든 일부는 지금 보면 포르노와 다름없다. 우리는 그런 이미지를 밀폐용기에 넣어 출입이 제한된 방에 보관하며 성실한 학자들, 즉 역사학자, 구시대 기술(사진, 영화) 연구자, 심리학자 등에게만 개방한다. 그런 자료를 대중에게 공개해 근심을 자초할 필요는 없다고 보기 때문이다.

여기서 우리는 살육에 대한 구체적 묘사에 지면을 낭비하지 않으며 앞으로도 길게 다루지 않을 것이다. 우리는 저 머나면 옛날 이후 비약적으로 발전한 우리 모습을 자랑스러워한다. 마치 마족의 저주처럼 오랫동안 인류를 괴롭히던 폭력성은 이제 과거사가 되었기 때문이다. 여느 중독자가 그렇듯이 우리도 가끔은 핏줄에 남은 폭력성을 감지하거나 코끝을 스치는 폭력성의 냄새를 의식하기도 한다. 어떤 이들은 두 주먹을 부르쥐거나 윗입술을 비죽이며 호전적인 비웃음을 보이거나 심지어 잠시나마 언성을 높이기도 한다. 그러나 곧 충동을 억누르며 주먹을 펴고 입술을 내리고 음성을 낮춘다. 우리는 폭력성에 굴복하지 않는다. 그러나 우리의 과거를 설명할 때, 특히 괴사의 시대와 이계전쟁을 이야기할 때 사상자 문제처럼 그리 유쾌하지 않은 측면을 전적으로 도외시한다면 불완전한 진술이 된다는 것도 잘 안다.

기생마족은 이 도시에서 저 도시로, 이 나라에서 저 나라로, 이 대륙에서 저 대륙으로 옮겨다녔다. 그들은 한곳에서 한 집단만 괴롭히지 않고 마족의 초고속 교통체계—웜홀, 남은 느리게 하고 나는 빠르게 하는 시간변동, 때로는 비행 항아리까지—를 이용하여 이곳저곳으로 이동했다. 우리가 출입제한구역에 보관한 밀폐용기에는 충격적인 이미지도 많은데, 예컨대 플로리다주 마이애미에서 사람의 얼굴을 뜯어먹는 식인종형 기생마족, 사막 곳곳에서 여자를 돌로 때려죽이는 사형집행형 기생마족, 군사기지에서 숙주의 몸을 터뜨린 후 즉시 가까운 병사의 몸을 빼앗아 더 많은 전우를 몰살하는 자살폭탄형 기생마족(이 경우는 이른바 '내부자'의 공격이지만 일반적 의미와는 좀 다르고), 그 밖에 동유럽에서 탱크를 탈취해 여객기를 격추시킨 정신병자 무장단체형 기생마족의 이미지도 있고…… 이 정도로 끝내야겠다. 온갖 참상을 모두 나열할 필요는 없다. 요컨대 그들은 들개떼처럼 무리를 지어 사냥했고 여느 네발짐승보다 더 사나웠다. 그리고 갓 등극한 번개여왕이 지미 카푸르에게 맡긴 임무가 바로 사냥꾼들을 사냥하는 일이었다.

기생마족에게 몸을 빼앗긴 사람들은 기생마족이 체내로 들어오자마자 죽어버리므로 도저히 구해낼 도리가 없다. 그런데 산 사람에게 기생하기 전에는(즉 죽이기 전에는) 실체조차 없는 기생마족을 어떻게 공격해야 그런 짓을 못하게 막을 수 있을까? 이 수수께끼의 해답을 찾은 사람이 바로 지미 카푸르였다. 고체를 색깔이나 냄새나 소리로 변환할 수 있다면 그 수법을 뒤집어 기체 같은 존재를 고체화시킬 수도 있지 않을까. 메두사 작전은 거기서 출발했다. 그런 작전명이 붙은 이유는 지미가 구름처럼 흐릿한 기생마족을 또렷한 고체로 바꿔놓았을 때 그들의 모습이 마치 돌로 변한 괴물 같았기 때문이다. 사람들은 그런 괴물을 고르곤이라고 잘못 부르지만 사실 고대 그리스인이 말하는 고르곤 메두사는 돌로 변하는 쪽이 아니라 돌로 변하게 만드는 쪽이었다. 그녀가 노려보면 사람이 돌로 변했으니까. (프랑켄슈타인 박사와 괴물의 경우도 마찬가지다. 이름 없는 골렘 즉 인조인간이 와전되어 창조자의 이름을 차지해버렸다.)

어쩌면 석화된 기생마족을 '괴물'이라고 부르는 것도 그리 정확하지 않을 수 있다. 그들은 인간과는 전혀 다르게 구불구불하고 복잡한 모습으로, 온몸이 이리저리 뒤틀린데다 때로는 뾰족뾰족한 가시가 빽빽하게 돋아나고 또 때로는 관절이 달린 칼날 모양의 '팔'이 튀어나오기도 했다. 결정체처럼 곳곳에 각이 진 경우도 있고 분수처럼 액체인 경우도 있었다. 지미는 그들을 찾아다니며 싸위 물리쳤는데, 새로 얻은 마족 정보망으로 이 저급 악귀들을 추적해 로마의 테베레 강변에도 가고, 쇳덩이처럼 번쩍거리는 맨해튼 고층빌딩에도 올라가고, 그때마다 기생마족을 변환시킨 후 그 자리에 그대로 남겨두었고, 그리하여 그들의 죽은 몸뚱이는 전 세계의 도시를 장식하는 새로운 예술품이 되었으니, 그 조각상 같은 모습은 실로, 그렇다, 아름답다고 말해야 옳으리라. 그 당시에도, 즉 전쟁이 한창일 때도 사람들의 입에 오르내릴 정도였다. 그토록 혼란스러웠던 시기에도 이 고르곤의 아름다움은, 예술과 죽음의 만남은, 그리고 기생마족이 죽음으로써 치명적인 적에서 심미적 만족감을 주는 감상품으로 탈바꿈했다는 사실은 안도감 섞인 경이감을 불러일으켰다. 보이지 않는 것을 보이게 만드는 일, 그것이야말로 전쟁이 낳은 최신 예술의 하나로, 아름다움과 의미를 결합해 가시적 형태로 구현한 그 작품들은 순수예술에 속하는 미술계의 도록에 수록해도 전혀 손색이 없을 정도였다.

그러나 정작 그들을 뒤쫓던 천적은 자신을 예술가로 여기지 않았다. 그는 지미 나트라지, 파괴의 춤을 추는 파괴신이었다.

거마 주무루드는 자신의 '파운데이션'이 지구 전체를 아우르는 마족 술탄국 건설을 위한 첫걸음에 불과하다고 밝히면서 전 세계를 술탄국의 영토로 선포하고 스스로 첫 술탄의 자리에 올랐다. 그러나 나머지 세 흑마신이 일제히 그의 자칭 지상권至上權을 성토하고 나서자 조금 물러설 수밖에 없었다. 그렇다고 사두체제의 세 우두머리에게 분풀이를 할 수도 없었으므로 주무루드는 미친듯이 세계를 휩쓸며 목을 자르고 십자가에 매달고 돌로 때려죽이는 등 학살극을 벌였고, 이 때문에 술탄국이 개국하자마자 원성이 빗발치고 불과 며칠 만에 반혁명의 불씨가 타올랐다. 악랄하고 불학무식한 A나라 '면학도'와 맺은 협력관계 덕분에 그럭저럭 통치계획이라고 할 만한 것을 수립한 주무루드는 그들 못지않게 열정적으로 시, 자전거, 화장지, 불꽃놀이, 연애소설, 정당, 감자튀김, 안경, 치근관 치료, 백과사전, 콘돔, 초콜릿 등을 금지해버렸고, 반대하는 자가 나타나면 말뚝에 묶어 화형하거나 두 토막을 냈고, 그런 일에 점점 더 심취하면서 나중에는 13세기 이후 영국인이 반역죄를 다스릴 때 사용했던 전통적이고도 탁월한 형벌대로 목매달고 창자를 뽑은 후 네 토막을 내버렸다. 그는 (다른 흑마신들에게 말했다) 이렇게 과거 제국주의 열강의 훌륭한 가르침을 기꺼이 따를 생각이며 새 술탄국의 법률체계에도 이런 중세 형벌을 두루 포함시켜 즉각 엄격하게 시행한다고 선언했다.

무엇보다 색다른 점은 그가 모든 형태의 봉인할 수 있는 용기를 엄금한다고 선포했다는 사실이다. 돌려 닫는 뚜껑이 달린 모든 단지, 마개로 막는 모든 병, 자물쇠가 달린 모든 가방, 모든 압력솥, 모든 금고, 관, 차 상자 등등. 동료 흑마신 발광마 루비와 흡혈마 라임은 어딘가에 갇혔던 기억이 없었으므로 그런 발표를 듣고도 대수롭지 않다는 듯 어깻짓만 했다. 그러나 주무루드는 누구든 유리병에 갇혀 기나긴 세월을 보내고 나면 그 비좁은 감방을 증오하기 마련이라고 했다. 그러자 발광마 루비가 말했다. "마음대로 하시오. 그런데 이렇게 하찮은 문제로 시간을 낭비하다니, 그리 위대한 모습은 아니구려." 주무루드는 이 비웃음을 무시해버렸다. 인간이 그를 감금했다. 이제 앙갚음을 할 차례다. 기나긴 수감생활에서 비롯된 증오심은 무엇으로도 달랠 수 없다. 세상의 온갖 금지와 온갖 형벌도 소용없다. 때로는 인류를 지배하기보다 차라리 잔인하게 멸종시키고 싶다.

적어도 이 문제만은 역시 감금 경험이 있는 자바르다스트도 주무루드와 의견이 일치했다. 보복의 시간이 왔다.

마족의 복수심은 꺼지지 않는 불길처럼 타오른다.

피에 굶주린 주무루드의 잔혹성은 오래지 않아 가잘리마저 걱정하게 만들었다. 흑마신이 죽은 남자의 요구대로 인류를 두려움에 떨게 하여 결국 하느님 앞으로 나아가게 하려고 얼마나 열심히 일했는지 말해주었을 때, 철학자의 티끌은 학문적 이론과 살벌한 실천의 간극에 대해 고민할 수밖에 없었고, 주무루드가 부지런히 노력했다는 사실은 부인할 수 없으나 어떤 의미에서는 좀 심했다는 결론을 내렸다. 그 말을 듣고 주무루드는 이 철학자가 이제 쓸모가 없다는 사실을 깨달았다. 이미 죽어버린 이 바보 늙은이에게 배우기는커녕 오히려 한 수 가르쳐야 할 형편이었다. 그래서 가잘리에게 말했다. "네놈한테 약속한 임무는 끝났다. 고요한 무덤으로 돌아가거라."

두 선배 흑마신 중 언제나 더 신중하며 언제나 더 내성적이고 사근사근한(그러나 실제로는 덜 잔인하기는커녕 똑똑해서 오히려 더 잔인해지기도 하는) 자바르다스트가 새 술탄국을 요즘 주무루드가 난도질하는 몸뚱이처럼 공평하게 사등분하자고 제안했다. 어차피 중앙집권제 통치를 하기에는 너무 큰데다 주무루드의 '파운데이션'은 궁벽한 A나라에 있고 수도로 삼을 만한 대도시도 아니었다. 자바르다스트는 그런 정황이 벌써 드러났다면서, 주무루드의 활동무대는 대충 '동양'이라고 부를 만한 지역에 집중된 반면 자신이 가장 많은 재앙을 내리고 가장 큰 공포를 불러일으키며 맹활약한 곳은 주로 힘센 '서양'이라는 사실을 지적했다. 그러므로 남은 아프리카와 남아메리카를 각각 흡혈마 라임과 발광마 루비에게 나눠주면 된다. 나머지 지역은—오스트랄라시아, 폴리네시아, 그리고 펭귄과 흰곰이 사는 곳—당분간 무시해도 별 무리는 없을 듯싶다.

이 분배방식에는 아무도, 심지어 제안자조차 만족하지 못했지만(자바르다스트는 전 세계를 차지할 속셈이었으니까) 네 흑마신이 모두 잠정적으로 받아들였다. 잠정적으로, 즉 싸움이 시작될 때까지. 특히 발광마 루비가 자신의 몫에 불만이 많았다. 마족은 자신에 대한 이야기가 널리 알려진 곳에 있을 때 제일 행복하고 자기 이야기가 이민자의 가방에 실려 건너간 곳에서도 그럭저럭 편안하게 지내지만 자기를 잘 모르고 자기도 잘 모르는 지역에 가면 불편해한다. "남아메리카?" 발광마 루비가 툴툴거렸다. "걔들이 마법을 알기나 해?"

그들의 정복전쟁은 검은 꽃처럼 세계 각지를 뒤덮었다. 그중에는 마족이 인간을 조종해 벌이는 소규모 대리전쟁도 많았는데, 신들림, 미혹술, 뇌물, 공포, 종교 등등 인간을 조종하는 방법을 총동원했다. 흑마신들은 구름 위에 올라앉아 빈둥거렸고, 짙은 안개로 몸을 가려 두니아조차 자신의 최대 강적이 어디 숨었는지 오랫동안 찾지 못했다. 그들은 그곳에서 꼭두각시들이 죽고 죽이는 장면을 내려다보다가 이따금씩 졸개 마족을 내려보내 그 참극에 동참하게 했다. 그러나 얼마 안 가서 마족의 오랜 결점이─불충, 노력 부족, 변덕, 이기주의, 자기중심주의 등등─드러나기 시작했다. 곧 네 명 모두가 자신이야말로 최고 중의 최고이며 마땅히 우두머리 대접을 받아야 한다고 믿게 되었고, 시시한 말다툼으로 시작된 일이 급속히 커져 하계에서 벌어진 전쟁의 본질마저 바꿔놓았다. 그때부터 인류는 흑마신이 서로를 향한 증오심을 표현하는 캔버스가 되었고 네 우두머리가 자신의 절대적 지상권을 노래하는 무용담에 써먹을 소재로 전락했다.

옛일을 돌이켜보며 우리는 다짐한다. 마족이 우리 선조들에게 풀어놓은 광기는 모든 인간의 가슴속에 이미 깃들어 있던 광기였다. 물론 마족 탓으로 돌릴 수도 있고 실제로 그들에게도 책임이 있다. 그러나 솔직히 말하자면 우리 인간의 결점도 인정해야 한다.

기록하기조차 괴로운 일이지만 흑마신은 여성을 폭행하는 장면을 지켜볼 때 유난히 즐거워했다. 두 세계가 분리되기 이전 시대에는 전 세계 대부분 지역에서 여성은 종속적 존재, 열등한 인간, 소유물, 가정부 취급을 당했고 어머니로서 존경받을 때 말고는 멸시의 대상이었는데, 당시 지구상의 일부 지역에서는 이런 태도가 개선되었지만 여성이란 남성이 마음대로 이용하고 부양하는 존재에 불과하다는 흑마신의 믿음은 여전히 암흑기와 다름없었다. 게다가 상계에서 여마족의 섹스 보이콧 때문에 욕구불만이 쌓여 화가 난 터라 자기 앞잡이들이 난폭해져도 나무라지 않고 구경만 했다. 이들 신여성은 자기들이 열등하다는 생각을 받아들이지 않는 경우가 많았고, 남자들은 버르장머리를 고쳐놔야 한다는 이유로 그들을 유린할 뿐만 아니라 목숨까지 빼앗았다. 두니아 여왕은 여성을 겨냥한 이 전쟁에도 전사를 파견했고 그때부터 전투의 양상이 변하기 시작했다.

테리사 사카는 이제 슈퍼히어로다운 별명을 가지고 있었다. 주간지나 만화책 같은 데 나오는 이름을 빌려 명명했던 마담 매그니토 같은 헛소리가 아니었다. 그녀의 머릿속에서 두니아가 말했다. 나는 네 어미다. 그때 테리사 사카는 마음먹었다. 나도 뭔가의 어미가 돼야겠어. 화끈한 죽음을 내리는 엄마, '마더'가 되는 거야. 더 거룩한 마더 테레사도 죽음과 관련된 일을 했지만 테리사 사카는 호스피스 활동보다 돌연사 쪽이 마음에 들었다. 산 사람을 보살펴 편안하게 세상을 떠나도록 도와주는 일보다 쇠망치 같은 고압전류 일격으로 단숨에 생명을 끊어주는 일. 그녀는 두니아를 따르는 복수의 천사 어벤저였다. 테리사는 이 세상에서 버림받고 학대받고 능욕당한 모든 여성을 위해 싸우기로 결심했다.

도덕적 면책특권, 즉 사람을 죽여도 된다는 면허, 파괴에 대한 죄책감 없이 파괴해도 좋다는 이 자유는 좀 낯설었다. 왠지 인간의 심성을 거스르는 요소가 있었다. 세스 올드빌을 죽일 때 그녀는 분노에 휩싸인 상태였지만, 그렇다고 옳은 일은 결코 아니었고, 그녀도 그것을 알았다. 분노는 동기일 뿐 변명이 될 수는 없으니까. 비록 올드빌이 나쁜 새끼였더라도 그녀는 여전히 살인자였다. 범죄자는 죄를 지은 사람이고, 그 범죄자가 바로 그녀이니 마땅히 벌을 받아야 한다. 그러나 그녀는 내심 이렇게 덧붙였다. 젠장, 먼저 나를 잡아봐라. 그런데 이제 느닷없이 머릿속에서 조상 여마신이 소곤거리더니 내면의 전사를 풀어주고 세계를 구하는 데 일조하라는 임무를 내렸다. 영화에서 사형수를 살려주고 속죄의 기회를 주는 상황과 비슷한데, 그러다가 혹시 죽더라도, 뭐, 어차피 사형당할 처지였잖아. 그래서 그녀는 생각했다. 나쁜 조건은 아니네. 죽기 전에 개새끼들을 무수히 쓸어버려야지.

눈만 감으면 마족의 좌표시스템이 나타나고 두니아 여왕이 그때그때 필요한 좌표를 알려주었다. 옆으로 돌아서서 몸을 이렇게 기울이기만 하면 공기 중의 틈새로 빠져나가 이동 차원으로 들어간 후 어디든 좌표가 찍힌 곳으로 건너갈 수 있었다. 차원과 차원 사이의 굴을 빠져나가면 자기가 어느 나라에 들어왔는지조차 가늠하기 어려우니—물론 두니아가 머릿속에 심어준 정보에는 A나 P나 I 같은 나라 이름도 포함되었지만 그런 알파벳 범벅은 별로 도움이 안 되었는데, 새로운 현실의 특징이라고나 할까, 새로운 방식으로 돌아다녀야 하고 거기서 파생한 대체현실까지 감당해야 하니 물리적 세계와의 연결고리가 끊어지기 십상이었다—도대체 어디어디를 다녀왔는지 아리송했다. 그저 황량한 갈색 공간, 초목이 우거진 공원, 산, 계곡, 도시, 거리, 그냥 지구. 얼마 후 그녀는 어차피 어디든 상관없다는 사실을 깨달았다. 어느 나라든 똑같은 나라, 여자를 폭행하는 나라였고, 그녀는 그들을 대신해 복수하려고 찾아온 암살자였다. 여기 마족에게 조종당하는 '인간'이 있다. 신들림, 미혹술, 보석 뇌물, 무엇 때문이든 상관없다. 그 남자가 저지른 짓에 유죄판결이 떨어졌고 그녀의 손끝에는 판결을 집행할 번갯불이 있다. 천만에, 도덕적 성찰 따위는 필요 없다. 그녀는 판사도 아니고 배심원도 아니다. 사형집행인일 뿐이다. 내 이름은 마더야. 그녀는 목표물에게 말했다. 그들이 지상에서 듣는 마지막 말이었다.

시간과 공간 사이의 불가사의한 통로를 따라, 소용돌이치는 마젤란성운 같은 무無를 통과하는 굴을 따라 떠다니며, 방랑하는 살인자의 우울한 고독 속에서 테리사 사카는 어린 시절을 회상하는데, 그때의 절망감, 가속페달을 바닥까지 밟으며 첫 차(훔쳐 타고 처음 난폭운전을 했던 빨간색 컨버터블이 아니라 난생처음 구입한 차)를, 낡아빠진 강청색 컨버터블을 몰던 밤들, 최대한 빠른 속력으로 시골길을 지나고 늪지대를 지나며 죽든 살든 정말 아랑곳하지 않았다. 그때는 늘 자멸의 길을 걸었는데, 마약도 하고 안 좋은 남자도 만나고, 그나마 학교 다닐 때 유일하게 배워둘 만한 교훈을 얻었고, 아름다움은 돈이다. 그래서 가슴이 나오자마자 긴 검은머리를 곧게 펴고 대도시로 그 돈을 쓰러 갔고, 가진 돈이라고는 미모뿐이었으니, 그래도 뭐 이만하면 잘 풀렸잖아, 지금 나를 봐, 초능력 살인마, 촌구석 계집애가 이 정도면 출세했지.

어쨌든 그 계집애는 이제 중요하지 않았다. 과거는 이미 떨어져 나갔다. 그녀는 이런 일을 꽤 잘한다는 사실을 알게 되었다. 느닷없는 출현, 깜짝 놀란 목표물의 얼굴에 떠오르는 공포, 빛나는 창처럼 가슴에 꽂히는 벼락줄기, 때로는 재미삼아 성기에 혹은 눈에, 어디든 결과는 똑같다. 그러고 나면 다시 무의 세계로 돌아가 죽어 마땅한 다음 강간범 다음 폭행범 다음 짐승 다음 인간쓰레기 다음 괴물을 찾고, 기꺼이, 일말의 가책도 없이 죽여버린다. 그때마다 더욱더 강해지고, 힘이 차오르는 것을 느끼고, 그만큼 덜 인간다워 지지만 그녀에게는 오히려 좋은 일인 듯싶다. 인간보다 마족에 가 까워진다. 머지않아 두니아와 동등해지리라. 머지않아 카프산의 여왕을 똑바로 노려보면 여왕이 먼저 시선을 피하리라. 머지않아 천하무적이 되리라.

이상한 전쟁이다. 마족처럼 종잡을 수 없고 제멋대로다. 오늘은 여기 있다가 내일은 사라지고 예고도 없이 다시 나타난다. 거대하 고 괴멸적이었다가도 어느새 멀어지고 없어진다. 어느 날 바다에 서 괴물이 솟아오르고, 다음날은 아무 일도 없고, 그러다 일곱째 날이 되자 하늘에서 산성비가 쏟아졌다. 혼돈과 공포, 구름둥지에 서 내려온 초자연적 거인의 공격, 그러다가 나른한 휴지기, 그래도 여전한 공포와 혼돈. 기생마족, 인간폭탄, 신들림, 사방팔방에 분 노. 마족의 분노는 그들의 본성이지만 오랫동안 갇혀 살았던 주무 루드와 자바르다스트는 훨씬 더 심하고, 그 분노에 화답하여 수많 은 인간의 마음속에도 분노가 샘솟는데, 마치 고딕양식의 탑에서 종이 울리면 우물 밑바닥에서 메아리가 대답하듯이, 어쩌면 이 어 지럽고 험난한 혼돈이야말로 전쟁이 아닐까. 어쩌면 최후의 전쟁 이 아닐까. 정복자들이 불쌍한 지구인뿐만 아니라 자기들끼리도 똑같이 무섭게 싸우는 전쟁이다. 이 전쟁은 형태가 없으니 싸우기도 어렵거니와 이기기는 더 어렵다. 마치 추상적 개념과 싸우는 듯한 전쟁, 전쟁 그 자체와 싸우는 듯한 전쟁이다. 과연 두니아에게 그런 전쟁에서 승리할 만한 깜냥이 있을까? 더 강한 냉혹성, 두니아에게는 없지만 나 테리사 사카에게는 있는, 죄지은 자의 심장에 번갯불을 퍼부을 때마다 점점 더 강해지는 그런 냉혹성이 필요하지 않을까? 언젠가는 지구를 지켜내는 정도로는 부족할지도 모른다. 그때는 상계를 공격해야겠지.

군대에서 뛰기에는 너무 늙었어. 구름 굴 속에서 미스터 제로니모는 생각했다. 두니아가 긁어모은 우리 오합지졸이 모두 몇 명일까, 정원사, 세무사, 살인마 등등 마계의 여왕이 자신의 혈통에서 선발한, 우리가 아는 모든 세계에서 가장 무시무시한 적을 상대하라고 소곤거려 소집한 숫자가 얼마나 될까, 그리고 흑마신의 무자비한 공격 앞에서 과연 우리에게 승산이 있을까. 두니아가 아무리 화가 났어도 과연 그 네 명과 졸개들까지 모두 무찌를 수 있을까. 세계의 운명은 상계에서 내려온 어둠에 화답하는 우리 내면의 어둠을 발견하고 결국 굴복하는 것이 아닐까. 아니, 내가 막을 수 있다면 막아내야지. 마음속의 목소리가 대답했다. 그래서 온갖 의혹을 품으면서도 이 전쟁에 뛰어들었다. 혹사당한 몸뚱이의 아픔과 신음. 상관없다. 이제 정의로운 전쟁이 어떤 것인지조차 잘 모르겠지만 이 전쟁에서, 이 이상야릇한 싸움에서 내 몫을 하겠다고 마음먹었으니까.

그는 중얼거렸다. "어쨌든 나야 최전선에서 싸우는 것도 아니잖

아. 선봉대라기보다 의료진에 가깝지. 내가 곧 야전병원이니까."

　떠오르는 사람들은 끌어내리고 지면압박의 저주에 걸린 사람들은 끌어올린다. 그것이 그의 임무다. 중력의 오차를 바로잡는 일. 마음의 눈으로 전 세계 좌표시스템에서 피해자를 찾는다. 제일 시급한 사람들이 제일 밝은 빛을 내며 망막에서 깜박거린다. 세상을 이런 식으로 바라보게 되다니. 상승과 하강의 역병이 세계 곳곳에 퍼져버렸고—주술마 자바르다스트가 저지른 짓인데, 누가 걸릴지 모른다는 공포가 '정상적인' 역병의 경우보다 심하다—그래서 세계 곳곳으로 가야 한다. 도박장이 즐비한 마카오로 들어가는 연락선, 느닷없이 그가 나타나자 놀라고 겁먹은 사람들이 움찔 물러나고, 고통스러워 울부짖는데도 다들 무시하고 있던 한 여행객에게 미스터 제로니모가 허리를 굽혀 귓가에 속삭이자 남자가 벌떡 일어나고, 죽었다가 혹은 죽을 뻔했다가 살아나고, 어쨌든 제로니모는 이 중국인 나사로*를 남겨둔 채 홀연히 사라지고, 동료 여행객들은 마치 전염병 걸린 사람을 보듯이 아직도 이 가엾은 남자를 힐끔거리고, 어쩌면 그날 밤 남자는 되살아난 기념으로 도박을 하다가 저금한 돈을 다 날릴지도 모르지만 그거야 그쪽 사정이고, 제로니모는 어느새 피르판잘산맥 중턱에 가서 철도 터널 공사장의 인부 한 명을 하늘에서 내려주고, 그다음은 여기, 또 여기, 또 여기.

　때로는 너무 늦게 도착하기도 했는데, 이미 너무 높이 올라가버린 어떤 사람은 안데스산맥의 차고 희박한 공기 속에서 저체온증

---

*신약성경에 나오는 인물로 죽은 지 나흘 만에 예수가 회생시킨 사람.

이나 호흡곤란으로 죽어갔고, 메이페어의 한 미술관에서는 어떤 사람이 짓눌려 죽었는데, 뼈가 다 부러지고 압착되면서 온몸이 마치 터진 아코디언처럼 찌그러지는 바람에 납작해진 옷 사이로 피가 흘러나오고, 그 처참한 시신 위에 모자만 달랑 남아 무슨 설치 미술 같았다. 그러나 대개는 웜홀을 지나 때맞춰 달려가 짓눌린 사람은 일으켜주고 올라간 사람은 내려주었다. 병이 급속히 퍼진 몇 군데에서는 많은 사람이 가로등보다 높이 떠다니다가 그의 손짓 한 번에 모두 사뿐히 내려앉았는데, 아! 그때마다 다들 그야말로 숭배에 가까울 정도로 고마워했다. 그들의 심정을 이해할 수 있었다. 자신도 겪어본 일이니까. 사람이 죽음 근처에 가보고 나면 사랑의 용량이 커진다. 그가 라 인코에렌차의 아름다움을 복원하고 알렉산드라 블리스 파리냐와 올리버 올드캐슬을 지상으로 내려주었을 때 그녀의 얼굴에 떠오른 표정. 살아 있는 남자라면 누구나 아름다운 여자가 그런 표정으로 바라봐주길 원하리라.

설령 그 여자 옆에 서 있는 털북숭이 집사마저 똑같이 사모하는 표정으로 쳐다보더라도 말이다.

철학녀가 한평생 지켜온 비관주의는 제로니모의 작은 기적 하나에 완전히 사라져버렸다. 태양의 열기에 구름이 흩어지듯 그의 국지적 마법에 깨끗이 타버렸다. 이 새로운 알렉산드라는 마치 구세주를 보듯이, 자신과 집뿐만 아니라 이 모순투성이 지구 전체를 구할 사람이라는 듯이 제로니모 마네제스를 우러러보았다. 길고 기이한 하루하루를 보내고 그가 돌아가는 곳이 바로 그녀의 침대였고—그런데 '하루'가 뭐지? 그렇게 자문할 수밖에 없었다. 공간과 시간대를 가로지르는 웜홀 여행 때문에, 하루에도 백여 번씩 스타카토처럼 반복하는 도착과 출발 때문에 삶의 연속성에 대한 감각을 잃어버렸고, 정말 기진맥진 지쳤을 때, 뿌리도 없이 헤매다가 완전히 녹초가 되었을 때 그녀 곁으로 돌아갈 뿐이었다. 도둑질한 순간, 전쟁의 사막에서 오아시스 같은 순간이었고, 두 사람은 서로에게 미래의 더 긴 순간을, 꿈같은 곳에서 보낼 꿈같은 순간을 약속했다. 평화를 꿈꾸며. 우리가 이기겠죠? 그녀가 그의 품에 안겨 그의 손바닥에 머리를 기대며 물었다. 우리가 이기겠죠, 그렇죠?

그렇소. 그가 대답했다. 이기지 못하면 질 텐데 그건 상상도 못할 일이오. 우리가 이길 거요.

그는 너무 지쳐 잠도 제대로 못 자고 나이를 실감했는데, 그렇게 자는 둥 마는 둥 보내는 밤마다 희망에 대해 생각했다. 두니아는 떠났고, 어디로 갔는지는 모르지만 무엇 때문인지는 알았다. 그녀는 세상에서 가장 큰 사냥감을, 그녀가 없애버리겠다고 마음먹은 네 명의 대적을 뒤쫓는 중이었다. 그의 두뇌에 새로 열린 마족의 영역으로 낮이건 밤이건 그녀의 전갈과 지시가 날아들었다. 그녀가 여전히 작전을 주도하고 있다는 데는 의문의 여지가 없었지만, 그녀는 숨은 총사령관인데다 너무 멀리서 너무 빨리 움직였기 때문에 부하들은 그녀를 직접 만나볼 수 없었다. 그런데 '우리'가 정말 이길 수 있을까, 병력이 충분할까, 사실은 더 많은 사람들이 흑마신의 어둠에 빠져버리지 않았을까, 사람들이 정말 '승리'를 원할까, 혹시 아전인수 격의 부정확한 생각이 아닐까, 사람들은 차라리 새 상전들과 어떻게든 타협을 보고자 하지 않을까, 흑마신을 타도하면 자유를 되찾은 기분이 들까, 아니면 그저 새로운 절대자의 등장일까, 거마와 주술마 대신 번개여왕이 우리를 지배하지 않을까. 그렇게 온갖 생각이 들끓어 기운을 갉아먹었지만 곁에 누운 여인이 되돌려주었다. 그래, '우리'가 이길 거야. '우리'가 사랑하는 사람들을 위해서라도 절대로 지면 안 돼. 흑마신이 세계를 지배하게 되면 말라죽을지도 모르는 사랑 그 자체를 위해서라도.

미스터 제로니모의 마음속에 오랫동안 갇혀 있던 사랑이 이제 봇물처럼 넘쳐흘렀다. 두니아에게 깊이 빠져들 때부터 그랬는데, 아마도 처음부터 이루어지지 못할 운명이었을 테고, 어차피 메아리 같은 만남이었으니, 서로에게서 참사랑의 환생을 보았을 뿐이니…… 어쨌든 그때가 벌써 까마득한 옛날처럼 느껴졌고, 그녀는 그를 떠나 여왕 노릇과 전쟁에만 몰두했다. 그러나 사랑은 여전히 남아 가슴속에서 출렁거리고, 거대한 사랑의 바다가 밀물과 썰물이 되어 심장을 드나들고, 알렉산드라 블리스 파리냐는 기꺼이 그 물속으로 뛰어들 태세로, 우리 함께 사랑에 폭 빠져봐요, 내 사랑, 그래서 그는, 그래, 어쩌면 마지막으로 한번 더 깊은 사랑을 할 수 있을지도 몰라, 그런 생각을 했고, 그녀는 이미 준비가 끝났고, 그래, 안 될 게 뭐냐, 나 또한 뛰어들리라. 그러나 잠자리에 들 무렵에는 너무 지쳐 정사를 나눌 기운도 없고 어차피 요즘은 나흘이나 닷새에 한 번 정도가 고작이지만 그녀는 다 이해했다. 그는 그녀가 사랑하고 기다려줘야 하는 용사니까, 그때그때 그의 작은 일부분으로 만족하며 전부를 차지할 날을 기다릴 수 있었다.

이윽고 다시 여행을 시작하려고 그녀의 침실 문을 나서자 올리버 올드캐슬이 서 있었는데, 예전의 성난 올리버가 아니라 새로운, 감지덕지하는, 고분고분한 올드캐슬이었다. 눈동자가 스패니얼처럼 초롱초롱하고, 모자를 벗어들고, 늘 우울하던 얼굴에 누런 이를 드러내는 느글느글한 미소가 마치 노끈으로 묶어놓은 듯 한시도 떠나지 않았다. 내가 해드릴 일이 있으면 뭐든 말씀만 하시오. 나야 싸움은 잘 못하지만 그래도 필요하다면 언제든지 따라나서겠소.

그렇게 알랑거리며 떠받드는 말투가 오히려 거슬렸다. 제로니모는 집사에게 말했다. 예전에 나를 죽인다고 협박하실 때가 어째 더 좋았던 것 같소.

마족
여왕

THE
FAERIE QUEENE

티그리스강과 유프라테스강 사이에 있는 생명의 요람, 옛날 에덴의 동쪽 놋 땅* 즉 '방황의 땅'**이었던 그곳에서 밀정 오마르는 여왕 두니아에게 지구를 지배하려 하는 머리 넷 달린 괴물의 몸뚱이에 나타난 균열의 첫 징후를 보여주었다. 그 무렵 두니아는 마치 빛나는 그림자처럼 혹은 눈가를 스쳐가는 흐릿한 빛처럼 전 세계를 돌아다녔고 그녀가 총애하는 밀정도 끈덕지게 따라다녔는데, 그들은 흑마신 네 명을 찾으려고 사방팔방을 다 뒤지는 중이었다. 두니아가 오마르에게 말했다. 그 녀석들, 나랑 노닥거리던 시절에 비하면 숨는 재주가 많이 발전했어. 옛날에는 특별히 노력하지 않아도 은신술을 훤히 꿰뚫어볼 수 있었는데. 하긴 그때는 다들 내심

---

* 아담의 맏아들 가인이 아우 아벨을 죽인 죄로 쫓겨나 거하던 곳(창세기 4:16).
** 히브리어 '놋'은 '방황'을 뜻한다.

들키고 싶었겠지만.

카프산의 노련한 밀정 오마르에 대해서는 우리에게 알려진 사실이 매우 적은데, 그때까지도 마족이 남성의 동성애나 복장도착 같은 행동을 적잖이 싫어했기 때문일 가능성이 높다. 페리스탄의 여마족은 이미 레즈비언 관계를 혐오하지 않은 것이 분명하고 섹스파업 기간에는 실제로 그런 행동이 급증한 적도 있었지만 남성 마족 사이에서는 아직도 그렇게 케케묵은 편견이 지배적이었다. 오마르는 밀정으로서 여러 차례 큰 공을 세웠고 환관으로 변장해 후궁에 잠입하거나 여자 옷을 입고 다니며 정보를 수집해 대단한 명성을 얻었지만, 바로 그 업적 때문에 동족 사이에서 외톨이가 되고 말았다. 그러나 그는 처음부터 외톨이였다고 주장했다. 일부러 화려한 드레스를 골라 입고 어깨에는 아무렇게나 던진 듯 보이도록 조심스럽게 브로케이드 숄을 걸치고 각양각색의 야단스러운 모자를 썼다. 행동거지는 퇴폐적이면서도 냉랭했고, 탐미주의자 멋쟁이로 행세하면서 동족들이 어떻게 생각하든 전혀 아랑곳하지 않는 체했다. 그는 카프 비밀정보대에도 취향이 비슷한 자들을 모아들였는데, 그들은 상계에서 가장 뛰어난 밀정인데도 많은 마족이 이 멋쟁이들을 깊이 불신하게 되는 뜻하지 않은 결과를 낳았다. 그러나 두니아는 늘 그를 전적으로 신뢰했다. 흑마신과의 전쟁 막바지에는 그녀도 외톨이가 된 기분이었다. 한 번도 기쁘게 해드릴 수 없었던 아버지를 위해 복수하겠다고 동족을 죽이려 하기 때문이었다. 매일 흑마신 네 명을 찾으러 나갈 때마다 밀정 오마르도 따라나섰고, 그녀는 둘이 여러모로 닮았다는 생각을 하게 되었다. 인간을 좋아하고 한 남자를 사랑하고 그의 후손을 사랑한 탓에 그녀도 동족과 멀어졌기 때문이다. 널리 사랑받고 존경받았던 아버지와 같은 성품이 자신에게는 없다는 사실도 알고 있었다. 아버지는 늘 완곡하고 알쏭달쏭하고 매력적이었지만 그녀는 직설적이고 허심탄회하고 단호했다. 섹스파업을 밀어붙인 일도 상황을 악화시켰다. 그녀는 그리 멀지 않은 앞날에 페리스탄의 여마신들이 그녀를 향한 연민을 버리고 흑마신과의 전쟁마저 무시하는 순간이 오리라 예상했다. 도대체 우리한테 하계가 왜 중요해? 여왕은 왜 저렇게 안달복달하지? 그러니 전쟁을 너무 오래 끌면 패배할지도 모른다. 늦기 전에 네 흑마신을 찾는 일이 무엇보다 중요하다. 시간이 별로 없다.

그런데 정말 왜 그렇게 안달복달했을까? 이 질문에 대한 답이 있는데, 그녀는 어디를 가든 이 답변을 가슴에 품고 다녔지만 단 한 번도 밝히지 않았고 심지어 온갖 비밀을 수집하고 보관하는 최고의 밀정 오마르에게도 말하지 않았으니, 그것은 바로 지금 벌어지는 일에 자신도 조금이나마 책임이 있음을 알기 때문이었다. 상계와 하계 사이의 틈새가 막혀 두 세계의 접촉이 끊어진 후 수백 년 동안 평화가 이어지면서 마계의 여러 골짜기와 호수에서는 많은 이들이 차라리 잘된 일이라고 생각했는데, 향기로운 정원에서 영원한 지복에 가까운 삶을 누리는 상계에 비해 하계는 너무 어수선하고 시끌시끌한 곳이었기 때문이다. 그러나 산악왕국 카프는 사정이 조금 달랐다. 첫째, 흑마신이 호시탐탐 왕국을 노리는 상황이니 늘 경계하고 철저한 방어태세를 갖춰야 했다. 둘째, (당시) 번개공주는 지상을 그리워하고 그곳에 널리 흩어져 사는 후손을 그리워했다. 두 세계가 분리된 기간에도 그녀는 두니아자트를 다시 결집해 내면의 능력을 풀어주고 그들의 도움으로 더 나은 세상을 건설하는 꿈을 자주 꾸었다. 그래서 두 세계 사이의 여러 세계, 차원과 차원 사이의 여러 차원을 샅샅이 뒤지며 무너진 출입구를 찾아 다시 열어보려 했다. 매장된 과거를 찾는 고고학자처럼 이미 사라지고 부서지고 막혀버린 통로를 발굴해 길을 찾겠다는 희망을 한시도 포기하지 않았다. 그리고 마계의 더 어두운 세력도 똑같은 일에 매달린다는 사실을 알고 있었는데, 만약 길이 다시 뚫린다면 하계에 어떤 위험이 닥칠지 잘 알면서도 어머니라면 누구나 그렇듯이 뿔뿔이 흩어진 자식들을 다시 만나기 위해 한시도 노력을 중단하지 않았다. 한때 그녀가 사랑했던 남자가 남겨준 것은 그들뿐이었기 때문이다. 마족은 그렇게 잃어버린 놀이터로 가는 길을 찾으려고 애쓰다 하계에 대홍수를 일으키고 말았다. 어쨌든 지금 우리는 그렇게 믿는다. 마족의 간절한 주먹질에 하늘이 부서져버린 탓이다. 아무튼 그들은 결국 길을 뚫었고 그 이후 벌어진 일들이 벌어졌다.

아무튼 그랬다. 동족 대부분과 달리 두니아는 인간적 반응을 할 수 있는 마신이었다. 책임감, 죄책감, 후회 등등. 그러나 동족 모두가 그렇듯이 그녀도 마음에 안 드는 생각을 내면 깊숙한 안개 속에 밀어둘 수 있었고, 마치 흐릿한 이미지처럼, 희미하게 피어오르는 연기처럼 대체로 잊고 지냈다. 그녀는 이븐루시드도 그런 식으로 감춰두려 했지만 실패했다. 그러다가 제로니모 마네제스의 모습으로 그가 다시 나타났을 때 오랫동안 잊었던 인간적 감정 즉 사랑을 잠시나마 다시 느꼈다. 오, 내 연인을 많이도 닮았구나! 저 얼굴, 저 사랑스러운 얼굴. 수백 년 세월에 걸쳐 전해진 유전자가 저렇게 겉으로 드러나다니. 스스로 마음만 먹었다면 제로니모를 길이길이 사랑할 수도 있었을 테고, 그렇다, 지금까지도 가슴 한구석에는 특별한 애착이 남아 있다는 사실도 부인할 수 없다. 이제 그는 철학녀의 품에 안겼지만 무시무시한 손목을 한번 흔들면 철학녀쯤이야 기꺼이 산 채로 튀겨버릴 수 있다. 그러나 그럴 필요는 없다. 왜냐하면 미스터 제로니모는 결국 과거의 환상에 지나지 않고, 지금 그녀의 가슴속에 그 덧없는 사랑은 사라지고 순수한 증오심만 남았기 때문이다.

이제 옛 동무들을 찾아 처단할 때가 되었다. 그들은 어디 있을까? 어떻게 찾아야 할까?

하늘이 아니라 지상을 살피소서. 밀정 오마르가 말했다. 그자들이 일으키는 변고를 한눈에 알아보실 것이옵니다.

이윽고 생명의 요람에서, '토대에서 공포를 불러일으키는 건물'로 불리는 우르의 거대한 지구라트* 유적 꼭대기에서 그들은 마법의 군대 두 무리가 격돌하는 광경을 내려다보았다. 마치 먼 옛날 복합적인 단일문화를 이루고 공생하던 수메르족과 아카드족이 갑자기 이성을 잃고 길거리에서 이웃을 도륙했듯이, 검은 깃발들이 일제히 싸움터로 달려가 다른 검은 깃발들을 공격했다. 이때 종교

---

* 고대 메소포타미아의 수메르인, 바빌로니아인, 아시리아인 등이 지은 신전.

에 대한 고함소리가 빗발쳤는데, 이교도라느니 이단자라느니 더러운 무신론자라느니, 전사들은 이런 종교적 함성에서 새로운 힘을 얻어 더욱더 매섭게 칼을 휘두르는 듯했고, 오마르는 여기에서 이 전투의 진상을 알아차렸다. 흑마신 중 발광마 루비가 불만스레 여겼던 남아메리카 요새를 떠나 거마 주무루드의 사막 '파운데이션'이 차지한 땅으로 쳐들어와 주무루드에게 대들었던 것이다. 발광마 루비, '영혼 조종사'. 그의 마법에 걸린 군대는 주무루드가 보석과 마약과 창녀를 미끼로 불러모은 용병부대를 향해 밀집대형으로 전진했다. 발광마 루비에게 조종당하는 군대가 우세했다. 그들의 잔인무도한 공격에 주무루드의 용병들은 겁에 질리고 말았다. 그들이 받은 보석은 황홀경에 빠져 눈을 허옇게 치뜨고 미쳐 날뛰는 이 지옥의 살인마들에게 감히 대적할 만큼 많지 않았다. 그들은 무기를 버리고 도망쳤다. 싸움터에는 발광마 루비의 부하들만 남았다. 두니아가 오마르에게 물었다. 주무루드는 어디 있지? 여기 나타나긴 했을까? 게을러빠진 녀석, 아마 졸개들이 얻어터지는 동안 어디 산속에 틀어박혀 잠이나 쿨쿨 자고 있겠지. 그 녀석은 늘 자신감이 지나쳐 문제라니까.

그때 문득 하늘에 웜홀이 나타나고 구멍 속에서 연기가 마구 솟구치더니 발광마 루비가 비행 항아리를 타고 의기양양하게 튀어나왔다. 그가 소리쳤다. 똥통 같은 라틴아메리카는 너나 가져라! 문명의 요람은 내가 차지한다. 에덴동산에 내 깃발을 꽂으면 만인이 내 이름을 두려워하리라.

두니아가 밀정 오마르에게 말했다. 자네는 멀찌감치 빠져 있어.

싸움도 못하잖아.

여기서 우리는 다시금 극단적 폭력행위에 대한 우리의 오랜 문화적 혐오감을 극복하고 마족 내에서 매우 희귀한 동족 살해사건을 기록해야 하는데, 우리가 아는 한 이는 마계 여왕이 자행한 최초의 사건이었다. 격분한 두니아는 무시무시한 위엄을 고스란히 드러내며 번갯불로 이루어진 양탄자를 타고 지구라트에서 하늘로 날아올라 발광마 루비를 기습했다. 그녀가 벼락으로 항아리를 때려부수자 발광마는 땅바닥에 나뒹굴었다. 그러나 흑마신은 호되게 추락해도 쉽게 죽지 않는 법, 조금 헐떡거렸지만 전혀 다치지 않고 벌떡 일어나 두니아에게 맞섰다. 그녀는 번갯불 창을 연이어 던지며 그를 공격했고, 발광마 루비는 결국 인간의 형상을 포기하고 지상에 우뚝 선 불기둥이 되었다. 그러자 그녀는 짙고 답답하고 숨막히는 연기가 되어 불기둥을 휘감아버렸고, 그렇게 불에 필요한 공기를 차단한 채 거대한 연기 올가미로 목을 졸라 숨통을 틀어막았고, 여성적 본질을 무기로 그의 가장 깊은 남성적 본성을 공격하며 연기로 힘껏 압박했고, 그는 이리저리 몸부림치고 발버둥치고 컥컥거리고 움찔거리다가 결국 죽고 말았다. 발광마가 절명하고 그녀가 다시 인간의 모습으로 돌아왔을 때 그는 이미 작은 잿더미조차 남기지 못하고 깨끗이 사라져버린 뒤였다. 이 목숨을 건 싸움을 벌이기 전에는 그녀도 자신의 힘을 확신하지 못했지만 이제 분명히 알게 되었다. 이제 흑마신은 세 명만 남았고 다가오는 싸움은 그녀보다 그들이 더 두려워할 터였다.

발광마 루비가 죽자 그의 군대는 신들림 마법에서 풀려났고 군인들은 여기가 어디인지, 어떻게 왔는지 몰라 어리둥절한 채 눈을 껌벅거리며 긁적긁적 머리를 긁었다. 용병은 뿔뿔이 흩어졌고, 갑자기 당혹스러워하는 적들을 목격한 자들조차 굳이 그들과 싸우려 하지 않자 전투는 우스꽝스러울 정도로 싱겁게 끝나버렸다. 그러나 마계는 달가워하기는커녕 두니아의 소행에 분개했다. 이 사건에 대한 소식은 마족의 내부 통신망을 통해 거의 실시간으로 퍼져나갔고 마계 전체가 경악했다. 며칠 동안 두니아는 전혀 아랑곳하지 않았다. 전시에도 후방에 남은 비전투원은 워낙 심약해서 죽음과 파괴의 이미지만 접해도 평화를 염원하기 십상이다. 소식과 소문은 주로 그런 이미지에 중점을 두면서 최전선에서 싸우는 자들의 업적을 깎아내린다. 그녀는 그런 비판자들을 경멸했고 굳이 상대하지도 않았다. 전쟁에 집중해야 하니까.

그녀는 밀정 오마르를 페리스탄으로 돌려보내 정보를 모으게 했는데, 그곳에 다녀온 그는 아무래도 몸소 가보시는 편이 낫겠다고 말했다. 그래서 그녀는 답답하고 귀찮아하면서도 하계를 떠나 상계의 평화로운 정원으로 돌아갔다. 그곳에 이르렀을 때 그녀는 흑마신을 죽인 일로 신민들의 연민도 바닥났고 이제는 돌아가신 부왕의 추억으로도 그들의 호의를 되찾기 어렵다는 사실을 깨달았다. 늘씬하고 호리호리하고 활기찬 발광마 루비는 익살스러운 바람둥이 마신으로 잘생긴데다 매력도 넘쳐 페리스탄의 여마족이 꽤나 좋아했는데, 그런 그를 죽이는 바람에 반전 분위기가 팽배해지고 섹스 보이콧도 끝나버렸다. 물론 남성 마족의 대부분이 참전했으니 사랑에 굶주린 여마족의 기분을 풀어주는 데는 별로 도움이 되지 않았다. 그런데 때마침 마신 한 명이 돌아왔고 화려한 목욕장에 대소동이 일어났다. 그곳에 찾아온 마신이 마계의 여마족이라면 누구든 몇 명이든 가리지 않고 받아주며 한바탕 질탕하게 놀았기 때문이다. 거대한 목욕장에서 터져나오는 환락의 외침이 두니아에게 필요한 정보를 제공했다. 십중팔구 둔갑마족이 나타나 용, 유니콘, 심지어 대형 고양잇과 동물까지 다양한 모습으로 변신해 여마족을 즐겁게 해주는 것이 분명했다. 사자를 비롯한 대형 고양잇과 동물의 성기에는 거꾸로 돋아난 돌기가 있어 뒤로 뺄 때마다 암사자의 질벽을 긁는데, 그 느낌은 쾌감일 수도 있고 아닐 수도 있다. 어쨌든 이 화려한 목욕장에는 섹스에 굶주려 무엇이든, 심지어 그런 경험마저 기꺼이 겪어보려는 여마족이 수두룩했다. 그들의 비명소리가 고통의 표현이든 쾌감의 표현이든 아니면 둘의 흥미로운 조합이든 두니아는 아무 관심도 없었다. 그들 무리의 규모와 여마족의 열띤 반응으로 미루어 목욕장 안의 둔갑마족은 대단한 재주꾼일 터였다. 틀림없이 흑마신이 돌아온 것이다. 흡혈마 라임. 그녀가 중얼거렸다. 오리궁둥이 라임, 혓바닥에 톱니가 돋쳐 입맞춤하기도 까다로운 녀석, 음탕한 욕망을 못 이겨 내 손바닥으로 기어들었구나.

허구에 불과하지만 그리스 신 프로테우스는 막강한 둔갑술을 구사하는 바다의 신으로 물처럼 매끄럽게 변신했다고 한다. 흡혈마도 바다괴물로 변신하길 좋아했는데, 그가 바로 프로테우스였을 가능성도 있다. 즉 고대 그리스인이 당대에 그에게 지어준 이름이 프로테우스였는지도 모른다. 두니아는 페리스탄의 웅장한 목욕장에 잠입했고, 바닥조차 없는 거대한 해수탕에서 흑마족 왕자를 발견했다. 그가 길고 미끌미끌한 뱀장어로 변했다가 깊디깊은 해구海溝 속에 사는 이름도 없는 가시투성이 퉁방울눈 괴물로 변하자 주변의 여마족이 기대감에 차서 환호성을 질렀다. 두니아는 재빨리 움직여야 했다. 그녀는 수면 아래로 뛰어들어 다짜고짜 흡혈마라임의 성기를 낚아채고—순간순간 어떤 신기한 바다괴물로 둔갑하든 여마족과 사랑을 나누는 데 필요한 연장만은 줄곧 유지해야 했기 때문이다—마족끼리 사용하는 소리 없는 언어로 말했다. 내가 원래 생선을 싫어했다만, 물고기괴물아, 너도 죽을 때가 됐구나.

그녀는 남성 둔갑마족의 습성을 잘 알았다. 그들이 물로 변해서 손가락 사이로 빠져나가지 못하게 하려면 재빨리 불알을 틀어쥐고 힘껏 매달려야 한다. 그런 다음에는 그들이 온갖 수단을 다 써보는 동안 한사코 버텨야 한다. 불알을 움켜쥔 채 끝까지 버티기만 하면 이긴다.

말하긴 쉽지만 실행하긴 어렵다.

평범한 둔갑마족도 아니고 흑마신 흡혈마 라임이었다. 그는 상어로 변신해 거대한 톱날 같은 이빨을 드러내기도 하고 뱀이 되어 그녀를 칭칭 감고 으스러뜨리려고도 했다. 해초가 되어 그녀를 꽁꽁 묶어보기도 하고 고래가 되어 그녀를 통째로 삼키려 들기도 하고 거대한 가오리가 되어 꼬리의 독침으로 치명적 일격을 가하기도 했다. 그러나 그녀는 한사코 그를 붙잡은 채 모든 공격을 피했다. 두니아는 검은 구름이 되었고 그 속에서 튀어나온 손 하나가 그의 성기를 힘껏 움켜쥐고 있었다. 그녀는 눈부신 속도로 이리저리 몸을 비틀며 견제 동작을 펼쳤다. 그의 모든 동작을 막아낼 뿐만 아니라 압도했다. 그녀는 천하무적이었다. 그의 변신이 더욱더 다양해지고 더욱더 빨라졌다. 그녀는 모두 거뜬히 이겨냈다. 마침내 기진맥진한 라임이 마지막 숨을 헐떡이자 그녀가 수면 위로 솟구치며 손바닥에서 번갯불을 뿜어 태워버렸고, 그것이 그의 최후였다. 이리저리 휘둘리며 튀겨져 숨이 끊어졌다. 그의 주검이 난파선처럼 수면 위로 둥실 떠올랐다.

오늘 저녁으로 생선을 먹어야겠군. 그렇게 말하며 손을 떼자 시체가 수면 아래로 가라앉았다.

그녀가 목욕장을 나서자 적개심에 불타는 군중이 기다리고 있었다. 야유와 함성이 빗발쳤다. 부끄러운 줄 아세요! 아, 페리스탄 여마족의 혼란과 공포. 그들의 일원이, 다른 여마신도 아니고 카프산의 여왕이 동족을 살해하다니, 흑마족 왕자를 죽이다니. 싸움이 시작되었을 때 다들 목욕장에서 도망쳤는데, 다시 돌아와보니 여기저기 부서지고 무너져 난장판이었다. 황금빛 아치문도 쓰러지고 둥근 유리지붕도 박살나서 한때는 화려했던 목욕장이 이제는 전쟁으로 파괴된 하계의 여느 건물과 다를 바 없는 흉물이 되었다. 물론 그런 폐허도 순식간에 복원할 수 있다는 것쯤은 누구나 알지만, 마법의 힘으로 흠잡을 데 없이 완벽한 모습을 되찾을 수 있지만, 진짜 문제는 그것이 아니었다. 숨이 끊어진 흡혈마 라임은 어떤 마법으로도 되살릴 수 없다. 발광마 루비도 죽었다. 돌이킬 수 없는 사실이다. 마계의 여마족은 두니아 여왕에게 등을 돌렸고, 그녀는 그들 곁에 자신의 자리는 없다는 사실을 깨달았다. 상관없다. 이제 하계로 돌아가 전쟁을 끝낼 때가 되었다.

전투가 한창인 와중에도 한 가지 작은 선행을 베풀 만한 여유는 있었다. 뉴욕에 사는 멍청이 자코모 도니체티는 한때 불행한 결혼 생활을 하는 유부녀를 유혹하다가 나중에 어느 사악한—그러나 부당하다고는 할 수 없는—인과응보 마법에 걸려 만나는 여자마다 정신없이 사랑하게 되었고, 결국 비참하고 무절제한 생활을 하고 있으니 싸움꾼으로는 전혀 쓸모가 없는 녀석이지만 두니아는 그를 고쳐줄 수 있을 듯싶었다. 그녀는 후손 모두의 어머니였으니 쓸모가 있는 놈이든 없는 놈이든 외면할 수 없었고, 게다가 색욕과 냉소 속에서 숨어 지내는 이 두니아자트의 길 잃은 양에게서 선량한 구석도 발견했고, 별 볼 일 없는 어중이떠중이 흑마족의 마법에 걸려 고생하는 모습이 안쓰럽기도 했다. 마법을 풀어주는 일은 간단했고 자코모는 다시 병원 접수담당자나 여자 노숙자에게 흔들리지 않는 면역성을 되찾았지만 여전히 구제불능이었다. 그러나 두니아가 그의 심장이 내는 소리를 경청하고 그에게 할일을 소곤거리면서 구원의 길이 열렸다. 얼마 안 가서 그는 새 식당을 열었다.

이런 시대에 고급 식당을 차리다니 미친 짓이었다. 한때는 이 도시의 유흥가를 주름잡는 제왕이었더라도 결코 예외일 수 없었다. 그 시절은 오래전에 지나갔고 지금은 전쟁통이라 사람들이 외식하러 나가는 일도 드물고, 어쩌다 외식을 하더라도 간단한 음식, 파는 쪽도 사는 쪽도 시간과 돈을 절약할 수 있는 음식을 먹는 정도가 고작이었다. 그런데 전 세계 식도락의 수도였던 이 도시의 폐허에 공작새처럼 화려하게 차려입은 자코모 도니체티가 나타나 반질반질한 목재와 더욱더 반질반질한 금속이나 유리로 식당을 지었다. 이 식당은 새로운 태양처럼 눈부시게 빛났고, 찾아오는 손님은 거의 없었지만 도니체티가 미국 내에서 최근에 일자리를 잃은 유명한 셰프, 파티시에, 소믈리에를 모조리 불러모은 화려한 주방에서는 날마다 실내장식 못지않게 호화찬란한 메뉴를 내놓았고, 그리하여 완벽한 테이블 세팅과 더욱더 흠잡을 데 없는 종업원을 자랑하는 이 텅 빈 식당은 희망의 등대로 떠올랐으니, 한마디로 청동이 아니라 음식과 와인으로 만들어진 자유의여신상이었다. 그후 세상이 평화를 되찾았을 때 이 식당은 자코모 도니체티에게 엄청난 재산을 안겨주었다. 그곳은 저항의 상징인 동시에 이 도시의 옛 특징이었던 도전의식과 낙관주의의 표상이었다. 그러나 개업 당시에는 감히 그런 식당을 차리는 어마어마한 어리석음에 누구나 경악했다. 찬란한 조명을 갖춘 이 풍요로운 식당은 뭐든지 최고급이었지만 손님은 없었기 때문이다.

그는 이 식당에 카 자코모라는 베네치아식 이름을 붙였고 요리도 베네치아 음식으로, '바칼라 만테카토' 즉 크림에 조린 대구살, '비사토 수 라라' 즉 월계수 잎을 얹은 장어구이, '카파로솔리인 카소피파' 즉 파슬리를 뿌린 조개찜 같은 진미가 즐비했다. 쌀과 콩으로 만드는 '리시 에 비시'도 있고, 통오리에 소를 채워 굽는 '아나트라 리피에나'도 있고, 디저트로는 손수레에 담아 내놓는 크림 튀김도 있고 '토르타 니콜로타'와 '토르타 사비오사' 같은 케이크도 있었다. 도니체티는 어떻게 그런 일을 해낼까? 사람들은 궁금해했다. 재료는 다 어디서 구하며 돈은 또 어디서 났을까? 그런 질문을 받을 때마다 도니체티는 베네치아 출신답게 무심한 표정으로 어깨를 으쓱할 뿐이었다. 드시려고? 그럼 묻지 마시오. 먹기 싫다고? 그럼 딴 데 가서 드시구려.

그의 후원자는 재력이 충분했다. 용의 알보다 커다란 보석이 즐비한 동굴을 가진 마신은 거마 주무루드만이 아니었다. 게다가 마계 여왕이라면 가볍게 손짓만 해도 냉장고에 육류와 생선을 가득 채워줄 수 있었다.

그는 몇 번이나 그녀에게 감사 인사를 했지만 두니아는 그때마다 손사래를 쳤다. 내게도 좋은 일이다. 어디를 다녀오든, 누구를 죽이든, 밤마다 여기 와서 주방 일꾼들이 차려주는 음식을 먹을 수 있으니까. 손님이 나 하나뿐이면 어떠냐? 어차피 내 돈을 잃을 뿐인데. 자, '페가토', '세피에'.* 베네치아식 '바이콜리' 비스킷. 맛있는 아마로네 와인도 한 잔 가져오고. 좋아. 내게도 이게 약이란다.

발광마 루비와 흡혈마 라임이 죽은 후 뜻밖의 소강상태가 찾아오자 시내 분위기가 조금씩 달라졌지만 아무도 선뜻 좋아졌다고 말하지 못했다. 그러나 저항은 점점 더 거세져 길거리에서 기생마족의 무리가 자취를 감추었고, 그중 많은 수가 돌이 되어 여기저기 우두커니 서 있는 모습에서 전세가 역전되었다는 징후를 읽을 수

---

* 간과 오징어.

있었고, 괴사의 발생 건수와 빈도와 규모도 차츰 줄어들었고, 그래서 사람들은 용기를 얻어 하나둘씩 다시 거리로 공원으로 나오기 시작했다. 봄의 첫날을 알리는 크로커스처럼 허드슨 강변의 산책로에서 달리기를 하는 사람도 처음으로 눈에 띄었는데, 괴물을 피해 도망치는 것이 아니라 그냥 재미로 뛰는 사람이었다. 즐거움이라는 관념이 부활한 것도 새로운 계절이 찾아온 듯한 느낌이었지만 악독한 자바르다스트와 주무루드가—이미 지구상의 모든 사람에게 익숙한 이름이었다—아직 남아 있다는 사실을 누구나 알고 있는 한 위험은 여전했다. 해방 라디오 방송국이 간헐적으로 방송을 시작했는데 모두 똑같은 질문을 던졌다. 지지 탑*은 어디 있을까요?

달력이 괴사의 시대 천 일째에 가까워지자 로사 패스트 시장이 대담한 결정을 내려 꼬마 스톰을 데리고 집무실로 돌아갔다. 그녀 곁에는 새로 임명한 경비실장도 함께 있었는데 바로 기생마족을 무찔러 돌로 만드는 지넨드라 카푸르였다.

패스트 시장이 지미에게 말했다. 여기서 해낸 일을 보니 적어도 부분적으로는 그놈들과 비슷한 분이군요. 그렇지만 괴물과 싸울 때는 우리 편에도 괴물이 몇 명 있어야 든든하죠.

그러자 지미가 대꾸했다. 사무실엔 안 들어갑니다. 사무실이라면 평생 겪을 만큼 겪어봤으니 다시는 안 들어갈래요.

---

* ZZ Top. 원래는 미국 록밴드의 이름이지만 여기서는 '우두머리 주무루드와 자바르다스트'를 가리키는 언어유희.

필요할 때 연락드리죠. 그녀가 작은 장치 하나를 그의 손에 쥐여주었다. 최대 보안 주파수로 작동해요. 이건 그놈들도 아직 못 뚫었죠. 신호음이 울리고 진동하면서 이 가장자리에 빨간 불빛이 반짝거려요.

고든 경찰청장이 배트맨을 부를 때는 박쥐 신호를 보내잖아요. 지미 카푸르가 툴툴거렸다. 이건 매디슨스퀘어에서 햄버거 주문할 때 받는 거 같은데요.

이 정도로 만족해요.

그런데 쟤는 왜 저렇게 쳐다보죠?

믿을 만한 분인지 확인하려는 거예요.

믿을 만하대요?

믿을 수 없는 분이었다면 지금쯤 얼굴이 종기로 뒤덮여 한눈에 배신자인 줄 알았을 거예요. 그러니 좋은 분이겠죠. 이제 일합시다.

휴고 캐스터브리지가 햄프스테드 자택 부근의 히스공원에서 납치된 일은 이 전쟁의 어두운 소용돌이 속에서 일어난 뜻밖의 사건이었다. 작곡가는 평소처럼 이른아침에 티베탄테리어 볼프강고(⟨피가로의 결혼⟩ 원본 악보에 모차르트의 이름이 그렇게 이탈리아식으로 우스꽝스럽게 적힌 것을 보고 캐스터브리지는 몹시 즐거워하며 자주 언급했다)를 데리고 산책을 나섰다. 나중에 몇몇 목격자가 이스트 히스 로드에서 지나가는 자동차들을 향해 지팡이를 흔들며 히스공원으로 건너가는 캐스터브리지를 보았다고 증언했다. 그가 마지막으로 목격된 것은 라임 애비뉴를 따라 조류 보호 연못

이 있는 북동쪽으로 걸어갈 때였다. 그날 오전에 볼프강고가 발견되었는데 하늘을 향해 끊임없이 짖어대며 버려진 노브커리 지팡이*를 마치 쓰러진 전사의 검을 수호하듯 지키고 있었다. 그러나 휴고 캐스터브리지는─잠시나마─종적이 묘연했다.

전쟁에 대한 이야기가 끝나가는 이 시점에서 우리는 캐스터브리지처럼 갑작스럽게 런던을 떠나 이 모든 일이 시작되었던 스페인 루세나로 되돌아가야겠다. 일찍이 여마신 두니아가 안달루시아 철학자의 대문 앞에 나타나 그의 정신을 사랑하게 되었던 바로 그곳, 그녀가 이븐루시드의 자녀들을 낳았던 바로 그곳이다. 그 만남이 있었기에 오늘날 그녀가 후손의 잠자는 마족 본성을 깨워 이 싸움에 도움을 받을 수 있었다. 그 무렵에도 루세나에는 구세계의 매력이 많이 보존되어 있었지만 유대인 지역인 산티아고에 있던 이븐루시드의 집은 이미 흔적도 없었다. 유대인의 공동묘지는 살아남았고 성채와 유서 깊은 메디나셀리 저택도 여전했지만 지금 우리는 민속학적 가치가 별로 없는 지역으로 시선을 돌려야 한다. 이븐루시드의 시대 이후 수백 년 동안 루세나의 사업가들은 가구 제조업에 상당한 열정을 기울였고, 따라서 때로는 마을이 온통 앉거나 눕거나 옷을 보관하는 물건을 만드는 공장뿐인 듯 보이는데, 그중 한 공장 앞에 공장주 우에르타스 형제가 제작한 세계 최대 크기의 의자가 있고, 높이 26미터에 달하는 이 의자에 흑마신 자바르다스트가 느긋하게, 파충류처럼 냉정하게 앉아 있었는데, 오랜 친

---

* 손잡이가 혹 모양으로 된 지팡이.

구였던 거마 주무루드만큼은 아니지만 역시 거대한 이 마신은 한 손에 휴고 캐스터브리지를 꼼짝달싹도 못하게 붙잡고 있었고, 모여든 군중 속에서 나이 지긋한 영화팬들은 당연히 킹콩의 무시무시한 손아귀에 잡혀 몸부림치던 페이 레이의 모습을 떠올릴 수밖에 없었다.

그렇게 의자에 앉은 채 자바르다스트는 숙적 여마신에게 이런 도전장을 던졌다. 아스만 페리여, 카프산의 여왕 하늘요정이여, 요즘은 또 어떤 이름을 쓰는지 모르겠으나, 아무튼 그대, 이 천해빠진 하계의 두니아여, 이 형편없는 땅덩어리와 여기 빌붙어 사는 그대의 잡종 쥐새끼들을 동족보다 더 깊이 사랑하는 그대, 훨씬 더 위대했던 아비가 낳은 보잘것없는 딸이여, 나를 보라. 내가 그대의 아비를 죽였도다. 이제 그대의 자식들마저 잡아먹으리라.

그는 휴고 캐스터브리지에게 마지막으로 남길 말이 있느냐고 물었다. 작곡가가 대답했다. 남은 기껏 비유로 말했는데 비유를 문자 그대로 풀이하다니 어처구니가 없소. 인간이 창조한 신들이 인간을 멸망시키려 한다는 말은 대체로 비유적 표현이었소. 그런데 내 말이 생각보다 더 정확했다는 사실을 확인하니 뜻밖이면서도 한편으로는 좀 유쾌하구려.

나는 신이 아니다. 주술마 자바르다스트가 말했다. 네놈은 신을 상상도 할 수 없어. 나조차 제대로 상상해본 적이 없겠지만 지금 내가 네놈을 산 채로 잡아먹을 참이다.

물론 사람을 잡아먹는 신을 상상해본 적은 없소. 캐스터브리지가 말했다. 이건 좀…… 실망스럽구려.

그만. 자바르다스트는 거대한 입을 크게 벌리고 캐스터브리지의 머리를 한입에 삼켜버렸다. 그다음은 두 팔, 두 다리, 몸통이었다. 모여 있던 사람들이 비명을 지르며 흩어졌다.

자바르다스트가 다시 큰 소리로 으르렁거렸다. 그대는 어디 있는가? 입안이 가득한 채 고함을 지르자 캐스터브리지의 살점이 마구 튀었다. 두니아여, 어디 숨었는가? 내가 네 아들을 잡아먹어도 아랑곳하지 않는가?

그녀는 대답하지 않았고 어디에도 보이지 않았다.

그때 아무도 예상치 못한 일이 벌어졌다. 주술마 자바르다스트가 두 손으로 귀를 틀어막으며 미친듯이 울부짖었다. 도망치던 군중이 걸음을 멈추고 돌아보았다. 사람들은 아무 소리도 못 들었지만 루세나의 개들은 흥분해 마구 짖어댔다. 거대한 의자 위에서 흑마신이 마치 뜨거운 화살이 고막을 뚫고 두뇌를 지글지글 태우는 듯 괴로워하며 몸부림을 치고 비명을 지르다가 갑자기 인간의 형상을 잃고 불덩어리로 변해 순식간에 의자를 다 태워버리더니 곧 불이 꺼지고 그는 온데간데없었다.

이윽고 하늘이 지글지글 끓더니 웜홀이 열리고 두니아와 밀정 오마르가 하늘에서 내려왔다.

두니아가 오마르에게 말했다. 내가 독살 주술의 사용법을 알아냈지만, 이 흑마법을 어떻게 써야 하는지, 이 흉악한 주술 독약을 어떻게 추출해야 하는지, 어떻게 바늘을 갈고 어떻게 목표물에 명중시켜야 하는지 다 알아냈지만 아버지를 구하기엔 너무 늦었지. 그래도 아버지를 시해한 범인을 죽이고 복수하기엔 늦지 않았어.

지구의 일부를 점령하고 왕국을 세우는 것도 만만찮은 일이긴 하다. 그러나 그곳을 다스리는 것은 또 전혀 다른 일이다. 흑마족은 성급하고 산만한데다 우쭐거리고 잔인해서 누구나 두려워하면서도 증오했는데, 그들은 곧—천 일째 날이 오기도 전에—지구를 식민지로 만들고 인간을 노예로 삼는다는 구상이 설익은 빵과 다름없다는 사실을 깨달았다. 빵을 제대로 굽는 조리법도 모르고 경영능력도 없기 때문이다. 그들이 가진 능력은 무력뿐이었다. 그것만으로는 부족했다.

제아무리 폭력적이고 부도덕했던 시대에도 전제정치가 절대적이었던 적은 없고 모든 저항이 남김없이 진압된 적도 없다. 게다가 이제 네 흑마신 가운데 세 명이 목숨을 잃었으니 그들의 원대한 계획도 급속히 무너지기 시작했다.

다시 말하건대, 이러한 사건들이 일어난 후 이미 천 년 이상이 지났으므로 흑마족의 제국 건설 계획이 실패로 끝나게 된 구체적 과정에 대해서는 유실된 자료도 많거니와 남은 자료도 부정확해서 여기 기록하기에는 마땅치 않다. 다만 조금이나마 자신 있게 단언할 수 있는 것은 그 땅을 되찾는 일이 매우 빠르게 진행되었으므로 인류사회의 회복력이 얼마나 강했고 마족의 '점령지' 통제력이 얼마나 약했는지 충분히 미루어 짐작할 만하다는 사실이다. 일부 학자들은 이 시기를 인도 무굴제국의 황제 아우랑제브 치세 말기와 비교하기도 한다. 무굴제국의 여섯 황제 중 마지막 황제는 제국의 영토를 인도 최남단까지 확장했지만 이 정복은 착각에 불과했다.

그의 군대가 머나먼 북쪽의 수도로 돌아가자 남쪽의 '점령지'들이 다시 독립을 선언했기 때문이다. 이런 비교를 모두가 인정하지는 않더라도 분명한 것은 발광마 루비와 흡혈마 라임과 주술마 자바르다스트가 죽은 후 전 세계에서 그들의 마법이 풀려 사람들이 제정신으로 돌아왔으며 세계 각지에서 질서와 문화를 회복하고 경제를 되살리고 농작물을 거두고 공장을 돌리기 시작했다는 사실이다. 일자리도 다시 생기고 화폐가치도 정상화되었다.

이 책의 저자들을 포함해 많은 이가 천여 년 전의 그 시대를 이른바 '신들의 죽음'의 출발점으로 잡는다. 어떤 이들은 그 이후의 몇몇 시점이 발단이었다고 보기도 한다. 어쨌든 자명한 사실 하나는 온갖 억압, 잔혹행위, 전제정치, 심지어 야만성까지 정당화하는 수단으로 종교를 악용하는 관행 때문에—물론 이계전쟁 이전에도 존재했던 현상이지만 특히 전쟁 당시에 중요한 요소로 작용했으므로—결국 인류 전체가 종교에 영원히 씻을 수 없는 환멸을 느꼈다는 점이다. 이제 그렇게 고리타분하고 케케묵은 신념체계의 환상 따위에는 아무도 속지 않게 된 후 다시 기나긴 세월이 흘렀으니 기점이 언제였는지를 따지는 일은 학문적 갑론을박에 불과해 보일지도 모른다. '해체기' 당시 살아남은 각종 예배 장소도 최소 오백여 년 전에 호텔, 카지노, 아파트, 대중교통 종점, 전시장, 쇼핑몰 등으로 용도가 변경되었기 때문이다. 그러나 우리는 이 기점을 정확히 밝히는 일이 중요하다고 생각한다.

이제 다시 이야기로 돌아가서 마족 전체를 통틀어 누구보다 강해 보였고 스스로도 그렇게 확신했던 한 마신의 동태를 살펴보기로 하자. 유일하게 살아남은 흑마신, 흑마족 가운데 가장 고귀한 왕자, 거마 주무루드.

　이곳은 그가 소유한 여러 보석동굴 중에서도 으뜸가는 곳, 그가 위안을 얻고 싶을 때마다 찾아가는 곳이었다. 온갖 고뇌와 슬픔을 씻고 사기를 북돋우려면 자신에게 가장 큰 기쁨을 주는 것들 곁에 혼자 있어야 하는데 그것이 바로 에메랄드였다. A나라의 험준하고 뾰족뾰족한 산 아래 깊숙이 숨은 에메랄드 도시의 시민은 자신뿐이었다. '초록 참깨', 그에게는 어떤 여자보다 아름다운 보석동굴이었다. 열려라, 그가 명령하자 문이 열렸다. 닫혀라, 그러자 문이 닫혔다. 그는 산의 심장부에서 초록색 보석을 이불처럼 덮은 채 잃어버린 형제들을, 미워하는 동시에 사랑했던 그들을 애도했다. 한낱 여마신에게 셋 다 패배하여 목숨을 잃다니 선뜻 믿기 어려웠다. 그러나 틀림없는 사실이었다. 번개여왕은 지구상에서 가장 무시무시한 전사를 그의 수하들에게 보냈는데 그 전사도 테리사 사카라는 여자였고 그녀의 번갯불은 때때로 카프산의 여왕에게 뒤지지 않을 만큼 강력했다. 이렇게 삶을 좀처럼 이해할 수 없을 때가 있다. 그럴 때마다 초록색 보석이 사랑한다고 말해주며 마음속의 혼란을 씻어주었다. 이리 오너라, 귀염둥이야! 그는 외치며 마법의 보석을 한아름씩 긁어모아 부둥켜안았다.

　왜 갑자기 일이 이토록 틀어졌을까? 구백 일이 넘도록 그의 원대한 계획에는 아무런 장애물도 없었건만 지금은 온통 재난의 연속이다. 이렇게 패색이 짙어진 까닭은 주로 동료 흑마신 때문이라고 생각했다. 믿음직스럽기는커녕 배신자였고 결국 대가를 치렀을 뿐이다. 자바르다스트의 경우는 죽음마저 배신행위였다. 주술마는 번개여왕의 앞잡이 아이라가이라라는 놈을 본보기로 삼으려는 주무루드의 계획을 알고 있었다. 주무루드 자신의 명령으로 B시 변두리에 만든 영광기계를 그놈이 부숴버린 후 어렵사리 제압하여 생포했다. 그때 주무루드는 이 귓불 없는 아이라가이라의 번갯불을 무력화하려고 벼락을 흡수하는 장치에 꽁꽁 묶어 번갯불을 뿜어내도 맥없이 지하로 빠져나가게 했다. 그렇게 쇠기둥에 묶은 채 그놈이 파괴했던 기계 옆에 세워두면 저항군의 패배를 상징하는 좋은 본보기가 될 터였다. 그런데 자바르다스트는 자기가 더 잘났다고 제멋대로 엉뚱한 계획을 꾸며 사투르누스처럼 사람 잡아먹는 장면을 여봐란듯이 과시하더니, 지금 어떤 꼴이 되었는지 보라. 세상에 믿을 놈은 하나도 없다. 오랜 친구도 마찬가지다.

거마 주무루드는 분노에 사로잡힌 채 에메랄드 침대에 누워 이리저리 뒤척거렸다. 몸을 움직일 때마다 보석이 좌르르 쏟아졌다. 그러다가 발끝에 문득 보석이 아닌 물체가 닿았고 그는 팔을 뻗어 그것을 집어들었다. 작은 병이었다. 마신의 보석동굴에 숨겨둘 만한, 예컨대 귀금속에 보석을 박아 만든 화려한 공예품이 아니라 두툼한 파란색 유리로 만든 평범한 직사각형 싸구려 병으로 그나마 마개도 없었다. 그것을 들고 바라보는 순간 구역질이 치밀었다. 옛날 그가 갇혔던 감옥이었다. 어느 인간 나부랭이의 꼬임에 넘어가 그 속에 갇힌 후 투스의 현자 가잘리가 풀어줄 때까지 그 파란 유리벽 안에서 수백 년 세월을 보내야 했다. 이 병을 보석동굴 한복판의 보석 밑에 남겨둔 이유는 감금생활과 그때의 굴욕감을 기억하기 위해서였다. 그래서 새삼스레 화가 치밀었다. 그러나 그것을 들고 있는 동안 문득 이 병이 하필 이 순간에 그를 찾아온 까닭을 깨달았다.

그는 병에게 말했다. 감옥이여, 내가 묻지도 않은 질문에 대답하듯이 어둠 속에서 네가 나타났구나. 내 과거의 저주여, 이제 너는 다른 자에게 미래의 저주가 되리라.

그가 손가락을 딱 튕겼다. 병에 다시 마개가 생겼다. 단단히 막아두었으니 이제 써먹기만 하면 된다.

라 인코에렌차는 천 년이 지난 지금도 여전히 건재하며 정성어린 보살핌을 받는 비종교적 순례지의 하나로 만인이 경의를 표하는 곳이다. 건물도 복원하여 잘 관리하고 정원도 먼 옛날 그곳을 가꾸었던 위대한 정원사를 기리며 정성껏 보살핀다. 마라톤, 쿠룩셰트라,* 게티즈버그, 솜 등 세계의 격전지가 모두 그렇듯이 라 인코에렌차도 실로 장엄한 풍경이다. 그러나 그곳에서 벌어진 이계 전쟁 최후의 전투는 지구상의 어떤 전투와도 달랐다. 군대는 없었다. 그러나 각자가 군대와 맞먹는다고 할 만큼 막강한 힘을 가진 초자연적 존재들이 끝까지 겨룬 싸움이었다. 거대하고 무자비하고 초인적인 존재 둘이 맞섰으니 하나는 남성, 하나는 여성이었고 한쪽은 불, 한쪽은 연기였다. 그 자리에는 다른 이들도 있었다. 흑마

---

* 인도 하리아나주의 도시로, 『마하바라타』에서 묘사한 쿠룩셰트라 전쟁의 무대.

족의 우두머리는 수하 여섯을 입회자로 데려왔고 번개여왕 두니아도 가장 믿음직스러운 전사들을 불렀다. 밀정 오마르와 인간 테리사 사카, 지미 카푸르, 제로니모 마네제스였다. 싸움터 밖에서는 인류의 운명과 지구의 운명이 이 싸움에 달렸다는 사실을 잘 아는 철학녀 알렉산드라 블리스 파리냐도 지켜보고 있었는데, 그녀가 한평생 지녔던 비관주의도 이 싸움의 승패에 따라 영원히 간직되거나 영원히 버려질 터였고, 그녀 곁에는 털북숭이 집사 올리버 올드캐슬도 있고, 경비실장 지미, 일명 나트라지 히어로의 연락을 받고 달려온 로사 패스트 시장도 있었다. (너무 위험할 듯싶어 꼬마 스톰은 데려오지 않았는데 올바른 판단이었다.) 그날 밤, 이른바 '천 일째 밤'에 라 인코에렌차에 있던 사람들은 모두 역사에 기록되었고, 오늘날 그들의 이름을 입에 올릴 때는 누구나 조심스럽게 음성을 낮추며 인류 역사에서 가장 거대한 사건에 동참했던 이들을 기리기 마련이다. 그러나 이 싸움의 주인공들은 인간이 아니었다.

먼 옛날에 그랬듯이 결투를 하기로 했다. 거마 주무루드가 마족의 통신망으로 도전장을 던졌고 두니아도 수락했다. 주무루드는 노골적으로 비웃으며 장소를 지정했다. 그대의 죽은 연인을 생각나게 한다는 그 꽃미남 녀석이 그대보다 더 좋아하는 여자와 놀아나는 그곳으로 하지. 그놈이 보는 앞에서 그대를 꺾고 온누리를 손에 넣은 후 그놈을 어찌할지 결정하리다. 서로 모욕을 주고받는 일은 이런 일대일 결투의 관례였지만 두니아는 품위를 잃지 않았고, 곧 시간과 장소가 확정되었다. 밀정 오마르가 말했다. 홈그라운드의 이점을 넘기는군

요. 자신감이 남아도는 모양입니다. 자기한테 불리할 텐데. 두니아
가 대답했다. 그러게. 이윽고 결전의 시간이 왔다.

　라 인코에렌차에서, 일찍이 샌퍼드 블리스가 이 세상은 이해할
수 없는 곳이라는 생각으로 명명했던 이 어마어마하게 아름다운
땅에서 마침내 두니아와 주무루드가 얼굴을 맞대고 바야흐로 이
세상의 앞날에 어떤 의미가 있을지 결판을 지으려는 찰나였다. 이
미 해가 떨어지고 영내에서 내려다보이는 드넓은 강물 위에는 달
빛도 불안한 듯 떨고 있었다. 주무루드 일당이 타고 온 비행 항아
리들이 잔디밭 해시계 위에 떠 있는 모습이 마치 거대하고 성난 벌
떼 같았다. 그들이 지나온 웜홀이 하늘에서 부글부글 끓었다. 미스
터 제로니모와 지미 카푸르와 테리사 사카는 넓은 잔디밭 주위를
돌며 흑마신의 졸개들이 감행할지도 모르는 비열한 기습을 경계했
다. 두 주인공이 잔디밭에서 빙빙 돌며 선공의 기회를 노렸다. 이
윽고 하늘에 구름이 지나가면서 달빛을 가리자 섬뜩한 어둠이 투
사들을 둘러싸고 그들의 코끝에 죽음의 냄새가 스칠 때 거마 주무
루드가 공격을 개시했다. 그가 불러들인 바람이 더욱더 거세졌다.
싸움터 바깥에 있던 사람들이 바람에 날아갈까 두려워 황급히 피
신했다. 두니아의 인간 형상을 소멸하고 그녀의 실체인 연기마저
산산이 날려버리려고 지옥에서 불러온 바람이었기 때문이다. 그
러나 두니아는 쉽게 꺾이지 않고 굳건히 버텼다. 그때 바람에 이어
비가 쏟아지기 시작했고 이번에는 그녀의 마법이었다. 빗줄기가
어찌나 거센지 마치 강을 송두리째 들어 퍼붓는 듯했는데, 이 폭우
는 흑마신의 실체인 불을 꺼버리려는 시도였다. 그러나 이 공격도

통하지 않았다. 두 전사는 그렇게 간단히 무찌를 수 있는 상대가 아니었다. 그들의 방어막은 그런 공격쯤은 거뜬히 막아낼 만큼 튼튼했다.

울부짖는 바람소리와 쏟아지는 빗소리 속에서 제로니모는 흑마신의 졸개들에게 목청껏 욕설을 퍼붓는 여인의 고함소리를 들었다. 너희가 우리 세계를 유린했듯이 우리도 너희 세계를 작살내면 기분이 어떻겠나? 그녀는 거듭거듭 그렇게 따져 물으며 엄청난 악담을 마구 쏟아냈다. 제로니모는 고래고래 소리치는 이 여인이 바로 두니아가 함께 싸우자고 부른 테리사 사카라는 사실을 깨달았다. 제로니모 마네제스가 보기에는 조금 제정신이 아닌 듯했다. 분노의 대상이 흑마신과 졸개들뿐인지도 분명하지 않았다. 역병처럼 퍼지며 아무나 닥치는 대로 쓸어버릴 듯한 분노였다. 제로니모는 저 분노의 일부는 두니아를 겨냥한 것인지도 모른다고 생각했다. 저렇게 증오가 가득한 욕지거리를 퍼부으며 일정한 인간집단을 싸잡아 비난했다면 그야말로—그렇다—인종차별이라는 말을 들어도 변명의 여지가 없을 정도였다. 휘몰아치는 비바람 속에서 행여나 뒤질세라 바락바락 악쓰는 소리와 그녀의 몸 주위에서 전기가 따다닥거리는 소리를 듣고 있자니 아무래도 테리사 사카는 상계에서 내려온 모든 존재에게 앙심을 품은 듯했고, 그렇다면 자신의 내면에 깃든 마족의 속성도 당연히 미워할 터였다. 남을 향한 증오는 곧 자신을 향한 증오다. 그녀는 위험한 아군이었다.

한편 미스터 제로니모는 마치 선수권대회를 지켜보는 세컨드처럼 두니아의 전투 방식도 슬슬 걱정하지 않을 수 없었다. 그녀는

선제공격을 하기보다 수비에만 치중하는 듯했는데, 그가 보기에는
패착이 아닐까 싶었다. 그래서 말없이 말해주려 했지만 지금 그녀
는 누구의 말도 경청하지 않고 싸움에만 전력을 기울였다. 주무루
드의 모습이 변하더니 자기가 둔갑할 수 있는 최악의 괴물로 둔갑
했다. 강철 이빨과 천 개의 머리와 천 개의 혀를 지녀 일찍이 '욕쟁
이 짐승'*으로 알려졌던 괴물이다. 그는 천 개의 혀로 개처럼 짖고
호랑이처럼 포효하고 곰처럼 으르렁거리고 용처럼 울부짖으며 세
갈래로 갈라진 수많은 독침으로 적을 찌르려 했다. 게다가 두니아
에게 문자 그대로 수백 개의 저주와 주문과 마법을 한꺼번에 퍼부
을 수도 있었다. 몸을 마비시키는 주문, 체력을 떨어뜨리는 주문,
목숨을 끊어버리는 주문 등등. 그러고도 혀가 남아돌아 인간의 언
어든 마족의 언어든 가리지 않고 온갖 언어로 욕설을 퍼부었는데,
주무루드의 타락상이 고스란히 드러나 듣는 이마다 경악을 금치
못했다.

　　그렇게 주무루드가 욕쟁이 짐승의 형상을 하고 수천 가지 방법
으로 그녀를 공격하는 장면을 지켜보면서, 두니아가 위대한 여전
사 발키리**처럼, 혹은 올림포스나 카일라스***의 여신처럼 이리저
리 몸을 날리고 휘돌며 공격을 튕겨내거나 막아내는 장면을 보고
저렇게 혹독한 공격을 언제까지 견뎌낼 수 있을까 생각하면서, 네

---

* 영국 시인 에드먼드 스펜서의 장편서사시 『요정여왕』에 등장하는 괴물.
** 북유럽신화에서 오딘 신을 모시며 전사한 영웅들의 영혼을 발할라로 안내하는
전쟁의 신녀.
*** 히말라야산맥에 속하는 산. 힌두신화에서 시바 신이 사는 곳이라 하여 신성시한다.

놈들이 당하면 기분이 어떻겠냐, 테리사 사카가 고래고래 외치는 소리를 들으면서 미스터 제로니모는 문득 내면적 환상이나 계시 같은 것을 경험했다. 인식의 문이 활짝 열리는 순간, 마족의 사악하고 극악무도한 모습은 곧 인간의 극악무도하고 사악한 일면을 비춰주는 거울과 다름없음을 깨달았고, 인간의 본성에도 똑같은 무분별이 있어 무자비하고 괴팍하고 악의적이고 잔인함을, 마족과의 싸움은 인간의 마음속에서 벌어지는 싸움과 닮았음을, 따라서 마족은 현실인 동시에 추상적 개념임을, 그들이 하계로 내려오면서 이 세상에서 무엇을 근절해야 하는지 보여주었음을 깨달았는데, 그것은 바로 비이성이었고, 비이성이야말로 인간의 마음속에 도사리는 흑마족의 이름이었고, 그 사실을 깨닫는 순간 테리사 사카의 자기혐오를 이해할 수 있었고, 그녀가 이미 알듯이 제로니모 자신도 내면에 깃든 마족 자아를 제거해야 한다는 것을, 마족뿐만 아니라 인간 내면의 무분별도 물리쳐야 비로소 이성의 시대가 시작된다는 것을 알았다.

우리는 그가 우리에게 들려준 말을 들었다. 천 년이 지난 지금도 그의 말을 듣는다. 누가 뭐래도 그는 정원사 제로니모니까. 그날 밤, 그 천 일째 밤, 두니아, 번개여왕, 아스만 페리, 하늘요정이거마 주무루드와 싸우던 그 밤에 제로니모가 깨달은 사실을 우리 모두 잘 안다.

그녀가 지쳤다. 주무루드는 한눈에 알아차렸다. 학수고대하던 순간이다. 황소의 눈빛에서 패배를 받아들이는 기색이 드러나길 기다리는 투우사처럼. 그 순간 그는 짐승의 모습을 버리고 자신의 모습으로 돌아와 붉은 전포에서 파란 병을 꺼내 마개를 뽑은 후 목청껏 소리쳤다.

어리석은 마신이여, 눈먼 여마신이여,
이제야 그대를 내 뜻으로 붙잡았노라!
꼼짝 말고 순순히 이 속에 갇혀
영원토록 내 죄수로 지낼지어다.

마족의 비밀언어로 된 가장 강력한 주문인데, 이 주문을 외울 때는 엄청난 힘을 소모하게 된다. 이 장면을 지켜보는 사람들은 한마디도 알아듣지 못했지만 주문의 효력은 눈으로 확인할 수 있었다. 두니아가 비틀거리다가 넘어지더니 잔디밭 위에서 발부터 질질 끌려갔기 때문이다. 악마의 아가리처럼 입을 벌린 작은 병이 그녀를 기다리고 있었다.

저자가 뭐래요? 철학녀가 밀정 오마르에게 악을 쓰며 물었지만 오마르는 눈을 휘둥그레 뜨고 그저 병 쪽으로 끌려가는 두니아를 지켜볼 뿐이었다. 말해줘요! 알렉산드라가 다시 소리치자 오마르는 마력이 담긴 주문을 작은 소리로 멍하니 되뇌며 대충이나마 통역해주었다. 그때 주무루드가 의기양양하게 다시 외쳤다.

사나운 마신이여, 존귀한 여마신이여,
이제야 그대를 내 손으로 붙잡았노라.

꼼짝 말고 순순히 이 속에 갇혀

영원토록 내 죄수로 지낼지어다.

뭐래요? 알렉산드라가 묻자 오마르가 대답했다. 다 틀렸소. 여
왕님이 지셨소.

그때 두니아가 절규했다. 그녀의 아버지가 절명했을 때 미스터
제로니모가 들었던 마력이 담긴 절규였다. 이 소리는 인간과 마족
모두를 벌러덩 자빠뜨리고 주무루드가 휘두르는 주술을 무력화했
다. 그는 두 귀를 움켜쥐며 비틀비틀 뒷걸음쳤고, 작은 파란색 병
은 허공으로 빙글빙글 날아올랐다가 두니아의 오른손에, 마개는
왼손에 각각 붙잡혔다. 그녀는 몸을 일으켜 두 발로 서서 역공 주
문을 외웠다.

크고 오만하며 힘센 흑마신이여,

어서 내 발치에 와서 앉으라.

꼼짝 말고 순순히 이 속에 갇혀

영원토록 내 죄수로 지낼지어다.

뭐라고 했어요? 알렉산드라가 소리치자 오마르가 말해주었다.
이번에는 주무루드가 머리부터 병을 향해 질질 끌려가는데, 마치
보이지 않는 손이 긴 수염을 움켜쥐고 당기듯 수염이 먼저 딸려갔
고, 수염의 주인도 속절없이 파란색 병 감옥 쪽으로 점점 다가갔
다. 그때 두니아가 남은 힘을 한꺼번에 쏟으며 다시 외쳤다.

누구나 두려워하는 막강한 흑마신이여,
그대가 오늘에야 임자를 만났도다.
꼼짝 말고 순순히 이 속에 갇혀
영원토록 내 죄수로 지낼지어다.

그러자마자 그녀는 너무 무리했음을 깨달았고 모두가 그 사실을 알아차렸다. 힘이 모자란 탓이었다. 그녀는 곧바로 기절해버렸다. 마법이 풀려버렸다. 주무루드가 어마어마한 기세로 몸을 일으키기 시작했다. 이때 병이,

모두가 놀라는 가운데,

아주 느릿느릿 허공을 날더니,

철학녀 알렉산드라 블리스 파리냐가 내민 오른손에 톡 떨어지고,

왼손에는 마개가 톡 떨어지고,

순간 모두가 놀라고 특히 동료들은 기뻐할 일이 벌어졌는데, 방금 번개여왕이 외웠던 첫번째 포획 주문을 철학녀가 한마디도 빠짐없이 정확하게 되풀이했고, 그러자 주무루드는 다시 땅바닥에 널브러져 두니아 못지않게 기진맥진한 채 가차없이 끌려가고, 마침내 그 거대한 몸뚱이가 조그마한 파란색 병 속으로 남김없이 빨려들어가고, 그때 알렉산드라가 병모가지를 마개로 틀어막고, 그리하여 주무루드는 갇혀버리고, 전쟁은 끝나고, 그의 졸개들은 뿔뿔이 달아났다. 그들은 차차 색출하여 처리할 테니 일단 넘어가자.

미스터 제로니모와 밀정 오마르와 지미 카푸르가 알렉산드라

곁으로 몰려들어 캐물었다. 어떻게? 어쩌다가? 도대체 어떻게? 아니, 이게 무슨? 어떻게, 어떻게, 어떻게?

제가 원래 말을 좀 빨리 배워요. 그녀는 기뻐 어쩔 줄 몰라하면서 명랑하게 킥킥거리며 대답했다. 마치 여름날 젊은 남자들과 원유회를 즐기며 새롱거리는 듯한 모습이었다. 그녀가 다시 재잘거렸다. 하버드대학 사람들한테 물어보세요. 어떤 언어든 금방금방 배웠거든요. 해변에서 예쁜 조약돌 줍듯이.

그러더니 까무룩 기절해버렸고, 미스터 제로니모가 얼른 받아 안았고, 병이 땅바닥에 떨어지기 전에 지미 카푸르가 낚아챘다.

그렇게 모든 일이 끝나는 줄 알았는데, 누군가 한 명이 안 보인다는 사실을 문득 깨달은 제로니모 마네제스가 소리쳤고, 테리사 사카는 어디 있소? 그제야 비로소 그들은 마지막 남은 비행 항아리 즉 주무루드의 항아리를 타고 하늘로 날아올라 상계와 하계를 잇는 웜홀로 향하는 테리사를 발견했는데, 이때 그녀의 얼굴을 볼 수만 있었다면 시뻘겋게 핏발이 선 무시무시한 눈빛도 보았으리라.

너희가 우리 세계를 유린했듯이 우리도 너희 세계를 작살내면, 제로니모는 그 말을 떠올렸다.

그가 소리 내어 말했다. 마계를 공격하러 간 거요. 할 수만 있다면 부숴버리려고.

전투중에는 온갖 사상자가 발생하기 마련인데, 그중에는 사망자도 있고 육체적 상처를 입은 자도 있지만 눈에 보이지 않는 상처, 마음의 상처를 받은 자의 숫자도 만만치 않다. 이러한 사건들을 돌이켜보며 우리는 테리사 사카 콰르토스를 전쟁영웅의 한 명으로 기억한다. 그녀의 손끝에서 뻗어나간 번갯불은 마족 군대를 상대로 많은 공을 세웠다. 그러나 그녀는 이 전쟁의 비극적 피해자이기도 한데, 주변에서 목격한 재앙뿐만 아니라 번개여왕의 명령에 따라 전쟁의 참화에 대응해 스스로 사용한 폭력 때문에 정신이 피폐해진 탓이었다. 분노는 제아무리 정당하더라도 결국 분노한 자를 망가뜨리기 마련이다. 우리는 사랑하는 것으로 인해 새로 태어나듯이 증오하는 것으로 인해 몰락하고 파멸한다. 이계전쟁의 마지막 전투가 끝나고, 거마 주무루드가 병 감옥에 갇힌 채 지미 카푸르의 손아귀에 단단히 붙잡히고, 실신했던 두니아가 서서히 깨어나는 동안 테리사는 이성을 잃고 하늘에 뚫린 구멍을 향해 날아올랐다.

자살행위인 줄은 그녀도 알았을 것이다. 그런데 왜 그랬을까? 아무런 제지도 받지 않고 상계로 건너갈 수 있으리라, 그녀의 분노 앞에서 그곳의 향기로운 정원과 탑과 궁전이 저절로 녹아내려 아무것도 남지 않으리라 믿었을까? 그녀의 격렬한 복수심 앞에서 모든 고형물이 순식간에 산산이 분해되어 희박한 공기 속으로 흩어지리라 믿었을까? 정말 그랬다면 그다음은? 마계를 파멸시키고 더욱 위대한 영웅이 되어 무사히 지상으로 돌아올 수 있으리라 믿었을까?

우리는 그녀의 속내를 알지 못하며 섣불리 추측해서도 안 된다. 그저 테리사 사카의 광기를, 그리고 피할 수 없었던 최후를 애도하며 기억하자. 그녀는 당연히 페리스탄에 들어가지 못했으니까. 거대한 항아리는 다루기 쉬운 탈것이 아니었다. 길들이지 않은 종마

같아서 좀처럼 타기도 어려운데다 이미 패배한 주인의 명령만 따랐다. 제로니모 일행이 지켜보는 가운데 그녀는 하늘 높이 치솟았고—바람도 잠잠해지고 비도 그쳐 휘영청 밝은 보름달이 그녀의 비상을 비춰주었다고 전해진다—그들은 그녀가 제대로 앉아 있지 못하고 쩔쩔매는 모습을 보았다. 이윽고 두 세계 사이의 틈새, 소용돌이치는 웜홀의 가장자리에 접근하자 거센 바람이 불더니 점점 더 사납게 휘몰아치고, 그 서슬에 테리사는 마법의 군마를 붙잡은 손을 놓쳐버리고, 밑에서 지켜보던 사람들은 경악하고, 그녀는 이리저리 미끄러지다가 결국 추락하고 말았다. 테리사 사카는 부러진 날개처럼 라 인코에렌차의 축축한 잔디밭에 떨어졌다.

에필로그

EPILOGUE

우리는 때때로 영웅의 조건에 대해 고민한다. 오랜 세월이 흘렀기에 더욱 그렇다. 천 년도 넘은 이 이야기의 주인공들에게 당시 누구를 영웅으로 여겼느냐고 물었다면 그들은 누구를 꼽았을까? 샤를마뉴대제? 『천일야화』를 집필한 무명작가 또는 작가들? 무라사키 부인?* 누군가의 명성이 천 년이라는 기나긴 세월을 뛰어넘어 살아남기는 쉽지 않다. 이 연대기를 집필하는 동안 우리는 (거듭 밝히건대) 대부분의 내용이 사실적 기록이라기보다 전설이나 추측이나 허구에 가까운 수준으로 변질되었음을 통감했다. 그런데도 이 작업을 포기하지 않은 까닭은 우리 이야기에 등장하는 인물들이 살다가 죽은 후 이미 천 년이 흐른 지금도 변함없이 영웅다움의 표상으로 회자되는 희귀한 사례이기 때문이다. 우리는 이 기록

---

* 일본문학의 고전 『겐지 이야기』의 작가 무라사키 시키부.

에 빈틈이 많다는 사실도 잘 안다. 우리가 언급한 영웅들 못지않게 혁혁한 공을 세우며 흑마신의 공격에 대항한 이들이 즐비하리니, 지금 우리가 존경하는 기라성 같은 영웅들은 불완전한 기록 때문에 임의로 선택되었을 뿐, 우리가 모르는 영웅이 역사 속에서 망각되지만 않았다면 더욱 깊은 경탄을 자아냈을지도 모른다.

그러나 우리는 이렇게 말할 수밖에 없다. 그들은 우리의 영웅이다. 왜냐하면 이계전쟁에서의 승리를 계기로 새로운 시대, 우리가 옛날보다 낫다고 믿는 시대가 열렸기 때문이다. 그때가 전환점이었다. 바로 그 순간 예전의 우리가 살았던 과거의 문이 닫히고, 마치 보물동굴로, 예컨대 '초록 참깨'로 들어가는 돌문처럼 지금의 우리가 살아가는 현재의 문이 활짝 열렸다.

그래서 우리는 테리사 사카 콰르토스의 온갖 결함에도 불구하고 그녀의 죽음을 애도한다. 절실하게 필요할 때 능력을 발휘했으며 놀랍도록 강인하고 용맹스러운 면모를 보여주었으므로 그녀의 용감무쌍한 매력은 사람들의 기억에 깊이 새겨졌다. 우리는 진실의 아기 스톰 패스트도 칭송한다. 그녀는 누구보다 공정하고 누구나 두려워하는 판사로 성장했다. 그녀의 법정에서는 지극히 사소한 거짓말도 불가능했다. 그리고 지미 카푸르, 그의 이름을 모르는 사람은 아무도 없는데, 꼬박 천 년이 넘도록 인기가 식지 않은 몇몇 영웅 가운데 한 명으로, 그는 결국 박쥐 신호를 받게 되었을 뿐만 아니라—팔다리가 많은 신이 춤추는 모습이 하늘 높이 떠오를 때마다 악인은 심장을 꿰뚫는 듯한 두려움에 사로잡혔다—늙어 백발이 되어서나 이승을 떠난 뒤에나 오래도록 수많은 공연의 주인공이었고, 스크린과 게임, 노래와 춤, 심지어 이미 구닥다리가 되었는데도 끈질기게 살아남은 인쇄본 등등 다양한 장르에서 인기를 독차지했기 때문이다. 이 실패한 만화가는 최장 기록을 세운 연작만화의 주인공일 뿐만 아니라 소설의 주인공이기도 한데, 오늘날 이들 작품은 모두 위대한 고전으로 손꼽히며 우리에게 끝없는 기쁨을 주는 신화로 자리매김했다. 좀 고풍스러운 비유를 들자면 우리의 『일리아스』랄까 혹은 『오디세이아』랄까. 아무튼 지금도 도서관을 찾는 사람들은 먼 옛날 선조들이 구텐베르크 성서나 퍼스트 폴리오*를 바라보며 그랬듯이 눈을 휘둥그레 뜨고 이 유물을 우러러본다. '나트라지 히어로', 일명 지미 카푸르는 그야말로 전설적인 인물이 되었다. 괴사의 시대에 등장했던 사람 중에 카푸르보다 더 많은 존경을 받는 사람은 한 명뿐이다.

제로니모 마네제스, 정원사 제로니모의 위상은 오늘날 우리에게 훨씬 각별한 의미로 다가오는데—세상에서 떨어져나갔다 되돌아온 그는 당대 수많은 사람을 괴롭혔던 이중의 저주를 풀어주었다. 요컨대 공중부양이나 지면압박, 즉 우리의 알쏭달쏭한 지구에서 점점 이탈하는 무시무시한, 자칫하면 죽음으로 이어질 수도 있는 현상을, 혹은 반대로 지표면에 너무 찰싹 달라붙는 현상을 거뜬히 해결했다. 제로니모가 철학녀 알렉산드라 블리스 파리냐와 더불어 올리버 올드캐슬의 보살핌을 받으며 서로의 품속에서 해피엔딩을 맞이해서 우리도 기쁘다. 두 사람이 라 인코에렌차 영내를

---

* 1623년 처음 발간된 셰익스피어 희곡 전집.

거닐 때 우리도 함께 거닐고, 해질녘 두 사람이 손을 맞잡고 볼록한 달 아래 밀려갔다 밀려오는 드넓은 강물을 바라볼 때 우리도 조용히 함께 앉아 있고, 두 사람이 영내 언덕에 올라 제로니모의 아내가 묻힌 무덤가에 서서 말없이 그들의 사랑에 대한 허락을 구하고 말없이 허락을 받을 때 우리도 함께 고개를 숙인다. 그리고 두 사람이 책상을 사이에 두고 마주앉아 책을—알렉산드라는 에스페란토로 쓰는 편이 더 근사하게 들린다고 했지만 그냥 두 사람의 언어로—집필할 때 우리도 그곳에 머물며 지켜보는데, 그 책이 바로 우리가 무엇보다 찬양하는 고대 문헌, 이른바 이성, 관용, 너그러움, 지식, 절제가 지배하는 세상을 만들자고 호소하는 『조화로움』이다.

지금 우리가 사는 세상이 그런 곳이다. 여기서 우리는 일찍이 가잘리가 거마 주무루드에게 단언했던 말이 틀렸음을 입증했다. 두려움은 결국 사람들을 신의 품으로 돌려보내지 못했다. 두려움은 극복할 수 있는 것이었고, 두려움이 사라지자 사람들은 비로소 신을 폐기처분할 수 있었다. 아이들이 어린 시절의 장난감을 내려놓듯이, 혹은 젊은 남녀가 부모의 집을 떠나 다른 곳에서 당당히 새 가정을 꾸리듯이. 벌써 수백 년째 우리는 그런 행운을 누리며 산다. 제로니모와 알렉산드라가 갈망했던 세상, 평화롭고 성숙한 세상, 열심히 일하고 대지를 존중하며 사는 세상이 실현되었다. 정원사의 세상이랄까, 우리 모두가 자신의 정원을 가꿔야 하는 세상인데, 볼테르가 이야기했던 가련한 캉디드의 경우와 달리 우리에게 그런 삶은 패배가 아니라 오히려 우리 내면의 더 나은 본성이 어둠을 이겨내고 거둔 승리다.

우리가 아는—아니, 이 이야기가 실화인지 확신할 수 없으므로 우리가 '아는'—사실 하나는 여기서 되풀이한 이야기의 막바지에 번개여왕 두니아가 크나큰 희생을 무릅쓰지 않았다면 지금과 같은 태평성대는 없었을지도 모른다는 것이다. 주무루드와 대결한 후 의식을 되찾았을 때 두니아는 두 가지 일을 반드시 해야 한다는 것을 깨달았다. 그녀는 지미 카푸르에게서 파란색 병을 넘겨받았다. 그리고 설명했다. 이런 병에는 마력이 깃들어 있어. 숨겨둘 수는 있지만 제멋대로 다시 나타나기 마련이지. 이번에는 이 병이 두 번 다시 지구상에 출현하지 못하도록 아무도 손댈 수 없는 곳에 감춰야겠어. 그 말을 남기고 떠난 그녀는 그 밤이 다 가도록 돌아오지 않는데, 이윽고 다시 나타났을 때 짤막하게 말했다. 해결했어. 그날 이후 천 년의 세월이 흘렀지만 그 병은 끝내 나타나지 않았다. 어쩌면 에베레스트산 밑에 깔리거나 마리아나 해구 아래 묻히거나 달의 내핵 깊숙이 감춰졌는지도 모른다. 어쨌든 거마 주무루드는 두 번 다시 우리를 괴롭히지 못했다.

마지막날 아침, 어둠의 심연 혹은 태양의 화염 속에 푸른 병을 숨겨놓고 돌아온 두니아는 라 인코에렌차에 모인 전우들에게 말했다. 아무래도 두 세계를 다시 갈라놔야겠어. 한쪽이 다른 쪽에 침입하면 혼란이 따르기 마련이니까. 그리고 모든 틈새를 단단히 틀어막는 방법은, 영원까지는 아니더라도 영겁에 가깝게 오랫동안 다시 열리지 못하게 하는 방법은 하나뿐이야.

알다시피 여마신은 불 없는 연기로 이루어진 존재다. 여자의 형상을 벗어버리기만 하면 연기처럼 두 세계를 넘나들 수 있고, 어떤 문이든 통과해 어떤 방이든 침입하고, 어떤 구멍이든 스며들어 어떤 틈바구니든 비집고 들어가고, 어디로 들어가든 연기가 방을 채우듯 공간을 가득 채울 수 있다. 게다가 마음만 먹으면 다시 응결되어 자기가 있는 공간의 특성을 모방할 수도 있는데, 예컨대 벽돌 사이에서는 벽돌이 되고, 바위 사이에서는 바위가 되고, 그러면 그 공간은 이미 공간이 아니다. 마치 처음부터 존재하지 않았던 것처럼, 마치 다시는 존재하지 않을 것처럼. 그러나 여마신이 그렇게 분산되면, 그렇게 뿔뿔이 흩어지면, 그렇게 변신하고 탈바꿈해 증식해버리면…… 제아무리 마계의 여왕이라도…… 자신의 분신을 도로 거두어 본래의 모습을 되찾는 능력마저, 아니, 능력보다 더 중요한 의지마저, 의식마저 잃어버리고 만다.

죽는다는 소리군. 제로니모 마네제스가 말했다. 결국 그런 뜻이잖소. 우리를 마족으로부터 구하기 위해 당신 목숨을 희생하겠다는.

꼭 그렇진 않아. 두니아가 말했다.

그럼 여전히 살아 있는 거요?

그것도 꼭 그렇진 않아. 어쨌든 이성적으로 생각하면 반드시 해야 할 일이지.

그 말을 끝으로 한마디 작별인사도 없이, 어떠한 감상이나 의논도 없이 그녀는 홀연히 떠나버렸다. 분명히 그 자리에 있었는데 순식간에 사라졌다. 사람들은 그녀를 두 번 다시 볼 수 없었다.

두니아가 어떤 일을 했는지, 어떻게 되었는지, 정말 자신을 바쳐 두 세계 사이의 통로를 모두 막아버렸는지는 이리저리 추측해

볼 따름이다. 그러나 그날부터 오늘날까지 이른바 상계, 페리스탄, 마계에서 우리가 사는 이곳, 하계, 인간세계로 건너온 누군가가 목격된 일은 한 번도 없었다.

그날이 천 일 하고도 일 일째 되는 날이었다. 그날 저녁에 제로니모와 알렉산드라는 단둘이 그녀의 침실에서 사랑을 나누었는데, 둘 다 허공으로 떠오르는 듯한 기분을 느꼈다. 그러나 정말 떠오르지는 않았다.

그리하여 2년 8개월 28일에 걸친 괴사의 시대가 마침내 막을 내렸다.

우리는 이성적 존재가 되었다는 사실을 자랑스럽게 여긴다. 갈등이야말로 오랫동안 인류를 규정하는 서사였지만 이제 우리는 그런 역사를 바꿀 수도 있음을 스스로 증명했다. 우리 사이의 차이점, 예컨대 인종, 지역, 언어, 관습 따위는 더이상 우리를 갈라놓지 못한다. 오히려 흥미를 불러일으키고 마음을 사로잡을 뿐이다. 우리는 하나다. 그리고 지금의 우리 모습에 대체로 만족한다. 어쩌면 행복하다고 말해도 좋겠다. 우리는—더 넓은 의미의 '우리'가 아니라 지금 이 이야기를 하는 우리는—이 위대한 도시에 살며 이곳을 찬미한다. 강물이여, 흘러라, 그대 사이에서 우리도 흐르듯이, 물줄기여, 어우러져라, 멀리서 왔건 가까이서 왔건 우리 인류의 물줄기가 두루 만나 어우러지듯이! 우리는 여기 물가에서 갈매기떼와 군중과 더불어 즐거워하노라. 이 도시에 모인 남녀노소여, 그대들의 옷차림이 참으로 보기 좋으니, 몸에 꼭 맞건 색이 바랬건 무슨 상관이랴. 위대한 도시여, 너의 온갖 음식, 온갖 냄새, 즉흥적 관능, 우연한 만남에 이은 격렬한 정사, 그리고 결별, 그 모든 것을 기꺼이 용납하노라. 그리고 길거리에서 북적거리는 온갖 생각, 다른 생각과 더불어 어깨를 비벼대는 생각, 그런 마찰을 통해 새로 태어나는 생각, 그 생각을 낳은 사람조차 미처 생각지 못한 새로운 생각. 그리고 공장도, 학교도, 여흥을 즐기는 곳도, 평판이 안 좋은 곳도, 아무튼 우리의 대도시여, 번성하라, 번성하라! 너는 우리의 기쁨, 우리는 너의 기쁨이니, 강물과 강물 사이에서 우리는 이렇게 함께 흐르며 오로지 끝을 향하여, 그 너머에는 어떤 시작도 없는, 그 너머에는 아무것도 없는 끝을 향하여 나아가나니, 새벽의 도시가 햇살 아래 빛나는구나.

그러나 두 세계가 봉인되고 차단된 순간 우리에게 어떤 변화가 생겼다. 그로부터 몇 날, 몇 주, 몇 달, 몇 년이 지나고 수십 년, 수백 년 세월이 흐르는 동안, 예전에는 우리 모두가, 인류 전체를 일컫는 넓은 의미의 '우리' 한 사람 한 사람이 밤마다 경험하던 현상이 전혀 발생하지 않았다. 우리는 더이상 꿈을 꾸지 않는다. 이번에는 모든 틈새와 구멍이 아주 단단히 막혀 정말 아무것도 스며들지 못하게 된 탓인지도 모른다. 전설에 따르면 밤마다 우리의 잠든 눈에 내려앉아 온갖 환상을 보여주었다는 그 신비로운 마법조차, 그 천상의 이슬조차 새어나오지 못하게 되었는지도 모른다. 지금은 잠이 들어도 어둠뿐이다. 장엄한 야간극장에서 예측불허의 공연이 시작되길 기다리며 마음속이 스르르 어두워지지만 아무 일도 일어나지 않는다. 세대를 거듭할수록 꿈꾸는 능력을 지닌 사람의 수가 점점 줄어 요즘은 꿈을 꿈꾸는 시대가 되어버렸다. 꿈을 꿀 수만 있다면 말이지만. 꿈이여, 우리는 이제 고서에서나 너에 대한 글을 읽을 뿐, 꿈공장은 모조리 문을 닫아버렸구나. 평화, 번영, 이해, 지혜, 친절, 진리를 얻은 대신에 우리가 치른 대가가 바로 그것이다. 밤마다 잠이 해방시켰던 우리 내면의 야성이 얌전해지면서 야간극장을 움직였던 내면의 어둠도 사라졌기 때문이다.

우리는 행복하다. 온갖 일에 기쁨을 느낀다. 자동차, 전자제품, 춤, 산, 모두가 우리에게 크나큰 기쁨을 준다. 손에 손을 맞잡고 저수지를 향해 걸어갈 때 머리 위 하늘에서 새들이 맴돌고, 그 새, 저수지, 산책, 맞잡은 손, 모든 것이 우리에게 기쁨을 준다.

그러나 밤은 따분하게 지나간다. 천 일 밤 하고도 하룻밤이 지나도록 늘 변함없는 적막 속에서, 마치 유령군대가 어둠을 뚫고 행진하듯 발소리도 없이, 보이지도 않고 들리지도 않게 지나가버릴 뿐이다. 우리는 그렇게 살고 늙고 죽는다.

우리는 대체로 만족한다. 이만하면 괜찮은 인생이니까. 그러나 때로는 꿈이 돌아오기를 소망한다. 그리고 괴팍한 일면을 완전히 없애버리지는 못했기에 때로는 악몽이라도 꾸게 되기를 간절히 바란다.

옮긴이의 말

　이 책의 원서를 읽으며 처음에는 좀 당황했다. 작품 내용이 『천일야화』의 신화적 세계관을 바탕으로 전개되어 본격적인 환상소설로 보였기 때문이다. 그러나 끝까지 읽은 후, 그리고 번역을 하는 동안 이 섣부른 예단이 얼마나 빗나갔는지 내내 절감했다.

　소설의 설정은 간단하다. 오랫동안 인간세계와 단절되었던 마계에서 어느 날 침략군이 쳐들어온다. 막강한 마력을 지닌 이들 마족은 인류를 짓밟고 지구를 지배하려는 야욕을 드러낸다. 그리하여 세상이 무너져갈 때 어디선가 새로운 무리가 나타나 마족을 물리치기 시작한다.

　여기까지만 보면 사실상 여느 환상소설과 다를 바 없다. 그러나 마족에 맞서는 무리의 정체를 알고 나면 상황이 좀 달라진다. 그들은 이븐루시드와 마계공주의 후손이기 때문이다. 아리스토텔레스와 플라톤의 사상을 계승한 이슬람 철학자 이븐루시드는 서양에서는 '아베로에스'라는 이름으로 알려지며 합리주의와 계몽주의의 토대를 마련한 사람이다. 이를 염두에 두고 다시 들여다보면 마족과 인류의 싸움은 곧 신학과 과학의 싸움이기도 하다. 그리고 이성을 중시했던 중세 철학자와 마족의 결합, 그들이 낳은 초인적 인류는 '마술적 사실주의'라는 자기모순적인 용어를 떠올리게 한다.

살만 루슈디가 자서전 『조지프 앤턴』에서 밝혔듯이 '루슈디'는 그의 아버지가 이븐루시드를 기리며 지은 성이다. 그러나 뜻밖에도 루슈디의 첫 장편 『그리머스』는 환상소설이었다. 두 아들을 위해 집필한 동화 『하룬과 이야기 바다』와 『루카와 생명의 불』도 환상소설이다. 열 살 때 영화 〈오즈의 마법사〉에서 영감을 얻어 첫 단편소설을 썼다는 사실까지 감안하면 환상의 세계에 대한 관심이 일찌감치 싹텄음을 짐작할 수 있다. 이런 성향은 자연스럽게 마술적 사실주의로 이어져 『한밤의 아이들』을 비롯한 여러 작품을 탄생시켰다.

다른 책에서 나는 마술적 사실주의를 이렇게 정의했다. "작품 속에서 현실을 사실적으로 묘사하되 상식적 인과율을 벗어난 환상적 요소를 적극적으로 도입하는 문학적 경향." 그러나 크게 보았을 때 마술적 사실주의와 환상소설은 많은 부분이 겹치기 마련이다. 차이가 있다면 현실과 환상 중 어느 쪽에 무게중심이 놓였느냐는 정도인데 루슈디의 문학은 둘 사이를 자유롭게 드나든다.

루슈디가 자서전에서 자세히 설명했듯이 소설 『악마의 시』로 촉

발된 종교적 갈등과 일련의 폭력적 사건은 작가에게 크나큰 상처를 남겼다. 무슬림 가문에 태어나 한평생 하느님을 섬긴다고 공언하다가 마침내 무신론자라는 사실을 고백하기까지 그가 겪은 고뇌는 짐작하기도 어렵다.

이 작품은 인류 전체의 역사를 다룬 화려한 우화다. 지금으로부터 천 년의 세월이 흐른 후 우리의 후손이 21세기를 되돌아보며 서술한 역사책 형식의 이야기이기도 하다. 작가는 이 책에서 비로소 무신론자의 종교관을 당당히 밝히며 상상력을 마음껏 펼쳤다. 이제는 무신론자로 널리 알려졌지만 그가 종교에 대한 반감을 이토록 노골적으로, 이토록 유쾌하게 드러낸 적은 없었다.

루슈디에게 종교는 살아남는 일조차 쉽지 않았던 옛 시대의 유물이다. 그는 신을 부정하는 데서 한 걸음 더 나아간다. 인간이 신을 위해 존재하기보다 신이 인간을 위해 존재해야 옳다고, 모든 종교는 인류의 행복하고 조화로운 삶을 추구해야 마땅하다고 역설한다. 신을 닮은 마족의 횡포에, 혹은 마족을 닮은 신의 횡포에 인간은 어떻게 대처해야 할까. 그래서 이 소설은 인간다움에 대하여 끊임없이 이야기한다. 우리끼리도 잘살 수 있다고.

인간에게 꿈이란 무엇인가? 문학이란 무엇인가? 우리는 왜 현실이 아닌 일들을 상상하며 허구를 만들어낼까? 합리주의와 이상주의는 어디쯤에서 만나 화해할 수 있을까? 역사학자 유발 노아 하라리의 표현에 따르면 종교는 이미 낡은 이야기인데, 종교가 사라진다면 세상이 지금보다 나아질까? 이 책은 우리에게 수많은 질문을 던지고 답한다.

　내가 본 『악마의 시』는 화제성을 떠나서도 눈부시게 아름다운 소설이었고 단숨에 이 작가에게 반해버렸다. 그때부터 시작된 인연이 여기까지 왔다. 출간을 앞둔 시점에서 그의 사진을 마주보듯 바라보니 왠지 만감이 교차한다. 헤밍웨이의 말을 빌리자면, 루슈디도 "파멸할지언정 패배하지 않"았으니까.

　루슈디의 작품을 여럿 옮겼는데도 신작이 나올 때마다 감탄하며 다음 작품을 기다린다. 명랑하면서도 슬픈, 어두우면서도 한없이 해맑은 이 소설이 오늘을 살아가는 독자에게 부디 따뜻한 위로가 되었으면 좋겠다.

김진준

옮긴이 **김진준**
연세대학교 사회학과 및 영문과를 거쳐 마이애미대학교 대학원에서 영문학을 전공했다.
살만 루슈디의 『분노』 번역으로 제2회 유영번역상을 수상했다. 옮긴 책으로 『조지프 앤
턴』 『악마의 시』 『한밤의 아이들』 『롤리타』 『빅 슬립』 『기나긴 이별』 등이 있다.

문학동네 세계문학
2년 8개월 28일 밤

1판 1쇄 2020년 12월 30일 | 1판 2쇄 2021년 3월 3일

지은이 살만 루슈디 | 옮긴이 김진준

책임편집 박인숙 | 편집 류현영 황도옥 오동규
디자인 고은이 이원경 | 저작권 한문숙 김지영 이영은
마케팅 정민호 정진아 김혜연 정유선
홍보 김희숙 김상만 함유지 김현지 이소정 이미희 박지원
제작 강신은 김동욱 임현식 | 제작처 영신사

펴낸곳 (주)문학동네 | 펴낸이 염현숙
출판등록 1993년 10월 22일 제406-2003-000045호
주소 10881 경기도 파주시 회동길 210
전자우편 editor@munhak.com | 대표전화 031) 955-8888 | 팩스 031) 955-8855
문의전화 031) 955-8896(마케팅) 031) 955-2699(편집)
문학동네카페 http://cafe.naver.com/mhdn | 트위터 @munhakdongne
북클럽문학동네 http://bookclubmunhak.com

ISBN 978-89-546-7676-2 03840

잘못된 책은 구입하신 서점에서 교환해드립니다.
기타 교환 문의 031) 955-2661, 3580

www.munhak.com